《新金牛三部曲》之一

北城纪事

王大可/著

团结出版社

图书在版编目（CIP）数据

北城纪事 / 王大可著. -- 北京 ：团结出版社，
2022.12

ISBN 978-7-5126-9830-7

Ⅰ. ①北… Ⅱ. ①王… Ⅲ. ①长篇小说－中国－当代

Ⅳ. ①I247.5

中国版本图书馆CIP数据核字(2022)第213657号

出 版	团结出版社
	（北京市东城区东皇城根南街84号 邮编：100006）
电 话	（010）65228880 65244790
网 址	http://www.tjpress.com
E－mail	65244790@163.com
经 销	全国新华书店
印 装	成都市兴雅致印务有限责任公司
开 本	170mm×240mm 1/16
印 张	23.5
字 数	243千字
版 次	2022年12月第1版
印 次	2022年12月第1次印刷
书 号	978-7-5126-9830-7
定 价	98.00元

故事梗概

  《北城纪事》，以二十世纪八十年代初到二十一世纪二十年代末为背景，讲述了一个立志于科技事业的中青年群体在艰苦的环境中，矢志不渝、卧薪尝胆的经历；以及在国企改革大潮中，主人公陆三水带领企业迁出大凉山腹地，在成都凤凰山"安家"，并在市场中求生存、谋发展，同时参与成都北城科技圈建设，为北城梦想最终实现作出贡献的故事。

  小说把集多个学科知识于一身的主人公陆三水，投身于科技事业的经历，作为主线贯穿于故事始终，演绎了他从一名学生成长为科技事业高级干部的传奇经历；同时塑造了科技专家、普通军人、将军和部级高官等多个群体形象。他们严谨的职业操守，以及所具有的普通人的喜怒哀乐，在故事的推进和细节描写中均有鲜活地呈现，令读者有身临其境之感，无不为之动容。

  小说有两条副线和一条爱情暗线。一条副线是叙写了山川基地与成都金沙区、市轻工局在多方面的相互支持与合作。另一条副线则反映了在波澜壮阔的改革大潮中，山川基地走向市场并开辟第三产业，终成科技企业一面旗帜的事迹。

  此小说所讲故事及其所有情节纯属虚构，其中出现的企业或厂子、科技产品及所有人物等，也是虚拟的。

目 录
CONTENTS

北城俯瞰

　　2020年8月16日上午7时11分，一架华翼-2直升机，从成都北城福宁路一军事机关驻地起飞。它以150公里的巡航速度，向东驶向绕城高速上空。苍茫大地上原本清晰的细节，随着直升机不断向上模糊不清。大地最原始的轮廓却愈发清晰起来。没有科学昌明的人类，人无论站在怎样的高度，都俯视不到这样的细节。

　　这架当下世界上最先进的轻型双引擎仪表飞行直升机，是科技企业山川基地新近投放于市场的产品。它具有非凡的速度、航程和悬停性能，可用于交通巡逻、观光和航拍。西军区作为山川基地的大客户之一，接受这一馈赠后，军区机关总部把它作为接待首长或客人之用。机舱里外，连座椅都是蔚蓝色，与天空融为一体，美到极致。

　　直升机上升到900米，高度就被锁定了。这个高度，距离被称为"上帝视角"的高度，还差得很远，但这是观光的最佳高度。

　　此时红日辉映，从东部依次照亮成都。

　　这个在30年前迈出市政建设步子的城市，整洁宽敞的街衢四通八达；鳞次栉比的摩天楼形状各异，整个街道显得错落有致。昨夜的露太重，此时正以淡淡岚气的形式蒸发。照射在摩天楼的玻璃窗的阳光，折射出霓虹般的光波。以芙蓉城著称的成都，此刻妙若仙境。

"首长，蓉城这景色堪称美轮美奂！"陆三水的秘书小靳赞叹道。

"这个时间，站在地上只能看见高耸的大楼和蓝天，从天上往下俯瞰却饱了眼福。"小黄也有感触。他是陆三水的小车司机。

"你们也多次来过成都，不虚此行吧？"陆三水目光没有离开眼前的景致，"欸，你们知道成都为什么称作蓉城吗？"

小靳和小黄相互看了看，双方眼睛里都是问号。

"不知道。"小靳说。

"那我告诉你们。"陆三水说，"成都在五代十国，老百姓就开始在城里遍种芙蓉，花开似锦，就得了芙蓉城这个美名。传说五代十国时期的后蜀皇帝孟昶在成都称帝32年，虽然谈不上政绩，但成都人遍种芙蓉花树，却成了他的功绩。其实呀，在他执政之前，老百姓就在种芙蓉花了。"

"'君自故乡来，应知故乡事'。"小靳引用了唐代诗人王维的《杂诗三首》中的两句，"首长好厉害！"

"欸小靳，你是北京人，北京的上风上水指的什么地方，你知道吗？"陆三水的目光依然投向窗外。

"首长，你还真把我给问住了。"小靳知道自己脑海中没储存有这方面的信息，却随口说道，"但成都的上风上水在哪里，我是知道的。"

"是吗？你说来听听。"陆三水有些意外，目光从窗外转向小靳。

"在成都的西北位置，就是金沙区所辖的那一大片区域。"有一年小靳陪同陆三水参加"西部北斗产业园奠基仪式"活动，有位要员在讲话中就说"金沙是福地，是成都的上风山水"，小靳年轻、记忆好，就记住了。

"对，成都的上风上水就是指西北那一片。"陆三水兼顾着看窗外的景色，接着说道，"北京的上风上水指的是西山。那一片被历代帝王看好，在于风水好，风光秀美，且贵气四溢。帝王们在那里不是建园林，就是盖寺庙。"

陆三水说的没错。像隋唐以来兴建的佛教圣地"八大处"，在金朝章宗时期钦定的"八大水院"，以及清代的皇家园林"三山五园"等都在北京西北郊的大山上。祖籍成都的陆三水，更乐于说成都的上风山水。说完北京西山，他又说道："其实处在成都西北的金沙区，就是上风上水的代名词。这西北城，是成都去往都江堰的必经之道。在西北城域内，有个被称作私家第一园、易经文化第一园和西部大观园的'易园'。此园集古典和现代风格于一体，建筑典雅，环境优美，透出浓郁的道家文化氛围。易园坐落于金牛大道上的金牛坝，堪称文物保护与利用的典范。"

智者乐水，仁者乐山。江安河绕城而去，水声潺潺不息，成都西北城"亲水"可谓名副其实。继续西行，那都江堰、青城山更是令人艳羡不已。城西的金沙，算是"智仁兼备"了。这地方，对于想"大隐隐于市"的现代人来说，算是一个绝佳的选择。

上苍赐予上风上水的宝地，自然风生水起，气象万千。

此时，900米高空下澄澈的府河，像一条七拐八弯、缠绕着蓉城的缎带，泛着耀眼的金光。陆三水想起11年前，由法国著名导演吕克·贝松任制片，法国著名航拍摄影师亚恩·阿蒂斯·贝特朗任导演，拍摄的一部影片《家园》。这部筹备了15年，在世界50多个国家和地区拍成的环保影片里俯瞰的高度，是人类常规视角不能企及的。它小到地面上的人与动物、树木与小花，大到山岳、海洋和地球轮廓，都撼动着观众的心灵。这部在78个国家和地区同时上映的影片，旨在唤起人们对地球家园的关注和保护意识。它以全新的视角揭示了地球环境的现状，又向观众呈现出一个既梦幻般美丽又极其脆弱的星球。

直升机在绕城高速上空逆时针飞行。凤凰山公园、凤凰山音乐公园、凤凰山体育公园、天府艺术公园、府河公园、府河摄影公园、新金牛公园、临水雅苑、九里堤片区公园、成都欢乐谷，以及四川青少年艺术培训中心等尽收眼底。

"首长，前面就是植物园上空，做盘旋吗？"飞行员小李通过降噪耳机问道。

"绕一圈吧，不降低高度。"陆三水的思绪又回到现实中来，回应道。

有个哲人说过一句话："视角改变思维。"其实这样的视觉，不仅爬上80层的楼顶可以获得，出差或旅游坐在飞机的窗口处也能得到。有人对视野高度总是想入非非，甚至沉浸其中。其实那些小型无人机，在合法空域中的高度，也仅仅是一个俯视的视角而已。但就是这样的视角高度，也让人感到卑微和弱小，更会令人陡生自大和狂妄。其实，这样的视角，千万年来都属于鸟类。

远远地，坐落于天回镇、占地面积42公顷、绿地率达94%的植物园呈现出一片葱翠，真可谓"氤氲成雾，葱郁垂阴"。在空中看，它与其他景致很容易区别开来。

如果说"东郊记忆"是化腐朽为神奇的典型，"成都植物园"便是点石成金的杰作。东郊把迁厂留下的破旧遗址，打造成一个多元化、多功能的现代化音乐广场，无疑是创造性思维的结晶。而把市郊一个走向颓萎的僻静林场，打造成蜀地首个有园林功能的植物园，应算是人类运用智慧的典范。

植物园树木参天，浓荫蔽日，在900米空中，直升机旋翼掀起的风，对它们不构成伤害。

高度100米的空中，城郭的建筑、街道、车流，以及树木和山石，能清晰地映入人类的眸子；高度1000米的空中，城郭一片混沌，进入人类视野的山岳、河川，壮丽宏阔，令人类感到自身的渺小；高度10000米的空中，万物若尘，人类的视野能触及绵延的地平线、地表的划痕，以及在蓝色水面上漂浮着的好些巨大的石头。

直升机仍在绕城高速上空逆行。

"首长，即将到达北斗产业园上空。"飞行员小李说。

"好。"陆三水的目光没有离开窗外这片天宽地阔的景致。

国际上给星体命名，北斗七星属于大熊星座。但它只是其中的一部分，从形状上看，北斗七星是这条大熊的尾巴。

北斗七星，即北斗。由天枢、天璇、天玑、天权、玉衡、开阳和摇光七星组成。古汉民族把这七星的摆列图形想象成舀酒的斗。天枢、天璇、天玑、天权四星组成斗身，古称魁；玉衡、开阳、瑶光三星组成为斗柄，古称杓。

北斗星在不同季节的夜晚，出现于天空不同的方位。古人就根据初昏时斗柄所指的方向来确定季节：斗柄东指，天下皆春；斗柄南指，天下皆夏；斗柄西指，天下皆秋；斗柄北指，天下皆冬。

北斗产业园，占地355亩，东毗天回古镇，南靠凤凰山，西倚城北副中心，北临国际商贸城，坐落于成都上风上水位置，自然及人文环境优美典雅。在其周边建有中铁产业园、西联钢铁等众多产业园，已形成良好的企业环境氛围。该园区是中国地理信息产业在西部的战略项目，为中国西部高科技产业示范园区。

北斗产业园区外宽阔的草坪上，巨大而铮亮的卫星轨道雕塑上，"西部北斗"四个大字在阳光下闪烁耀眼的金光，格外醒目。

"首长，已进入北斗园区上空。"飞行员小李说。

"保持这个高度，盘旋两圈。"陆三水说。鸟瞰建成的北斗园区，是当年陆三水参与奠基仪式时的想法，在极为平常却又意义非凡的今天变成了现实。

北斗园区里的建筑，大小、长短、高低不等，呈现参差，但分布却十分和谐。建筑物之间有车道和人行道，宽敞洁净。道旁要么碧草如茵、瑶草琪花；要么郁郁芊芊，葱茏如盖。

园里七座摩天高楼，以北斗七星的形状分布，其参差不齐，错落适中，彰显出恢宏的气派与园区的主题格调。这群建筑物有着特别的空间布局，质感面砖与玻璃幕墙装点的外墙，以及巨大三角形组合形成的斜面楼顶，无一不体现出现代建筑学的美感。逐层建有空中花园，使得办公空间鲜氧循环、空气格外清新，而且满目美景。

陆三水终于如愿以偿了。他想象在夜间灯火亮起的时候，这七座摩天高楼也被点亮，天上地下的"北斗七星"交相辉映，使得大地成了天上，而天上却成了大地。

夜晚，每一个明亮的区域都可以成为人类居住的地方，就像旷宇中的萤火虫那样。人类留下的痕迹可以覆盖自然的痕迹，但有一天，又有可能会被自然的力量摧毁。这就是辩证法则。在那时，新的人类文明又将出现。如此循环不已。

上风上水

SHANGFENGSHANGSHUI

　　俯瞰北城后，陆三水没有小憩，他的专座奥迪A6L悄然停靠在了"2020成都·金沙新经济论坛暨北斗＋大数据专题推介活动"停车场。此时是上午8时许。

　　现场没有欢迎横幅，也没有等候着迎接的人群，甚至没有一个这次活动的工作人员迎接他的到来。陆三水面对如此情形，认为耿兴华值得信赖。

　　秘书小靳谙熟陆三水的行事风格，也知道在这样冷清场面的背后，陆三水向主办活动方打过招呼。但他还是埋怨主办活动方没有一点灵活性，至少应该安排一个工作人员带带路吧。

　　小靳从副驾驶座出来，打开了后排右后座的车门，把手放在了门楣正中："首长！"

　　或许正是小靳这个动作，一个穿着制服、脚踏一双羊皮蛋卷平底鞋的高个子姑娘，急忙从一侧小跑过来。

　　陆三水出车门后刚站定，姑娘就到了他们面前。

　　"首长好！我是活动工作人员，请您跟我来。"姑娘微笑着，声音适中，仪态优雅。她在前面引路，步履不快不慢。陆三水被小靳和司机小黄一左一右夹在中间。他们仅走出一小段距离，耿兴华就疾步从迎面走来。

引路的姑娘停了下来。

"陆总好！有失远迎！"耿兴华40岁出头，看上去很干练，此时略显拘谨，局促地伸出双手，话中带有歉意，"您来……我们连……"

"你信守承诺，这就很好嘛！对了，"陆三水把头侧向小靳和小黄，"跟你们介绍一下，他是成都金沙区区长，工商管理博士，耿兴华。"

"耿区长好！"小靳和小黄异口同声道，同时都把手伸向耿兴华。

当陆三水又把两人介绍给耿兴华时，三人已经完成了握手。

距活动开始还有近一个小时，耿兴华直接把陆三水一行引到了一个有沙发和开着空调的隔间里。几人落座后不久，刚才引路的那个姑娘端来了四杯咖啡豆现做的咖啡和四小盒方糖。

此时，这次活动的大厅里，已是座无虚席，这些参加者都在浏览活动主办方发给的资料。

刚才引路的那个姑娘，把打印着"陆三水"三字的桌牌，放在了主席台中央。随后她又进到那个隔间，把烫金的"活动议程表"放在了陆三水身旁的茶几上。姑娘把三个礼品盒和三朵胸花交给了秘书小靳，又向陆三水递上了签到簿和笔……

显然，耿兴华在满足了陆三水提出的"不告知、不张扬"的要求后，这姑娘所做的一切，还是体现出他作出了接待客人最低程度的必要布置。

陆三水坐在耿兴华对面，继续听他介绍这些年金沙高新技术产业园区运行和发展的情况。

7月31日上午10时30分，央视一套直播了在北京举行的"北斗三号全球卫星导航系统建成暨开通仪式"。

当直播镜头依次转向参加仪式的有关部委领导，以及为北斗导航系统建设作出过杰出贡献的专家和有功人员时，耿兴华见到了一个熟悉的面孔。尽管他戴着防新冠病毒的口罩，耿兴华最终还是想起来，这人就是当年参加金沙"北斗产业园区"奠基仪式的中国航天科技集团有限公司总经理陆三水。

耿兴华赶忙找出陆三水的名片，紧张地打电话过去，电话通了。耿兴华自我介绍，向接电话的陆三水请求，如有时间的话，希望他前来视察曾经挥锹奠基的成都金沙"北斗产业园区"。没想到陆三水说八月中旬正有成都之行的安排。耿兴华就把今天这个活动与他说了。陆三水说尽可能作出安排，后续让秘书跟他联系。几天后小靳秘书打电话给耿兴华，说首长决定参加。接下来耿兴华又拨通了陆三水的手机，得到确认，陆三水还要求他，这事不要去惊动省市领导，不告诉区领导班子……

"陆总，遵照中纪委严禁餐饮浪费的规定，活动主办方中午只给大家安排了简单的便餐。"耿兴华说，"中纪委这个规定好，也在社会上树立了节约光荣、浪费可耻的良好风尚。"

"耿区长，这饭我们就不吃了。这次来成都的时间很紧，在蓉的8个基层单位，我们都要走一走；另外在凤凰山的五机部山川基地，也要去看一看。一会儿活动开始后，我的发言请尽量安排在前面，上午我们还有其他安排。"

"陆总对我们高新技术产业园区这样关心，来了连一顿便饭都不吃就离开，这让我们多难为情？"耿兴华说。

"我发言后，不是还没到饭点吗？"陆三水一脸笑意，"这样吧，耿区长，下次我们来，你就招待我们去吃天回镇的'何氏豆腐'，怎样？"

"既然陆总要去视察工作，那好，恭敬不如从命。不过陆总下次莅临时，一定要请您吃顿便饭。"耿兴华说。

这时，隔间门被推开，进来两个姑娘。门又被关上后，先前那个姑娘在耿兴华耳边细语了几句。耿兴华对陆三水说："陆总，活动即将开始，安排您先跟大家讲话，之后我送您离场。一会儿我说到'请您到主席台就座时'，还是那位姑娘给您引路。"

陆三水理解，耿兴华这样做，是要让自己到活动现场时，有一个隆重的欢迎场面。此时他觉得没有必要再多说什么，客随主便吧。

耿兴华又对小靳和小黄说，现在工作人员引领你们到会场就座。两人便起身，在另一位姑娘的引领下走出了隔间门。耿兴华跟随其后，走向主席台。

"各位领导、嘉宾，各位女士们、先生们：大家上午好！在本次活动即将开始前，让我们以热烈的掌声，请中国航天科技集团有限公司总经理陆三水同志到主席台就座！"

会场爆发出雷鸣般的掌声。陆三水在工作人员的引领下，步入主席台就座。掌声依然不断。

陆三水又站起身来，向左中右三个方向点头致意。直到他再次坐下后，掌声才平息下来。

"现在，我向大家宣布，2020成都·金沙新经济论坛暨北斗+大数据专题推介活动开幕！"

全场又响起热烈的掌声。

"首先，我们请在百忙中，远道莅临本次活动现场，尊敬的陆总讲话！"

全场再一次响起雷鸣般的掌声。

"大家上午好！首先，我预祝正在举行的金沙新经济论坛和北斗+大数据推介活动获得圆满成功！"陆三水等掌声稍微平息，对着话筒，中气十足地说道："刚才我听了耿区长对金沙高新技术产业园区涵盖的三个园，即北斗产业园、中铁产业园和人工智能产业园，在近几年的运行情况介绍，认为发展势头很强劲，起到了带动金沙新经济发展的引擎作用……

"我们现在进行活动的这个地方，就是金沙高新技术产业园区，它位于成都西北上风上水的位置，距离市中心商圈最近、地铁覆盖密度最大、公共服务配套设施最完善，占地面积接近8平方公里。应该说，这是让人眼馋的一块宝地呀！

"正因为占尽了地理优势，所以我们这个高新技术产业园区，成为了成都主城区中唯一的省级高新技术产业园区，成为了唯一的国家科技部火炬计划电子信息产业基地，成为了唯一以现代都市工业为发展方向的市级产业园区。我们应该充分利用这样的地理优势，充分利用政府和国家职能部门赋予的这些'唯一'优势，把它们转化为强大的生产力，转化为实现经济增长的催化剂……

"朋友们，我们生活在电子时代、北斗时代和大数据时代。新的时代，挑战与机遇并存。勇于面对挑战，就能抓住机遇，抓住了机遇，就站在了迎来辉煌的制高点！谢谢大家！"

全场掌声震天。

"朋友们，陆总的讲话，高屋建瓴，也令我们精神更加振奋。"耿兴华站起来说，"陆总日理万机，上午还有视察在蓉航天企业的安排，让我们再次以热烈的掌声，欢送陆总一行！"

掌声中，陆三水一行在工作人员的引领下，再次进入了先前那个隔间。耿兴华做临时主持人也就到此结束。

从另一条廊道，耿兴华和先前那个高个子姑娘，把陆三水一行送到了停车场。两人一番离别的客套话后，耿兴华和高个子姑娘目送陆三水的奥迪A6L驶向远处。

陆三水要前往的企业是四川航天技术研究院下属的四川达宇特种车辆制造厂，坐落在成都金沙高科技产业园北区。

陆三水还有两个月就要进入花甲之年，按照中央关于省部级干部的任职规定，正部级的陆三水还有5年才退休。当然，这并非就意味着他在现在这个岗位上就干到退休。两年前，他就产生了去大学教书的想法，并向中组部提出过这方面的书面要求。为此，中组部常务副部长找他谈过话，并说向中央首长反映过他的要求，中央首长希望他安心做好现任工作，干完这一届再说。而这一届满期，还有两年多时间。

看着车窗外变化巨大的成都市容，陆三水想起30多年前路过成都时，自己在心里说过的一句话：蓉城这青灰色的着装，总有一天一定会换成绚丽的彩服。

时间如白驹过隙。陆三水觉得好多事情就像发生昨天一样，是啊，自己的确已步入花甲之年了。历历往事在他脑海中浮现……

回到故地

陆三水在路口足足等了两个小时，才见到有一辆军用吉普打着左转弯灯要往山里走。

他起身试着招手，那车真的停下了。他迎上前去说明情况，提出搭车要求，坐在副驾驶座上的人要他出示工作证，他说没有工作证，只有介绍信。那人说他拿出来看看。

原来这是一条通往大山里的专用公路。这条20公里的公路尽头处，是一家密级很高的国防基地。路口有部队设的哨卡，不允许其他车辆进入。而进去的车辆，似乎都有一个约定俗成的做法，就是在路口见到有人招手，都会停下来。只要持有山川基地的工作证，都会同意搭车。不然基地里面的职工出差或探亲后回到这里，是进不去的，即使是步行。

陆三水在路边从简单的行李中拿出一个信封，抽出其中的介绍信，递给坐在副驾驶座的人。那人只看了一眼，就露出惊讶的表情："你就是分配到山川基地的大学生陆三水？你父亲叫陆天问？"

"是的。"陆三水不知道眼前这个人的身份，只是简单作答。

那人打开车门，表示要去路边帮他拿行李。陆三水连忙摆着手说不用，他自己来。陆三水的行李也着实简单：一个铺盖卷，一个挎包，再加上一个装有脸盆、饭盒和洗漱用具的棉线网兜。

坐在副驾驶座上的中年男子穿着浅黄色四个兜的干部服，梳着整洁的大背头。他叫向远，是不久前从北京机关"空降"到山川基地的管理委员会主任。前两天，向远在成都参加会议，今天基地小车队司机专程去西昌火车站接他回去。

"小陆同志，你是乘公共汽车到路口的？"向远问道。

"一大早从西昌出来，那辆军车本要把我送到基地，"陆三水声音极低地说道，"不想车况不好，这一路驾驶员就修理过几次车。他说只要车子勉强能动，就得把我送到这路口，说只有在这里才能搭上车。"

西昌经过冕宁到这路口，车程有110公里左右。

"你还算走运，遇上我们回去，之后就很难说还有没有车再往里走。"向远说。

"也是。"陆三水回应很勉强，他突然感到倦意袭来。

路程已不是太远，陆三水心想控制一下也就到了。但这生理上的事，哪里控制得了，他最终还是合上了愈发沉重的眼睑。

向远听见了陆三水在身后发出的轻微鼾声，也紧靠靠背闭目养起神来。

山川基地，对陆三水来说，既是回来，也是初出茅庐的地方。

陆三水的父亲陆天问，是新中国成立后支援国家三线建设的归国华侨，在国防工业方面有着非凡的才能。山川基地就是在他的主持下建设起来的。

20世纪50年代末，中苏两国磕磕碰碰数年后最终交恶，随之而来的是国际形势发生了剧烈变化。国家长达近10年的三线建设，便在这种背景下拉开了帷幕。

早在三线建设启动前，国家和军队领导人就签署了关于建设战略军事技术储备基地的绝密文件。

这个战略储备基地被命名为山川基地。建设它的负责人陆天问，是克服重重阻碍从M国归来的华侨。山川基地储备的军事技术和各类重型设备，都在这个如同铁人一般的陆天问指挥下完成。

但不幸发生了。在那动荡岁月快结束的头一年，山川基地一配电站职工因操作失误，导致正在作业的5名职工触电死亡。在处理这起职工因公死亡的善后事宜时，基地在按国家有关政策抚恤的基础上，又给予了死者家属额外抚恤，但几个死者家属仍然不满，并节外生枝，致使事态出现失控的苗头。

正在北京开会的基地革委会主任陆天问得知这个情况后，急忙赶了回来。不想他去给死者家属做说服工作时却被扣为人质，对方两天两夜不许他离开。这时，基地保卫部门的人员不得不出面干预，结果一场规模不小的械斗发生了。陆天问在一片混乱中出面阻止，头部意外受到钢管重击，导致颅脑受伤，后抢救无效死亡。

基地革委会副主任费恒尘，早就觊觎基地大权，趁这场械斗兴风作浪。他先后几次去"慰问"死者家属，而每次"慰问"后，死者家属都会向基地提出新的不合理要求。费恒尘暗中纠集在那一事件中跳得最凶的一帮混混，去做代表死者利益的一方，与组织对着干。正因为如此，导致这事久拖不决，最终促成了双方对立的升级。陆天问去世后，费恒尘如愿坐在了空出来的山川基地革委会主任位子上，虽然是以副主任代理，费恒尘心里却没有"代理"这两个字。

陆天问去世前的伤势很重，在颅内尚未被血液大面积覆盖时，人还清醒，他委托好友甘风华，一定要把他才15岁的儿子陆三水带出基地，送到成都金沙花照壁西顺街他妹妹，也就是陆三水的姑姑家去。陆天问祖籍成都金沙，祖父系前清五品官宦，家底厚实。到了他父辈这一代家庭依然很殷实。陆天问有两个哥哥在南京国民政府机构任职，他于民国三十四年（1945年）去M国斯坦福大学留学，先是攻读兵器工程专业，后又攻读航天材料专业。学成后，陆天问本想回来报效国家，可那时国内兵燹频仍，回国艰难，他只好留在M国找事做，三年后在该国定居。

20世纪60年代中前期，陆天问一家三口回到国内。为了支援国家三线建设，陆天问让妻子带着才4岁的儿子在成都花照壁西顺街老宅子住了下来，自己就在基地住牛毛毡工棚，指挥基地的建设。几年后，基地建起了职工宿舍，妻子和儿子才回到了陆天问身边。

甘风华处理完陆天问的后事后，把陆三水送到了成都花照壁西顺街他姑姑家里。陆三水只在姑姑家住了两个月，就被北方航空航天大学的教师龚明志接走了。

龚明志教授在北航讲授空气动力学，享誉国内航天领域，他是陆天问在M国斯坦福大学留学时的校友，也是很要好的朋友。龚明志在陆天问回国参加三线建设的感召下回国时，国内正值"文攻武卫"的乱哄哄时期，他没能进入到三线建设队伍中，却被某位将军推荐去北航任教。龚明志得知陆天问出事的消息后，怕陆三水这个没有了管束的半大孩子最终被毁了，便从北京赶到成都，向陆三水姑姑谈起了要培养陆三水的想法。陆三水幼年时在M国就认识龚明志，加之陆天问有次去北京参加五机部的会议，带上了陆三水，会期中父子俩去拜访过龚明志，所以更加深了陆三水对龚明志的印象。姑姑同意，陆三水又愿意，所以龚明志要做的事情就成了。

于是陆三水跟随龚明志去了北京。他之后的命运，或者说他之后的人生轨迹，就因为迈出这一步而被彻底改变。在之后的多年里，他努力学习着，并通过龚明志教授的引荐，认识了好些领域的著名科学家，并获得他们在专业上的点拨，又在他们的举荐下，先后在几所名校攻读了一至两年的专业知识。

路面狭窄，凹凸不平，又是弯道密集的山路，尽管只有20公里的路程，这吉普却用了近50分钟才到达了山川基地。

向远看了看手腕上的时间，然后对司机说把车开到基地招待所。司机本来是要把车停到向远住所旁的空地上，现在只好听从他的吩咐了。

吉普稳稳当当地停在了基地招待所门前。

向远想得周到，要在招待所给陆三水安排一间房，把行李放在里面，然后带他去干部处报到。

"小陆同志，下车了！"向远开启车门前，往后扭身呼着陆三水，接着就开门下了车。

向远下车站定后，见陆三水并没有下车的动静，便打开后座车门，再次叫他。陆三水仍然斜靠在后座的靠背上一动不动，向远有些奇怪，就用手去推他。可是，陆三水还是没有反应，向远内心一下就收紧了，马上叫司机开车去职工医院。

司机见状也吓着了，一时手忙脚乱，竟然两次才发动车。

不到三分钟，吉普车就停在了职工医院门口。司机很机灵，打开车门就直接奔向医院急诊室。急诊室有一个男医生正在看报纸，突然见一个男子急匆匆闯进来，下意识地惊了一下。司机还没站定，就结结巴巴地对他说院门口车上有个人快不行了。

医生倒也雷厉风行，抓起桌上的血压器和听诊器就往门外跑。在路过注射室门口时，他叫上了里面的两个护士。

医生首先检查了陆三水两眼瞳孔，然后用听诊器听他心跳，接着又量他的血压。向远和司机则在一旁观察医生的表情。

"没有生命危险，他处在浅度昏迷状态。初步诊断是低血糖引起的，"医生对向远和司机说，"先静脉注射点葡萄糖。"

医生的话让向远放下心来，便对他说："这个小伙子是刚分来的大学生，今天到基地报到，在路口坐我们的车进来。现在就把他交给你们医院了。"

凭感觉，司机认为医生和护士都不认识向远，就向他们介绍了这是从北京调来不久的基地主任向远。他们笑着说知道调来个新主任，就是对不上号。

向远没打算直接回住所，让司机把他送到基地机关大楼。班子成员都知道分来一个大学生，但鉴于陆三水还没报到就在住院治疗，向远觉得有必要向大家报告一下这个情况，同时也把这个情况告诉陆三水将去报到的部门干部处。

山川基地老一辈职工都认识陆三水。他离开多年后，今天又回来了，这个消息很快就在一定范围内传开。

晚间，甘风华和张洪乡相约到医院探望陆三水。甘风华是火箭、枪炮专家，张洪乡是枪械、炮弹专家。陆三水已经转到住院部病房，人依然处于浅昏迷状态。医生告诉两人，陆三水无大碍，人很快就会醒来。

次日下午，陆三水终于醒来。见空空的输液架还立在床头，再看看周围，他确认自己是躺在医院的病房里。

不一会儿，有个叫邱霞的护士推开掩上的门进来，发现陆三水醒来了，就转身去叫医生。

医生是个女的，约40岁左右，身材匀称，皮肤白皙，头上还系着马尾。按理说她这个年龄的人应该认识陆三水的，但她却不认识。她叫蓝英，原是部队的一个军医，五年前转业来到基地，至今还单身。在一般人的眼里，单身大龄女人，是因为有个性，脾气也不会好到哪里去。如果这样来揣测蓝英医生，无疑犯了经验主义错误。因为她脾气极好，说话声音也是柔柔的。

本来从急诊室转到住院部来，就记录了陆三水的名字，可蓝英还是问了他的名字，接着又问他年龄。接着她便去摸他的脉搏，之后又翻看他的一双内眼睑。

"你现在感到哪里不舒服？"蓝英问道。

"就觉得四肢无力，提不起精神来。"陆三水懒洋洋地回应道。

"昨天下午的事，你还记得吗？"

"你是问……昨天下午的事？"陆三水认为自己听错了，刻意突出了"昨天"两字的语气。

蓝英确认后，便问陆三水记不记得是怎么来到这里的。陆三水这才意识到现在这个白天已经是又一个白天了，自己至少在这里昏睡了20来个小时。

"我是刚分配到这个单位的。"陆三水说，"昨天从西昌送我来报到的车出了点故障，我便在路口等车。大约两个小时后，我搭上一辆军用吉普，开车的司机很年轻，坐车的是一位干部模样的中年男子。上车后，我没说上几句话就觉得很疲倦，靠在后座的靠背上就睡着了，后来的一切就都不知道了。"

陆三水把自己怎么来到这里的过程叙述了一遍。

蓝英听完陆三水的叙述后，认为陆三水思维清晰，他的昏睡不是大脑发生病变引起的。

"邱霞，这病人还很虚弱，不能下床。你去看化验科谁在值班，说有个住院病人需做血常规检查，叫她来抽血。"

不到半个小时，蓝英和邱霞又来到病房。

"陆三水，血常规检查报告反映，你患有贫血病，这与你面色苍白、内眼睑血色不足，以及觉得疲倦乏力的症状吻合。你昨天突然昏迷到今天下午，暂时可以确诊是因为连续坐车疲劳和饥饿贫血引起的。"

"医生，我的生活不算差呀，怎么会得贫血病？"陆三水不无惊诧。

"贫血不一定是营养不良引起的。"蓝英笑了笑，又道："贫血是分种类的，有地中海贫血，有缺血性贫血，还有失血性贫血……对了，你近来有过受伤失血的情况吗？"

"没受过伤呀！"陆三水若有所思，"对了，我有痔疮，解便经常出血，有时还很多……"

"哦，难怪。现在你的血红蛋白浓度已低于60克／每升，说明贫血已比较严重了，必须住院治疗一段时间。另外，痔疮也要用药，要把失血的漏洞堵住才行。"蓝英又问陆三水是否有饮酒抽烟的习惯，陆三水说没有。蓝英提醒他不要吃辛辣的东西，解便后要用水清洗等等，说完走了。

职工医院位于与职工宿舍并排的半山腰。因为只是内部职工和家属在此就医，加之各分区又都设有卫生所，所以医院长年累月都显得冷清。像陆三水这样住院治疗的职工并不多，住院的都是些年龄偏大有基础性疾病的职工或家属。

陆三水住院已十来天了，脸色不再苍白，病情大有好转。住院几天后，陆三水就与扎着两条辫子的护士邱霞熟悉了。邱霞把陆三水入院第二天上午仍在昏睡时，在医院门外发生的事告诉了他。那天上午，基地管委会副主任费恒尘带着好几个人，手持钢管和木棒来医院抓他，说他是间谍。在他们到来之前，老技术员甘风华带了约20个同事和老工人在医院门口候着，硬是把他们挡在了医院门外。要不是是带着保卫人员及时赶来的向远鸣枪警告，费恒尘带来打伤了好几个人的肇事者跑掉了，还不知道要出多大的事。

邱霞告诉陆三水，向远是从北京调来不久的基地管委会主任，之前的主任职务是副主任费恒尘代理。费恒尘自从代理基地革委会主任职务后，多年来一直专横跋扈、拉帮结派，基地职工对他早已深恶痛绝。最近一两年，费恒尘又凭借手中的权力，伙同亲信倒卖基地战略物资。尽管他们自认为这一切都做得极为隐秘、天衣无缝，但却不能保证参与者每个都能做到守口如瓶。费恒尘对上面"空降"一个管委会主任，本来就很不爽，现又见陆天问的儿子回到基地，就更担心多年来一直被他压制而对他疾恶如仇的老技术员们，会把当年陆天问被打死的账算到他头上，所以他才有了给陆天问的儿子陆三水戴上一顶"间谍"帽子，作出丧心病狂的举动。

邱霞还告诉陆三水，那天下午，就是向远和小车司机把他送到医院来的。

至于邱霞提到的甘风华，他是陆三水父亲陆天问生前的同事和好友。在那天的争斗中，甘风华质问过费恒尘："费副主任，你凭什么说小陆同志是间谍？他分配到这里工作，之前部里干部司不是打电话向基地班子通报过吗？昨天向主任还看过他报到的介绍信，写得非常清楚，他是回基地来为国防建设作贡献的呀！"

"甘风华，你不要敌我不分！陆三水的父母从M国回国是事实吧？陆三水母亲后来离开了基地也是事实吧？这基地的详细情况和规划她都是知道的。另外，陆三水这些年在外干什么你知道吗？通过她母亲一直在跟M国联系，这还不能说明他是M国收买的间谍吗？"

"姓费的，你这是血口喷人，狗嘴吐不出象牙！当年我们建设这基地时，你小子在哪里？陆天问夫妇怀着拳拳报国心回来参加三线建设，任命陆天问同志为山川基地建设负责人，是国家领导人亲手圈定的。陆三水的母亲是离开了基地，那是因为她患了重病要去成都医治，但后来不久她就去世了。你说陆三水通过他母亲跟M国取得联系，这不是很荒唐吗？我看你没有一句真话，尽是胡言乱语！"

那天，向远带着保卫人员赶来，鸣枪阻止了费恒尘等人实施暴力后，他对费恒尘说："见你和这几人持棍棒往医院去，我就觉得你要挑事，便叫上了十几个内卫跟了过来。你们的行为，从头到尾我看得十分清楚。那几个人只是暂时跑了，他们已触犯了企业有关条例，内卫是要抓人的！"

费恒尘没想到一直趾高气扬可以横七竖八乱踢的脚，这次踢到铁板上了，遇到个强硬的主，一时愣了。

"费副主任，借这个机会顺便跟你透露个消息。前山川基地革委会主任陆天问之死，组织上决定要彻查。"向远说这番话，明显带有警告费恒尘的意味。

费恒尘心里更加慌乱，满头大汗，张开嘴巴，却一个字也没有挤出来。

"好了，大家都散去吧！"向远挥动着手臂。

邱霞属三线建设中的第二代，她父亲在距这里仅十几里的长风基地上班，是模具车间的技师。她在医院工作的时间仅一年多，人勤快不说，跟医生和其他护士的关系都处得不错。

陆三水把邱霞所说的情况联系起来，认为费恒尘还会给自己找茬的。

一周前，陆三水持介绍信到基地干部处办了报到手续。这还是头一天下午甘风华和张洪乡再次来探望他时，得知他尚未报到，甘风华对他说，你没报到，就意味着你还不是山川基地的职工，就不能享受基地职工的待遇。又说他目前在职工医院住院治病，也体现了基地鉴于他目前生病情况给予的特事特办。张洪乡对他说，明天星期一，去干部处把报到的事办了，而这住院该怎么住还怎么住。

说到这里，陆三水从挎包里拿出信封，抽出里面的介绍信递给了甘风华。介绍信内容进入甘风华目光约一分钟后，他便把介绍信递给了坐在对面床沿上的张洪乡。张洪乡接过介绍信一看，发现这张介绍信有很特别的地方。

介绍信

1983字第216号

山川基地管理委员会：

　　兹介绍陆三水等一名同志，到你处为发展中的国防事业添砖加瓦，请接纳为荷！

此致敬礼！

（有效期三十天）

签发单位（盖章）

1983年8月3日

　　原来介绍信上签发单位盖章处，不仅盖有山川基地上级单位"第五机械工业部干部司"的印鉴，也盖有"燕都理工大学"和"京师大学"这两所名校人事处的印鉴。这三枚印鉴，让陆三水的这两位父辈朋友感觉到了他的分量，预感到眼前这个年轻人即将要替代并超越他们，将成为中国国防事业的栋梁。陆三水具备空气动力学、电子学、机械工程学和材料学这四个专业的知识，将司职军工设计。

　　"小陆啊，你也知道，对基地职工往来信件的审查，是相当严格的。"甘风华说，"为了避免不必要的麻烦，这么多年我们都没通过信。不过这些年你一直在学习的情况，你父亲在部机关的好友告诉过我，我是为你感到高兴的啊。"

　　"谢谢甘叔叔，您一直以来都关心着我的成长。"陆三水神情显得十分诚恳。

　　甘风华继续说道："当年，你父亲放弃了在M国优越的工作和生活条件，带着你母亲和你回国，义无反顾地投入异常艰苦的三线建设中来，他那颗报效祖国的心一直燃烧到了生命的最后一刻。你现在回来继承你父亲的遗愿，去完成他未竟的事业，他定会含笑九泉。"

　　陆三水觉得气氛有些沉重，便有意换了个轻松的话题。

　　"我小时候，甘叔叔、张叔叔，还有好多叔叔都爱逗我玩，还给我买东西吃，我的童年可是充满了快乐。"陆三水刻意露出笑容，"在我少年时代，要不是甘叔叔、张叔叔和其他叔叔让我摆弄你们设计的那些枪，并给我讲解枪炮方面的知识，我可能就没有这方面的兴趣，今天的事业也许就不在国防方面了。"

　　"小陆，你一定会唱《年轻的朋友来相会》这首歌吧？"有吹口琴雅兴的张洪乡觉得也应该鼓励陆三水几句，"里面有句歌词是'光荣属于80

年代的新一辈'。现在国家以经济建设为中心，把改革开放作为一项基本国策，你们这代年轻人真是赶上了好时候，凭你的聪明才智，是可以大展身手的啊。"

"张叔叔说得太好了。这首歌，我们这代年轻人都会唱。谢谢您对我的勉励。"

次日，这张介绍信到了基地干部处干事和处长手里，他们大概也是首次接触到有三枚印鉴的介绍信，神态便露出了异样。可能也是觉得这三枚印鉴的分量很重，他们的目光都转向了陆三水，似乎在问，这小子是什么来头呀？

又过了几日，陆三水出院了。

出院那天，正好邱霞休班，根据头天说好的，邱霞帮陆三水联系了负责食宿的后勤部。两人去到后勤部时，经办人倒是省事，把当月剩余天数的饭票、菜票和肉票数给了陆三水后，就说下月领工资就得用钱买了，然后就叫邱霞带陆三水去宿舍。

邱霞在路上介绍说，根据进基地时间的长短，单身汉也分新的和老的，分男的和女的，他们不住在一个区域内。

两人来到一幢三层的砖楼。这楼只有混凝土承重柱，却没有圈梁，楼顶是预制板，用牛毛毡和沥青做过防水处理。其墙面有的地方生有青苔，说明这楼有点潮湿并有些年头了。楼前仅有一米多宽的平面，再延伸就是用石灰石垒的堡坎了。

邱霞辨别着编号，把陆三水带到了二楼楼梯口左边第一间宿舍门口。她敲了几下门，好一阵都没有动静，就去推门。可她刚推开门，就立马转过身来，满脸通红地背对里面大声说道："你们听好了，陆哥……喔，陆三水来了，要入住！"

"就这里，你进去吧！"邱霞又小声对陆三水说，"我走了。"

陆三水有些奇怪，跨进门就站住了。屋里有两张上下床，有三个青年男子脸上沾着纸条，正围着一张小桌打扑克，其中两人还光着上身。

三人听见邱霞大声说话，就停止了手上动作，目光便投向门口邱霞的背影。直到邱霞背影看不见之后，三人才看见身背军绿色铺盖卷，一手提着装有脸盆、饭盒和洗漱用具的棉线网兜，一手提着军绿色挎包的陆三水站在门口。

陆三水第一反应是要跟他们打个招呼，便说："三位好！"

"新来的？"其中一位愣了一下，又说，"欢迎欢迎！"

随着说话的那位起身走向门口，另两位也跟了上来。出于礼节，他们每人接过了陆三水的一件行李，迎接客人一般，把他迎进了屋里。

这三人是一年前先后分到山川基地的大学生。一个是骆华强，一个是唐泰，一个是纪浩。

蹉跎岁月
CUOTUOSUIYUE

职工食堂的伙食很差，又成天无所事事，陆三水很不习惯。

陆三水想去找向远了解一些情况，却不知道到哪里去找，问同寝室的三个人，他们也只是摇头。

陆三水想进入车间看看，才知道没有工作证是不行的。

在等待有工作证的这些天，陆三水觉得自己正在做着一个很漫长的梦，一时醒不来。

一直以来，陆三水认为只有能实现他抱负的地方才是现实的地方。眼前他能看见、能触摸的，又在提醒他一切都是真实的。特别是缺乏油水和食物带来的瘠肠寡肚、终日饥饿不已的感觉，以及三个室友因此夜间难以入睡频繁辗转，印象尤其真实。在饿得发慌的时候，陆三水甚至怀念起在医院的时光，医院的病号饭，至少还可口。他在山川基地长大，记忆中山川基地的物资供应还相对充足，可眼下怎么出现了食物短缺的情况？

三个室友说，他们也到基地好长一段时间了，以前职工食堂的荤菜是无限制供应，就这十来天闻不到肉味了。就连基地食品站，也让那些自己开伙的老单身职工和有家庭的人，手持肉票也无肉可买。

陆三水收到了邱霞送来的工作证。她怎么能给他送来工作证，她没有解释，他也没问。有了工作证，陆三水想借故进入车间就不再有问题了。

一个人长时间无事可做，就可能滑向百无聊赖的境地，这非常可怕。宿舍三个室友，生活倒是很有规律，每天去食堂打三顿饭、打开水，周一到周六早饭后就到车间练兵一个半小时，之后又都窝在宿舍里打扑克贴胡子。企业没安排事干，你叫他们怎么办？他们也想发挥专业特长。要知道，他们可是恢复高考后的第一批大学毕业生哪！

无事可做的半个多月过去后，陆三水也由难受变得适应了，慢慢形成了有规律的生活。每天吃过饭后，他就看看专业方面的书籍，或者在大脑里成系统地梳理一下空气动力学、材料学、机械设计学、电子学等方面的知识。如此，也不觉得时间难挨了。

不是这几个年轻人不想到户外活动，而是企业规定职工在周一至周六上班期间不能外出活动，无事的可岗位练兵，或在宿舍待着。基地广播站每天清晨转播完央广《新闻和报纸摘要节目》后，都会强调一下这件事。

陆三水住进这宿舍第二个晚上，就因饥饿感强烈而无法入睡。之后每天晚上，还没有与三个室友建立"革命"友谊的陆三水，就得到了他们每人分给他的半个玉米窝窝头。陆三水自己也不知道为什么会这样，一次吞下10个窝窝头，但管不了多久又感到了饥饿。

一天半夜时分，陆三水就醒来了，因为饿，他没法一觉睡到天亮。饥饿感令他实在无法再忍受，他在黑暗里问："你们谁还醒着？我好想吃肉啊！"

陆三水原本不爱吃肉，可他却没想到，在今天夜里，想吃肉却成了他十分强烈的渴望。

睡陆三水上铺的骆华强也因腹中空空，辗转反侧到了现在，当听到陆三水说"好想吃肉"饥饿感更加强烈了，就索性坐了起来。

"陆哥，我们几个谁不想吃肉？肚子里有油水，也不至于吃了上顿跟不上下顿。我也是昨天才知道，这会儿全国各省都在支援北方地震灾区，火车都在往灾区运送食品、药品和其他物资。坚持一下吧，我们有窝窝头吃就已经不错了！"骆华强叹了口气，又说道，"看来这问题是运输跟不上造成的。你实在难受，就喝几口水填填胃，睡下吧！"

"陆哥啊，这半夜三更的，就忍着点！这全基地，不饿的怕没有几个。"对面上铺的唐泰也撑起来坐着。他顺手把拴在床头上的电灯开关线拉了一下，黑暗瞬间被驱走，屋子里变得亮堂起来。

"逢灾年，我们没赶上就算幸运的了。指不定在外面连玉米窝窝头也吃不上呢！"几人中年龄最大的纪浩也坐了起来。

他们三人来到基地的时间也就一年多，不算长。在过去，基地里也曾有过肉类、蛋类等副食品供应跟不上的情况，但国家按计划供应的粮食却是充足的。

纪浩、骆华强和唐泰知道陆三水刚到基地那天就住进了医院，也知道第二天费恒尘带人去医院试图抓走陆三水，却被向远、甘风华等一大群人阻止的事。这些都是邱霞对骆华强说的，骆华强却把它扩散了。他们三人都认为自己比陆三水的资历老，想叫他把打饭打水和洗袜子一类的事都承担起来，却不想陆三水主动就去做了，反倒使他们感动。后来又想到陆三水生病出院不久，几人就不好再摆"老资格"了，反而每人每天都主动分给陆三水半个窝窝头。

至于几人都称呼陆三水为"陆哥"，这是他们跟着邱霞在称呼，大家也觉得顺口。纪浩的年龄就不用多说，虚岁32；陆三水不久前满23；唐泰和骆华强同一年的，今年26。

骆华强眼珠左右一轮，便有了主意："哥们几个，要不我们今天上午，偷偷去林间弄点什么解解馋。再说，邱霞姑娘不是说了，要我们几个老同志照顾好陆哥，他是刚来的新同志嘛！"

"骆华强，你小子怎么会有这个念头？基地有规定你健忘了？"唐泰说道，"再说了，我们在哪里弄到枪？即便有了枪，那枪声引来警卫，还不把我们给崩了？"

"你脑袋是死的？没枪可到装备库找熟人借呀！那里面已锈巴巴的三八枪，也只配用来打林间的野物了。"骆华强根本就不把唐泰的挖苦当回事。做这样的事，小心脑袋搬家。为了吃顿肉去铤而走险，的确要权衡一下值不值。

"我看还是算了。"纪浩表态很鲜明，"在山里若是听到枪声，必然会闹得鸡飞狗跳。虽然眼下管委会那帮人不知去向，可能不会有人管我们，但万一被捉拿……要不这样，天亮大家都去钓鱼来改善一下伙食？"

32岁的纪浩，虽然在基地待的时间不长，但人生经历却比较丰富。

"陆哥，你认为这事可不可行？"见几人都在议论，陆三水一直不参与，骆华强就点他的名，直截了当发出提问。

"要我来说啊，只要吃得上肉，干什么都可以。"陆三水说话的气力都显得不充沛。

这大山里都是军工要地，除了部队外，是容不得枪声的。即使是老猎户，他们也是用传统手段下套子，并用弓箭狩猎。更何况，在市上仅用10来斤粮票，就可换得一只野兔和一只野鸡，所以也就没有谁非要用枪去捕杀那些野物。还有，野物的那种味不可口，远不如家养的禽类牲畜味美。而一只鹅也要用38斤粮票去换取，就不值得了。

"陆哥同意了这事，2∶2。"骆华强说道，又看向唐泰，"你不是常说人要有点冒险精神吗？这精神拿出来呀！"

唐泰略作沉思，开口道："也是啊，与其被饿得这样难受，还不如做个被撑死的饱鬼呢！"

"用枪打猎，在这种环境里无异于飞蛾投火。但只要我们做到了不打无准备之仗，就可以避免给自己带来不利。"陆三水说，"要想开枪不引起执勤士兵的注意，就只能让枪声消除。"

陆三水说出这句话时就觉得，这个行业里的人，他们怎么会不知道在这世界上还有一种叫做消音器的东西？

"陆哥，你有什么好主意就直接说？好多天了，大家都盼着吃一顿饱饭呢。"骆华强等不及了似的。

"开枪不就是会发出枪声吗？搞出个消音器就可以解决这个问题。你们若能弄到枪，我就有办法不让枪声传出50米。"陆三水已经不再顾及自己这初来乍到的身份。为了吃上肉，陆三水豁出去了。虽然他也意识到这是一件很危险的事。再说，三个萍水相逢的兄弟，每晚都会给他半个玉米窝窝头，而他们自己却要强忍着饥饿，这也是报答他们的机会。

"我也说不清为什么，就知道你有办法。"骆华强说，"枪，对于我们来说不是问题，但你采用什么办法去消除枪声？"基地里储存着的物质丰富，枪算得了什么？

"骆华强，我看这事还是算了吧，盗窃枪支可是触犯刑法的，重罪哦！"纪浩说这话时，明显感到眼皮在不停地跳。他认为做这样的事，一旦被抓了个现行，性命就难保了。

"即使掉脑袋，我们也要吃上一顿肉！"骆华强小时候挨饿是家常便饭，他不想再忍受那样的滋味。他说，"脑袋搬家的前提是被抓着，但看守库房的，是我的一个哥们。"

骆华强觉得这个理由不充分，又继续说道："再说，我们可以从库房里借枪做实验。虽然我们是最基层的技术干部，可不也是穿四个兜的？"

基地有规定，一些大型装备你想靠近一点都是不允许的，但研究人员可自行决定研究某些轻武器，可做枪械测试，可以研发枪支，也可以借用库房里的。做枪械测试是在警卫营的打靶场地。

资历深的枪械研究人员，他们对于打枪没什么兴趣。而骆华强到基地一年多，却消耗了不少子弹，但枪法也说得过去了。

"陆哥，你看枪是不存在问题的，就看你怎样解决消除枪声的问题了。"骆华强瞟了一眼纪浩，认为他做什么事都优柔寡断。

"放心好了，只要有加工材料，两小时内消音的东西就出来了。"陆三水信心百倍。

"我看反正也睡不着，现在就可以做些准备了。"骆华强做事，向来都是雷厉风行。

好长一段时间，除了山体里有绝密级项目尚在研究，山体外的厂房就基本上是闲着的。尽管这样，晚间的政治学习还是有的。但近段时间因食品短缺问题，政治学习也基本取消了。就算非得学习不可，晚间吃饭时间，基地广播也会通知。

"陆哥，你这是在做准备了？"室内灯光暗淡，陆三水借着手电筒光，在软面抄上用钢笔画着一幅简图，唐泰的高声调，引来骆华强和纪浩的围观。

陆三水没用多长时间，笔下的图就基本上完成了。几人看出的是一个柱状型的东西，上面密密麻麻的文字，还标出了不少代号。他们不能辨析这是什么。这与几人学习苏式制图的标准有很大差异。

几人小声地议论着。

"陆哥，你画的是什么呀，上面那么多密集的小孔？"唐泰憋不住问了一句。

消音器在那时的部队里很少见，山川基地也是不曾做过的。

"这是简易的消音器图。上面密集小孔的设计，是为了使枪膛里急速喷射的气流分散，这样气压就会降低，枪声就会小了许多。"陆三水说，"为保险起见，就做了4层，这样声音估计在20米以内能听见。大约在两小时以内就能完成加工。"

"你还会开车床？"骆华强吃惊不小。

"这个不难。"陆三水原本就是个工作狂，一做起事来，声音就不像刚才那样显得有气无力了，"在车间里随便找个边角料，用车床镗出内孔，车出外圆，再在端口加工出内螺纹就行了。"

"那这消音器怎么用在枪上呢？"纪浩问道。三人刚好一人问了一个问题。

"拧在枪管上呀！"陆三水又补充道，"对了，枪管上还要车出母纹。"

基地里的技术工人，多数在40岁上下，有着一流的技术。他们都是经过极严格的政审后，才调来的五级以上中高级技术工人。

他们不仅制作技术精湛，通常的图纸也能看懂。当然，复杂一点的图纸还得在技术人员的帮助下才能弄明白。这也好理解，毕竟各是一个行当嘛。

现在要去求人加工一件东西，多半会吃闭门羹的，因为要走批准程序。所以自己能操作是最好不过的了。

即使是技术人员要做实验，也得经过上级领导批准才行。

纪浩、骆华强和唐泰是技术人员，不是军转工的退伍军人或学徒工。他们就算级别较低，也是个干部，不然谁还把这大学上得那样起劲儿？在大学里待上个四年，什么工种的学徒也已转正了。

山川基地是国家推进三线建设期间，建成的一个战略储备基地。里面技术高超的工人和顶级的专业技术人员，宛若种子一般，一旦战时出现艰困的情况，这些种子就会发挥其不可估量的效应，不用多长时间，就能扩展成极大的生产力。

"现在是凌晨4点10分，"纪浩看了看手腕上的上海牌手表，"我看差不多了。骆华强、唐泰可趁着现在外面无人，先把枪弄到手，然后在基地大门外的竹林里等我们。我现在跟陆哥去车间加工消音器，6点半以前，我们到竹林里会合。哦对了，唐泰记着去食堂打8个玉米窝窝头。"

年龄上纪浩比三人大了许多，大家也认同他是大哥级人物，他也就常常主动去抓话语权。

唐泰此时肚子空空如也，却尽往美处想："我们持枪进入山里，那些野物还能跑掉？谁还去啃那苞谷窝窝头？"

"唐泰，你少废话行不？基地周围8公里以内警卫营都设有暗哨，我们不走出这个范围就是找死！我是怕还没闻到腥，就饿瘫在路上了。"纪浩认为唐泰就是一个"懒"字作怪。

凌晨4时许的大山里，静谧得可怕，除了依山而建的筒子楼过道上亮着有光晕的路灯外，远处被黑幕笼着的山峦，在淡淡月光的映照下，就像等待捕食的怪兽一般。

"陆哥，信心十足吧？"纪浩似乎不放心陆三水，其实是他心态有了微妙的变化。他们的确是有做实验的资格，但没有报批。即使说成做实验，实际只是一个借口。厂区内有内卫巡逻，也有内卫常年固定的哨位。黎明前在厂区附近行走，还是担心被盘问、被抓起来。

为了让自愿学习操作技术的技术人员，练出精湛的技术，基地加工车间和仓库都安排了值班人员。当时国内的发电量很小，而基地的夜晚却灯火通明。为备战需要，前几年基地就建成了一座装机容量为600兆瓦的小型核电站，彻底解决了基地的用电问题。

"这是做实验嘛，若上面追查起来，我们可以说当时找不到领导。但就是现在怕别人误会我们要做别的什么。"陆三水被纪浩这样一问，看出了他内心的慌乱，也产生了一丝莫名的紧张。

四下还是黑黢黢的下半夜，如果内卫人员在很少开工的车间发现有人，认为他们是要破坏国防建设，这可就有些说不清了。

"只要不偷东西，不搞破坏，就没什么。对了，你应该很熟悉这里面的情况呀！"纪浩似乎消除了紧张感，说话好像胸有成竹。其实纪浩在暗示，他们知道陆三水上大学之前一直都在这里生活，很多人都知道陆三水的父亲是基地创建的领导者。关于这个，前两天唐泰也问过陆三水，陆三水却故意把话岔开了。

"这哪跟哪呀？"陆三水听纪浩话中有话，不想接这个茬。

基地建成以来就是封闭的，与外界隔绝。那十年中的有些年份，外面闹翻了天，基地里也有过小震动，但总体稳定的格局没有变。后来有造反派打破了这种封闭状态，山川基地里就出现了混乱景象。造反派是来自近邻长风基地。原来的班子成员除了陆天问被中央领导点名不能打倒、职务不能动外，其余的成员被打倒在地。随即基地革委会成立了。陆天问任革委会主任，外来者费恒尘任副主任，而骨干成员则是基地里的新生代。

纪浩见陆三水有些不想旧事重提，也就不说话，两人默默地前行。他们都知道在这寂静的夜里，即使小声说话，声音也会传播到很远，容易引起麻烦。

两人越来越接近山谷底部的车间。这些车间，都不是基地重要的车间。

基地裸露在外的车间只是很少的一部分，重要设施和技术储备，都在大山内部，即山体里。当年创建这个基地的主要目的，就是要储备国防装备和技术。就连那座建成时间不长的核电站，也是建在山体的最深处。

从职工宿舍区到谷底的车间，由一条可以会车的马路连接。这几年路面铺着从远处运来的煤渣，使这条路变得十分平整。两人距离车间只有咫尺之遥，已能看清车间门口灯光照射到的地方了。

"干什么的？站住！"一个男子威严的呵斥声，让两人身体不由得同时颤抖了一下。

"1501车间技术人员纪浩、陆三水。"纪浩口齿清楚、冷静地回答道，接着又用手电筒照向自己的脸部。

陆三水听到呵斥声，吓了一跳，纪浩及时沉稳的回答，使他站稳身子。他一下子意识到，在这个时候，如果逃跑的话，两人都将陷入是非之中，有嘴也难辨。

"现在才几点？不窝在寝室睡觉，跑到车间来干什么？"呵斥人听了纪浩的回答，声调低了许多。

小钢管做成的车间大门，镶嵌在上面的小门打开了。有个穿着白色制服的中年男子走了出来，站在碘钨灯光下面。

"是罗干事啊？你不是在要探亲假吗？怎么今晚还是你在值班？"纪浩暗暗示意陆三水紧跟他往车间门口走，他边走边向中年男子打着招呼。

中年男子是基地保卫处干事罗良文。

山川基地的安保系统很严密，设置了内卫部、外卫和保卫处。基地内部安全由内卫部负责。内卫部的级别与外界公安分局差不多，基地职工在外面犯了事，外界派出所得把人移交给基地内卫部来处理。军区卫戍营的部分班底，组建的山川基地警卫营，是外卫，职责是警卫基地周边数十里的区域。基地安保系统还有一个部门就是保卫处。已有内卫部了，为什么还要设保卫处？也许是为了安置城市的退伍军人吧。

"你们这些新来的大学生，有了知识还自学技术，不愧是社会主义事业的接班人！"罗良文听到纪浩套近乎的话，立马就表扬起来，"你们5点不到，就来练技术了。特别是小纪，经常一早就来了，我要向基地领导写信表扬你。榜样的力量是无穷的！"罗良文这番多少有些令人感到肉麻的话，让纪浩觉得脸上热乎乎的。

"罗干事过奖了。为了革命，我们年轻人要时刻准备着嘛！"纪浩话音落下，斜歪着身体，给罗良文敬了一个军礼。

"业精于勤荒于嬉。只有不断练习，才能学到真本事，成为被祖国挑选的人！"陆三水不假思索，身子站得笔挺，像是在向罗良文表示决心。

见平时心高气傲的年轻人对自己毕恭毕敬，罗良文内心获得极大的满足，便向两人回了一个军礼，接着就把车间大门打开，动作有些滑稽地做出了一个"请"的手势。

陆三水好奇地看着，弄不明白这是咋回事，只见纪浩向他竖起了大拇指。

从宿舍所在的半山腰往下看，实在不觉得这一片谷底有多大，等陆三水在进入车间场地后，才发现这里十分宽阔。

整个谷底，都被排列有序的厂房占据，车间与车间之间间隔8米左右。宽20米、长50米的车间，在这谷底共有8个。如果没有熟悉这里的纪浩结伴，陆三水要去寻找机械加工车间，就够得他晕头转向了。

"我们直接去那边材料库。对了，那消音器要什么材料？"纪浩说道。

"用于航空的硬铝棒，直径23毫米左右，要做4个套子，长度60厘米就可以了。"陆三水认为，这样的材料加工起来省事。如果把厚度两毫米的钢板切割后钻孔，再把毛刺清除干净、打磨光滑，然后卷好焊接，消音器也就做成了。但为了加工容易，节省时间，采用硬度较高、材料性能好的航空硬铝棒，是最好的选择。

"我的天，陆哥，航空硬铝棒是从西德进口的，已剩下不多，敬主任要是知道了，不灭了我们才怪呢！"纪浩听陆三水说要航空硬铝棒这种材料，险些跳了起来。

"不就是一点航空材料吗？等我们吃饱了，弄一个配方出来，他能说个啥呢？"陆三水顿了顿，斗志昂扬地说，"就用一点铝材，还给他一个配方和生产工艺，他还应该谢我！"

纪浩对陆三水的说法觉得好笑，不认为他能拿出这种材料的配方，小心翼翼地说："不行啊，这是留给材料专家搞研究用的，还是换一种好。"

因这个问题僵持着，不管陆三水怎么说，纪浩就是不同意带他去材料库。

"纪大哥，我可告诉你，这是个机遇呀！搞出了材料配方和生产工艺，就能改变国内不能生产这种材料的历史，那时的我们就是国家功臣了。"陆三水看纪浩犹豫不决，猛地拍了拍胸脯，胸有成竹的样子。

"得得得，我没你读的书多，可你也别来哄我。唉，我真是遇得到你。"纪浩看陆三水不像开玩笑，真还有点动心了。

纪浩知道，基地没规定过技术人员做研究实验绝不允许使用战略材料，若是铝品航空材料研制成功，陆三水一定会把功劳分给他一些。风险是肯定有的，但风险小，收益大，这样的险就值得去冒。想想骆华强弄枪，冒的风险更大。设计加工消音器的是陆三水，那么材料应该他去弄，不然说得过去吗？

"咕噜咕噜……"纪浩的肚子里传出了连续的响声。

陆三水见纪浩还没有下定决心，有些着急，眼睛眨了眨，有条有理分析起来："我们把这材料领出来，分析它的物理性能和化学成分，得出实验结果，谁会在意你把材料弄成粉末还是刨花？这事没有几个星期的时间出不来，难道还会有谁有事没事去清点库存？我老师对这个很有研究，到时候拿出数据来，不就证明我们认真做过？要是上面要我们继续做，那时再认真做就是了……"

陆三水还在说着，纪浩打断了他的话，说何师傅从他身后过来了。陆三水马上闭嘴，立刻紧张起来。

"小陆，你小子出院后也不来看看你何叔叔？那段时间我们很忙，没时间来医院看你。你说你，才出院不久吧，就跑到车间里来……"何正刚快人快语，陆三水还没开口，他就是连亲近带责备一长串话语。

"多少事，从来急，天地转……"陆三水马上转换过来，小孩子背书一样："我们国家要独立强大，就得只争朝夕，特别是我们这些年轻人……"

"行了小陆，我刚才看见有点像你，就过来看看。你不用给我唱山歌，你没事就好了，一会儿我把你恢复很好的消息告诉那帮老伙计。好了，我回库房了，你们做你们的事吧。"何正刚听到陆三水这样的腔调，走了。

望着何正刚离去的背影，纪浩说道："陆哥，何师傅都是基地的老资格了，看来你大有来头啊！"

"不说了，已耽搁太多时间，得赶快把消音器弄出来。"陆三水不想

蹉跎岁月

接纪浩的话。

纪浩一下子就不再犹豫了，他像是自言自语："能吃上肉，老子也豁出去了！"说完大义凛然朝特种材料库走去。

其实，纪浩的脑子却没闲着。

陆三水说这事若出了问题，他会去主动承担后果。还有，邱霞告诉过骆华强，骆华强又告诉过他和唐泰，基地里的技术专家们都熟悉陆三水，新调来的管委会主任向远也认为陆三水很不错。那么，就算领取这进口铝材的事被领导知道了，陆三水就说他用于强度实验和研究其配方，领导不仅不会处罚他，反而还可能会给他以表扬……

"小纪，今天来得这么早？"等纪浩兴致勃勃敲响了库房门外值班室的小门，值班的章千路一脸惊诧。

"章师傅，陆三水要用航空铝材做研究实验，他希望在库房领一点进口的航空铝材做加工，以验证他有关设计是否正确。他已在机加车间做准备。"纪浩字斟句酌，他把陆三水搬了出来。

"他不是病了住院吗？你们怎么认识的？"章千路听到陆三水的名字，更加不解。

"陆三水生病住了十几天院。他分到了1501车间，我们住一个宿舍。这几天他废寝忘食地搞设计图，我们怕他吃不消，都劝他注意休息。他却告诫我们，要勤学苦练，有了本事才能更好地为祖国服务，为人民服务。"纪浩听到章千路只说了两句话，就问了两个问题，便挺直腰板，很严肃地回答道。

纪浩把话一板一眼说完，章千路没有说别的，他只对技术研发有兴趣。

章千路是基地众多专家中的一位，纪浩只是不清楚而已。对于陆三水，章千路不仅熟悉，也是看着他长大的。那天为了保护陆三水，在医院门口跟费恒尘一伙人对峙，章千路也是参与者之一。

在这个战略储备基地里，像章千路这样不同学科的专家，有一百多号人，他们只关心自己的研究领域，对其他的毫无兴趣。

对他们这些人都在打压，章千路已当了很长时间的材料保管员。

"库房里的航空铝材已所剩无几了。因为基地有时要用这类材料，邻居长风基地一两年就会运些料头过来。小陆要做什么实验？是拉伸还是切削？还是加工后再做实验？是要板材还是棒材？"章千路带着纪浩往库房里走，同时询问着。

"他是做切削实验。切削下来的碎屑还要加以利用，拿去做理化分析，然后研发航空铝材配方，制定生产工艺。直径23毫米左右的棒料都行。"纪浩这话一出口后，也是战战兢兢的，生怕章千路又问点什么。

"小陆就和他爹一样，不怕困难啊！他爹的事业总算后继有人喽！"章千路嘀咕道，虽然声音很低，但跟在他身后的纪浩听得很清楚。

这是纪浩第一次听到关于陆三水家庭背景的话。看来邱霞说陆三水有后台是真的。

陆三水在纪浩离开后溜进了机械加工车间。这个车间编号1501，它既是车间，又是管理基地各种顶级技术工人的一个部门。

机械加工车间门口没人站岗。刚才纪浩去领材料前，叫人开了这个车间的门。里面灯火通明，而隔光玻璃窗使人在外面见不到里面的灯光。映入陆三水眼帘的是一溜安装整齐的重型机床。在这些庞然大物面前，人会感觉到自身的渺小。一台7米高的立式机床，在明亮的灯光下，数据牌上显示的是：立式车床，1957年产于罗马尼亚。陆三水挨着看那些机床，竟然都是些进口机床，生产年限从1958年到1973年。

"陆哥，你怎么来这个地方？这是储备工业母机的地方。"陆三水没有见到普通的小型机床，正觉得走错了地方的时候，拿着铝棒的纪浩在身后招呼他。

陆三水没有回答纪浩的提问，只是问他通用的小型机床在什么地方，并说要抓紧时间。

纪浩把陆三水带到了一台看上去老旧车床边。陆三水旋动了主轴箱上面的旋钮，车床上的工作灯就亮了。陆三水没有说话，取走纪浩手中的一根棒料，装到卡盘上，然后把主轴上两个手柄扳到了每分钟1300转那个档位，接着又把控制轴正反转的操作柄倒在了正转上，仅一瞬间，这车床就发出了轰鸣声。陆三水就像换了一个人似的，聚精会神地快速调整控制走刀速度的手柄。

"纪哥，你把上面已列好的钻头和铰刀在箱里找出来，我先粗车一遍。"陆三水话音一落，又想起什么，"嗨，忘了枪管上没有装消音器的螺纹。纪哥还得跑那边一趟，叫骆华强拆下枪管带过来，不然消音器做好了也安不上去。"

"陆哥、纪哥。"这时，唐泰就像贼一样快速溜了进来，他边跑边打量着周围。

"你怎么来了？不是让你们在外面等着吗？"纪浩一时紧张起来，认为出了意外。

"骆华强弄到一把'半自动'，他怕做的消音器没法装上去，要我把枪管带进来让陆哥看看。"唐泰解释道。

"你这样很容易暴露……"纪浩正要数落唐泰一通，陆三水却打断了他的话，"你来得正好，有枪管配合着加工，消音器才用得上。"

"唐泰，你协助下陆哥，我在车间门外盯着一下。"纪浩话音落地，人就出去了。

"这人就偷奸耍滑。要是被发现了，你看他不推卸责任？"唐泰小声嘀咕着。

陆三水听唐泰这么说，只是笑了笑。纪浩是有家室的，与骆华强和唐泰不同，一人吃饱全家不饿，他谨小慎微也是正常的。

"唐泰，你量一下枪管的直径，找出板牙，在端口处加工十几扣螺纹。"陆三水觉得离上班时间越来越近，怕有人来"练兵"，就有点急了，"你还要把丝锥找出来，消音器的端部还得加工内螺纹，不然无法跟枪管连接。"

分工之后，陆三水只管继续加工还剩下的一个套子。

"我没有看错，陆哥开车床竟然这样熟练！是在什么地方学的呀？"唐泰一时也顾不得要做的事情了。

陆三水弓着腰，左手摇着横向进给的手柄，右手摇着纵向进给的手柄，动作十分协调……这一系列操作令唐泰眼花缭乱。

"你赶紧上好锥套，打孔后才去切断……"陆三水催促唐泰。

"陆哥，你这精湛的技术是怎么练出来的呀？我就像在欣赏一种艺术！今后还有哪个技工敢叫板，说你们自己干吧！"唐泰明显地讨好陆三水。

　　纪浩见唐泰拿枪管来了，为了不被牵连就假装到车间门外望风，中途又进来见到陆三水行云流水般的操作，目不转睛地看着他完成了消音器制作的最后一道工序。

　　陆三水从一开始，就把这消音器设定为一次性器物，不用做得很精致，因而也就没耗费他过多的精力和体力，跟他估计的那样，消声器不到两小时就做完了。

　　"陆哥，我们都是大学生，你咋个比我们强那么多？"纪浩见唐泰把陆三水机床操作技术升华到了艺术，便也发出了赞赏的提问。

　　"纪哥，那是唐泰胡诌的，不用去听。我只不过在操作上熟练一点而已。多练，没有谁达不到这样的程度。"陆三水压根不想谈这类事，就避开了这个话题，"不早了，我们赶紧上路吧，还有很远的路呢。纪哥，这些枪械部件可要包好了，千万别让人看见。"

闯入禁区

CHUANGRUJINQU

在山川基地附近，停留时间太久，就可能出事。

基地大门口，就是山谷的出口处，外面就有一条沿着白河向外延伸的公路。这路上很少有行人。

纪浩、骆华强和唐泰，包括才来不久的陆三水，他们四人自从进入基地后，就再也没有离开过。

"这路他妈又烂又窄，碎石凸起，不修成水泥路，要是遇上战争，山体里的重型东西咋运得出去？"唐泰踢在一块凸起来的石头上，一个趔趄差点摔倒。

"走铁路就出去了。山体内部还在不停地挖，产生的碎石拿来铺路才能消化。你看到了？不就是听说的？"骆华强和唐泰这对话痨，一路上就说个不停。

纪浩一向都不怎么介入他俩的对话，他从机械加工车间出来后，就一副心事重重的样子，也没人去搭理他。四人就是一个为了吃肉而自发形成的利益联盟，一旦出事，解体便是分分钟的事。

这大山里，现在已进入深秋时节。深山里的空气湿润清新，深呼吸一口，沁入心脾，令人心旷神怡。

"这要走多久啊？我们干脆从这林子里钻过去。"骆华强说，"这附近该不会有警卫营的巡逻队，如果走得更远，反倒容易被警卫营发现。俗语不是说灯下黑吗？"

"半自动"被拆成零件，小的放在军用挎包里，但主体部分就用工作服裹着夹在腋下，如此，路走远了也难受。骆华强不愿再走了。

"你看那里有只野鸡，好肥呦，怕有两斤多？"没吃早饭的几人现在都无精打采地走着，唐泰忽然对骆华强说，"你赶紧把枪装起。"那年头没有保护野生动物的说法，见什么就可打什么。唐泰带有几个窝窝头，可那是考虑到打不到猎物时充饥的。

骆华强顺着唐泰手指的方向看去，道路右边的山林里面，一棵桉树上站着一只拖着长长尾巴的雄野鸡，正发出好听的声音吸引雌野鸡呢。

"搞快点，就从这里进林子钻过去，不然一会儿就飞走了。"唐泰拉了一下骆华强就开始往林子里钻。骆华强跟了上去。

这地方距离野鸡大约有300米远。骆华强小声地说了一句之后，就一边把腋下夹着的"半自动"主体往外面拉，一边向着林子钻去。

纪浩没有跟着两人钻进林子，就问陆三水："就在这里开枪不行吗？"

"这里也可以。他们想靠得更近一点，但我估计靠上去那野鸡早就飞了。我们还是跟上去吧！"陆三水话音落后，也钻进了林子。等几人都钻进了林子，纪浩不打算跟上去，他认为这事太危险，万一被逮着，受处分太不划算，要是他被退回农村，他那小家怎么过日子？

"你跟他们说一下，我慢慢回去了，胃有点痛！"纪浩对着陆三水的背影喊了一声，果断转过身去，疾步往回走。

"陆哥，唐泰说这消音器是这样装的，你看对不对？"陆三水追上时，骆华强问他。

陆三水点点头说："对的。"

听陆三水这么说，骆华强立马来劲了，拉了一下枪栓，接着就瞄准百米之外那棵桉树上的野鸡。

这几人的动静已经很大了，可这只雄野鸡一直在那里勾引雌野鸡，没去顾及在一个地方停留久了可能出现危险。

"这枪声真的不可能传出20米？"骆华强瞄了一阵后，不仅没有扣动扳机，还把举着的抢放了下来，低声向陆三水问道。

"你个狗日的！"陆三水和唐泰同时小声骂道。

这骆华强也真在讨骂，早不问迟不问。这样近的距离，凭他在警卫营靶场练出来的技术，轻轻一口扳机，这野鸡也就是中午的一道菜了。

"你他妈也上过学的呀，怎么在这关键时刻怀疑起了陆哥的专业成果？"

听见唐泰的骂，骆华强挤出笑脸说道："嗨，我也不知怎么关键时就犯糊涂了！"

骆华强举枪再次瞄准那只还在树上的雄野鸡。

就在骆华强要扣动扳机之时，三人清楚地看见那只雄野鸡振翅跃起的身影，快速向远处飞去。

"先开枪不会死人吧？你看你，真是的！"唐泰立马抱怨起骆华强来。

在三人见到树上那只肥大的野鸡时，都感觉到了把它去毛烤熟后冒着油的肉香气味，可这会儿到了嘴边的肉却飞走了。

"这里见不到人的踪迹，这类野味应该不少。"陆三水咽下满腔的口水，勉强笑笑。

"大家放心好了，这人迹罕至的地方，野鸡和獐子都会有的！"骆华强对于自己错失开枪机会，自我解嘲般开脱。

几人声音时高时低地说着话，继续顺着山脊朝林子茂密处穿行。这老林子有一大片，平时几乎不见人烟，在里面行路十分困难。这里面有足够多的野物。

果然，仅仅过去一个多小时，就已有了三只野鸡和两只野兔的收获。要不是唐泰要证明自己的枪法超过骆华强，也要让陆三水亲自领受一下这可谓古董般的半自动步枪的效果，所获猎物大概会高出一倍。

"唉，就这点东西，要是再有几只，就要涨破我们的肚皮呀！"已饥肠辘辘的唐泰，真想把手里的野兔野鸡生吞了。

"唉声叹气什么？这枪的射程虽比不上三八枪，打獐子一类的大动物却没问题，可用来打野兔野鸡这类小动物，还真的不行。"骆华强倒是很兴奋。

听到骆华强这样说，唐泰便有些鄙视骆华强："你还在扯淡！要不是你的枪法差，怎么可能会出现那样多的失误？陆哥跟我都只打过一次，你的命中率连50%都达不到，有理由怪这枪吗？放在警卫营的神枪手，就是一千米之外，也干掉了！"

陆三水劝解道："我们都不是那些狩猎人，就别纠结了。隔得太远，枪法达不到；隔得太近，猎物就跑掉了。要是我们手中有狙击步枪，就好了。那东西带有瞄准镜，就算隔着几百米，也不是障碍！"

这群非专业的猎人，要想获取足够多的猎物，在实力不行的情况下，就只能倚仗好的武器了。

"陆哥，这狙击步枪，你就向我们讲解一下吧！"对陆三水很是佩服的唐泰说道，"我这下饿得连力气都没有了，正好我们就在这里休息一会儿，吃上些玉米窝窝头填肚子，你就给我们讲解一下这狙击步枪。"

如果不是陆三水临时搞出这个消音器，他们要想吃这野味肉，还真是难于上青天的事。

在他们身后也就10米左右的地方，有两个干草堆跟四周的环境十分协调，可以说融为了一体。

其中一个草堆，有两个不易察觉的黑黝黝的枪口，以及注视着四周的两双有神的眼睛。

"我们出击的时候到了，营长。真是吃了豹子胆，这几个小子敢往禁区里闯！这人的枪法的确不怎么样，也就打了三只野鸡和两只野兔，就用掉20发子弹……"

山里的深秋，硕大的乔木纷纷落叶了，杂草已经枯黄。

被称作营长的人，正借助望远镜观察陆三水几人的一举一动。他压低声音回应另一个人："再等等看。刚才说狙击步枪的那人，他对这种枪应该是非常了解的。王将军把我们放到这里的时间也不短了，我想不管怎样也该弄一点好的装备，这些基地的人中，不定就有能搞出这种东西的人。"

"快快快，獐子，那边有一条獐子！"这突然的发现，使唐泰兴奋起来，他对陆三水说，"看见了吧，在石头上。"

在距他们至少有200来米的山顶上，的确有一条褐色的獐子，它正在啃食着巨石上厚厚的青苔，又不时警惕地抬头向左右张望。

"只要打掉了它，这几天肚子就有着落了！"陆三水看见那獐子，也立马来劲了。

尽管相距比较远，但几人刚向那边移动的时候，那条獐子就发现了他们。虽然这是一片老林子了，却不是每一个角落都被树木遮盖得严严实实的。既然他们都能看见那獐子，那獐子当然也能看见他们。

就在几人移动的第一时间，就被那獐子察觉到了，只见它一个侧身，就从巨石的右侧面跳了下去，只几个起落，那獐子就没有了影踪。

"嗨，也是隔得远了一点，不然还能让它跑了！"这快到嘴的肉又错过了，陆三水遗憾地看着两人，"好了，还是怪我们。这獐子生性就十分警觉，要想打掉它，只有在很远的距离才行，但这把枪还达不到这个性能。"

那条獐子最少也有30斤，去除皮毛和内脏，净肉怕是有10来斤吧。这完全可以让饥肠辘辘的三人一顿饱餐。

"砰！"

突然响起一声清脆的枪声，把正在唉声叹气的几人吓了一跳。

"是谁在打枪？"骆华强自言自语，又转着身子看向四周。

这枪声离他们很近，他们的耳膜能感觉得出来。

几人不由地紧张起来。这下怕是完了，不管是因为什么进入到这里，他们面临的结果都只会一个，那就是被警卫营抓起来。

被警卫营抓住后，最坏的结果是被要了命。

他们是为了吃肉解馋，才离开基地里的驻地来到这一片的。之前他们也考虑到了这样的后果，但认为这林子巨大，加上枪支装上了效果很好的消音器，不会被警卫营发现而被抓。

"军事禁区不允许开枪，我们开了多少枪啊，这下没好果子吃了！"在平时，骆华强的胆子是够大的了，但现在，他的两腿已经轻微颤抖了。更要命的是，四周寂静得出奇。要是警卫营的人发现了他们，至少也得有点动静啊，比如喊话"原地趴下不动"什么的。可是什么都没有。

这地方，附近也实在看不出哪里可以藏人。恐怖迅速笼罩住了几人。

"完了，我们还是赶快跑吧！"唐泰说话已带有了哭腔。

面对这突然发出的枪声，心理素质极好的陆三水，也深感惊诧，继而有一丝惧怕。

在几人因惶恐而不知所措时，一个裹挟着冷笑的声音传来："跑？你们能往哪里跑？这偌大的一片，就是一张天罗地网！你们跑得了么？"

几人扭头顺着声音过来的方向看过去，就距他们只有10米左右的草丛旁，竟然站着两个身穿茅草伪装网的军人。

两个手提自动步枪的"草人"，令唐泰着实紧张，他两腿颤抖，在深吸了一口气后，他鼓起勇气向两个军人说道："请别误会啊，解放军同志，我们不是坏人！"

也是啊，既然两个军人的口吻非公式化，神情也不严厉，面对他们也就不用过于紧张。

"这周围的人都知道，这里是军事禁区，任何人未经许可，不得擅自进入。你们未经允许进入不说，况且还持有枪支，就说一句'不是坏人'，谁相信呢？"那位最先说话的军人，声音中依然有冷笑成分。

骆华强先前挂在脸上的一丝勉强的笑意，在这军人的说话间僵硬起来，使得脸型格外难看。

当然了，如果把对峙双方的角色做个互换，陆三水他们成为警卫营一方，他们也绝不可能就相信对方"不是坏人"。

"吕剑别再说了，那条獐子你快去把它捡回来。"那个没有开口的军人这时开口了，接着他看向了骆华强和唐泰，"两个小伙子，给我们介绍下手中的枪吧，我觉得它很有意思呀！是怎样把枪声降到最低程度的？"

这时骆华强双腿还在筛糠似的摆动，唐泰已经瘫坐在他身旁。

先前说话的军人向着远处跑去。山地坑洼崎岖，他却如履平地一般。

后说话的军人，望了一眼跑向远方的那位军人，然后扭过头来，拿掉了头上的伪装，露出了满是油彩的脸："自我介绍一下吧，我呢，基地警卫营负责的，叫黄明虎。我们在护卫基地，对基地的情况十分了解，你们这种行为多严重啊！如果你们不是穿着基地工作服……嗨，就不说了。知道吗？在一个半小时前，你们就被我们注意到了。你们的枪法，还真不敢恭维。"

两个军人先前听陆三水给身旁的两人介绍狙击步枪，就确定了三人的身份。加之几人穿着的这种工作服，也只有山川基地的员工才穿。

如果说是外面悄悄摸进来的，为什么要高调持枪狩猎？枪法又这样糟糕。听到陆三水说狙击步枪，黄明虎第一反应是山川基地老技术人员研发出了新装备，就得让他们先试试效果。因为新枪械问世，首先要通过试射获取第一数据，基地警卫营完全可以承担这个任务。无仗可打的和平年代，军人们总得有点事做，特别是像黄明虎这样身处大山里的军人，更是有这样的想法。

唐泰看黄明虎态度缓和下来，赶紧问道："看来，你没打算抓我们回去？"

"我现在可以这样跟你们说，只要你们愿意，我们是可以把你们送到内卫的。"黄明虎挂着一脸的笑，轻飘飘地说道。

"闭嘴！"陆三水与骆华强几乎是在同一个时间里，向着还想说出什么来的唐泰发出呵斥。骆华强更是在说话的同时一脚踹在了唐泰的屁股上。

"你们干什么呀？"唐泰一副委屈的样子，自己怎么就不能发表意见了，"解放军同志不都说了，不抓我们吗？"

陆三水觉得这军人温和地处理这事，不太合乎常理，就不再说话。

两位警卫营的军人，出现的时间和地点在陆三水看来多少有点诡异，特别是这位营长亲临其间，这要"多好"的运气才能赶上？这事令陆三水感到蹊跷。

黄明虎从骆华强手中拿过装着消音器的半自动步枪，仔细观看那消音器。"你们射击时的枪声很轻微，就是这个东西起的作用？我当了这么多年的兵，算是开眼界了！"黄明虎说完，把枪又递给了骆华强。

对于消音器，黄明虎不知道也很正常，那个年代的中国军人，没见过消音器的多了去了。

"营长，那东西没有打到，已跑掉了！"吕剑这一去一来疾步几百米，这会儿有点气喘吁吁，"开枪前我就说那獐子太远了，加上开枪时机也不太好。当然，这枪的精度和射程也都达不到。"

听到吕剑这话，黄明虎脸上泛起尴尬之色。即便涂有油彩，也没遮挡住。于是他叹气说道："我也知道基地的生活情况，就想帮你们打掉那獐子，可没想到竟是这样。"

"这'半自动'不也老掉牙了吗？当然不好使！要是有陆哥说的那种高精度步枪，那獐子还跑得了吗？"骆华强见黄明虎他们没什么恶意，就完全放松了。

吕剑拿掉了上身的伪装网，显露出四个兜的干部军装。那个年月军队干部和士兵之间唯一的区别，就是看军装的上装有多少个兜。军官是四个兜，士兵是两个。也就是说，吕剑至少也是个排长。

黄明虎听骆华强说出那样的话，眼神里透出了期待。

陆三水了解狙击步枪，枪械设计又是他所学的专业，研发出狙击步枪应该没什么问题。陆三水被黄明虎的目光盯得浑身不自在，将眼光移向别处。

"小同志，我刚才已说过，一开始我们就跟上你们了。"黄明虎直视着陆三水的眼睛说道，"我认为，对这种枪的性能你这样了解，你又是山川基地的员工，制造出来应该没问题。交个底吧，这类枪对于我们警卫营有非常重要的作用！"

陆三水从黄明虎的语气中，感觉到了不由质疑的成分。他为难了。

对于陆三水来说，要弄出一把狙击步枪不是很难的事。然而山川基地有怎样的生产能力，他还不清楚的，因此他现在还不能随便答应黄明虎。

狙击步枪最大的难关就是精加工，它比一般步枪的加工技术高出很多，这是为了提高射击精度、增加枪的使用寿命。这就要求在设计上和制作加工上作出改善。

"这对你算得了什么呢？也就是一支狙击步枪，小菜一碟！陆哥，人家黄营长这是看得起我们，我们也得讲道义吧？"骆华强见陆三水缄默不语，自认为这个也没什么难度，便对陆三水说道。

陆三水打小就从父亲那里接受过这方面的教育，前些年，除了在几所名校学习外，还受到了这方面多个名家的点拨。

"骆华强，你懂什么？这枪可不像别的枪，材料、机械制造、热处理和人体工程学等都会涉及。"陆三水听骆华强说出很外行的话，大为光火。这骆华强也太看轻狙击步枪了，说话一点不靠谱。它会是做一个消音器那样简单吗？

陆三水深感无奈，继续道出一些实情："还有一个很大的问题，就是精度极高的瞄准镜，是光学的，找谁去解决？没有这高精度的瞄准镜就算造出了精度高、有效射程远的狙击枪，其最大威力也将衰减20%。因为光凭狙击手本身的视力，太远的目标不说要去瞄准，可能就连看也看不见，这威力也就丧失了。"

尽管陆三水可以去克服一些困难，然而像光学这类与他专业根本就不沾一点边的领域，他的确是望而生畏。整个山川基地的情况，初来乍到陆三水不了解，它具备怎样的能力，他心里也没有数。

"既然困难这样多，这想法我就放弃了。"黄明虎知道陆三水说的是事实，叹了口气，又说道，"欧美那边早就有了，我们也应该赶上啊！"

黄明虎心里明白，如果只是他一厢情愿，最终不会有什么结果。

骆华强一听黄明虎这样说就急了，心想若不答应他，搞不好他就会到基地告发我们，便说道："我们答应你，首长，也就是一支狙击步枪嘛！虽然这个目前是很困难，可我们毕竟是国防建设的员工，创造条件也应该搞，不然我们还有存在的意义吗？"

基地的费恒尘不是个东西，闯禁区的事岂能让他知道？更何况，这个协议如果能达成，几人现在手中的这支枪，黄明虎就完全可去证明他们是为了做枪械实验而借出的。

唐泰想到这里，就说道："陆哥啊，我和骆华强没有一点狙击步枪的知识，你对它却了如指掌，就答应他们吧！最多我们多做几次试验。"话音落地，又把嘴凑到陆三水的耳边，用没有共鸣腔的发声说道："这事让费恒尘知道了，我们不死也得脱层皮。"

唐泰和骆华强来基地已有一年多了，尽管跟费恒尘没什么接触，但知道他是个恶贯满盈的人。现在最好的结果是陆三水同意黄明虎的要求，如此一来，不仅带枪闯禁区的事就化解了，黄明虎还欠他们一个人情，就可把他作为一个靠山。

唐泰心想，就算这枪一时做不出来，把眼前的难关渡过再说，不也是最好的选择吗？他可不想跟费恒尘打交道。整个山川基地的职工家属，都恨死了费恒尘。他究竟干了多少的坏事，恐怕只有天知道。

"这枪还真不是你想象中的那样。"陆三水在唐泰耳语后说，"设计不会有问题，怎样能制造出来，才是最大的问题。"

听话听声，锣鼓听音。黄明虎听陆三水回应唐泰的话已经松口，就说："国内最顶尖的专家团队就在基地。小陆同志啊，我们连原子弹和卫星都造得出来，难道就造不出一支狙击步枪？我相信你们能造出来的！"

"营长，干脆直接把他们带到我们营地，叫费恒尘来领人！我们用的枪是老了点、旧了点、精度差了点，总还能用吧……"一旁的吕剑唱起黑脸来似乎很娴熟，要当恶人来吓唬陆三水他们。

"你怎么打我？营长！"吕剑话没说完，黄明虎重重一巴掌就扇到他脑袋上，他委屈地大叫。

"陆哥，这枪能设计出来，凭山川基地已有的实力，也应该能造出来。"骆华强刚才因这事已被陆三水呵斥，已好一阵没发声了，见这事陆三水口风已松，话又出来了，"这事我认为可以申请立项，一旦批准就是基地的事了，真搞出来了还能立功。我还在想，如果今天我们就有一支你说的那种狙击步枪，那獐子还能跑掉吗？"

要说啊，这事真还是一个机会。基地职工无所事事已有很长时间了，有事做不也很好吗？过于前卫的武器，山川基地可能没有办法弄出来，但集思广益研发一种狙击步枪，应该是没有问题的。

"小陆同志啊，这事要不你再斟酌一下？"黄明虎也是很想陆三水答

应下来，却得不到答应，心想心急吃不得热豆腐，若逼着答应，这事就可能彻底黄了。

"行啊！"陆三水见黄明虎态度无比真诚，权衡再三后，也就作出了同意的表态，"但在这里我得把话说清楚，我需要足够的时间，这时间不是你说了算！"

费恒尘在陆三水一回到基地就给他制造麻烦，而这麻烦至今仍没有结束。今天几人闯军事禁区的事，如果费恒尘知道了，他绝对会加以利用的。若真走到那一步，就不只是仅仅把他赶走这样单一的问题了。

"你看，一个星期的时间怎样？"黄明虎伸出了一根食指。

听到黄明虎给出的时间，陆三水只差一点没吐血，便说道："呵，还真有你的！不知者不为过。"陆三水很是惊诧，"告诉你，别说一个星期，就是半年，甚至一年都不一定能弄得出来！你以为是在做一个模型？"

也是啊，这的确不是在做模型枪，只做一个大致的形状。这是高精度的战术步枪呀！一个外行说话，的确往往是不沾一点边的，令你哭笑不得。

"半年？一年？我们可等不了这样长的时间，至多三个月，可以吧？"黄明虎想试试狙击步枪，已到了迫不及待的程度。

黄明虎话音落地，没等陆三水答复，就叫上吕剑向来路离开。

"欸，首长，把我们的枪还给我们！"见到黄明虎悄无声息地把他们的半自动枪给拿走了，骆华强就追了上去，"这枪你不还给我们，三天后就来基地为我们收尸吧！"

"不用说了，这枪是从基地偷出来的！"黄明虎听到骆华强的话声，停了下来。

"这枪我刚才看过，不错，觉得很适合警卫营使用。"黄明虎龇牙咧嘴露出一笑，对骆华强说，"基地就是制造枪炮的，还在乎一支枪？"

骆华强听黄明虎这话就急了："别这样啊，黄营长，这枪是从基地装备库里拿出来的，上面是有编号的。"

真要是像黄明虎所说的造枪那样容易，几人还用得着去库房偷枪吗？

"首长，把消音这玩意儿取下来就是，枪还是还给他们。"吕剑见骆华强急得要哭了，有点于心不忍。

黄明虎是因为骆华强手中的'半自动'，在射击时发出的声音极轻，想把它拿回去研究。如认为这枪适合，就向上级提出申请装备警卫营。

基地里有好多枪炮设计大师，国家那些年不允许研究，现在那动荡岁月结束好几年了，但枪械研发项目仍没启动。如果去做这个研究项目，也就有所事事了。

"这东西怎么才能拆下来呀？"吕剑捣鼓了好一阵，就是不知消音器是怎样接在枪管上的，他觉得有些尴尬，就问骆华强。

骆华强没理会他，把头扭向了一边。

黄明虎这下心情很好，是因为目的达到了。此时他见吕剑很费劲也没拆下消音器，就在他头上拍了一下："你看你有多笨！消音器不好拆下来，难道枪管也拆不下来？"

吕剑还真不知道枪管连接消音器是用螺纹。黄明虎取下吕剑的"半自动"枪管，丢给了骆华强。"这枪管给你们，你们也就没顾虑了吧？小同志，三个月的时间，可别忘记了！"黄明虎挂一脸笑意，再次叮嘱陆三水，随后带着吕剑再没回头地离开了。

陆三水、唐泰和骆华强三人，此时在这山沟里长舒了一口气。在这个地方，竟然能遇到警卫营的营长，而且这营长还放了他们一条生路。

骆华强看着黄明虎和吕剑远去的背影，自言自语道："这事算是有惊无险，黄营长是一个好人！如果把我们交给费恒尘大家都得完蛋。龟儿纪浩聪明，在出来的半路上找个理由就折回去了。"

"狗日滑头！"唐泰听骆华强提到纪浩就骂了一句。

"以后再碰到黄营长，能认出他来吗？一定要请他喝次酒，他放了我们一马。"骆华强又说道。

骆华强之所以这么说，是他意识到，刚才跟黄明虎和吕剑这么近的距离，竟然连他们长什么样子都没有记下来，今后碰到若没个招呼，就失礼了。

听骆华强提到纪浩，唐泰脸上立马有了怒气："该不会是纪浩去举报了我们？我也觉得这事非常奇怪，黄营长他们怎么会知道我们在这林子里面？"

一直缄默的陆三水听不下去了，他认为纪浩不可能做这样的事，便说道："唐泰，你这是疑神疑鬼！纪浩没有跟我们进来，他怎么会知道我们要往哪个方向走？还有，就算他举报了我们，对他又有什么好处？前面的过程他也参与过，做消音器的材料，就是他在库房里领的。"

"陆哥说得有道理。纪浩很在意自己的名声，还有就是没有好处的事，他不会去干。"骆华强虽然有点看不起纪浩，但认为纪浩还不至于向警卫营举报他们。

陆三水此时已饥肠辘辘，觉得已前胸贴后背了，就说道："好了，不说这些了。消音器已被他们拿走，也别指望继续打猎了，我看找个地方处理这些猎物，先填填肚子再说。"陆三水心里清楚，要造一支狙击枪，短时间内是不可能完成的，所以就暂时把这事抛在了脑后。

普天下，最大的事就是吃饭，富人也好，穷人也罢，何况他们昨晚半夜就饥肠辘辘，刚才吃了点玉米窝窝头也就垫个底。

骆华强看见唐泰手中那三只野鸡、两只野兔，说出的话就带有怨气："这样，我们还是去荞子村吧，在那里可借用村民的灶房，要回到基地的话，这点野物还真不够分。"

三人在林子里面穿行了约一个时辰，翻山越岭的，更觉得前胸贴上了背脊，但也没有人提出休息一会儿，都想尽快赶到荞子村。

终于，三人走在了来时的碎石马路上。

半自动还是被拆分成零件，被骆华强隐藏携带着。唐泰则提着三只野鸡、两只野兔走在骆华强身后。

的确，这次三人是运气较差，给警卫营逮了个正着，但最终却没有什么事。因此，骆华强和唐泰此时又处于欢乐状态。

陆三水此时心里有点烦。这一路上有近两个小时，陆三水还是没抛掉设计狙击步枪的事，都在想，是去用国内不太成熟的狙击步枪作基础设计呢，还是把外国的拿来应付一下？如果要新设计，得首先考虑眼下山川基地的生产能力；是否有制作这种枪的特殊材料；再者，怎样的款式才适合当今的中国军队。

猎户人家
LIEHURENJIA

　　荞子村，是距离山川基地不远的一个村子，因历史上每年都广种荞子而得名。

　　三人来到荞子村的时候，已是正午时刻。山村人家的午饭是很晚的，有些人家甚至不吃午饭，常年每天就两顿。荞子村因靠近大山，村户大部分既种杂粮，又做猎户。杂粮不值钱，猎物在农贸市场交易，变现却很容易。因此荞子村，在当地算得上一个比较富裕的村子了。

　　当然，这富裕只是一个相对的概念。

　　村里大部分是土墙房屋。就是那种把泥巴夯实做墙壁，架上硬头簧竹，再铺上山中特有的茅草做屋顶的那种房屋。这是大部分村户家庭的最大不动产。而真正谈得上富裕的村户，他们的房子是用木柱搭起框架，木柱间是用竹篾条编制填满，再抹上稻草混合的泥土，泥土干后再盖上一层雪白的石灰泥。屋顶是圆木撑起的穹顶，格子板上铺上密实的青瓦。

　　这样的青瓦房子，现在村上的农户是修建不起的。不过村口大路边还有一排这样的瓦房，仅仅6间。外观上看，起码也是好几十年前的历史。

　　骆华强远远地指着这排房子说："这是村长家里的房子。基地里的人赶场或采购日常用品，都会在这里歇歇脚。村长是烈属，他有个儿子牺牲在对印自卫反击战中；另一个儿子牺牲在基地建设时期，筑路掉下了悬崖。"

"基地的其他人在村长家停留是没什么的，我们恐怕不太合适。"唐泰对着骆华强频频眨着眼睛说道。

"行了，不用想这么多，随便找一家都可以。"陆三水隐隐不安，"把这些猎物几下打整了，吃了好赶快回基地。"

陆三水总觉得这安静的背后已潜藏着什么，怕他们的事已露出了端倪。如果是这样，他认为费恒尘不会轻易放过他们。

骆华强听陆三水这么说，就点了点头。他突然看见了单家独户的一座茅草房，便说："那一家就很合适，可能是最后搬来的，与村里的人交往大概不会很多，我们去那里就不会暴露。"

三人昨晚半夜就闹肚子饿，早上也没吃东西，就上午咽下两个不大的窝窝头，现在又走了两个小时的山路，全身上下实在没有一点力气。

土墙茅草房距离村子远了一些。约两米高的围墙，在外面见不到院内和屋里的情况。这土墙上尽是纵横的裂缝。

"里面有人吗？"三人在围墙外，见院门紧闭着，唐泰便大声喊话。

虽然才时值深秋，但村里的人就已经没什么农活可干了。很多人家就是早间和落日前砍点柴禾，以备冬天做饭烤火，中午就没什么事情可做。

不过就算是没什么农事可做，也还得参加生产队安排的出工，这样才有出工工分，年底凭工分才能分得一些现金。这现金可用于缴纳每年分得粮食的款项。这会儿可能还是休息时间。在通常情况下，如果有人在家，院子门不会紧闭。

一个柔柔的女孩声音，从屋子旁边的红苕地里传来："你们要找谁呀？"

几人定睛一看，一个十四五岁的女孩子正在地里挖土，此时正拄着比她高很多的锄头把，看向这边。女孩身穿打满补丁的上衣，很明显是大人穿的破旧的中山服。

女孩目光里透出一丝羞涩，同时也透出一丝警惕。她瘦而黑的脸庞，上面那双眸子既大又清澈明亮。

"小姑娘，你家有大人吗？我们想借用一下你们家的灶房做顿饭。"见小姑娘神态紧张，锄把握得紧紧的，唐泰上前几步，把提着的野鸡野兔给他看。尽管他知道她已经看见了这些猎物，但他认为有必要向她强调，以打消她的紧张情绪。

果不其然，唐泰的做法很管用，女孩放下锄头，向着几人走来。

"就你一人在家吗？"唐泰见女孩放下戒备走近他们，又向她问道。

"不。跟我来吧！"女孩回应道，推开紧闭的院门。

院子不宽敞，房檐下挂有几张野兔和獐子皮。

女孩指着一个角落，说道："锅灶就在那里，你们自己用吧？你们说话小声一点，我弟弟妹妹在睡觉。"说完她就向院门走去。

那个角落搭了一个棚子，里面有一个简陋的灶台，灶具都齐备。

"大女，红苕挖完了？"女孩刚走出院门，就听见他父亲的声音。

"还没有呢。"女孩见父亲从外面回来，又说道，"有几个工人要借用家里的锅灶，他们刚来。"

女孩的父亲听她这么说，只是"哦"了一声。女孩又跟着父亲进了院子里。

一个中年男子出现在三人面前，他双手提着几只野兔、几只野鸡，看来他这趟打猎，收获不小。

他穿着看上去有点脏的黑色土布上衣和直筒裤子，脚穿一双大脚趾都露出的布鞋，头发就像鸡窝一般，络腮胡长得遮盖了半张脸。他望着穿工作服的三个年轻人，当目光停留在唐泰提着的野鸡野兔上时，他脸上绽出很浅的笑容。

"大叔好！我们借用一下你家锅灶。您放心吧，我们会给您补偿的。"骆华强懂得规矩。

"噢，你们随便用就是了！"他稍作停留，笑着对几人说道，然后就往屋里走，"你们觉得不够吃的话，就在我这里拿，我有不少呢。"

听到中年男子这么说，骆华强的兴奋情绪被调动起来，说："大叔，我们有3只野鸡、两只野兔，三个人也够吃了。谢谢您啊！"

骆华强虽然这么说，但他心里也没有底，毕竟他们已有好长一段时间没吃沾点荤腥的食物了，况且是三个大男人。

再说，刚才陆三水还说要给纪浩带一点回去。虽然他没善始善终，但大家认为他还是出了力的。

"山川基地的人常来村子里换东西，你们知道吗？"中年人从屋里出来，脸上依然带着笑意，"我不像他们要换粮票，你们如果有布票，我用这野味跟你们换，怎么样？"

骆华强听他提到换东西，以为他要粮票，却不想他要的是布票，就说："我们几人都没有布票，都穿单位发的工作服。"

"你们每年会发一些工作服，用多余的来换也行。"中年人见他们为难，交易要黄，就变通地说道，"你们身上这种帆布工作服也可以，我就用4只野兔交换一件，怎么样？"

中年人说完，进屋把野兔提了出来。

这中年男子的话，令几人感到惊讶。没有谁想到，他们穿的这种工作服，价值会有这样高。

骆华强翻看了一下中年男子提着的野兔，认为个头不大，估计每只不到两斤。

"这几只兔子都不大，用5只换行不行？"见中年男子犹豫着，骆华强又说，"你看啊大叔，不是我们想占你的便宜，这几只兔子的确小了一点。"

不用说，用工作服还可以从中年男子手中换取另一些东西的。现在这里的村民经过许多次交易后，变得一个比一个还精。基地里有人说，在过去换一只鹅，只需25斤粮票；换一只羊，只需一件短款式工作棉衣，山民根本就不讨价还价。而现在就不是那样的情况了。

"在什么时候，你们能把衣服给拿来？"中年男子稍微犹豫后，答应了成交。

骆华强没有回答他的提问，拍着穿在身上的驼毛色长袖工作服："大叔，我两个子差不多，我身上这件您看怎样？这是还没下过水的新工作服。"

"你的这件太大了。"中年男子摇着头说，接着他指着小个子唐泰说道，"他身上那件就合适。我是给我大女儿换的，自从她母亲过世后，她就再没有添置过衣服了。"

骆华强不征求唐泰的意见，就替他做主了："大叔，这没问题！您今后要是还有需要，我们就继续交易；你觉得还缺什么，直接给我们说就是了。"

与中年男子对完话，骆华强转向一脸不情愿的唐泰，说道："交易已达成，请唐泰同志马上把衣服脱下来！"

"欸，骆华强！你凭什么叫我脱衣服？我咋回去？"唐泰不满骆华强的做派，也很不情愿。

"你不要废话！哪叫你的衣服刚合适呢？搞快点！"骆华强说完，见唐泰就不愿意，便直接靠近他，要扒下他的工作服。

虽然正值深秋季节，但在午间太阳映照下，还是有点热烘烘的。在这大山里，基地职工都是里面穿一件秋衣，外面再穿上一件秋季工作服。

陆三水不知骆华强为何要做这个交易，在唐泰极不愿意的情况下还去强行扒他的工作服。也许是他身上藏着拆卸的枪支，不便脱自己的工作服跟唐泰做交换；也许为了吃饱一顿肉，这小子才拼得这样狠。陆三水这么想着，就有了主张。

"行了行了！既然唐泰不愿意，就用我的这件去换吧！"陆三水这话一出，就解着身上工作服的扣子了。

"你也不用脱，衣服也大了！"中年男子摇着头对陆三水说。

骆华强见状，就换了一种方式，鼓动地对唐泰说："唐泰，你听清楚了吧？我跟陆哥都愿意，就只有你的合适。衣服你只管放心，回到基地后，我定会想办法给你搞一件。"

"不是我不愿意呀！"唐泰的神情流露出无奈，"怎么跟你们说呢……"

唐泰没有把话说下去，拍了拍两人就往院门外走，两人便跟了上去。唐泰扭身张望了下附近，见没有人，就迅速解开了工作服的扣子，双手拉开了前襟。

陆三水和骆华强的眼珠子顿时就定格了：原来他每天都在换衬衣，这衬衣也就只到胸部，袖子、前襟和后背都没有。

"欸唐泰，你是那个时候学那些上海人穿假领了？我就说嘛，你小子远离队伍，是不是要朋友了？"陆三水看见唐泰穿着这小半件衬衣感到意外。

其实这"假领"是有前襟、后片、扣子、扣眼的，只是它只保留了内衣上部的一小半截。当然，不把外衣脱下，或者穿着毛衣全部敞开也是没问题的。因为上面有三颗扣子，不穿毛衣，就把外衣的上两颗纽扣解开，也看不出是假领来。

难怪唐泰不很不情愿脱下身上的工作服，这样穿着回到基地，那不成了他人茶余饭后的笑料？

基地发的工作服、工作裤都是纯棉的，根本不管职工穿着舒不舒服、好不好看。有家室的职工，政府通过基地按人头定量发给布票。上海人很讲究穿着打扮，在无法凑足布票的情况下，若见到不需要布票可购买的料头子，就买下来，于是就做出了假领这玩意儿。

"可那个大叔，他认定了要你这件衣服。"骆华强就要促成这事。

"我看这样，"陆三水希望自己把这个僵局破了，"唐泰，用你的衣服去跟他们做交换，穿我的回去，你看这样行不行？"

骆华强要遮盖枪支、不能脱掉衣服，这是唯一不让唐泰回基地出丑的最好办法。

"陆哥，你出院还不到一个月，不穿外衣，要是凉着了就不好弄哦……"

"我没事。你赶紧脱，不会有人看见的。"陆三水说着，就脱着他穿的外套。

有太阳的中午时分，陆三水没穿外套也不觉得寒冷。

"陆哥，你这是？"唐泰被陆三水说话算话的举动打动了。

"唐泰，没什么这呀那的，果敢些，抓紧吧！"陆三水已经把自己脱下的外套拿在手里，就等着唐泰脱下工作服后递给他穿上。

"我说啊，这兔子我们吃不完，就带回去，估计小丫头邱霞也馋了。我生病她照顾我这么长时间，权当还她个人情吧！"陆三水说道。他见唐泰已经脱下了工作服，就把自己的工作服递给了他。

女孩见手中这件驼毛色工作服，明显地大出自己的身板许多，然而她脸上还是露出了略显羞涩的笑容。

在交谈中，三人知道了这个在他们眼中有些异样的中年男子叫丰天翔，不是当地人，一家人是长期居住在荞子村的外来人口。

丰天翔因家庭出身不好，加上因工作上的事好跟单位领导提意见，在那动荡岁月中便被发配到偏远山区工作，途中女儿发高烧，司机就把他们一家三口送到了就近的一家公社卫生院，拉着一车人上路了。医生说小孩是出水痘，要避风，给了点药，就建议他们在小镇上找个旅店住下来。夫妻俩听从了医生的建议。

那医院距离丰天翔被发配到的单位已经不远，不到两个小时的车程。由于当天天色向晚，那辆车第二天才来到医院接他们。医生告诉司机他们住旅店了。可司机找了两家旅店，唯独没找第三家旅店就离开了。丰天翔一家并不知道这事，也不知道要去的单位在哪里，还有多远。尽管后来单位又派人来找过他们，但阴差阳错，再一次错过……

这事发生在20世纪70年代中前期，那是还比较混乱年代。后来几经辗转，一家人来到了这里。妻子在前几年生下了一对龙凤胎，一年后得急病去世。

这个村零零星星来了五六户外来人口，他们跟村里的原住民相处不是很融洽，这主要是原住民的排外心理作祟，尽管外来住户处处小心翼翼。村子自从有了相邻的山川基地，以物易物的交易就逐渐盛行起来，但基本上都是原住民把持着进行。

以前丰天翔不会打猎，一家人靠种点杂粮变卖换点现金，再去买回油盐食品和穿用必需品，其艰难的生活状况他人难以想象。这次丰天翔能有这样的收获，是因为他捕猎技艺有了很大提高。

几人在与他的交谈中觉得存在一些疑点，但他们出于礼节，没有去追问，也认为没必要去追问。

丰天翔的大女儿看上去只有十四五岁，而实际年龄已经18岁了。这是从小生活在饥不果腹又负重多劳的环境里，身体发育受到了严重影响。

丰珊获得衣服后，从她的神情可感觉到她内心的喜悦。她帮着他们拔野鸡毛，剥野兔的皮，其熟练的程度，令这三个大男人自叹不如。

猎户人家

几人也是饿得慌、馋得慌，他们把几只野兔、野鸡都一锅炖了。丰珊帮他们炖好野兔野鸡后，就叫上早已醒来的弟弟妹妹帮她挖红苕去了。她这对孪生的弟弟妹妹才7岁大。丰天翔在邀请下，与几人坐在一起吃饭。他没有白吃他人东西的习惯，就拿出了一瓶江津老白干。他们边吃边聊。先是几人向他问起怎样打猎收获才大，他便说出了自己的感悟，继而又谈到了如何下套一类的技巧。酒桌上的男人，很容易由陌生人转换成哥们。

"大叔，你有没有大一点的器物？这个海碗不仅装不了多少，也不好带走啊！"酒足饭饱后，唐泰要把剩下、足足有半锅的野兔野鸡肉带走，打算给纪浩和邱霞他们。

"小伙子，大叔太穷，有一个大一点钵，是用来盛稀饭的，你拿走了，我就没家伙盛稀饭了。要不，你再用一个大一点的碗盛吧。"

听丰天翔这么一说，唐泰就放弃了。

尽管有足足半锅，但干的也不是很多，汤汁较多。这汤既鲜营养又好，用来泡窝窝头吃，自然可口。

陆三水见唐泰张罗着带走剩下的食物，就远远地说道："唐泰，不要全带走了。"

骆华强听到陆三水这话，走到灶边，一巴掌拍在唐泰的肩上："听见没？陆哥说了要留下一点。大叔为了给丰珊换件像样一点的衣裳，一家人都舍不得吃。刚才大叔不是说了，那剩下的几只野兔野鸡要去换家里的生活用品？"

常言道：人心都是肉长的。先前两个小孩醒来时就闻到了肉香，心想家里来客人了，可以吃上肉了，却不明白姐姐为什么要把他们带走。丰珊多懂事啊！

"给他们留下一半吧！"骆华强说，"纪浩自己内心是怎么想的，我们都不清楚，给他带上一点就不错了。"

"陆哥不是说要给邱霞带一点回去吗？"唐泰嘀咕着，"这可是陆哥用他的工作服换的。"

"要留下一点，这可是陆哥的意思啊。"骆华强又说道。

唐泰扭头看向院子里正在跟丰天翔聊天的陆三水，不想与陆三水自然移动的目光正好相对，陆三水对他点了点头，唐泰明白其意。用一个大碗装了剩下的一半肉，舀了少许汤便作罢。

骆华强是个善于揣测的人，见陆三水沉默不语，就开辟了一个话题。"陆哥，你观察丰天翔没有？"见陆三水没有回应，他又说道，"我觉得他跟一般村民不一样。他那样的谈吐有知性的味道。尽管他的衣着与这些不相称，但这是艰困造成的，况且衣着怎能遮挡一个人的气质。你看呵，他跟我们交易的几只兔子，身体上都有贯穿伤，不像他说的是下套捕捉的。"

"骆华强，你呀走错了道，就不该跟我们在一块。"陆三水总算破了自己这一路的沉默。

骆华强以为陆三水还要说下去，不想他戛然而止，让他蒙圈了，心想：嘿，我怎么就走错了道呢？做现在这行是我理想中的正道啊！

"陆哥，我还听着呢，你可不能说一半留一半，卖关子呀。"

"骆华强，陆哥把话说得够清楚了，看来你是个假聪明哪。"唐泰也不甘沉默。

"这么说你聪明？"骆华强原本想听陆三水的，不想唐泰横插一竿子，就有点恼火，"唐泰，你说来听听。"

"我说骆华强啊，看来你还真不是假聪明呐，而是一只笨瓢。"唐泰认为骆华强平时总爱打压自己，这次要羞他一回，"记住了，陆哥说你走错了道，是他高看你呢，认为你该去公安搞侦破。小样！"

唐泰这话的确把骆华强"烧"了一下，在他面前强势的骆华强哑了。

这时陆三水开口了："丰天翔肯定是个有故事的人，但他没有什么值得怀疑的。他要是敌特人员，为了刺探基地情况而住在荞子村，也不会这样穷困潦倒。再就是他如有不良活动，早就露出马脚了。毕竟村民虽穷，觉悟还是有的。况且基地员工中，也没发现与外界有接头的可疑现象。"

唐泰对陆三水要他给丰天翔一家留一点肉和汤，尽管在当时他想尽可能多带走些，但现在对他这一要求觉得能理解，因而对其敬佩。对于陆三水早间做出来的消音器，能在10米以外就听不到枪声，唐泰更是钦佩不已。

其实，唐泰与陆三水结识后，就把比自己小了近3岁的陆三水叫陆哥，有他敬佩陆三水有学识的缘故。当然，当初邱霞把陆三水带到他们宿舍时，把陆三水叫"陆哥"，他们三人也就跟着她把陆三水叫"陆哥"了。

陆三水现在想的是，要尽快搞出一把狙击步枪来。尽管他对黄明虎说，可能要一年半载才出得来，但真要花这么长的时间，十年内能做上几件事？他想。

就在几人距离山川基地还有一公里多的山口，纪浩正骑着一辆自行车以极快的速度驶向他们。

临近时，他直接脱离了车子，那车倒在了一旁，他大声向几人喊道："都不要回去了，费恒尘正带着一拨人在找你们！这事不排除被发现了。"

一听到这个消息，几人立马就愣住了。

"纪浩，这事除了我们几人，我敢说没人知道，"唐泰最先回过神来，"是不是你告发的？亏得陆哥还念及你出了力，叫我们留肉带给你呢！"

唐泰说话掷地有声。话说完后，气得把端着的一大碗肉给砸了，接着又怒气冲天地奔向纪浩。

"唐泰，你冷静点，先听纪浩把情况说完！"陆三水赶紧去拉住唐泰。

这事情发生得实在过于突然，属突发性事件。

逻辑上讲，如果纪浩是告发人，他为什么要冒着极大的风险急切地告诉这几人？再者，如果这事真的有人告发，骆华强在基地装备库里拿枪、拿子弹的事被证实，不用说，基地内卫人员就已出动了。

"陆哥，想想看，骆华强和我去装备库拿枪，除了在装备库值班的那中年人知道，就没有其他人知道了。那中年人很崇拜大学生，平时见到我和骆华强都热情招呼着，他不会去干这种事的。况且如果他去告了我们，当时他却同意了我们的行为，不是也有责任吗？除此知道这事的，就只有我们这几个人了。"唐泰还是无比愤慨。

唐泰认定这事，就发生在他们几个人中，但唯一有告发条件的，却只有纪浩一人。

　　"唐泰，你千万别冲动！听我分析，纪大哥如果告发了我们，他还会向我们通风报信吗？再说，通风报信他会得到什么好处呢？"在一边待着的骆华强这会儿开口了。

　　此事如果坐实了，私自在库房拿走枪的骆华强受到的惩罚将是最重的，甚至有可能被枪毙。

　　严重的普通盗窃罪都有可能判处死刑，更不要说盗窃枪支和子弹的违法行为。

　　"也许费恒尘他们不是为这此事而来。还有，他们究竟是找我一个人，还是找我们几人也不清楚。"陆三水此时显得异常冷静。

　　费恒尘靠武斗起家，在山川基地已是声名狼藉。前不久他给陆三水扣上"间谍"帽子，去医院抓他，还把阻止他们的老技术员和老工人们给打了。如果那天不是向远带人鸣枪警告，可能还会弄出人命来。费恒尘就不给自己留点后路？

　　没抓到陆三水，费恒尘是心不甘的。如果是因为这事，陆三水、唐泰和骆华强就都安全。

　　此时紧张气氛有所缓和，纪浩说道："费恒尘在中午带着一帮人来到我们宿舍，一开口就大声问陆三水在哪里。因见到宿舍里就只有我一个人，他就问你们几人去哪里了。其实从今天一早开始，我的左眼皮就一直在跳！"

　　纪浩把事情的来龙去脉说完后，大家都松了一口气。

　　"现在这事已经明了了，这帮人就是冲着我来的。"陆三水又说道，"我到基地的第二天，费恒尘就给我扣上了'间谍'帽子，纠集一伙人来抓我。这事我一直没告诉你们。那天在医院门口，他们用钢管和木棒打伤了一些阻止他们的老技术员和老工人。最后是向远主任带上保卫人员鸣枪才驱散了他们。这事因我而起，这样吧，我就先骑车回去了，你们就慢慢回去吧。"

　　陆三水扶起了倒于地上的自行车，正要踏上脚踏板，唐泰便叫住他：

"等一下陆哥！他们抓你，老技术员和老工人他们怎么知道？你不是刚到基地吗？"

唐泰等几人都不知道那件事情的起因。

当初，发生在医院门前的事，十分突然，大部分人是在事后一段时间才知道这件事的起因和过程的。再后来，就没有人再去提这事了。知道这事的人，也像是约定好了似的，即使有人再问，也是三缄其口。

"就别问这事了。"陆三水说，"这件事，以后你们都会知道的。我就先走一步。对了，骆华强，你也赶快回去，趁着没人注意的时候，赶紧把枪送回原处，不然真会有大麻烦的！"

陆三水话声落地，就跨上自行车朝基地飞奔而去。

陆三水经过分析认为，纪浩告知的这事，是费恒尘一伙冲着他来的，要是自己回去晚了，冲突定会再次发生，弄得不好，那些老专家和老工人还会吃更大的亏，受伤的会更多更严重。

"两位，我也得尽快赶回基地。现在情况不明，万一费恒尘他们是因为这支枪的事情，陆哥一人怎能扛得住？"骆华强见到陆三水越来越小的背影，大声对唐泰和纪浩说道。

骆华强把夹在腋下的枪体部件，抽了出来用手捏着，朝着基地不要命地奔去。

唐泰和纪浩看着骆华强的背影，哪还顾得地上的野味，也狂奔而去。

突发事件

TUFASHIJIAN

几乎终年都趋于冷清的山川基地，今天突然门庭若市了。

此时，在山川基地单身楼旁一块放露天电影和供年轻人活动的空地上，有三群人对峙着。

一群是以费恒尘为首，带领他在基地执政多年来的亲信，约30来人；一群是向远带领的内卫人员，有20来人；还有一大群人都是50出头的老头子，是基地的老专家和老工人，约100人。

除了这三群人以外，还有不少人分散在空地四周的边沿，他们大多穿着浅灰色工作服，一看就是车间的工人。另外，在空地四周的通道和坡地上，有许多围观的家属群众。

这是陆三水来到基地后，首次见到有这么多人的场面。

"甘风华，陆三水伪造上级组织介绍信，现已证据确凿，你们还在包庇他。最近这段时间，我们专门去北京调查过，他在北京读过书的几所大学都不知道有我们这个基地，怎么可能往我们基地调派人员？"费恒尘说话时底气十足。

费恒尘知道，不把陆三水赶走，对自己有害无益。

不久前，费恒尘一行人去北京出差。在动身前，他就起心要利用这个机会做陆三水文章。

此时，相互对峙中的甘风华恨得咬牙切齿，见到内卫人群中的向远一直保持缄默，他也没办法。不过，他还是大声说道："姓费的，你在广大职工面前满嘴喷粪，不觉得可耻吗？小陆同志携带的介绍信上盖的公章，难道还是假的？他的个人档案，是部里干部司档案处通过邮局特别挂号寄来的，难道也有假？"

"甘风华，你不要在此蛊惑人心！"费恒尘把自己装扮成正义的化身。

山川基地所有的一切对外都是高密级，正由于这个属性，跟上级的联系就很单纯化。通常情况下，只要基地警卫营没有发现异常，基地内部也相安无事，上级单位就很少有人下来。当然，每年的例行保密考核，上面会有人率队来基地。

"现在，我可以完全负责任地告诉在场的所有职工，"费恒尘的声音比先前几乎高出了八度，"这次去北京出差，我同基地办公室黄副主任、计划处李副处长，顺便去了京师大学人事处，问他们处长是否出具过陆三水到山川基地报到的介绍信，他说他们不知道有山川基地这样一个单位，这让我们非常惊讶！我们又到燕都理工大学人事处，向他们处长提出了同样的问题，不想得到的答复与前者的答复一致。这说明什么呢？说明了陆三水来基地报到的介绍信是假的！"

费恒尘没敢迈进五机部的大门。他先前的山川基地革委会代理主任，在前两年过渡到山川基地管理委员会主任时就险些被部里干部司撤销。这点他很清楚。前不久向远由五机部机关"空降"到山川基地，取代了他管委会主任职务，他就认为上面已经对他不认可了，自己现任的管委会副主任一职，也可能早晚不保。

"费恒尘！"向远这时发声，直接指名道姓大呼他的名字，"我以山川基地管委会主任的名义警告你！你胡编这些乱七八糟的东西来诬陷陆三水同志，在基地里制造混乱，是要受到行政处分的！我问你，你怎么不说介绍信上五机部干部司的印章也是假的？你敢吗？陆三水同志被分配到山川基地工作，部里干部司张司长给我来过电话，还介绍过他的简要情况。"

费恒尘身后那些人，一部分是那场武斗就跟着他的，一部分是现在基地工人的子弟。

"费副主任，向主任问你话呢？你就表个态，介绍信上干部司盖的那个章是不是假的？"甘风华见向远在紧要时刻终于发声了，一发声就让费恒尘哑了火，便反守为攻。

"现在谁能证实向远主任所说的，他接到过干部司张司长的电话？"费恒尘无法回答向远的提问，只能顾左右而言他。

此时越来越多的工人来到这里。

向远的话一出，费恒尘方面的阵营便出现了松动迹象，他身后不时有人在溜走。

在山川基地跟着费恒尘混的那些年轻人，虽然常常挂在嘴边上的话是费主任比他们的老子还理解他们，真实情况只有他们自己才知道。

"屈老二，你跟老子是不是翅膀长硬了？"就在三方人员对峙着，危机愈加凸显的时候，有个中年男子冲进坝子，对着费恒尘身后正准备指挥人往老专家群冲散的一年轻人大声吼着。

"你来干啥子？爸。"那个年轻人听见吼声，浑身激灵，扭转身子看着中年男人。

"你这畜生，老子不来就还不知道你在外头干啥子！上次是你动手打的陈工吧？当年要不是陈工和老陆主任，你他妈早就饿死了！现在你长醒了，居然向你救命恩人动手！来，你干脆把你老子打死算了！不知我上辈子作了什么孽哟，有了你这么个报应儿子！"

这年轻人满脸戾气，遭到中年男子呵斥，迅速消失。

"你个兔崽子，老子就说一天到黑见不到你人影嘛，原来跟这帮人伙到一起，你赶紧跟老子回去，不然看老子抽你的脚筋，让你出不了门！"这年轻人被骂得低下了脑壳，但中年男子仍然骂个不休："你个龟儿子，你可知道我们这代人在这里干了些啥子？我们是在为国家建设国防基地！你跟老子倒好，成人了竟然来给基地作对添乱！来嘛，你先把老子弄死算了……"

四周的山上，人群已是黑压压的了，不断有工人走下山来，向对峙的人群靠近。这些人都是山川基地的职工。他们中有的在山那边上班。这边是三区，山那边一大片是五区。

陆三水赶到这里的时候，正好看到老子训斥儿子的那一幕。他倒是没想到基地会有这样多的人。现在山上的每条路，还在不断涌来人，他们显然不是居住在基地周边的人，一看就是邻区的工人。

"大家都听着，基地今天的行动，不管是谁前来阻挠，都会受到最重的处置！"费恒尘这时转着身子，高声向四面喊话，"我们必须把陆三水抓起来！五区的职工擅自闯进三区的，其严重的后果，你们应该比谁都清楚！你们现在退回去，我保证不会追究你们擅自闯进三区的违法行为！如果还执迷不悟……"

费恒尘已经意识到场面正在失控，特别是他身后的大部分人把钢管扔下，让他心悸。突然，费恒尘惊恐地掏出手枪，疯狂地对准了那些站在场地中间的基地老一辈专家和工人。好些人顿时惊慌失措，但也有一些人还没有完全反应过来。

"砰！"

一声清脆的枪声响彻山谷。

随着枪声响起，费恒尘"啊"的一声，只见他原先抬起的右臂顿时垂了下来，手枪掉在地上，手腕血流如注。

"闪开、闪开！"

只见数十名全副武装的军人穿过人群，奔向以费恒尘为首的那群人，其中一人手持手枪，枪口朝向天空。

"警卫营来了！"刚才见到费恒尘举枪的好些人异口同声地呼道，"是他们开的枪！"

原有的场面被彻底打破，不明就里的人跟风逃散，场面十分混乱。有女人尖声惊叫，那声音异常凄厉，加剧了人们的恐慌。一时间，孩子的哭闹声、大人惊恐的呼唤声和吼叫声、杂乱的脚步声，充斥着事发现场。四周看热闹的人们在迅速散开。

费恒尘和跟随他的那群人很快被军人控制了。有个军医正在给费恒尘包扎伤口。

向远面对这突如其来的变局，竟然有些不知所措。

这时，基地的高音喇叭响起来："在场的所有人请注意！在场的所有人请注意！我们是解放军山川基地警卫营，请大家不要慌乱，都站在原地，不许走动！请大家不要慌乱，都站在原地……"

基地警卫营反应极快，迅速介入到这突发事件之中，高音喇叭重复不断地播发出相同的内容。

惊慌失措的人们听见喇叭发出的警告，很快安静下来。

持续了五六分钟后，喇叭里播发的内容就有了变化："山川基地警卫营现在发出通告：一、费恒尘出卖军事情报，证据确凿；今天他又制造规模极大的混乱，已严重危及山川基地的安全。对此，我们根据上级的指示和警卫营保卫基地的职责，对他采取了强制措施。二、对参与制造混乱的有关人员，将拘禁进行调查。三、现场的职工和家属，我们将保护你们的安全，请站在原地，等候有序疏散。山川基地警卫营现在发出通告：一、费恒尘出卖军事情报……"

全副武装的军人在几个方向引导人们有秩序地离开。混乱的局面，被遏制了。山川基地渐渐恢复了平静。

基地新貌

JIDIXINMAO

　　山川基地机关大楼，向远办公室。

　　向远对视着面前的黄明虎，他的面色铁青，说出的话有埋怨成分："黄营长，虽然你们执行任务是奉上级命令，但你当着大庭广众开枪负面作用极大。"

　　作为山川基地警卫营营长，黄明虎不曾干涉过基地内部的事务。向远认为黄明虎根本没把法规当回事，当众向费恒尘开枪，当然，向远还认为黄明虎没有把他放在眼里。虽然两人都属于山川基地的人，并且都担任着一定的职务，但各自的隶属关系不一样。向远属于国家五机部的在职干部，黄明虎带领的山川基地警卫营则归属北军区卫戍营直接受北军区调派。

　　"向主任，当时那种场面已经非常混乱，况且费恒尘已经举起了手枪，不用一秒钟就能造成严重后果，接下来还可能死伤更多的人。若是出现了那种场面，我们就难以控制……"黄明虎说到这里就停了下来。

　　向远可能也意识到了如不采取断然措施，后果真不堪设想，露出了些许尴尬。

　　黄明虎对向远的做法提出了质疑："我说向主任，我认为，其实一开始发现那种苗头，你就应该坚决制止。而你指挥的一群人，却不动声色地只在一旁静观其变，以致最后发展到我不得不果断开枪来控制局面的地步。这事，我要考虑是否上报！"

向远听到黄明虎说的话，铁青的脸一下红了。

黄明虎看了看向远，接着说："向主任，陆三水到山川基地做军工设计，是第五机械工业部部长左然将军钦点的，费恒尘做出置他于死地的事，你对此应该制止。作为保护山川基地警卫营的负责人，我发现场面有失控的苗头，就直接在电话上向左然将军汇报了，他对此当即指示道，基地警卫营要密切注意事态动向，可果断做出干预。另外，鉴于山川基地目前的状况……"

"这个……"向远听黄明虎如此一说，明白对基地实行军事管制的必要。

陆三水怎么也没想到，山川基地发生这惊天动地的事件后，最终结局会是对其实行军事管制。

警卫营对费恒尘采取断然措施并移交司法机关的第五天，五机部党组任命的红头文件到达了山川基地。

"空降"山川基地不到半年的向远，不仅原来的职务继续保留，还担任中共山川基地党委书记，为名副其实的"一肩挑"；甘风华被任命为山川基地党委委员、管理委员会副主任；黄明虎被任命为山川基地党委委员、管理委员会副主任。另外还任命了两名基地管理委员会副主任。班子内分工：向远主持山川基地全面工作；甘风华分管基地研究项目和生产；黄明虎分管基地内部和周边的安全工作；两名基地管委会副主任，一名分管材料这一块，另一名分管后勤这一块。

对黄明虎的任命，是要反映出目前山川基地处在军事管制时期。

从公布的费恒尘犯罪事实看，是骇人听闻的。他利用曾在山川基地一手遮天的权力，出卖用外汇进口的材料。他不是卖到国外，而是卖给市一级的农机部门。他们加工成各类农具后，让县级供销社销售。他还利用不少上海老同志想调回原单位的心理，私下收取了数额较大的粮票和紧缺商品供应票，分给了自己在外地的亲朋好友。另外，这几年分配给基地的缝纫机、自行车和摇头风扇，也被他截留私自卖掉。

这些还不是费恒尘最核心的罪证。费恒尘利用这次到北京出差的机会，与早有联系的海外间谍联系，已谈成把存放在基地的机密技术资料出卖给A国。

费恒尘在山川基地外的亲信被秘密逮捕，他没做任何抗拒，就交代了他们一伙的犯罪事实。

警卫营根据上面的意思，对费恒尘采取断然措施，是人心所向，基地内部偶尔还会有人议论。而骆华强几人持枪打猎闯入军事禁区的事，黄明虎和吕剑没有声张，这事就如同沉入了海里。

如果不是当天基地发生混乱，骆华强还真的没办法把那支枪放回库房。就在费恒尘被拿下的当天，山川基地就实行了军管，基地内卫部和保卫处都编入了警卫营。基地随即就开始了对战略物资和各类储备的全面清查。

山川基地旧的时代注定一去不复返了！陆三水不免有所感慨。

基地眼下正在全面清查所有库存。这项工作结束后，某些研究项目和生产任务将会按计划全面展开，现有的这些设备和生产能力，就会被利用起来。

山川基地的历史将开始书写新的一页。

"陆干事，向主任要你去他办公室。"陆三水与骆华强等几人聚在一起吃早饭的时候，一个士兵前来对他说。

"没喊错吧？要置陆哥于死地的费恒尘才被绳之以法，难道向远还要刁难陆哥？"听说是向远要找陆三水，骆华强顿时就火往上窜。

唐泰一脸不满，他盯了来叫陆三水的那个年轻战士一眼，对陆三水说道："陆哥啊，还是别去……"

"我看还是去一趟好，我认为向主任不会作出对陆哥不利的事来。"纪浩说道。

"请您快一点吧，陆干事。向主任和首长都在等着的。"模样青涩的士兵已是在央求陆三水了。

陆三水心想，向远真要找他的麻烦，躲也躲不过去，跟着那个士兵去到了基地机关大楼向远的办公室。

这办公室他是第一次进去。向远跟他打了过招呼，叫他坐后，就钩下头去开抽屉。这当口，陆三水打量了一下办公室的陈设。

向远从抽屉里取出一个银白色的物件，向陆三水发问："这东西，你认识吗？"

这不是黄明虎拿走的那个消音器吗？它怎么到了向远手里？黄明虎究竟是什么意思？陆三水心想。

一看就知道，这消音器因使用次数太多已有轻微变形，不可能还有很好的效果。

陆三水心里明白，这消音器成了一个突破点，他一旦承认这消音器是怎么回事，骆华强偷枪之事就必然败露，若那样的话，他们都脱不了干系。偷枪主犯为骆华强，从犯就是他们几个参与者。但如果他不搞出消音器，骆华强也绝不可能去偷枪。

按照这样推理，陆三水认为自己的罪行很严重。

天已经大亮了，这办公室依然见不到黄明虎的影子。

陆三水拿起消音器旋转着，佯装仔细看的样子，就是不语，但他脑子里却飞快地想着问题。

向远开口了，神情不仅不严肃，面部还露出淡淡的笑意："小陆同志，你可放松一点。骆华强在库房借枪一事，我们经过调查都清楚了。骆华强借枪，唐泰望风，纪浩以实验为名，到材料库领取了战略材料，你就用这材料制作了这个消音器。这些我没说错吧？"

向远两次表述骆华强是"借枪"，陆三水认为他这是在有意强调，目的是向他传递一个信息，这事没有构成犯罪，向远不是要借此事整治他。当然，同时也在告诉了他，向远手中已有了充分的证据，要否认是不可能的。

陆三水心里有数后，决定把这事都揽在自己头上。他把消音器放在了向远近旁，说道："向主任，这事如果需要承担责任，就算在我头上。骆华强、唐泰和纪浩三人做这事，都是我逼的，他们不应承担责任……"

向远没想到陆三水，能把如此重大的责任往自己身上揽，认为也是一种担当，很不错的。

"向主任，这事是由我策划和指使的，一人做事一人当，与他们几人无关！"陆三水为了保护骆华强、唐泰和纪浩三人，决意独揽责任。

陆三水刚把话说完，办公室门外就响起了"啪啪啪"的掌声，同时，陆三水觉得耳熟的话音也飘进了他的耳朵。一个五官轮廓分明的壮实男子走进了办公室。陆三水没见过此人。"果然是一个有胆识、有担当的年轻人，足以见得我没看走眼！"

见陆三水目光里满是问号，黄明虎脸上泛起了笑意："你这年轻人真没记性，才多少天哪，就不认识我了！"

"这位是黄明虎同志，既是基地管委会副主任，又是负责基地安全的警卫营营长。"向远手上又拿着那个消音器。

向远叫人把陆三水找来，其实是在告诉陆三水：我已经知道你那天跟黄明虎两人认识的情况，当然也知道关于这个消音器的一些事。

"黄营长，那天你脸上可是涂满油彩的。"陆三水这才认出黄明虎，小声回应道。

简单寒暄后，黄明虎见陆三水有点拘谨，认为他可能误会是要谈那天闯禁区的事情，就开门见山地说道："小陆同志，今天找你来，是想请教你是否有办法延长消音器的使用时间。这个消音器我们用后觉得效果很好。但有点遗憾，就是才打了60发子弹，就有些变形了，对子弹的弹道也产生了负面影响。"

黄明虎话一出口，陆三水就知道他的意思了，便说："消音器本不该用铝材做材料，该用钢材，加工好后还需经过热处理才行。我制造这个仅仅是为了打猎，就选择了用容易加工的铝材，这样可大大缩短加工时间。"

陆三水知道自己所说的打猎，现在掌管基地的黄明虎和向远都已知道了，说出来也无妨。接着他又继续说道："消音器出现畸形，子弹产生的气压就会在消音器内部形成不均匀的气压，就会给子弹弹道和弹落点带来负面影响，而且对射程也有影响，还会降低枪管寿命。"

枪炮的结构并不复杂，但涉及很多技术知识的运用，一个极为细小的变化就可能改变枪支的性能。

黄明虎听到陆三水口出专业术语就感到头痛，就说道："小陆同志，你就别说什么气压、材料和热处理一类的，你直接说能不能解决这个问题。"

"消音器是很简单的东西，容易解决。"陆三水肯定地说。

研发立项

YANFALIXIANG

"陆三水同志，这消音器的问题，你给出了解决的办法，照此去做就行了。"向远突然插话，他要向陆三水宣布一个决定，"现在我要宣布基地党委对你的任命。经基地党委研究决定，你被任命为高精战术步枪研发小组副组长。研发小组的成员，由你选拔决定。"

向远向陆三水宣布这个决定，就像那天警卫营枪击费恒尘一样，显得非常突然。

"两位首长，这个任命对我来说不太合适吧？我到基地工作的时间才多长啊？"陆三水说。

让自己担任这个职务，陆三水并不认为自己胜任不了，但他认为话还得这么说。其实在来基地之前，他就暗自对自己说过，要凭借自己的能力，有一天像父亲那样当上山川基地的负责人，为祖国国防事业作出应有的贡献。

"小陆同志，认为对你有什么不合适的，可说出来。告诉你吧，这可是我特地为你争取到的。"黄明虎继续说道："小陆同志，这不用太急，组织上不要求一个月内就拿出成熟的狙击步枪，一个月只拿出可供实验用的样品就可以了。"

"我来到基地工作的时间太短，也谈不上有什么建树，就让我任研究小组的副组长，那些前辈级的老技术人员对此会怎么看？他们会有想法的。"陆三水虽然很年轻，但人情世故还是懂得的。论资排辈的现象，在中国各个领域都存在。

"他们会有什么想法？任命你为副组长，是基地党委和管理委员会集体研究决定的，"向远口吻严肃地说，"同时也征求了部分老同志的意见，他们全都支持。再就是你成长在基地里，对基地里的情况比较熟悉……"向远代表山川基地党委和管理委员会说出这番话，不知情的人听不出什么来，但其中的无奈，只有他自己知道。

让一个从学校出来不久、还没拿出一件像样成果的年轻人做项目组的负责人，向远受到了不为人知的压力。这个压力源自有着双重身份的黄明虎。此时的黄明虎因如愿以偿，一脸轻松。

"两位首长，我可以问问谁担任组长吗？"陆三水见木已成舟，也就没有顾虑了。

"由甘风华副主任来任这个项目的组长。他是资深的枪炮专家，对火箭研究也有很高的水平。"向远说，"小陆同志，甘副主任是老同志，他分管整个基地的研究项目和生产，同时还担负着具体的研究任务。他任高精战术步枪研发小组组长，主要是帮你协调与各车间、各部门的关系，具体的研究工作你得亲自挂帅去做……"

听说是甘风华任组长，陆三水心里便踏实了。

"小陆同志，希望你记住不久前作出的承诺，为国防事业尽快研发出专业狙击步枪。"黄明虎觉得已宣布了对陆三水的任命，应该说几句，"有什么困难就提出来，有什么需要警卫营配合的，绝对没问题。"

"首长放心，我将尽自己最大努力去完成任务！"陆三水立身，分别对两人行了军礼，就转身准备离去。

黄明虎见状，便招呼着："小陆同志再等一下，甘风华副主任和三区敬士才主任很快就到。咱们要讨论一下运作方案，要合计一下需要有哪些部门参与配合……"

很快，甘风华身后就跟着两个与他年龄差不多的中年男子走进了向远办公室。

黄明虎特意安排人去给陆三水打的饭菜，此时他刚好吃完，与甘风华打了个招呼。接着，向远便说开始讨论。

"老敬还没有来，不等了？"甘风华发现主管三区工作的敬士才还没有到，就问了一句。

向远说："他到成都参加会议去了，今晚才回来，我们就先开吧。"

陆三水在这方面掌握的知识多，甘风华让他率先发言。

甘风华几乎把这个项目的所有担子，都放在了陆三水一人的肩上。他和一群老同事认为，老主任陆天问的儿子，他们是看着他长大的，希望他得到锻炼，最终成为山川基地的掌舵人。

在即将分手之时，甘风华掏出一个蓝色塑料封皮的小本来。

"小陆啊，我差点就忘了这事。"甘风华将那蓝色塑料封皮的小本递给了陆三水，"这个证件你保管好，是进入山体内部的通行证。山体内，除了写有红字'禁入'的区域不能进去外，其他地方可自由进出。这样，从山体内到其他几个区就方便快捷了。你宋叔叔在五区，这位是何叔叔，他在七区……"

"陆哥，你可回来了！"骆华强把头伸出窗外呼道。

陆三水刚在单身楼堡坎下现身，有三个脑壳就伸出了窗外。见陆三水没事，几人都露出了高兴的神态。

"这是干什么呢？都跟你们说了，我不会有什么事的。"陆三水仰起头对三人说道。而这样的场面，感动着陆三水。

在宿舍落座后，陆三水就想着该怎样告诉这三人所议之事。

三人来到基地都一年多了，三区一直没有指定师傅带他们。敬士才可能就没打算给他们指定师傅。陆三水想，要是自己不带他们，任他们就这样无所事事地混下去，这辈子说不定就完蛋了。他决定给他们一个机会。

那天，纪浩在进入禁区的路上耍滑头离开了他们。在接下来的这段时间，共处一室的这几人因这事多少有些别扭。

"陆哥，我……"纪浩因这事一直在后悔。纪浩真没想到陆三水能带上自己，想到自己做出那样的事，脸就红了。

"纪大哥，我们毕竟是同一个屋檐下的兄弟，有难同当，有福同享。"陆三水说，"再说这也不是一个享福的事情。进入小组后，过去那种无事可干、混吃混喝的日子就没有了。"

　　陆三水对那天下午纪浩从基地赶出来告诉消息的情况，很是认同。纪浩没有跟随费恒尘一伙去鬼混，就足以说明他是一个讲原则的人。更何况自己刚入住这个宿舍的时候，也是纪浩带头，骆华强和唐泰两人才把口粮分了部分给自己。

　　陆三水对纪浩说完，看向骆华强和唐泰："你们两人考虑得怎样？愿意进组吗？"

　　"愿意呀！做好了，才有机会升级，涨工资嘛。"骆华强到基地一年多，无事可做烦死了。

　　"可我们什么也不懂，进去后能做些什么呢？"唐泰比骆华强对自身的认识更清楚些。

　　"你们都不用担心，进去后一步一步跟着学，边学边做就是了。不是说基地一直都没给你们指定师傅吗，这次就是一个机会，尽管只是一个项目小组，可里面都是些技术很好的专家。"陆三水对这事没有过多强调。

创新设计

CHUANGXINSHEJI

　　第二天一早，基地的广播响起后，四人就起了床。来到基地一年多了，纪浩、骆华强和唐泰今天是第一天正式上班。

　　"陆哥，设计室里面不会没有我们的位置吧？"唐泰有些担心地问道。

　　"不用担心，眼下三区都没有什么任务，跟过去差不多。设计室也没几个人。正式启动这个项目，要在我设计完草图，再经过论证没有问题后，才会开始进行生产试验……"昨晚在回宿舍的路上，陆三水想到，可借让这三人巩固所学的名义，充当他们的指导，由他们来绘图，不就没问题了吗？

　　三区的设计室里就只见到几张长条桌和独凳，有三个透明的书柜并排紧靠右侧的墙体，里面有机械制图和机械设计等方面的书籍，除此以外，空荡荡的不见一人。

　　几人进入设计室后，陆三水就开始安排工作："你们看谁去办公用品保管室领10张绘图纸、4张制图版和4套工具？绘图纸领回后，每张一分为三，成为A3图纸就可以了。"

　　设计室很久没人使用了，却很干净，桌面和凳面用手指刮一下，也不见一点灰尘。原来昨天下午，三区后勤办公室通知勤杂人员给设计室做了一次很彻底的卫生。

"陆哥，你画图就行了，我们在一旁学习，用不着领4套工具。"骆华强即刻回应道。

"少废话呵，骆华强！就是考虑到你们在学校里少有接触到绘图方面，所以这几天让你们突击训练一下，要不然工作一铺开，上得了手吗？"陆三水已把自己看成是几人的师傅了，就板起脸说，"还有，估计明后年开始，基地就会陆续进来一批人，那时你们连刚进来的都比不上，脸往哪儿搁？"

"这些东西我去领！"纪浩在陆三水呵斥骆华强的时候，说了这么一句，就走出了设计室。

"唐泰也去吧，工具不少，4张制图板老纪一个人也不好拿。"陆三水干脆就把活儿安排到人头了。

"呵，年轻人果然有干劲！我也是昨下午才接到领导的指令，不想你们一早就到了这里。"一个50多岁的老头儿背着手进入了设计室。

刚才唐泰出去后，骆华强正要跟陆三水说纪浩的事，就只好不说了。

这老头儿看上去身板消瘦，整个脑袋略显长，一张国字脸型，总体上给人的印象深刻。

"敬主任好！"骆华强见到他，连忙向他打了个招呼。

陆三水也就在此时才知道，这老头子就是纪浩口中曾提到过的敬士才主任。

"敬主任好！"陆三水跟着也向他打了个招呼。

"你们不用客套！哎呀，这设计室都闲置三四年了，你们来使用，很好，很好啊！"敬士才在设计室里缓缓踱步一圈，发出感慨。

陆三水突然发现，这老头儿竟然背过身去，在悄悄地抹泪。

"小陆啊，你不要辜负了首长们的信任，把工作干好！我这个老头子是搞后勤的，会给你们打好下手，有困难就来找我。"敬士才转过身来，和蔼地对陆三水说道。

"请敬主任放心。我一定做好本职工作，不辜负首长们的信任，不给我的学校和老师丢脸。"

　　"行啊。"敬士才看了看显得拘谨的陆三水，突然神情变得严肃起来，"本来我不该干涉你们的工作的，但因为这是基地立项的研发项目，所以我有一件事希望你能够答应。"

　　"敬主任，敬请吩咐，保证不折不扣地完成任务。"

　　敬士才要的就是这个，他脸上绽出了笑脸。

　　"你这小子，过去是闷不发声，在外面的世界待了几年，竟然变得会要嘴皮子了。但这样也好，也好啊。"敬士才是用这样的说法在赞赏陆三水。陆三水却分明看见他绽笑的脸上，眼角处有晶莹的泪珠。

　　办公用品保管室有人值班，所有的用品都是包装得好好的。纪浩和唐泰各捧一堆绘图物件走进了设计室。

　　"好，都到齐了，我就说几句吧。"敬士才见纪浩和唐泰腾出手来后说道，"你们也知道，我们这基地从1966年开始，已有快20年没有新人进来了。你们是这么多年后进来的第一批大学生，新鲜血液呀！可能一辈子都交给这里了……"

　　敬士才说的是实话，基地里绝大部分人，自从来到这里后，因工作没有调动，就再没离开过。

　　"您放心吧，敬主任，在来基地之前，我们就已做好了不离开的思想准备。"唐泰说。

　　"对对，我们都有这样的思想准备！"骆华强和纪浩也异口同声地附和道。

　　"你们几人分配到三区，我一直都没指定一个师傅来带你们，怕限制你们的发展。在基地里，你们的级别太低，山体里是进不去的。"敬士才继续说道，语气和内容带有推心置腹的意味，"我们三区呢，主要工作是搞机械制造，我总不能把你们下到车间里，去跟工人师傅学操作技术吧，那样不是浪费了你们在学校里掌握的知识？现在好了，小陆又回到了基地。他从小学就好学，又在几所大学深造过，让他来带你们是绝对没有问题的。"

　　敬士才的一席话，不仅使唐泰、骆华强和纪浩愕住了，陆三水也没想到。

"敬主任，做他们的师傅，我恐怕胜任不了！"陆三水在敬士才话音一落，就第一个站出来反对。

虽然在枪械领域和学识方面，陆三水在基地里可谓老大。纪浩、唐泰、骆华强三人都称陆三水为"陆哥"，先前他们是跟着护士邱霞称呼，而现在完全是被他的学识所折服，发自内心的尊重。但师徒关系，就如父子关系。

敬士才听陆三水这推辞的口吻，神情即刻严肃起来："这有什么胜任不了的！小陆，我可对你十分了解！你从小在基地里跟着大人们学习军工知识，虽然谈不上学得精深，但掌握的东西却很全面、很系统。而他们三人，却不是因为在学校里出类拔萃才来到基地，而是因为他们的学习天赋非常强。就是因为这个原因，所以我才一直没有指定带他们的师傅，怕的是指定错了毁了他们的前程。"

"可是……我年龄毕竟比他们小不少。"陆三水道出了他的顾虑。

"年龄不应该成为结为师徒关系的障碍。古人说得好，达者为师嘛！"敬士才言语中含有无奈，"我区的大部分技术人员，近年来陆续被调往山体里工作了，眼下出现了断层。要恢复三区的实力，主要是技术这一块。明年基地将分来一批大学生，我们要抓住这个机会。"

敬士才说完，目光依次扫视着纪浩、唐泰和骆华强，板起脸对三人说道："你们是怎么想的？愿意不愿意都表过态！陆三水设计并亲自制作的消音器，你们难道不知道？它的使用效果怎样，你们难道不清楚？我告诉你们，有谁不愿意，马上告诉我！"

"我愿意！"听敬士才把话都说到头了，而善于把握机会的纪浩，立马就跪了下去说道："师傅，请接受徒弟一拜！"

"你这是干什么呀！有行这种大礼的吗？"陆三水赶快把纪浩扶起了来。他被纪浩搞得手忙脚乱，真不知说什么好。

敬士才见年龄最大的纪浩都跪下去了，认为另两个肯定要跟着学，便开口说道："就不用跪拜了！拜师仪式，我们不必讲究，不过徒弟该做的事，你们也不要忘记了。"

"哎呀，这下好了，我们有师傅了！师傅还是一座靠山，保不准将来在基地，我们也受人巴结。"敬士才离开后，唐泰立马就忘乎所以起来。

"要听师傅的话，好好跟师傅学……"骆华强也笑得一脸灿烂。

而纪浩却在一旁沉默不语。

陆三水见唐泰和骆华强没有个完，就制止道："行了行了！我这里跟三位说一下，今后师傅一类的话没必要常挂在口上，我们呢，还是一个屋檐下的兄弟，该怎么处，还怎么处。我会尽可能把自己掌握的东西教给你们。但如果你们不愿意学，就是你们的事了，我肯定没辙。现在，你们就从画机械图开始学习。我不借助工具，只画出草图，你们就把这草图绘制成标准图。这虽然只是一个草案，我们也得选取其中最好的。"

这么一弄，也可看成是敬士才给了几人一个名分，谁不愿意都不行了。

"师傅，我们在学校里学过制图的标准，但没有学完。这……"纪浩说。

"你们注意墙角的那排书柜了吗？里面有机械制图方面的书，还有机械设计方面的书，不懂的地方可去翻阅；读不懂的地方，可以一起讨论。大家就边做边学吧，不断总结，就会有明显收效的。"早晨一来，陆三水就在书柜旁留心了一下里面的书籍。

这四人在这个研发项目上形成了共同体，但分工极为明确

陆三水果然没食言，在进入设计的第三天上午，就拿出了总成草图，其上均有密不透风的标注。然而这些草图，也恐怕只有陆三水他自己能辨识看懂，要变成向远和黄明虎等人认识的苏式标准图纸，就必须由纪浩、唐泰和骆华强三人同时作业。

陆三水给三人说明草图上的标注，以便他们制图；同时又给他们解释着某个地方，为什么要这样设计。

陆三水见三人近天来白昼伏案绘图，没有怨言，认为将来他们极有可能走上枪械设计的岗位，就说道："你们可要记住：设计武器有个重要原则，即必须把威力最大化放在第一位。再就是能够简化的地方就得简化。这样设计出来的武器，士兵就不会有额外的负重。总之，是一支枪，就不是一门炮，也不是一支多功能的枪，没必要的，设计时就不去考虑它。"

随着陆三水讲解的结束，掌声从门外传来，继而敬士才、向远和甘风华等人进入到设计室。

"刚才小陆同志说得非常好！武器设计，就是要摈弃不必要的功能，因为不同的兵种，要求的武器功能是不一样的。"甘风华笑眯眯地以满是赞许的口吻说道。

"谢谢领导的称赞！领导们好！你们检查我们的工作来了？"陆三水听完甘风华的赞扬后即刻说道。其实他们四人内心排斥，认为领导此时是不应该出现在这里的。

"我们主要是来了解一下你们的工作条件和工作情况。有什么问题需要我们解决的，你们就提出来，都是为了工作嘛！是不是啊？"向远打着官腔，"你们开展工作已经三天了，时间紧，任务又重，就不要客气什么了……"

"这工作到中午也才进行两天半呢！不是要明天早间才到三天的期限吗？这设计草图已经出来了，正在做必要的整理呢！"陆三水只是实事求是地说，倒不是觉得向远在故意为难他。

"小陆啊，没事的。"敬士才说，"我们到现场做下评估也很好，你就边作讲解，边对这些草图做整理。现在，基地管理委员会对这个项目极为重视，要进一步考核有无必要确立这个研发项目。"

陆三水把一些编了号的分图顺在一起后说道："这是刚做完的枪械总成草图，各位领导先看看。上面有不少简单的标注，是我设计时的习惯做法，谈不上什么标准……"

陆三水怕这些人俯瞰觉得不够直观，于是就双手把桌上的狙枪总装配图立着拿了起来，对几位领导说：这只是一个草图，因大部分使用的是国际标准，文字还没来得及翻译过来。

对于枪械设计图一类的，甘风华这样的枪炮专家来点评就具有权威性。在场的领导们都调整了位置，面对陆三水看向草图。唐泰、纪浩和骆华强三人移到了陆三水两侧。

"这图……看上去……嗯……"甘风华看了片刻后皱起了眉头，小声嘟囔着，不知在表达什么意思。

这毕竟是一张草图，对于前来的看惯了机械图的人来说，的确很不习惯。就算陆三水形成了个人风格，这草图呈现出的东西，如像标注一类的就应该是一致的，然而却不然。

陆三水可是经过名师点化了的，不至于弄出个最终让自己难堪的东西来。

这时会看事的唐泰碰了一下骆华强，就用右手去捏着草图上方的一角提起。骆华强懂起了，就去到另一边也捏着草图上方的另一角提起。这样，被腾出了双手的陆三水，就站到了草图的一侧，讲起了这支狙击步枪的设计以及指导设计的理念来。

陆三水的一席话，让在场的基地领导茅塞顿开，眼睛发光。

陆三水对着草图作出讲解和分析，对于在场的人来说，自然理解起来就很容易，特别是像各种机关及其原理。即使有困惑的地方，也可以提问得到解决。当然，其中涉及的专业术语，对于不懂得这方面的人来说，也就是催眠曲了。

"毋庸置疑，将来我们国家是一定会完善武器设计审核制度的。作为一个武器设计师，目标是让自己的设计达到一个新的高度。小陆同志，你没有辜负你父亲的期望。武器设计，需要的是更专业，而不是全能。"甘风华的这席话，可看成是对陆三水的勉励。

初试"体系"

质量意识，这之前军工企业也是有的，不过统一的标准却没有，在较长的时间里，使用的都是来自S国的质量标准。

以当时S国的生产条件，那样做没有问题，然而对工业底子薄弱的中国来说，却是一个劳民伤财、不合实际的模式。

"谁也不知政策是否有变化？"敬士才说。"山川基地也就是一个战备基地，不少工人会几个工种的技术。领导们认为这是降低基地运营成本的好办法。而且基地里的很多设备，不是为了加工，而是为了储备。"

这就让陆三水更加疑惑了。

"既然这样，我说敬主任，"陆三水说，"不就更加容易实行了吗？至于人员定岗这方面，您直接向基地管委会提出就是了。我们级别顶级的师傅就不少，下面绝大部分都是4级、5级工以上的师傅，就他们的技术来说，就已经很精湛了。可见保证产品质量我们是有雄厚实力和条件的。另外，就是要实行产品材料专用，这也是保证产品质量的前提条件……"

敬士才认为产品生产，如果都实行材料专用，就是一种很严重的浪费，基地可没有这样多的经费。

"这事我先请示一下上级再说吧！"敬士才说，"小陆啊，我们现在就去车间，向车间发布加工任务。在生产期间，作为研究小组的副组长，你得一直在车间里盯着……"

敬士才没有再在专业技术这个问题上纠缠，而是把话题转到了生产狙击步枪样品上。陆三水只好无奈地点了点头。

1501车间共有120来人，就是加上20几名技术人员，车间也不到150人。可为什么家属区却有这样多的人？这就不是陆三水想去搞清楚的了。

敬士才带着陆三水和唐泰等几人，来到了机械加工车间，他们见到的情景是工人们各自聚在一起，要么聊天，要么打牌。

虽说上面已经下达了一些研发任务和生产任务，但是生产原材料等尚未到位，所以车间依然还是无事可做，先前的状态依旧。

工人们看见敬士才进来，也没有放下正玩着的扑克牌，只是热情地跟他打着招呼。基地老主任的儿子陆三水来了，几乎所有的人都认识，年龄大一点的工人同样叫着小陆，跟他打着招呼。而陆三水跟他们并不熟悉，就只是微笑着点点头回应着。

"老师傅们，都放下牌局，生产任务来了！"敬士才走到一个工作台旁边，对几个50多岁、正聚在一起打扑克牌的老师傅说道。

陆三水对此感到十分惊讶。

按理说，这种现象不应该出现在车间里，而敬士才却是三区的主要负责人，对这种现象不可能没有想法。

"任务？敬主任就别跟我们开玩笑了，山川基地多少年没任务了？"说话的人叫王晋江，他嘴上叼着一根铜烟杆，足有一尺长，他没有看敬士才一眼，还嘲讽道，"我们当初来到这里是要为国防事业作贡献的，这些年那天不是被浪费？"

"小陆手中的这个项目因时间紧迫，基地领导要求一边生产样品，一边对设计进行修改。"敬士才说。

陆三水突然明白了上班时间这些工人为什么打牌，而作为三区的领导，敬士才对此也并不在意。

"王师傅，敬主任说的没错，"陆三水说，"虽然基地眼下还没完全恢复生产，但我们要发挥自己的能力，这样才会给我们下达更多的生产任务。"

这些工人很多都是不能够离开基地的，在没有生产任务的情况下，他们在生产车间里打打牌、聊聊天来打发时间，也是正常的。

至于可用来打发时间的报纸杂志，基地里不是很多。

"小陆，好多年不见你，都长成大小伙了！你前段时间的事，我们却是后来才知道。"王晋江听陆三水说完话后，就扭过头来，神态有些复杂地看着他，"你回来就好！走吧，去开开床子让我们看看，不知你读了几年书后，手艺是不是已经回潮了。"

王老头有些消瘦，络腮胡。他看见陆三水后便丢下了手中的扑克牌，转而拉着陆三水，要他现场操作机床，让这些打牌的老师傅们看看。

"我说老王啊，我们还是先做正事吧！这可是小陆的第一个研究项目，你们也不希望搞砸吧？"敬士才见王晋江这个动作，令他啼笑皆非，"我说你们这些做伯伯叔叔的，怎么也得支持他的工作，对不对？"

在一旁的纪浩、唐泰和骆华强，见此状况觉得有点蒙，怎么会这样呢？

"你在说什么？真有项目了？"王晋江似乎不相信敬士才的说法。

"王师傅，你看图纸都在这里呢。"纪浩接上话，接着就把抱着的总成图在打扑克的工作台上铺开。

见到这个年轻人的动作，刚才打牌的老师傅们也没有表露出不快，倒是围上去看图纸。

"生产枪支，这不是劳民伤财的买卖吗？"王晋江看到图纸上的步枪，说道，"那些年这样的事不知做了多少次了，结果都怎样了呢？小陆啊，你曾经不是说过要搞火箭吗？咋个玩起枪械了？"

"王师傅，你看这枪多长，可不是普通的枪，它是国内一直都没有研发出的有突破的狙击步枪，也称为高精度战术步枪。"陆三水语速很慢地说道。

在进入车间前，敬士才对陆三水说，王晋江原来是一个高级机械工艺师，后来被下放到车间当了钳工。陆三水认为这太屈才他了。

基地的工艺工程师也不在少数，但他们的工艺分析经验是没法跟王晋江相提并论的。

"好的，如换着别人，我们不会理睬。你小陆拿来的图，我们会尽最大努力去达到设计要求。"王晋江说着，用手撩了一下图纸，又看了看随陆三水一起来的纪浩等三人，问道："怎么不见蓝图呢？这样就开始生产了？"

纪浩等人没有谁回应。

王晋江可能也知道没有蓝图，就不再追问，只是认真地在看着这总成图。

"设计还没有定型，是因为基地领导希望以更完美的设计向上级汇报。"陆三水觉得应该给王晋江稍作解释，"这个图纸是用来试生产的，以发现设计中的问题再做修改，直到可以正式生产了，再晒制蓝图。"

刚才王晋江那番话，是说给敬士才听的。

敬士才也听出了他话中有话，便有些尴尬地说："老王啊，这张图纸就是小陆设计的。希望你们跟他一起研讨并制定生产工艺，看看怎样利用我们的设备和技术条件，尽可能达到设计要求。"

在过去，生产中用这样的图也不鲜见，就是因为设计上还可能会做些修改。

"这里专业设备齐全，制作工艺制定起来就比较容易，我们会拿出一个方案来与小陆讨论。"王晋江胸有成竹地说，"这枪就枪管看，只是比半自动枪管长了不少，膛线却是一样的。但后面机匣里的零件加工起来就比较麻烦了。小陆啊，你是想让我们用整料来制作这些零件吧？"

王晋江不愧是顶级的工艺工程师，一看图纸就知道关键所在，他的才智和经验，岂是吹嘘出来的？

"半自动"的机匣等部位，走的是冲压工艺路线。然而陆三水设计的零件图，对原材料的要求是整料。很显然，采用机械加工的方式来获得这些零件，无疑增大了这款枪的生产难度。

"王师傅，这是没有办法的事。毕竟产品设计没有最后定型，有些局部设计可能会有修改，所以不可能现在开模，不然设计一旦修改，这套模具就报废了，浪费就很大。"陆三水解释道。

一众人在一边讨论着图纸，王晋江却已在考虑各部位的生产工艺，以及谁来加工才能达到最好的质量。陆三水也认为这群技师级的工人都是顶级工匠，但他们制作的同一零部件也不能保证件件都一模一样。

"王师傅，跟你商量一下，在制作加工的时候，您看能不能要求工人师傅们在这样的工艺卡片上填上涉及的数据等内容？"陆三水说着，就把一张不大的长方形的硬纸片递给了王晋江，"这样工人自检和互检，以及专业检验员检验就都有据可查，同时产品的加工人员还能树立认真负责的精神，这样质量就有了保障。报废率降低了，就节约了生产成本。"

若质量达不到要求，陆三水设计的这支狙击步枪，其性能就会受到严重影响。

如果零部件质量距设计要求有一定距离，就可能出现每支枪的射程和精度有较大差异，这样一来，就会导致上面对这支枪不予定型。然而为了试制几把枪而开模，就涉及动用冲床生产模块，这个成本实在太昂贵了。

王晋江看了看陆三水递给它的硬纸片，那上面用钢笔画出了表格，设有若干栏目，表格名称是"产品制作工艺卡片"。

"小陆，你说的这个，得跟车间主任和指导员商量，他们点头就没问题了。"王晋江说完，把那张卡片还给了陆三水。

王晋江的表情，有一丝不易察觉的、决定不了此事的无奈，但他却给陆三水出了这个点子。

王晋江也知道，陆三水提出的这种卡片模式，对于质量控制是切实可行的。可他现在就只是一个普通工人，只能帮着制定生产工艺，是无权干涉生产中的其他事务的。

"师傅，我认为我们直接加工出来就行了。这批样品也就生产5支，所有零部件都是5个，即使不合格率达到50％，也不会有大的浪费。"唐泰说。

唐泰一直在听身旁那些工人讨论各种零部件该怎样加工的事，但他几乎没有听明白。转过身子后，就听到陆三水和王晋江两人在讨论应该如何控制质量，他觉得这两人真有点小题大做了。

对于这些师傅们的技术，唐泰认为他们很了得，完全值得信赖。

陆三水听了唐泰这几句话，立马就黑着脸对他说道，"我说唐泰，浪费不了多少，是谁告诉你的？难道这就是浪费的理由？你可知道要做成这些零件，需要经过多少道工序？有多少人在为之付出努力？质量，如果到了后面精加工时出了问题，前面的所有努力就白费了！"

唐泰顿时就被陆三水这严厉训斥给吓住了，不敢再吱声。

"就应该有当师傅的样子，不错啊！"王晋江向着陆三水伸出了大拇指。

王晋江没有去管别人怎样，而是带着陆三水去车间办公室找负责生产的车间主任和管党务的指导员。

现在刚开始恢复生产，出台质量制度，一旦形成，产品质量的控制就容易了。

王晋江把陆三水向车间主任和指导员作了介绍，也把这两人介绍给了陆三水，然后说明了来意。

"两位的意思，是建议在车间形成一套质量控制制度？"罗永兵说。他是一个中年汉子，40来岁，是刚从其他区调来的车间主任。

负责职工思想政治工作的指导员叫曲宁，是部队上一个营级干部转业到基地的。因来的时间不长，对于技术和质量控制一类的，他是一点不懂。

"是这样，罗主任，"王晋江就把刚才陆三水说的内容重复了一遍，"车间不仅需这套质量控制制度，还需要一套保障质量控制制度得以执行的制度。这个保障制度就是采用专人专岗专机的作业方式，作业人还要在工艺卡片上填写加工的产品及其数据等。这样一来，就可以把产品不合格率和报废率控制在最低程度……"

在王晋江说到工艺卡片的时候，陆三水把那张画有"产品制作工艺卡片"表格的硬纸片递给了罗永兵。

恢复生产刚起步，罗永兵又刚来到这个车间，当然希望生产的产品不出质量问题。所以当他听了王晋江的介绍，就翘起了眉头，说道："老王，这套质量制度实在太好了！不仅能有效地保证产品质量，而且每个零件产品，可以查到数据、生产日期以及是谁加工的。"罗永兵说到这里就来劲了，"老王啊，你这是一大贡献啊，我要为你请功，唉，要是隔壁的长风基地采用了这样的质量管理，就不会出现不合格的产品了。"

罗永兵说完这段话，就把手中的那张"硬纸片"递给了坐在他办公桌对面的曲宁手上。

"罗主任，你可别给我请功，这个保证产品质量的建议，是这位年轻人提出来的！"见刚走马上任的车间主任对这个建议十分认可，王晋江心情也很舒畅。

"陆三水？好优秀的年轻人，这印证了有志不在年高那句老话！你能不能说说你有这样的质量意识，是怎么产生的？"罗永兵说着这番话，同时也在打量着陆三水。

"罗主任，我们这个国家还不富裕。"陆三水说，"不管是军品还是民品生产，因国内一直以来都没有一套'质量控制体系'，所以产品的不及格率和废品率居高不下。这当中，有的是材料方面的问题，有的是工人在制作中存在问题，还有的是制作设备的问题。我在想，如果能从源头上对这些存在的问题加以控制，产品质量问题就会大幅度减少。比如像我们某些设备加工精度达不到，就不要因为生产任务重，还去启用这样的设备。"

的确，放眼全球看，世界上任何一个有能力生产军品的国家，无一没有建立技术标准。而中国作为一个大国，竟然在这个重要领域里尚未建立技术标准，怎么说得过去？这个技术标准，就是保证产品质量的标准。

国家本来就没有什么家底，而每年的军品和民品中又产生大量的次品和报废品，这人力物力的极大浪费，不是给国家加重了负担吗？

"陆三水同志，你说的这些事关我们产品质量的内容，实在太重要了！"在一旁一直没说一句话的曲宁，听说这个办法对保证产品质量非常有用，就开口说道，"你看能不能把这些写成一个详细文案？在适当时机，我们就将这份文案报给上级领导，同时提出申请，要求在整个基地推行这套质量管理制度。"

如果这个申请获准实行，这可是陆三水的一大功劳。

"指导员，这个已经有文字性的东西了。"陆三水说，"我们三区的敬士才主任，他认为应先在局部范围内试点，证明确实可行再报给基地管理委员会，通过后再在基地内部全面推广。"

陆三水为了获得车间主任和指导员的支持，他撒了个谎。这新来的车间主任和指导员，要是他俩知道了敬士才是反对这件事的，肯定不会与敬士才的想法发生冲突。

"这样吧，小陆同志，你现在不是在做狙击步枪这个项目吗？我们就从这个项目开始。"曲宁抬起头来说道，"这'产品制作工艺卡片'你看还有什么改变不？如果没有了，我们就先印一部分。"

对于这样的事情，才来1501车间不久的罗永兵和曲宁是愿意做的，因为做出成绩后，就能稳定自己在山川基地的位置。

王晋江在广大工人中具有影响力，陆三水在整个基地具有影响力，依靠这两人的影响力，罗永兵和曲宁就能稳固自己的位置。

"指导员，这个纸片上的卡片栏目，还要细化，不然不具备可操作性。这样吧，你暂时给我，以便我在这个基础上做些细化处理。"

曲宁嘴里"好好好"地不停，把硬纸片递给了陆三水。

"老罗，这个制度实施起来真的有那样好吗？"在王晋江、陆三水及其几个徒弟心情极好地离开后，曲宁担忧地问罗永兵。他在部队任教导员，现在车间任指导员，是政工干部。他刚从部队到企业，不懂得技术。而罗永兵一直在企业，跟他就大不一样。

罗永兵信心十足地点着头说："老曲啊，这个效果绝对会超出我们的想象。我们这是先试点试验，如果效果很好，就可以让近邻长风基地共享这个制度。那边也存在质量问题。如果生产长征火箭能引入这样的质量保证制度，将会为国家减少巨额的浪费。"

"小陆，既然罗永兵和曲宁他们都同意了，那我就着手帮你制定工艺流程了，你呢，得赶快去把那些跟踪卡片设计出来，很快就要使用。"从办公室出来后，王晋江就对陆三水说道，似乎他比陆三水还着急。

一件产品在设计出来之后，要投入生产，首先得根据设计图纸，以及各种技术要求来制定生产工艺流程。生产部门就根据工艺流程去制定并安排各类工序的生产。

陆三水要想从初始投料开始，就跟踪监控所有部件的质量，就得掌握每天的生产进度，并在发现有不合格的产品时马上停止生产，然后进行补救，这样才能保证最终加工出来的零件是达标的，数量也是吻合的。

"好的，王师傅，就麻烦您了！"陆三水说。他很感激王晋江没有用对待敬士才的那种态度来对待他。

假如把三区看成一个厂子，敬士才就是一个厂长，但这个厂长肩上的担子很重，生产要管，职工的生活福利也要管。基地实行军管，也就除了不上操，不扛枪，其他方面跟军队别无二致。指导员的岗位过去就有设置，现在不过是恢复而已。

在建设过基地的人眼里，那些没有参加过基地建设的外来人员，他们不会对基地有很深的感情，也就不太受欢迎。而费恒尘对基地的极大伤害，不是短时间内就可以平复的。

开工后就要用的各种质量跟踪卡，陆三水是非常熟悉的，这些东西用不着标注，而且都是一些表格，很快就做出来了。

"产品生产者自检、生产者之间互检，专业检验员检验，这些要求是为了保证质量。数据必须是真实的。即使产品不合格，其数据也必须真实地反映在卡片上。"陆三水一边制作表格，一边对纪浩、唐泰和骆华强说，"我们生产的是军品，不是民用品，所以必须严格执行制度。如果前一道工序数据不全，后一道工序却接手了，出了问题，责任就在后一道工序……"

陆三水继续强调说："这次的样品生产，所有零件都必须做到全工序检验。有的工序一下有3件以上的零件生产，就必须要求第一件交给检验员，检验合格后。再继续生产第二件……"

这些，最终成了军用品生产标准的雏形。

"小陆啊，昨天给你看的工艺流程有什么问题吗？"次日在车间一碰面，王晋江第一句话就向陆三水发问。

王晋江制定出工艺流程的时间是很短的。他根据陆三水的要求，在材料发到工人手上之前，他将三检卡、质量跟踪卡和工艺卡这三种卡片给了车间主任。

这些卡片，会跟随工序流转而发生流转，如果丢失或填写数据不完整，下一道工序可以拒收。

"王师傅，我是做设计工作的，对于生产工艺流程不怎么熟悉，但您制定的这个流程，我是同意的。"陆三水从唐泰手中接过工艺流程图后递给王晋江。王晋江说他留有一份，要他把这份草图绘制出来作归档用。

陆三水认真看了各个零部件的加工工艺，与他设计时的考虑基本一致。

王晋江不愧是基地里大名鼎鼎的工艺工程师，对陆三水给他提供的"产品制作工艺卡片"作了细化处理。其中，就连设备转速、进给速度，乃至每一刀切削深度都给出了一个参考范围。甚至是使用什么量具测量，也有说明。这一点，已经很精细的陆三水也赶不上他。

陆三水操作设备的技术，也是很娴熟的，但谈不上精透。要精于每一个工种的技艺，不是你操作这个工种的设备娴熟就能与之画等号的。

来自书本上的理论和数据，往往跟实际操作中得到的数据差距较大，这就要靠实际操作来加以修正。

"小陆啊，对产品生产的工艺流程你得多了解一些。"王晋江语重心长地对陆三水说，"搞枪械设计的人，自己都不知道所设计的武器是怎样造出来的，这武器的性能有多可靠呢？"

陆三水在外学习那几年，也做过武器设计，并出了成品，可他却不知道每一个零部件是怎样造出来的。他过去在这方面的思维定式是：搞武器设计的，只要知道每个零部件须达到怎样的强度，具备怎样的性能就可以了；然后把这两个方面向制造者提出来，工艺人员就以此为据，去考虑用什么材料、怎样加工。零部件制造出来后，装配人员便进行组装。最后由测试人员做性能测试。有关性能的各项指标达到了设计要求，就可推荐给军队使用。

陆三水一时没想好如何回应王晋江的关怀之语，王晋江也不继续说话了，他在工艺流程卡片上认真地填写着本应由技术人员填写的数据。这时甘风华兴高采烈地走进了车间。跟他一起的还有黄明虎。

陆三水和王晋江已经注意到了他们，互相间打了个招呼。

异地求援

"小陆，光学瞄准系统方面有消息传来了。"甘风华说，"滇池的曙光厂有可能生产出这样的产品。这厂在1963年就生产过有名的LS式望远镜，我们可以去该厂和他们谈一谈，他们或许能够提供你需要的瞄准镜。"

如果要论这山川基地里谁对陆三水目前正研发的项目最上心，恐怕知道的人都会说是黄明虎。

"望远镜？"这三个字一传进陆三水的耳里，他顿时就非常失望，"甘叔叔，这望远镜可是跟光学瞄准镜有着极大差异呀！"

"小陆师傅，是有极大差异，但你不必担心。"黄明虎接上了话茬，"只要上面给这个厂下达任务，他们弄出来是绝对没问题的。退一万步说，即使不能完全达到你的要求，用半只望远镜配在枪上，我们那些神枪手也能在有效射程内击毙敌人。"

黄明虎这极富想象力的说法，惊得陆三水险些倒地。

陆三水说："望远镜看得远，但它有瞄准功能吗？"

黄明虎一下子醒悟了。

甘风华马上决定，要陆三水得亲自去一趟滇池曙光厂。

陆三水对此顾虑来了：山川基地的存在本就是一个不能泄露的秘密，

你怎么介绍自己是哪家的人？因此对方凭什么理会你？更何况，自己这样年轻，穿四个兜的干部服又怎么了？别人信服吗？

甘风华说："黄营长亲自陪你去滇池。我们也考察过，似乎生产瞄准镜系统的华跃厂更接近我们的要求，但它是二机部的下属。而曙光厂与我们同样属于五机部，而且它是国内最早的光学仪器厂，不仅如此，国内现在所有的光学仪器厂无一不是它援助才建成的。"

甘风华的这番话，陆三水算是听明白了。

相对来说，曙光厂离山川基地近些，并且都归属五机部这个系统。他们研发狙击步枪的项目是基地自己搞的，不是上面的计划项目，让302这个兄弟厂来协作，就比较容易些。

"向主任已安排人开介绍信，也正在联系人购火车票。"黄明虎脸上挂着笑意对陆三水说，"你准备一下，今天晚上我们就动身。对了，你是项目小组的副组长，可以带上一名成员，以后要联系相关的事就不用你亲自去跑了，他也可以跟曙光厂交涉。"

听说可以带一个小组成员去曙光厂，陆三水倒是有些为难了。谁去合适呢？纪浩年龄三十几了，人显得老沉；唐泰绝对是一个不折不扣的执行者，但需要独当一面的时候，他行吗？

"纪浩、唐泰，这个项目的材料基本上备齐了，明天材料就会发到生产车间。"陆三水把三人叫到了一起，"在生产枪管和枪机这些关键的零部件时，你们一定要认真盯着，虽然检验员要检验，但你们也不能放过。这是证明我们能力，也是为国防事业作贡献的第一步。"

骆华强感到很累，但他觉得来到山川基地后，也就这段时间才真正地在基地里面。现在见到纪浩和唐泰都有事情干，唯独没有交代他去干些什么，内心就有点着急了。

"师傅，他们都有事情干了，却不见你给我分配工作呢？"骆华强说道。

"你快去收拾东西，今天晚上跟我一起去滇池曙光厂。"陆三水说。

"去曙光厂？曙光厂在大城市吧？"在大山里待了一年多的骆华强根本没想到，这样的好事竟然落到了他头上。

骆华强这话出口的时候，他根本就没注意到纪浩那失意的神情。

"纪浩、唐泰，当前的重中之重是即将生产出的产品零件，你们两人性情沉稳一些，所以让你们留下来监督生产程序，你们不能有一点闪失！"陆三水注意到了纪浩的表情，为了安抚他们，便补充了这几句。

陆三水也知道这几句话无法改变两人对这事的看法，但他知道有这几句话总比没有好，毕竟大家以后还要相处下去，如果因此产生隔阂，工作将会受到影响。

"师傅放心，我们不会辜负您的期望，让任何一个不合格的零部件进入成品中。"唐泰表态说。

见唐泰已对此表态，纪浩觉得也应该跟进，便说："师傅，产品质量的事有我们在，您就放心地去吧。"

"小陆师傅，我虽然在部队待了很多年，但对于枪支真的是很陌生。你说，这狙击步枪就真的不能搞出全自动的来？它真的就能在远距离击毁坦克和直升机？"一上路，精神很好的黄明虎就无话找话。

从基地往外走就两条路，一条是坐内部的车走山路进入大凉山峡谷腹地冕宁上省道。另外一条就是进出于基地山体内的军用火车道。他们选择今天走出基地，是因为提前就知道晚间有给基地运送物资的火车要返回成都。当晚就可抵达成都，在部队招待所睡上几小时后，次日上午八点过，就可乘上去滇池的列车。

如果不是上月喜德中部发生深度为10公里的浅表地震，造成山川基地出山公路两处堆积约5000立方米垮塌砂石，至今还在清理，基地或警卫营的小车会送几人到西昌乘火车，这样会减少上千公里的路程。凭证件，他们有资格坐列车卧铺，而且是软卧。向远在这方面也想得周到，托人给几人搞到几张软卧票。

"黄营长，你可以告诉我，什么是自动或半自动枪？"陆三水说。

路途很远，这军列又开得很慢，几人要么只能够聊聊天或打打扑克来打发难捱的时间，陆三水觉得这个时间不用，也是白白溜走了，就给黄明虎普及起反器材狙击步枪的常识来。

下半夜5点过，军列在成都南站停下来。几人下车出站后，就有一辆候着的吉普军车把他们接走，送到了市内一部队驻地的招待所。驾驶员把上午的火车票给了他们，说还能睡上两个多小时，并说不用担心，他会再来送他们到火车站。

上午8点35分，四人乘上去往滇池的列车。

几人进入卧铺车厢后，列车员把每人的卧铺票收了，各给了一个下车时的取票牌，然后把他们引进一个四人包间。

瞌睡胜过了首次坐软卧的兴奋，几人默契地倒头便睡。不想几人错过了午餐的时间。也是呵，往往睡觉比吃饭更为重要。

黄明虎醒来看了看时间，下午一时许。见那三人没有一点动静，就蹑手蹑脚下了床，开启包间门走了出去。

黄明虎出包间时，门外有唤人的声音传进了包间，把陆三水惊醒了。他见对面下铺空着，知道黄明虎出去了。

陆三水看时间已快下午两点了，就下床拍打上铺的骆华强。可能是惊动了骆华强的美梦，只见他身体一个大的痉挛后，随即撑起来坐着，见到陆三水立在身旁，就说："原来是师傅！刚才女朋友正要跟我接吻，肩头就被人猛拍了一下，我一惊就醒了！这梦怕是回不去了。"

"还想回去？该起床了！"陆三水说着，坐在了自己睡的下铺上。

这么大的动静，把对面上铺的吕剑也吵醒了。他探出头看了看下铺，不见黄明虎，又缩回了头，然后平躺着望着天花板。

吕剑上次在基地军事禁区与打猎的陆三水、唐泰和骆华强有过极短的接触，尽管现在也相互知道对方的名字，但毕竟不熟悉，所以大家在一起的这十几个小时，仍然没有交流过。

不大一会儿黄明虎回到了包间，原先空着的手，这时提了个尼龙线网兜，里面有4包饼干，4瓶橘子水。

"错过了午餐时间，大家就吃点饼干垫一垫。"黄明虎把网兜放在了靠窗的几桌上。

"黄营长体贴入微，考虑周到，"骆华强赶快从中铺下来，取了一包饼干、一瓶橘子水。

陆三水也取走一份："欸，骆华强，不见你向黄营长道一声谢谢呀！"

"也是啊！"骆华强没有尴尬之色，一脸真诚，"谢谢黄营长！代我师傅也谢了！"

"小伙子随意的性情很好啊，不必这么讲究！"黄明虎对骆华强说，他撕开了饼干的包装。

成昆线弯道多，隧洞多，列车速度快不起来，骆华强就开始抱怨了："这火车也太慢了，跟蜗牛爬一样！坐飞机多好呀，早就到了！"

陆三水却认识不一样。他认为成昆线在崇山峻岭中穿行，弯道多，隧洞多，反映出当年施工之难，一定付出了极大的人员牺牲。

傍晚时分，列车在前不巴村、后不着店的地方紧急停车，乘务人员也不知怎么回事。后来才明朗，原来是山上一块上百吨的巨石垮塌后，横在了铁轨上。铁道抢险队得知情况后，要找专业爆炸人员分解巨石，又要用吊车把石头挪开。

这一折腾，列车停了近5个小时。骆华强自言自语发着牢骚。

也好，不然这趟车下半夜两三点钟到达，也还得找旅馆住到天亮。不就是在软卧间多睡上几个小时的觉吗？也谈不上吃亏。

"火车晚点5个多小时，曙光厂后勤处接站的人，怕是等得够呛，很不耐烦了。"在即将到达终点站之时，黄明虎说。

黄明虎在这狭小的空间里待了20小时以上，不会觉得有什么，可这几个年轻人就憋得实在心慌了。

"黄营长，春城应该有到成都的飞机吧？回去的时候坐飞机算了。这成昆线弯道多、洞子多，万一又遇上垮塌呢……"骆华强牢骚满腹找到了突破口。

"坐飞机？大白天做梦！"一直闷着少有开腔的吕剑也说话了，"这航班每周就两次，先不说能不能赶上，就算赶得上，我们的级别是不是太低了？"

"你就不会说话，怎么这么难听？哼！"骆华强可不是省油的灯。

"你们都注意呵，团结为重！"黄明虎听吕剑话中带刺，骆华强有来有往，便加以制止。

异地求援

这两人，一路上几乎没有交流，一搭话就有火气，可能是天生的冤家。

上午时分，几人跟随人流，涌向春城车站出站口。

春城低矮陈旧的火车站，满是穿着青蓝二色服装的旅客拧着包在穿梭，这映入眼帘的景象，是新中国沧桑历史的缩影。

在出站口栅栏外站立着一个穿粉红色衬衫、梳着两条大辫子的漂亮女孩。骆华强兴奋地拍了拍陆三水的肩背，又说又指。

陆三水却没有理会他，而是加快步子径直朝那个女孩走去。

"诶诶，师傅，你怎么能这样？"骆华强脚步紧跟着，"我也只是心动，你竟然来了行动。"

骆华强这动作，这突然发出的令人摸不着头脑的声音，引来周围不少诧异的目光。

"你这土包子，现什么洋相！"距骆华强不远的黄明虎见状大声说道，"你可是干部，要注意形象哦。"黄明虎虽然是个营长，但待在山里，很少外出，自然也难见到漂亮的女孩。

"营长，那个女孩举起了一块牌子，可能是曙光厂派来接我们的。"吕剑指着那女孩对黄明虎说。

"领导们好！"穿粉红色衬衣的女孩见陆三水身后还有三人，正好是他要接的四人，便发出了清亮的声音，"我是曙光厂外联处的邹小雅，前来迎接你们。"

"好，好！"一众人异口同声。这时，他们的目光都锁定了女孩的面容，觉得她并没有从远处看到的那样，会给人怦然心动的惊艳，但也不是容颜平平的那种。她脸上有些褐色斑点，可能是她失分的原因。

骆华强更是失望不已。但他尽力在大脑中重现在远处看见她第一眼的生动英姿，体会那瞬间带给他的惊喜。

曙光厂，现在是中国第一家专业的光学仪器厂。

邹小雅带的是两个吉普敞篷车。不说别的，就从这一点也可看出曙光厂是很受上面重视的。

"领导们，我们处长今天要去参加一个重要会议，不能前来迎接你们，很抱歉！"一上车，邹小雅就向坐在后面的陆三水和黄明虎致歉。

"邹干事，你们来接已经令我们感动了。"陆三水摆了摆头说，"请问贵厂现在的研究任务和生产任务都很重吧？"

陆三水对谁来接他们没有想法，甚至觉得没有人来接也无所谓。他认为毕竟还是己方有求于别人，就是乘公交车或走路去到曙光厂，也没有什么关系。只要曙光厂能排忧解难，比什么都强。

"研究和生产任务都实在不好说，各种会议倒是有些。我们的研究人员和工人整天都无所事事，每天来厂里报个到，待上一会儿就回家了……"邹小雅说得很随意，不藏着掖着，"领导们来，该是要给厂里派发生产任务吧？"

邹小雅毫不掩饰地说出厂里的现状。

"邹干事，你可别叫领导，我们都是兄弟单位。我们这次来是请你们协作的，不是给你们指派生产任务的。"陆三水这话也说得随意，且不失体面。

黄明虎不动声色地听两人对话，觉得该自己说两句了，就把右掌虚掩在嘴边，故意干咳两声。见两人不再说话，就以较为严肃的语气发声道："小邹同志，安排你来接我们的领导，他没有告诉你不能随意打听我们的身份吗？入厂时，你应该学了保密守则吧？"

"哦，对不起，领导！不该问的就不问，我也没问呀！"黄明虎那语气就像邹小雅的上司，使坐在副驾座上侧过身来的邹小雅立马变了脸色。

山川基地和曙光厂都属保密的军工单位。

与多数城市一样，那个年代的省会城市都不是很庞大，虽然道路很平整，但不是很宽阔，不过道上跑的车不多。吉普车时速很容易达到60码。

春城也属西南地区有名的大城市，然而与蓉城和山城相比，繁华程度还是逊色些。

春城不愧四季如春的雅称。人们即使在冬季也穿得不显臃肿，且服装色彩较丰富，无疑是这座城市的一道风景线。

"我们厂区马上就到了，请领导们备好需出示的信函和工作证！"邹小雅提醒道。

曙光厂的厂房看上去都是些砖混结构的，比起那些苏式厂房来，显得小巧低矮，缺乏宏大气象。

映入眼帘的陈旧厂房，与陆三水想象中的曙光厂厂房有较大差距。这家工厂于20世纪60年代中前期在这里生根，很快就建成了"红外夜视器基地"，是中国夜视仪器领域的开创者。

门卫武装检查员把介绍信和每人的证件作了登记后，竖起了铁栏杆，两辆吉普车进入了厂区。

厂区存在20年了，虽然后来进行过扩建，但因没有很好地规划，里面的道路仍然显得狭窄。

两辆小车在一幢红砖砌成的老式楼前停下。邹小雅带着几人进了外联处办公室，只见里面有个穿着中山服、身形微胖的老头儿在看文件。

"处长，我把山川基地的同志接回来了。"邹小雅对老头儿说道。

"同志们好！路途辛苦了！接上级通知后，我们就盼着你们到来。"老头儿显现出极大的热情，"我叫付志刚，曙光厂外联处处长，负责接待你们的工作。"

接站时，邹干事不是说他们处长去参加重要会议了吗？陆三水一众人内心都提出这个疑问。

对于曙光厂，几人都不了解，它的组织结构情况，自然就一点也不知道。

"付处长，我们这次来，主要是为了技术上的事情，希望获得兄弟单位大力支持！"陆三水说道。

"这没有问题，我们外联处跟其他企业不一样，与外部交流的所有事宜，包括技术方面的，都是由我们负责。"付志刚说，"就连对兄弟单位的援建，也是我们的工作之一。你们的来意，上级领导已跟我们说了，有关的技术人员正等待你们到来。"

"给你们添麻烦了！"陆三水回应道。

"……自从60年代我们研发出主动式夜视元器件等技术之后，至今快20年了，厂里都没有其他技术上的突破。"

陆三水听着付志刚这样的介绍，因失望而内心发凉，眼前的这老头儿他懂技术吗？

耐着性子，听完付志刚并非言简意赅地对厂子和他负责的处室的介绍后，陆三水对外联处这样大包大办，露出一丝不易察觉的失望之色。

显然黄明虎察觉到了陆三水的心理变化，但他也有失望之感。所以午后在招待所，黄明虎有意安慰陆三水："我看既然来了，就按设想的进行，说不定也有收获。我们要尽快把技术要求向他们提出来。如果真出什么情况，再一起想办法解决。你说呢？"

其实黄明虎内心也急，他恨不得现在就拥有狙击步枪。这一路上，黄明虎就在听陆三水给他讲解这狙击枪的功能，陆三水没有反对黄明虎的说法。

陆三水深知，他刚出道，这款狙枪是证明自己能力的重要实物。有能力，他今后提出的项目研发，才能被基地领导采纳。当然，对于这款狙击步枪，他一直都充满信心，一旦瞄准器问题得以解决，他便大功告成。

当天下午，曙光厂机关楼小会议室。

"各位领导、各位专家，我们同属一个上级单位，我们几人来自机械山川基地。根据保密守则，我就不对基地情况作介绍了。我们这次承接了上级下达的研制高精度步枪的任务，时间紧，任务重。目前设计工作已经完成，但重要的瞄准系统不是我们的强项，因此要依靠兄弟单位的大力协助。下面请这个研究项目小组的副组长陆三水同志给大家介绍相关情况。"

作为山川基地负责人之一，黄明虎在介绍以上情况时，没有介绍自己的身份。

"山川基地也是绝密级的兄弟单位。既然上面已经给他们下达了攻关任务，而这任务需要我们协助，我们就必须协助好……"主持会议的该厂二把手表态说。

"呵，这么年轻，就担任重要研究项目的负责人！"见到负责这个项目的竟然是个风华正茂的年轻人，与会的技术人员以及管理人员都很惊讶，异口同声道。

异地求援

对于这样的场面，陆三水并不在意。他的确太年轻了。

"各位领导、专家，这款精度极高的狙击步枪，设计的有效射程为1000米，最大射程1400米，因为这个射程，就要求必须在枪上加装瞄准镜。"陆三水说到这里，站起身来，把一张叠好的图纸打开，"这是我们设计的这种枪的形体图。我们希望贵厂给予帮助，开发放大6倍、视角5°左右的瞄准镜。瞄准镜罩子至抵肩距离在195毫米左右为宜；标尺照门距离抵肩为243毫米左右为宜；贴腮之高的范围在50至75毫米以内。为使瞄准镜高低适中，保证枪的质心贴近枪膛的中轴线，要求为51毫米；8个码的表尺，其高度设计为50毫米至53毫米……"

与会的曙光厂的人压根没想到，陆三水一上来就提出一连串技术要求，使他们这些搞了多年技术的人感到了压力。

虽然陆三水所说的似乎跟他们的工作没什么关系，但是他们知道这些参数，已经限制了他们对瞄准镜结构的设计。

"另外，我们的设计理念是，希望这种狙击步枪能在任何条件下作战，是全天候的，"陆三水继续说道，"所以希望贵厂在研设时，注入主动式红外光学系统。再就是，为了使这款枪更具威力，我们殷切希望瞄准镜，能最大限度地测量目标的距离和所在方位。"

陆三水的这些要求，是在为升级版的狙击步枪配备瞄准器。当然，这只有他自己清楚。

"小陆同志，我们虽然在20多年前就搞出了LS式望远镜，但毕竟瞄准镜与望远镜有本质不同，况且技术上有好些要求，因此短时间内我们……"一个小个子、头顶有点秃的微胖中年人，站起身来对陆三水说。

最初，曙光厂与会的人猜测这个年轻人不一般，他们听了他说出的一席话后，就认定了他们所猜测的是对的。然而这个不一般的年轻人远远不是他们所想象的。

"小田同志，这算什么呢？有那时我们攻克LS式望远镜那么难吗？有多少年我们在创新上都没有进步了？这厂子闲了这么多年，难道这种状况你愿意再继续下去？把这个项目拱手让给其他同行？这项目是有困难，可我们曙光厂能在乎这些困难吗？"已60出头的杜英杰厂长说出这席话，表达了对有畏难情绪的田利丰的不满。

"不在乎！"杜英杰话音一落，与会的曙光厂所有人齐刷刷地回答道。曙光厂有许多人来自部队，包括到会的一些管理干部和技术人员。他们的声音是坚定的，体现出攻克难关的决心。

这声音，让刚才有些失望的陆三水又看到了希望。

"杜厂长，你们以这么大的决心来协助我们这个项目，令我十分感动！"陆三水面向杜英杰说出发自内心的话语。

陆三水之前也想好了，如果曙光厂以某些原因为由不愿协助，他们就去找华跃厂。这厂子虽然后建立，但该厂的技术人员和不少设备都来自曙光厂。

"小陆同志，你提出的这些要求，我们已做了记录，从这一刻开始，我们就全力攻关。"杜英杰说，"你给我们多少时间呢？"

既然是研发项目，肯定有时间要求。至于研究经费，他们不需要去考虑。

"至多两个月时间。"黄明虎抢先回答了应该由陆三水来回答的问题。

"这……"杜英杰觉得这时间太少，感到为难。

"杜厂长，有什么问题吗？"黄明虎说。他的身份，其他人可能不知道，但同样是军人出身的杜英杰可能知道。

"没有问题！"杜英杰声音很洪亮，"我们把这当成一个山头来攻克！"

接下来，双方展开了技术层面的讨论。陆三水讲了他们对瞄准镜较详细的要求。曙光厂的技术人员提出了存在的具体困难，以及所具有的条件，然后技术人员又就如何利用现有条件来克服困难进行了讨论。短短三个小时，他们形成了一套初步方案。

针对以往的狙击步枪与瞄准镜结合不好的弊端，陆三水在设计这款狙击步枪时，刻意对突笋作了修改，前面的提把被去掉，改成了能够侧翻的机械瞄准器。

应该说，曙光厂因为有LS式望远镜的攻关经验，要达到陆三水提出的要求是极有可能的。

"杜厂长，样品的雏形请你们尽快拿出来。从经验上看，因为初步设计不可能无问题，但有了样品，就可以边实验边修改设计了。上级领导也是这意思。"黄明虎的确担心时间问题。

"小陆师傅，就凭这些设备，能搞出高精度的瞄准镜来？我总觉得不太靠谱呢。"次日曙光厂安排黄明虎、陆三水等四人参观厂房。

外联处长付志刚，以及负责这次技术攻关任务的负责人田利丰等，陪同黄明虎等几人参观了曙光厂最核心的光学仪器生产线。目的很明确，就是要树立黄明虎、陆三水对他们的信心。

"黄领导，你们别觉得这里面的设备显得陈旧，它们用于生产是绝对没有任何问题的。"田利丰介绍说，"光学镜片的生产工艺，我们基本上是与世界接轨的，唯一区别的就是时间上和配方的比例上有点不同。这些设备大多是新中国成立初期生产的，其中S国援助我们的占很大一部分。因为时间大致有30年了，外观的确不怎么样，但它们比国产设备的故障率要低很多。"

这些S国的陈旧设备，田利丰等人也没法说比国产的设备好很多，只能够说其故障率较低。

"田总，这些用材的合格率大概是多少？"陆三水没想到这里用的均是粘土炉膛，见不到成本极高的白金炉膛。通常性能高的光学玻璃，都出自白金炉膛。

白金不是金，黄金才是金。白金只是工业上采用的一种原材料。

"采用白金炉膛不是更好吗？"陆三水说，"虽然它的造价比粘土炉膛高出了很多，但能反复使用，成本就降低了许多，况且在熔融过程中还能确保加入其中的稀有元素溶液成分稳定，其冷却后比粘土炉膛的效果还好些。"

其实对于光学玻璃的生产工艺，陆三水知道的也就这么一点点。

"小陆同志，你的这个说法有理论依据吗？"听陆三水这么一说，付志刚就不爽了，"你知道谁采用过这样的生产工艺？"

陆三水这个年轻人，成为枪械设计专家也该差不多了吧，何必还在这国内首家专业厂子里逞能？更何况在国内，也仅有曙光厂拥有最好的光学玻璃生产技术，而且这技术的权威人士，就是陆三水眼前的田利丰。

田利丰挂帅的团队卧薪尝胆地探索，这么多年都没办法大幅提高合格率，陆三水这个不知什么为光学仪器的年轻人还能比他们厉害？

"付处长，这方面我真还没有理论依据，而谁使用过那样的生产工艺，我没有眼见为实的东西也不敢保证。不过当年我在学习枪械设计的时候，听我两位老师讲过，世界上顶级的光学玻璃，无一不是采用小型白金炉膛来制造的，也只有这样才能得到各种成分稳定的高质量的光学玻璃。"

用白金炉膛生产光学玻璃，这工艺的确是真的。

"如果改用白金炉膛生产，提升40%的合格率能达到吗？"听陆三水这么一说，田利丰双眼放光。

陆三水说："这没问题，还有可能超过50%，这也是导师讲的。"

陆三水所学的毕竟与这个专业无关，所以他也不敢保证。但他认定用白金炉膛产出的光学玻璃，合格率会很高，性能会更好。

田利丰和付志刚都没再说什么，但暗中已决定试一试。

田利丰和付志刚心中有了想法，带着陆三水跟黄明虎等人参观接下来的加工车间，对精密部件加工、表面处理和组装等生产工艺，也就没有像先前那样详细地介绍了。

"杜厂长，在瞄准镜的物镜上面，一定要有镀膜，也就是LS式望远镜外部呈现的那种状况。因为狙击步枪是全天候使用。如像狙击手执行一些任务，可能会在某个地方潜伏多日。"陆三水在就要离开曙光厂的时候，向杜英杰强调了这个问题，同时还强调说，"在质量方面，希望贵厂生产的产品都能满足我们的要求。"

"小陆同志，放心吧，"杜英杰微笑着说，"我们会努力地为你们生产出所需的产品！"

国防企业都是这样，一旦上级下达了生产任务，基本上都是在规定的期限内生产出相应数量的产品。

"师傅，他们这样的生产环境和设备，能够生产出我们需要的瞄准镜吗？"见到曙光厂无法与基地相比的生产环境，就连骆华强这样不懂技术的人，都表示了质疑。

曙光厂是国内在这方面仅有的权威企业，如果他们都生产不出来，估计国内就再没有能生产出光学瞄准镜的企业了。

那时，国内光学仪器厂有十来家，都是在曙光厂的技术支援下建成的，而实力仍然是曙光厂最强。

"小陆师傅，你看是不是在曙光厂留下一个人盯着他们，好掌握生产情况？"就要到火车站时，黄明虎与陆三水小声商讨着，"还有就是，一旦曙光厂生产出这款瞄准器，就可以及时带回来用在狙击步枪样品上测试。"

"有一个驻厂的人会方便很多。我希望在尽可能短的时间内见到产品，毕竟这瞄准器我们都设计好了，不用他们再设计。"黄明虎说。

"也行。先问问骆华强。"陆三水点头说。能成为山川基地驻曙光厂的代表，骆华强一直在心里回味刚下火车看见邹小雅时的惊艳，当然求之不得。

签下订单

黄明虎从滇池曙光厂回来后，就不停督促车间加快狙击步枪样品的生产进度，也才接近40天的时间，5支样品枪就出来了。

曙光厂协助山川基地生产的光学瞄准镜，双方达成的协议是两个月内出样品，结果50多天样品就出来了。但因为技术有限，虽然最终没有弄出可调倍率的瞄准器，但也达到了陆三水放大6倍、视角5°左右的要求。

经过长达一个月的各类测试，证明这款狙枪远比基地警卫营使用的"半自动"好了许多。

向远、甘风华和黄明虎的意思是一致的，就是等到警卫营全体士兵都使用熟悉后，再用文件形式向上级部门报告研发出狙击步枪的成果，同时提出请首长们前来观瞻。只要他们认可了，这个项目的报批就稳妥了。

骆华强和唐泰都进入到测试狙击枪性能的队伍中。经过30天的训练，几人都熟悉了这狙枪的性能，打600米的固定靶，获满分没问题，800米也有近50%的把握，1000米就只有6%以内了。

一天上午，陆三水来到向远办公室，提出了新的要求。

"你说什么呢？这枪的样品还要生产20支？一支狙枪的成本你小陆同志是清楚的。何况第一批样品的测试都没结束，数据都没上报呢，提这个合适吗？"听陆三水提出要追加测试中的新式狙击步枪的生产，向远很不满。

对于这个项目，向远开始寄予了很大期望，在于它射程远，杀伤力大。但后来他认为一支枪生产成本就是1900元，再加上瞄准器的成本600多元，就是足足超过2500元了。而基地一名技术工人，一个月的工资不到50块呢。

一颗子弹倒不贵，可是警卫营几百人，几支枪每天都要消耗2000来颗。自从这几只枪交给黄明虎后，他带领的那些战士终日射击。要不是他们离靶场比较远，基地生活区的人恐怕有意见了。

"向主任，这是第一批狙击步枪样品性能测试数据。"陆三水从提袋内拿出一摞数据记录本，放在了向远面前的办公桌上，"各类数据都达到了设计指标。因此，根据相关要求将开展第二批性能测试。因目前只有5支枪，警卫营使用又过于频繁，不几天，这些枪就将达到设计的寿命。"

向远向陆三水挥挥手说道："我给你写个条子吧，你找你们敬主任去。"

手中有了向远开的条子，陆三水就乐意地离开了。

"小陆同志，每天不停地使用枪支，就是最好的材料做成的，也经不起这样折腾啊！还有，按他们这种方法以练带测试，再多的钱也灰飞烟灭了。"敬士才接过陆三水递上的条子说道。

上面每年拨给山川基地的经费都不多，即便今年还给了一些研究经费，不过相对于其他企业，这个数额已经很多了。

"我看哪，我们的观念应该转换，把基地闲置的生产力盘活，去承接地方技术难度较高的活，刨去成本，能获取不菲的经费。"陆三水说。

"这个倒可以。"敬士才说，"但短时间内也解决不了缺乏研究经费这个问题的。"

这话说后，敬士才灵光一闪：这次实验用的5支狙击枪样品，生产合格率达到了百分之百，连一个零部件都没报废，这就是一个奇迹。这得力于陆三水提出的"质量控制体系"。他想，如果企业在生产过程中，全面实行"质量控制体系"，有效地控制不良率，不浪费研发资金，这项目研究经费不就有了？

"敬主任，现在基地各分区都有生产任务，只要严格按照'质量控制体系'来操作，产品合格率就能接近百分百。这就大大降低了生产成本。这省下的钱，不就可以提取出来作为项目研究经费吗？"

"我也这么想，小陆同志与我想到了一块。"敬士才说。

"我还要设计更多的枪械……"陆三水说。他道出了可以使企业获利的充分理由。

在狙击步枪进入样品生产阶段后，陆三水就在考虑研发一个全新的枪族。

当然，这个项目需要庞大的研发经费。但这笔研究经费相对于其他部门研发枪械来说，就可以说是较小的一部分了。因为这些枪械不用再去论证了，再就是因为有了原型，实验过程中不再需要修改设计，而生产的样品也会减少很多。

"行啊，小陆同志，我们支持你，至于资金问题，我能解决的一定解决，解决不了的，会出面帮助解决。"敬士才对陆三水的承诺掷地有声。

陆三水很快在设计室的支架黑板上画了一套装备简图，然后用较慢的语速说道："首长们，现代战争形态促成了新型作战模式，部队官兵只能去适应，据此，我们设计出了单兵作战装备。由于无线电日趋微型化，每个战士再配备步话机也不合理。但其他装备，现有技术条件是能满足的。而单兵作战装备，非常适合渗透式的小规模作战，以及作为精锐部队的装备……"

陆三水的画工不行，黑板上画的装备简图显得不直观。

"三水同志，你们这次的枪械设计，考虑过部队正在使用的枪械的换代问题吗？或者说考虑过取代它们吗？"林野听了陆三水介绍设计品类后，打断了他的讲话。

"林处长，"陆三水对林野这个提问很是无语，但不作答便是得罪，也不好，"不是想全面取代部队现有装备，只是基于我们已掌握的技术，想设计更符合国家军队的武器系统。时下先进的国家，都是采用自动武器装备军队，如此，军队在战场上就拥有更强的火力。"

"单兵武器系统这一概念，是你提出的吗？"在枪械方面，一直在部队的许戈是内行。

这套单兵武器系统若是装备了部队，部队的整体战斗力会翻一番。

"这概念不是我提出的。"陆三水说，"在首都上大学时，听导师讲的。"陆三水回应道。

"小陆同志，可以这样理解吗？这套武器装备，是你为基地警卫营适应新型作战方式而刻意设计的。"林野尽管这样问，但他却不相信。

"任何武器设计，不可能一人就能完成，它需要集体的配合，甚至是被设计项目的体系配合。枪械设计，似乎看起来很简单，但还得考虑其它方面的，比如生产成本、质量，包括性价比等。再就是工艺方面的重要性，车间的工人师傅们比我们更加懂得，他们知道怎样去保证。所以说，武器设计从一开始到最终产品出来，是许多人参与其中的结果……"

陆三水说话还在继续，林野便率先鼓起掌来。

对陆三水的这番言谈，许戈也是赞赏有加："小伙子不错呀！年纪轻轻的，就知道谦虚。"

"首长们，过奖了，我并非谦虚，实际情况就是这样。我们初步设想的这些装备，毕竟还是纸上的东西，要成其为部队所用的武器装备，还有很长的路要走。因为它们毕竟只是理论设计，还需要实践论证。"陆三水侃侃而谈。

午饭后，林野的高血压导致头晕，去基地招待所休息了。在向远和黄明虎的陪同下，许戈又来到三区设计室。

"小陆同志，研发一全套装备，你看得要多少资金？"许戈对上午陆三水谈到的单兵武器系统有一定兴趣。

作为西军区副司令，许戈是主管装备的领导，对部队装备研发的资金使用是能做主的。

"把全套技术装备都研制出来，再把各种实验经费都算上，在50万以内就可能够了。如果按基地警卫营600多人来研发单兵武器系统，估计要在百万以上才下得来……"陆三水非常小心地说道。

"怎么这么多！"许戈听陆三水报出研发经费后，觉得与预计中的差距太大，便产生了犹豫。许戈原以为，陆三水最多不过报出30万来，却不想报出了50万以内。而单兵武器系统研发，总金额更高，即平均一个基地警卫营战士的装备费用，就高达近2000元。

"首长，我要向您说明一下按这样配备武器装备具有的效果。以这样的装备，我不敢说高了，以一个营的兵力去向两个精锐步兵团挑战，是绝对没问题的。"陆三水已经顾不上这样的话出口后，许戈会不会认为他太会吹牛了。

当然，从中外历史上的战争看，出现以少胜多的战例并不鲜见，这是没什么问题的。然而那多半是在冷兵器时期，而且是在一方占据有利位置且为防守方的时候，抑或对敌方营地实施突袭。但即使如此也是很难以一敌五的。

"小陆同志啊，追求上进肯定是好的，但为了促成一件事去吹牛，就要不得了！"许戈对陆三水的话不以为然。

"首长，我说话是负责任的！您只需给这个项目研发经费，我就给您立一纸军令状，接下来只用18个月时间，让您的一个营能挑战国内任何两个精锐步兵团。即使对手是由侦察营组合的部队也不会有问题。"陆三水为了让军方出研发经费，已豁出去了。

这是陆三水跟敬士才和向远等人的共同想法。为何要为这个项目经费"拼命"，陆三水自己非常清楚，那就是国家要强大起来，就必须要让外国人看到中国军人的力量。

"你敢于立军令状吗？"许戈也大有豁出去了的架势。

"当然敢！"陆三水也不示弱。

"那好，西军区就给你们训练费用，同时在全军区范围内选择优秀的士兵，按照你的要求进行训练。我不要求被训练出来的士兵挑战一个师或者两个团，只要能抗住最精锐团的进攻，今后你如有研究项目，我们都会给予支持的。"许戈表态说。

许戈对这件事的表态不是一时心血来潮，他有自己的想法。

"向远同志，我听说这里原来有工兵团的驻地，工兵团早已军转工了，我们派一个营过来警卫，该没有什么问题吧？"许戈说。

"首长，这当然没有问题，我们一定提供方便。"向远说。

向远压根没想到，陆三水竟然能得到西军区副司令许戈的支持。

这笔研究经费，可是真金白银！

赴京问路

基地三区，陆三水设计室。

两天前，黄明虎撂下一句他去北京找老首长的话后，人就走了。

向远对陆三水伸出了拇指，口中却用反话说道："小陆同志，这样做事，你显得不太地道。"

"向主任，我哪有什么不地道的？许戈司令要的就是这个目的嘛。他们把手中的军费投到那些没什么用处的研究项目中去，还真不如调剂一些给我们。还有，无论怎么说，他黄营长也是基地的领导者之一，基地改变现状和发展，他贡献一份力量既是本分，也是应该做的呀！"。

"小陆同志，你是否有兴趣插到甘主任的团队中去？到了那里，你就可以学一些陌生的东西。我这里把话说清楚，到了那里，也绝对不会对你研究枪械有任何影响。"向远从陆三水手中截留了20万资金，心情自然非常好。

"有兴趣呀，很愿意去！但先说好了，我只是去学习的，向主任。"陆三水只是想了解那里的情况，并非有什么兴趣。

在向远前脚一走，纪浩、唐泰和骆华强三人随即就回到了设计室。

"师傅，你要去哪里呀？可把我们也带上！"骆华强说。

"我说你们呐，怎么要跟着我？"陆三水笑着说，"你们最好是把所学的基础知识巩固好。我们这一辈子不可能就只搞枪械设计一类的，说不定将来有一天，还会参与更大的项目中去。"

那天，离开了陆三水的设计室后，黄明虎就径直去到他的办公室，替自己开了介绍信，随后就叫吕剑开着营里的吉普车向成都驶去。

到了成都后，把吉普车停放在一驻军车场，两人就乘坐8次特快列车去往北京。

虽然是特快列车，但一路北上，要穿秦岭，速度还是很慢。

只见黄明虎在卧铺车厢里，奋笔疾书起来。

吕剑带着的一个厚厚的32开本子，在到达北京前就快写完了。从标题看，黄明虎疾书的是一篇论文：《论现代战争中的战争形态》。这个题目，黄明虎可谓绞尽了脑汁。他把陆三水对他所讲的、还能记下的一些原话，梳理提炼后，才定下了这个标题。

这篇论文里涉及的观点，都是陆三水要他树立的现代战争理念，是一段时间以来，零零星星向他灌输的内容。文章中国际形势的分析、现代战争的形态等，都是在他搜肠刮肚东拼西凑写下来的。

"我们要坚持，不管怎么样都要见到首长，这次怎么也不能空手而归。"黄明虎神情严峻地说，"小吕呀，陆三水同志研发出的狙击步枪你是见过的，它的威力很大不用我说吧？而眼下正在研发的这武器装备，就是为特种作战打造的。要是我们因为经费短缺让这武器装备旁落他人，我们必然像当年建设基地的工程兵那样落得军转工，最终成为现今因开工不足、在基地里混日子的工人。这样的境况，你能接受吗？"

黄明虎一席话，让吕剑双眼湿润了："营长，怕是没有谁想离开军营！我们所有的战士离开了部队，不再扛枪，没技术又能干什么呢？军人上战场，即使我们牺牲了，也无怨无悔啊！"

工程兵，长年累月搞建设，却是扛枪的建设者。然而基地里工人的生活状况，两人有目共睹。当警卫营长的黄明虎，是基地的负责人之一，当年首长们给他安排这样一个职务，不排除就是出于以后军转工这种考虑。

"不对呀，"黄明虎想到一个问题，"如果首长们已经忘记了我们，那为何要对山川基地实行军事管制呢？"

"这样看来，首长们是没有忘记我们的呀！"吕剑无力地、软软地说道。

两人这次因走得匆忙，身上没携带什么现款。可两人山川基地警卫营干部的身份，令他们不能确认是找五机部，还是找谁谁谁。

"干脆在北军区大院门口候着老首长。"黄明虎突然有了主意，"当初是他命令我们，我们就去了大山里；后来也是他战友、五机部部长左然将军命令我们对山川基地实行军事管制。"

两人就在通往北军区大院大门的必经之路上等候。老首长的车，黄明虎认识。

三月的首都，晚间依然寒冷，就算穿着厚实的军大衣，两人还是冷得打颤。

次日天放亮不多时，一辆样式显得老旧的轿车徐徐从北军区大院驶出。

"醒醒，快醒醒，"吕剑拍打着黄明虎，"营长，好像是老首长的车开过来了！"吕剑已经冷得哆嗦不止，清鼻涕长流，明显体力不支，他已看不清小轿车里的人是不是他们渴望见到的老首长。见车愈加接近，他就更加使劲地摇动着黄明虎。

朦胧中，黄明虎感到有人在掀动自己，又听见吕剑说老首长的车开过来了，便立马坐起来，两眼看向前方。

大清早，一个人影突然在路边原本静静的枯草丛中晃动，顿时把集中精力开车的司机惊得不轻，他几乎是本能地抬脚踩向刹车。

车停了下来，司机这会儿看清了，这枯草丛中的确有人。

"怎么回事啊？"一个突然且有力度的刹车，使王兴国的身子前倾后又回归原位。这一惊，使得他一脸严肃地向开车的警卫员发问。

这个警卫员，平时做事就是毛里毛躁的。的确，比起王兴国以前的警卫，他是差了一大截。而现在就算王兴国想把黄明虎调到身边当警卫，也是不可能的事了。

警卫员回应道："首长，路边的干草丛里有人。"

"老首长，黄明虎和吕剑向您报到！"草丛里，身穿军大衣，鼻子已经被冻得通红的黄明虎和吕剑，异口同声地对着停下的小轿车喊道。

王兴国一下就愣住了，他怎么也没想到好几年后，黄明虎会是这样的情形在自己面前出现。

黄明虎曾担任王兴国的警卫员好几年，警卫工作的细致令王兴国非常满意，两个男人就因此情分很深。王兴国这些年倒是设想过他去山川基地视察部队，由黄明虎向他作汇报；或者是在退休后的某一天，他们在一家商场相遇。然而唯独没有想到，黄明虎为了见到他，竟然在北军区大院外受冻了一夜，并且无数次地躲过了军区巡逻部队的巡逻。

"小黄，你怎么会这样呢？"王兴国看到黄明虎这个在他心目中年轻能干的营长被冻得脸色青白，浑身颤抖，很心痛地问道，"为什么不来我家中，或是到司令部找我？"

黄明虎回答的声音颤抖着，但王兴国却听明白了。

在王兴国办公室里，供热片的温度很快就起来了，屋里充满温暖。没多久，那个开车的警卫员端来了两份早点，黄明虎和吕剑很快就解决了。两人现在喝着热茶，感觉身体机能已恢复到了常态。

王兴国关心地向二人问这问那，他们都如实道来。

"老首长，这是我这几年在山里对军队建设的一些想法，"黄明虎把在火车上草写的论文《论现代战争中的战争形态》，递给了王兴国，"请首长多指教！我一直记得您曾经对我的勉励。"

"这很不错嘛！你小子在山里待了这么多年，还是有提高的，学会了动脑子想问题。"王兴国接过黄明虎递上的论文，扫了一下题目后，看向他说道。

黄明虎当初是因为本分、勤快被王兴国看中，做了他多年的警卫员。因为他不怎么用脑子想问题，还不时跟王兴国说到想去前线。如果不是王兴国对他施恩关照，他早早地就回农村老家种田去了。

"这东西是你写出来的？"王兴国抬起头来盯了一下黄明虎，听他回应了一声"嗯"。

王兴国一开始对这篇论文并非有兴趣，但认真阅读了一页后，就有了继续读下去的想法，可越往下读，就生出了惊讶的感觉。

文中的若干分析没有分出段落来，但语句是顺畅的。应该说分析是十分专业的。这其中尤其对国际局势的变化，对现代化战争可能呈现的形态及应对方略，分析得无懈可击，应对的针对性极强。王兴国阅读时因此频频点头。

王兴国读罢后发声了："小黄，你老实说，这些内容你究竟是从谁口中听来的？小黄啊，你在我身边工作了很多年，你肚子里有没有货，我可能比你还要清楚。当然，人都会进步的，这几年你可能进步很快，各方面都在提高。不过文中的分析，如果不了解国际形势的变化，不了解各国装备的情况，是无法写出来的……"

听王兴国说出质疑的话来，黄明虎就有些不好意思起来，更觉得要说是自己写的，就说不出口了。

"还是老首长知根知底，十分了解我。就我这水平，自然是无法作出这样到位的分析。"黄明虎没有半点犹豫，和盘托出了，"这是山川基地一个年轻的武器设计师对我说的，他知识丰富。我们认识好长时间了。认识之初，他就向我灌输现代战争及其形态的理念。"

这些理念，原来都装在陆三水的脑子里，现在黄明虎模仿起来，居然也能滔滔不绝。

老首长现在对文章中的说法和分析已经有了兴趣。再跟他说说新式武器装备，他如果同样有兴趣的话，向他要经费就容易多了。

"他是搞枪械设计的，怎么又搞起了战略研判？"王兴国感到不可思议。

说来好像也是啊，作为搞武器设计的人，你就得投入更多的时间设计武器，使军队的战斗力得以提高。而你却去专注战略研究，不是跑偏了吗？当然也未必。

为了回答王兴国的疑惑，黄明虎把陆三水的话作了复述："武器设计是为了应对战争，可见这个行当是为战争服务的。他还说，符合战争形态和复杂局势的武器，谁拥有，谁就战无不胜。所以搞武器装备设计的，就必须了解战争，把握战争形态，以此作为依据来设计武器，并使这武器数年或数十年不落伍。"

黄明虎指望王兴国听了这段话后，能对武器设计与现代战争的关系有所认识。

"这个武器设计师把战争形态结合进去设计武器，就高出了其他同行一筹，很不错啊！有机会，我一定要见见他！"王兴国听了黄明虎复述陆三水的话后，兴致勃勃，"他原来是哪个系统的？有这样头脑的年轻人，现在不多啊！欸，你怎么叫他小陆师傅呢？"

王兴国在这里面发现了一些问题。

"他走出校门的时间不长。在燕都理工大学、京师大学、北方航空航天大学和首都科技大学都有他学习的经历……"陆三水的学习经历不多见，黄明虎如数家珍。

"小黄，陆三水这样的学习经历真不多见，你能确认是真实的吗？"王兴国说。

"当初他到山川基地报到的推荐信我见到过，上面除了有五机部干部司的推荐文字和印鉴外，还有燕都理工大学和京师大学这两所顶级名校的印鉴。首长，我确认这是真实的。"

"很好！"王兴国点着头说。

王兴国之所以这样问，是他想把陆三水弄到参谋部来。他认为不让他做别的什么，就让他分析局势得了。根据他分析得出的结论，可作为部队现代化建设的重要参考。

黄明虎复述陆三水讲解过，近乎用口语形成的"论文"，王兴国看得很认真。他看一次就惊心一次。里面提出的特种作战观点，以及特种作战部队的建设论述，是军队里有很多人都想学习的现代战争理论。

话说到这里，黄明虎觉得索要经费的火候到了，拾起茶杯喝了一口热茶，便说道："我在文中所写的内容，都是陆三水提出来的。老首长，我此行的目的，主要是来向您申请经费，要让基地警卫营脱胎换骨，把它打造成超级作战部队。这一点，小陆师傅说过绝对没问题。他还当面给西军区许戈司令员打了军令状一般的包票，说只需要一年半的时间就能打造出一支特种作战部队来。"

"许戈这老东西，胃口大，竟然想独吞，简直是妄想！"王兴国火气上来后，就没再想那么多，"小黄说吧，办这事要多少经费？"

黄明虎听首长说这话，立马也来了精神，便说道："老首长，我得先向您问清楚，是想要我们的部队比他们的部队更为强大呢？还是跟他们部队在战力上维持均衡？二者各自的装备不一样，研发所需要的经费就不一样。"

也就在这时，黄明虎昨晚丢失的元气才完全恢复了。

"小黄，你说什么废话！这还用我说吗？肯定要比许戈他们更强、更厉害呀！"王兴国斩钉截铁地说道。

黄明虎知道王兴国不服输的军人血性，此时他的一腔热血正在体内涌动，得让它持续下去，这经费才有着落。于是说道："老首长啊，以我们一营的人做掉对方两个团，是不可能的。因为无论怎么去加强训练，战士们的极限也不可能是普通人的数倍。但可以做到的是，在武器装备方面，我们所拥有的可以比他们的更精良、功能更强大。西军区给的经费，为的是获得新研发的特种作战装备。"

正如黄明虎预料的那样，王兴国当即就表态同意给200万装备和训练费用。他觉得用200万打造这样一个有超强战斗能力的特种作战营，非常值得。

王兴国听黄明虎还在喋喋不休说个不停，气就上来了，"好了，你让那姓陆的小子来一趟，我要见见他，不然我心里也没数啊！"

"老首长，让小陆来见您的事恐怕不行啊！小陆师傅已向许戈副司令立下了军令状，眼下一直在基地搞武器研发。这会儿让他来首都，这一来一去就得耽误十几天时间，他肯定不愿意来。"

王兴国若有所思，片刻后说道："那就算了，这经费我叫人转到五机部。另外叫后勤部人员跟西军区后勤部协调一下，保障你们被训练战士的生活物资。黄明虎，我可先把话说在前头，一年后我会亲自来检阅的！你如果没其他事了，午饭后就赶回部队去。"

见王兴国要赶自己走了，黄明虎露出了尴尬之色："首长，你看我……我……"

"我、我的，你还有什么就一下说了，我还忙着呢！"王兴国有点不耐烦了。

"说来就来了，匆匆忙忙的，随身带的钱这几天都用完了。"这样的事，黄明虎只好硬着头皮说。

"你这浑小子，先在我家里待着，跟我走！"

首入山体
SHOURUSHANTI

黄明虎已经离开基地北上已好多天了。

陆三水这些天在基地也没闲着，在忙于设计向许戈立下军令状的单兵装备系统。逐一设计系统武器，可不是画出一个个图形那样简单。

鉴于目前国内的生产能力和生产材料的强度问题，在设计时都得考虑进去。为了降低成本，陆三水甚至还得去过问生产工艺，抓生产质量。

陆三水在三区随意行事，敬士才也是放任的。他认为陆三水最终折腾出了成果，功劳也有自己一份，而且还不会是小头。如果有了什么后果，他也承担不了多少，上面不是要求给年轻人提供锻炼的机会吗？

"我们现在每天都在做设计。师傅，我认为生产制造和测试应该同时进行才对呀！"纪浩天天伏案画图，已有点厌倦了。

过去没事做的时候，觉得每天是在混日子，想有点事情干。现在事情堆着做，每天早间8点上班就开始画图，一直要到晚上9点才下班，偶尔还有加班到凌晨的时候。

这样的日子要持续多久？又有多少人受得了？

"生产相对于设计，是小问题了。班用机枪和自动步枪放在一起设计，目的就是让尽可能多的零件可以互换。"陆三水说，"作为一名设计师，我们不仅要考虑设计成果的性能，还得考虑到生产成本。设计的枪械，假如其威力仅比普通步枪高出30％，但生产的成本却高出普通步枪的数倍，谁要呢？若你是负责部队装备的领导，你怎么想？"

所以陆三水从一开始，就向他管理的设计人员灌输现代设计理念，让他们明白，设计，并非一件简单的事情。

"这两款枪设计完毕，还要经过理论上的检验，各种部件的强度都没有问题，才可能生产试验。"陆三水继续对几人说道，"在这段时间，各种零件强度的计算方法，你们都知道了。知道吗？这是一名枪械设计师必须掌握的技能。"

任何设计工作都是枯燥的，然而又必须全身心地投入。恐怕没有多少人能够忍受这种寂寞而枯燥的工作。

"纪哥，"唐泰一脸倦意，叫着纪浩，"这段时间敬主任都不在基地，我们就是设计完了，安排生产，得他点头才行啊！"

唐泰与纪浩想法一致，希望尽早投产，免得天天被这枯燥的日子折磨。

不见纪浩回应唐泰，骆华强就接上了话茬，他倒是很坦然："没做完设计，进入生产环节怎么可能？再说技术准备工作也得设计完成后才进行，否则生产出来的都是废品。这不浪费资金吗？"

"大家也不要说什么了，就好好做吧！"陆三水见两人看法相左，就说道，"把这套装备设计完后，再搞设计，我会给你们划分一些任务，让你们独立设计。能完成枪械的部分设计了，以后的整体设计，你们就独立进行了。枪械设计不是很复杂，我们要设计，就要去设计导弹、飞机那样的复杂东西。"

陆三水最后这句话，是哪跟哪呀？扯到一边去了。

陆三水到向远的办公室，汇报完目前设计项目的进程后，谈起了自己对枪械整体设计的想法。

"枪械的设计，我认为不应该是单一枪械的设计，而是要让部队拥有各种火力配置的枪族。所以我们在设计上必须考虑到各方面。向主任，单兵作战装备中的枪械整体设计方案快完成了，到时报给基地审批。如不这样就投入生产，就不符合有关规章。"

　　基地对于任何完成的设计，生产前都是需经过几层审批的。可前次单一狙击步枪设计完成后，向远找甘风华碰了个头，就决定了生产的事。陆三水认为，这几乎就是向远个人说了算。既然有制度，就得按制度办。这样的事，他不愿再看到。

　　陆三水认为，设计上只要领导支持他就行了，不需要他们无条件放任自己搞设计，按制度行事无论如何都得讲。在未来，哪怕他每年365天不休息，也不能把武器体系里的所有武器都设计出来。

　　"小陆同志啊，这个事我们也讨论过。"向远笑眯眯地说道，"在这方面，甘副主任认为应该给你自主权。更何况，你在之前的设计上，也完全证明了你在枪械设计方面的天赋。所以呀，你只需按自己的意思设计枪械，我们只审核签字就行了。至于枪械研发方面的事，你直接与甘副主任谈就可以。这个项目组，毕竟你们枪械研究小组是核心……"

　　向远对陆三水他们的枪械项目放得这样宽，是因为项目经费是陆三水自己找的，况且他还从中截留了一部分。如果他还在项目中插手，就显得不太合适了，知情人就会说他吃相太难看。

　　"甘副主任作为主要审核人员，但他们那拨人一直都在忙着火箭炮弹的研发工作，根本就找不到他！"陆三水一脸无奈。

　　"你可到他们项目组上班的地方找他去呀！你不也是他们项目组的研究人员吗？"向远依然笑眯眯的。

　　作为山川基地的主任，向远却是一个滑头。他仅给陆三水一个位置，就换来了研究经费，岂不是很划算的事？即使研究项目出了差错，他也担不了多少责。因项目是陆三水自己找的，他能承担多大的风险呢？

　　现在，他打算还要给陆三水更大的自主权。

　　项目设计审核，向远是一窍不通。但作为基地领导，他认为自己既然不懂，那就让懂行的人去做就可以了，自己亲力亲为还会闹出笑话，且授人以柄。

　　"可甘副主任他们是在山体里呀……"陆三水此时恨不得把向远掐死。他明明知道山体里研究的都是些保密级别非常高的项目，里面还存放着一些战略级别的东西，还叫他进去了。进去了，还能出得来吗？

"小陆同志，你来后不久，甘副主任不是就给了你进入山体的证件吗？他希望你参与他们的研发项目，积累一些实践经验。这个世界最终是你们年轻人的，他们为科技服务是有时限的。"向远很少这样对陆三水说话。

甘风华和他那个团队，自知是老骥伏枥，他们要把陆三水培养成他们的接班人，甚至是山川基地核心领导的接班人。

向远对自己的认识很清楚，内心也就坦然。从目前的情况以及发展的眼光看，他不可能长期在这里待下去。这令人感到孤寂的环境，不是谁都能长久生活下去。

陆三水可是几岁就在这个环境里成长，直到父亲不幸罹难才离开，之后在外求学，如今又回到这里。

山川基地在他父亲主持下创建起来，陆三水只要能用卓越的业绩来证明自己的能力，假以时日成为山川基地的负责人，也是顺理成章、理所当然的事。这大概只有屈指可数的人反对。

向远这番话，令陆三水无言以对。

山川基地是三线建设的产物，从20世纪60年代中前期开建到现在已20年了。三个工程兵团十几年来不停地在山体里面挖掘、建设，里面的空间有多大，没亲临其境的人根本就想象不到。

这高近20米，宽近50米的半月形山洞，一直向大山深处延伸，在好些地方还出现了岔路口。人类的力量无与伦比。在那个没有多少大型挖掘机械的年代，凭借人力挖出的这样庞大的洞穴，不能不说这是一个伟大的奇迹。岩石构成巨大的山体，挖掘难度之大，可想而知。

"这巨大的山体已被掏空了。初建的时候，是从基地9个区的所在处同时往里挖掘的……"向远向陆三水介绍挖掘洞体时和现在里面的情况。向远到山川基地任职的时间不长，甘风华向他讲述过山体建设和里面的情况。

陆三水没露出惊诧的反应，向远才想起他本身就在山川基地长大，便闭口不言了。

里面的每一个岔路口，都有持枪军人站岗，尽管向远是基地主任，也还得出示证件才能够通行。

三区进入山体内部的入口处，就在谷底车间的近旁，附近有基地内部保卫人员和警卫营战士执勤，两处的人员相距不到100米。

"小陆同志，这也是没有办法的事，所有正在使用和储备的先进设备，以及有密级的资料，都在山体里。"向远认为陆三水过去常进出于山体里，熟悉并厌恶了这个环境，所以不愿留在里面。

陆三水无言以对。

其实陆三水15岁那年离开山川基地之前，从来没有进过山体里。一个孩子怎么能随便进去呢？他父亲陆天问和喜欢他的甘风华等人，也不可能把他带进山体里。

进入山体通道数十米后，通道就缓缓拐弯了。拐弯又进入直线后，每隔10米处就设有一个120瓦的大灯泡，整个通道被照得十分亮堂。宽敞的山体里，分类且整洁地摆放着许多在外面见不到的大型设备。

这些年来，三区从外面采购到的最好的设备，都一股脑地置放在山体内。而放在山体外的东西，相对于里面的就没有那么重要了。

这山川基地最核心的部分，就是山体中间的那片区域，在于所有战略技术储备，以及重要的技术研发都集聚在那里。

向远带着陆三水，径直地朝前走去。

每处分岔的地方，都是入口稍显狭窄，而里面就十分宽敞了。说是入口处狭窄，但一辆解放牌汽车通行绰绰有余。主通道两边设有大的隔间，是堆放货物的库房。中间区域，低下去不少，铺设了一条铁路。铁路两侧的高处可以行驶装卸货物的解放牌汽车。

基地的山体内部到外界，外界进入基地的山体内部，主要交通是火车。

径直朝里面走了数百米，穿行了一些岔道，向远和陆三水才到了甘风华的团队所工作的区域。

这是靠近被掏空的山体的中间区域，可称为洞中洞，里面的空间比外面高了约3米，达到了23米左右，面积足足有600平方米。

这时里面传出了甘风华的说话声。

向远此时的尴尬，是因为对陆三水的保密过度。既然就在那天已经把陆三水确定为甘风华团队的人了，陆三水只要他愿意，就可以随时来到甘风华团队工作的研究室。

甘风华突然见向远和陆三水出现在研究室门口，就停了下来，并用双手给参会人员打了个暂停手势。

利用这个当口，陆三水的目光扫视了一下这个空间很大的研究室。几排整齐的日光灯从高处坠吊下来，所有办公桌都是顺着三面"墙体"摆放的，每张办公桌都配有一个近两米高的铁质办公柜。一台看上去又大又笨重的计算机摆放在洞门左侧的中间位置，其高度约6米，宽度约3米，之上有12寸显示屏，有的还闪烁着光晕。正面在60厘米高度的地方，是一个30厘米宽的操作台，下方摆放着4张黑色人造革包裹的转椅。

"老甘，小陆来了。他来熟悉一下这里的环境。"向远见甘风华已停止说话，便打开了嗓子。

"好好，进来进来！"甘风华回应着，又对参会的人说。"会议暂时中断，我来介绍一下。"

甘风华顺手递给向远一张凳子，要他先坐下。向远不想在这里停留，借口说他要去五区谈点事，就离开了。

甘风华向大家介绍陆三水时，陆三水感觉到了投向自己面部的众多目光，浑身就不自在起来。

这群山川基地的技术骨干，跟陆三水的父亲陆天问除了是领导与被领导的关系，私下关系也不错。他们都认识从小在基地成长的陆三水，有的还向少年陆三水传授过枪械和弹炮启蒙知识。

"我说你们这些老同志，可别把小陆给吓着了！"甘风华把双方都作了介绍后，见大家都起身朝陆三水走去，就喝了一声。接着，他快步走到陆三水面前，挂着微笑，以一个长辈关切的语气说道："小陆来了，一定有事要谈？"

"嗯，来了。"陆三水倒是不怯场，举止自然得体，"甘叔叔料事如神，的确有工作上的事需向您报告。单兵作战装备中，枪械部分的整体设计方案快完成了，希望您进行审核，如果没什么问题，就定稿了，然后就进入生产试验环节。"

陆三水虽不怯场，但刚才出现的那种状况，还是让他感到有点不适应。

"这没问题。完成后，你再做一次细致的审阅，都没问题了，给我签字就是了。生产方面，你去找你们三区的敬士才主任商量，由他安排。"甘风华向陆三水交代完后，又对他说道："上次向主任已当着你我的面，明确了你是我们这个团队成员。"

因为甘风华长年累月就在基地山体里搞项目研究，陆三水与他也是难得见上一面，自然就有话说。两人聊着聊着，甘风华就说到他们团队研发已久的火箭炮项目。

"这个项目出现了难题，要是解决不了，其所有项目的进展都将受到影响。"听甘风华这么说，陆三水的内心一下就收紧了。

1971年以后，山川基地在动荡岁月中逐渐安稳下来了。1973年上面要求搞火箭炮项目研究，在基地革委会主任陆天问领导下，这项研究很快就开展了起来。1975年，这个项目的研究正在加快推进时，基地职工五人因事故触电死亡，费恒尘从中挑唆导致矛盾激化，致使陆天问被暴徒打死。陆天问离世后，火箭炮项目研究得不到继任革委会主任费恒尘的支持，最终被迫中断。

"我们已经被这些问题困扰很长时间了。"甘风华身旁一个小个子老头儿接着说道，"其中材料方面是个最大的问题。那年月，兆同武老师在批斗中死亡后，国家在航天材料方面的发展就更加缓慢了……"

20世纪70年代在研制长征一号火箭时，由于发动机材料质量问题，屡遭失败。那时，有研制人员在国外期刊上见到一篇法语论文，就根据其有关内容，最终解决了发动机材料质量问题。这篇论文正是兆同武生前撰写的。

"唉，丰天翔如果在一起，至少这发动机材料问题他是能够解决的。

他当年是A机部C所顶级的航天材料专家呀！"戴一副塑料灰框眼镜的小老头张洪乡说。

"丰天翔？"陆三水听到这个名字后自言自语，第一感觉就是很熟悉。这个耳熟的名字在什么地方听到过，他在回忆。

"唉，"张洪乡长叹一口气，又说道："可以说没有当年那次意外，丰天翔应该就是我们中的一人。可是当年在来这个基地的路上发生了意外，之后基地又出现了变故，谁还知道他在什么地方呢？就连他待过的C所，眼下也在打听他的下落。"

"材料专家？他是航天材料专家？我们这基地内不是有很多材料专家，都认识他吗？"陆三水一时感到疑惑，便接连发问。

"在航天材料领域，我们基地内就没有卓越的专家。航空领域的专家倒是有，就像老张，他是航空材料首席专家，可在航天材料方面，他就谈不上专家了……"甘风华说的，就是眼前戴一副塑料灰框眼镜的小老头张洪乡。

对了，他就是这个张老师提到的丰天翔。这下陆三水回忆起了那天见到丰天翔的情形。

"甘叔叔，丰天翔原来是基地的人吗？他祖籍是不是东北？个子显得很高很瘦？"陆三水说。

陆三水事后就怀疑那个中年汉子身上有故事，他跟普通的山民区别在本质上，就算他打扮得与山民一模一样，但骨子里透出的东西却是截然相反的。在他骨子里甚至还透出了那么一点清高。"丰天翔"这个名字，大概不会是一种巧合？

为什么会这样呢？归结为人才的重要性。而山川基地现在是没有这方面的人才可用啊。

陆三水刚才话一出口，甘风华的双目就顿时放光，他一把抓住陆三水的胳膊，眼睛瞪得大大地问他："你见过他吗？在什么地方见到的？他现在在哪里？"

甘风华这急切的举动，反映出他求贤若渴，令人感动。他的确没有优秀的火箭材料专家可用啊，能不急吗？

"甘叔叔，你把我弄痛了。"陆三水脸上绽出了微笑，"有一个叫丰天翔的中年男子我认识，他就住在离这里不远的荞子村，他不跟村里的人交往，有三个孩子。"

陆三水就把那次他和骆华强等人为了吃上肉，到丰天翔家做饭吃和对他的印象说了出来。

"既然不远，那你就快带我们去。"甘风华已急不可耐了，"很有可能就是他。"

寻回专家
XUNHUIZHUANJIA

　　眼前的甘风华有点像急病乱投医的病人，不管这个"丰天翔"是不是他要找的丰天翔，他都必须去看看。更何况，从基地到荞子村也不是很远，坐车去也不用多长时间。

　　丰天翔这样的航天材料专家如能到位，这个项目研究的进度就会快很多。

　　走出山体，甘风华和张洪乡的脸色都显得血色不足，可能生活艰苦，加之又长时间在洞内做研制工作的缘故。现在是春季，山里仍然不易见到强烈的阳光，否则他们可能还得适应一下才能出发。

　　他们乘坐基地的吉普车，不到20分钟，就抵达了荞子村。

　　这时正是午间做饭时分，村子里弥漫着炊烟。陆三水带着二人向着丰天翔住的那间草屋走去。临近时，他们见到一个女孩正在往屋子外面提一些捆扎好的东西，这家人显然是要搬走。

　　"丰珊，你爸爸在吗？"陆三水的记忆力很好，还记得女孩的名字。丰珊给他的印象也实在是很深刻。

　　"你是？"丰珊已认不出陆三水，显然对他已没什么印象了。

　　"你可能也记不得我了，但你穿在身上的工作服还与我有关呢。"陆三水提醒丰珊，试图唤回她的记忆。

这一提醒，丰珊立刻想起了约半年前与这件衣服有关的情形来。

她身上穿的这件工作服原是唐泰的，是陆三水把自己的工作服给个子矮小的唐泰换的。

那时是秋天，而现在已是春天了，只过去了半年左右的时间，不会影响人的记忆。

"你们要搬家吗？要搬到哪里去？"甘风华已明白了这女孩就是陆三水说的丰天翔的女儿，见到这种情形，他有些急切地问道。

"是谁呀？"听见外面的说话声，正在屋里收拾东西的丰天翔走出了房门。他抬眼看见不远处的张洪乡，顿时就愣住了。

陆三水见到门口的丰天翔，也愣住了。他半年前见到丰天翔的时候，丰天翔就像乞丐一样，看上去有些邋遢，可现在这模样，彻底改变了他对丰天翔的印象：他的头发剪短了许多，梳成了背头发式；清瘦面颊上的胡子刮得十分干净；上身穿一件崭新的深灰色中山服，下身着一条银灰色的裤子；脚上穿了一双擦得乌黑铮亮无鞋带的皮鞋。

丰天翔已是一个典型的知识分子的打扮。

"老丰，我是真没想到还能见到你！你一直都住在这里吗？"张洪乡问他话时，双眼外角挂着两颗晶莹的泪珠。

"真的是丰天翔同志啊？"眼前这个跟陆三水描述得一点都不像的名叫"丰天翔"的人，竟然正是他们要找的火箭材料专家丰天翔，这让甘风华喜出望外，激动万分。他迎上去向丰天翔伸出了右手，"丰天翔同志，您好！我代表山川基地，真诚地欢迎您回到基地！"

丰天翔伸出右手，握住了甘风华的手。松开后，他话声很低，神情失落且凄然地说道："陆天问主任呢？我的档案早已丢失了，已经是一个黑户，没有资格再进入山川基地了。"

听到丰天翔提到陆天问，甘风华和张洪乡都愣住了，不知怎样应答他。

"丰老师，陆主任在9年前就去世了。"就在两人愣着，不知如何作答时，陆三水说道，"现在山川基地的主任是A机部新调来的，费恒尘因犯下滔天罪行，已经被绳之以法。眼下国家正百废待兴，正需要您这样的知识分子，需要您这样的航天材料专家为国家效力。您早年有过的抱负可以实现了！"

"唉……"丰天翔长长叹了一口气，"我不仅已没有档案，而且专业荒废了这么多年，都已消失殆尽了。现在我就是一个农民。国家终于好了，我只想带着我的孩子们回到东北老家种地去。"

丰天翔的这番话，显然是在告诉甘风华、张洪乡和陆三水，他已经不再是他们认为的那个航天材料专家丰天翔了。

见到这情形，张洪乡觉得丰天翔的遭遇，似乎让他从最初的失望已到今天的彻底死心。常言道，哀莫大于心死。他认为。如果这次不劝住丰天翔留下，以后恐怕就再也找不到他了。他是动荡岁月后，国内已剩下不多的航天材料专家之一了，留下他也就是保护他，也是在保护中国脆弱的国防工业和航天事业，否则损失难以估量。

张洪乡便向丰天翔说道："老丰啊，我想单独跟你谈谈，你看可以吗？"

丰天翔侧目看了看陆三水和甘风华，又转向张洪乡，只是默默点了点头，便跟着张洪乡向僻静处走去。

张洪乡把一支香烟递给丰天翔，用打火机给他点上后，又给自己点上了一支。他深吸一口，吐出一股浓烟后，便开口说道："老丰呀，陆主任被打死已很多年了。刚才跟你说话的那个年轻人是他儿子，当年被送走后，去年大学毕业又才回到基地做项目研究，是个很聪明能干的小伙子。现在国内局势已向好，我想你也清楚。目前科技发展急需专业人员挑起大梁，正是我们大展身手、报效国家之时，我希望你能留下来。在过去许多年里，国家内耗严重，西方和S国又在经济和科技方面封锁我们，我们只有把国家建设得强大，中华民族在世界上才能挺直腰板，大家才能过上好日子啊！"

张洪乡又把之后基地的情况以及现状，简明扼要地向丰天翔作了介绍。

丰天翔听得心潮澎湃，决定留下来。其实他报效国家、立志于航天事业的那颗初心还没死去。如果陆三水不说出丰天翔的下落来，甘风华不提出来找他，同窗同事张洪乡不做他的思想工作，丰天翔就于今天动身在回老家东北的路上了。那么最终，他将带着报效国家、立志于航天事业的初心抱憾余生了！

鉴于丰天翔目前的情况，他还不能进入到山体内部，也就没有直接参与到甘风华团队正在进行的火箭炮研发项目中去。他间接在为这个项目工作着。

丰天翔这种工作状况无疑要持续较长一段时间，因为他必须通过政治审查。政审是必要的、必需的，得按流程走，往往时间很长。

在高科技系统里工作的人，都接受过政审和相关的保密培训。丰天翔对于自己走政审程序和组织上执行保密制度，十分理解，没有一点抱怨。他在没有正式进入项目团队时，是在当技术顾问。张洪乡觉得有什么疑难问题，就直接向他咨询；至于材料方面的研究，两人也是十分默契地商量着进行。

因刚进入基地，丰天翔跟基地里的人就不是很熟悉。他被安排住在三区。三区向他提供了一间设计室。

倒不是他不想去那负责材料研发的一区，是因为那里有不少重要的研究项目，没通过政审的人，去不了那里。

一天上午，张洪乡来到了丰天翔在三区的设计室，落座后与他谈起了工作上的事。

"老丰，正在研发的火箭弹发动机，出现的主要问题是材料性能不够稳定……而在高温合金这方面，就只有你研究得更深透了。这些年，你的坎坷遭遇，没使你的专长减退吧？"张洪乡说。

在过去，张洪乡与丰天翔的关系倒是很不错，对他过硬的专业也十分了解。可令张洪乡最担心的，是他这些年众所周知的原因，他的专业是否已经弱化了。

丰天翔听罢张洪乡这一席话，没去抱怨什么，只是谈了这些年自己并没有置所学专业于不顾。他说道："老张，我这些年虽然没做这个，可这装进头脑里的东西也不是想丢就能丢掉的。当初国家在那么困难贫困的情况下，把我们送到东德学习，花费那么多，也不能说丢就丢吧？你放心，虽然这些年我没有条件做实验，但在理论方面，我是没有放弃的。这些研究资料，是我这些年积累的，都交给你。里面有许多学术上的观点，都需要做实验来检验，特别是高温合金粉末，在冶金方面的工艺改进和配方改进，更是要通过严格的实验才能确认是否可行。时下我无法做实验，只有你代我去做了。这样也好，在我可以接手项目的时候，就不用再从头开始了……"

两人立起身来，张洪乡接过丰天翔递给的手写资料本时，他的右手因内心被触动有轻微颤抖。他把资料换到了左手，抬起右臂搂住了丰天翔的肩背……

丰天翔遭受那样的磨难，依然有一颗赤子之心，为了报效祖国而跳动，苍天可鉴哪！而国家走了一大段弯路，他及他的同事们有什么办法呀！但后来国家还了他们的清白。

老一辈科技工作者，他们无论世事怎样，无论个人多么艰难，他们都相信并心系自己的祖国。这也是他们为国奉献终生的原因。

"与研发火箭弹发动机同时开展的这个项目，目前进展加快了。过去也是因为材料问题，一直都没去制作样品做实验。"张洪乡说。

从这几句谈话，就可看出张洪乡对丰天翔在刻意回避研究项目的名称。这是他在执行有关规定。而丰天翔对此也很理解，默契地不去追问。

丰天翔把自己的手稿资料给了张洪乡后，就跟大女儿丰珊一道收拾他们的新家。由于三区没有独立的房屋，后勤处就分给了他们三间宿舍。丰天翔的这个家，与陆三水等一帮单身职工的宿舍紧挨着。

这一片的单身宿舍，男女的只是大致分了一下，好些交错的地方男女宿舍是相邻的。

"这下就好了，我们今后就有很多机会打打牙祭了。丰珊做的菜一定好吃。"骆华强见到丰珊，暗自这么想。接下来他就跟同寝室的几人商量着，要在单身楼的走廊里垒一个灶台，不打算再吃食堂。

食堂里菜的品种倒是丰富，但都是炒的大锅菜，味道不好，有时不是淡就是咸。也只有像骆华强他们这样的单身汉，才去食堂里打饭吃。有家属的职工，除了早餐在食堂买稀饭馒头，中午晚上都是自己做饭。三区的职工不少，男单身汉很多，女单身汉较少。有的职工的另一半是在其他分区上班，只有周六晚上和周日才团聚，所以在食堂吃饭的人也不少。

对丰天翔的调查，陆三水虽然也参与走访了荞子村，证实他进入基地前除了进山打猎和外出换取生活物品外，就没去过远处。但是谁又知道他这些年还做过其他什么事呢？

研发微机

YANFAWEIJI

"你怎么了？师傅。"纪浩见陆三水回到设计室后，有点气喘吁吁，不时地向着外面张望，就问道。

这几乎是可以认定为逃离。但这样的事能说吗？

逻辑上，陆三水认为现在不会再有事了。可后续就很难说了，这群老技术人员都有着很强烈的求新知欲望，且凡事要弄个明白。而陆三水认为，世间上有些事是弄不明白的，也不需要弄明白。

这是一个什么都还得动笔和纸的时代，没有智脑，就连计算机也还处在起始阶段。一联想到计算机，陆三水顿时就认为自己一开始就出了错，在于没做好必要的准备。是啊，常言道：工欲善其事，必先利其器。没有计算机的辅助，陆三水往往整天都在不断做一些基础运算，或者是在画图上耗费自己宝贵的时间。

这一系列的设计事务，的确非常耗费时间，必须得到改变。

"纪浩，你快拿笔和纸过来！"陆三水没有回应刚才纪浩的问话，而是对他大声喊道。

陆三水决意要把小型计算机搞出来。

"你说什么？集成电路？"向远用手背贴了下陆三水的额头，"你没病吧？搞什么集成电路？"他不明白陆三水的话，觉得实在不可思议。

好好的枪械设计工作放着不做，要去搞什么集成电路，这不是把向西军区立下的军令状当儿戏？过去这么长时间了，连一个基本的样品也见不到，又要搞其他方面的设计，这不是不务正业？向远心里这么想着。

问题在于，这偌大的基地里根本就没有这方面的专家。

中国的计算机技术却不入流，搞出来的那种东西形体非常大。而这集成电路，短时间内就能搞出来吗？

"向主任，您能不能听我说说？"陆三水见向远手口并用，误会太深，想跟他说具体一点，"我说真实想法。我知道我们这山川基地设有电子制造区。如果基地能够生产一些辅助计算的东西，或者说计算设备，就会使研究工作增快进度。再就是基地还可以向国内科研单位提供这种辅助设计的计算机，以补充基地研究经费的不足。经费问题充实了，将来基地的研究项目，就可以既做上级部门分派的，也可以接收外面企业和机构需求的。"

在过去计划经济体制下，科研单位要自主搞项目研究，是不可以的，所有的项目都是上级部门按计划下达，然后下拨经费。而现在科研单位要想自主搞项目研究，政策没说不行，但你得有能力支撑所研究项目的经费，得有个小金库。

山川基地原本就是一个战备基地，技术设备倒是储备得不少，但因没有什么钱，想办点什么事就非常难。

"做这样的事不是胡闹吗？你可别再想了。"向远否定得很坚决。

对于向远一类的干部来讲，要想更上一层楼，钱是成不了事的，得有工作成绩说话，可要想出成绩，就必须得有看得见摸得着的项目成果。

向远就认为这事不能这样干。做好上面下达给基地的研究任务，这才是最主要的。至于辅助研究一类的东西，就等到别的单位去做好了。

既然这条路在向远那里走不通，陆三水就把他彻底放弃了。于是就去找甘风华说这事。

在山体内甘风华团队的研究室里，陆三水直接向甘风华说了自己打算搞辅助项目设计的计算机。谈了想法后，接着又谈其意义所在："这种有辅助设计功能的计算机，很适用于个人，不仅体型小，还能帮助进行设计的有限元分析。有了它，计算这一块，我们就被彻底解放出来了，大量的计算就交给它做。这计算机不仅计算时间短，还不像人工计算会出错。我们只需在它的软件中，提供一系列计算公式就能够获得正确答案……"

辅助设计，听上去就是一个很大的诱惑。

陆三水又结合研发实际，反证辅助计算机的好处："火箭炮项目从立项到现在，三年时间过去了，其中各种设计的论证就占据了大部分时间。这里面涉及大量的人工计算。有些方面的计算耗费了好几个月的时间结果才出来，可最终由于忽略了一些问题，就只得推倒重新计算。这是非常令人沮丧又苦不堪言的事。但如果有了辅助设计的计算机，这样的情况就不会再发生了。"

"这辅助设计的计算机真有这样的功能？"甘风华疑问很重。

基地的超级计算机实在太庞大了，但计算的数据是人工无法相比的，然而也仅仅具备一些简单的功能。

"看来甘叔叔对这计算机有疑问，是可以理解的。"陆三水继续做开导，"这世界上，M国在计算机研发方面起步比较早，他们使用的计算机外形已经缩到比较小了，且功能也增加了不少。而基地山体里使用的超级计算机，对我们来说成本实在太高。由于成本高，形体又过于庞大，在基地普及是不可能的。可对于每一个研究人员来说，有一台计算机是十分必要的，能极大地提高研究工作的效率。小型的、辅助设计的计算机，成本不高，估计每台造价也就在500元以内。研究人员有了这样的计算机，其研究进度会成倍提高。"

要在20世纪90年代前研发出功能较多、像模像样的计算机是不可能的，因那时好些电子元件还没研发出来。但在当时的条件下研发出具有简单功能的计算机是没问题的。

陆三水认为，能把计算机最核心的部件处理器做出来，是最重要的，其他的部件都不存在多大问题。

"那行，你要多少经费？"甘风华动心后，直接进入主题。

"暂时还不需要经费，我先把设计图拿出来，到时候您去做向远主任的工作，只要他同意试制几台样机就可以了。"陆三水充满信心地说道，"样机出来后，如果试用觉得比较顺手，就可以多生产一些。"

陆三水曾利用业余时间对计算机做过研究，现在称为老式计算机的芯片里面晶体管并不多，电路设计也不是很复杂。他知道，要搞出一个像英特尔8086那样的微处理器芯片有些困难，国内的生产条件也达不到。可拿出一款性能差一点的微型处理器不会有问题。

"这样也行，你先把图纸拿出来，噢，对了，你那些枪械研发什么的，可别搁置一边了，不然到时候可真的要背书的！"甘风华之所以同意，的确是被陆三水说得动了心。他也觉得，如果研发成功确实有使用和出售挣项目经费的双重意义，加之所需的经费又不是很多。

得到了甘风华的认可，且有了他去做向远的工作，陆三水也就没有什么顾虑了。他回到设计室后，就指导纪浩等人对枪械设计图作出修改，之后就开始设计"辅助设计计算机"处理器的逻辑电路图。

"师傅，你这是在画什么呀？线条弯弯拐拐、密密麻麻的，是武器的设计图吗？"纪浩、骆华强和唐泰见陆三水埋头不停地画他们从未见过的图，就有些好奇，其中的唐泰便问道。

"不对呀，我们枪炮设计的图纸上，都有口径不同的管子的。"骆华强也说道。

"那上面尽是密密麻麻的线条和圆点，"纪浩说，"可能是师傅才知道的一种语言。"

见几人又好奇地问着、议着，陆三水就告诉他们说："画的是小型计算机处理器的设计图。"

接着，陆三水又向几人简要讲解了与这幅图片有关的知识。

其实陆三水向他们解释，无疑是在浪费时间。这几个人，有的是学机械设计的，有的是学武器设计的，他们对于电子领域里的元器件都不了解，更何况，这是前沿科技计算机的处理器电路。

当时在整个中国，懂这个的人没有多少。这个领域里的人，主要是从事超级计算机的研究；而从事军用芯片研究的人，也不是很多。

"什么是芯片呀？"几人觉得听起来很新鲜。

"……"陆三水对这样的提问很是无语。跟他们解释吧，同样会涉及另一些专业术语和名称，那样就没完了，还做什么事？然而这几个外行人的频频提问，倒是给了陆三水一个提醒，必须是这方面的专业人员来协助他才行。

甘风华做事也是雷厉风行的，陆三水跟他谈了这事后，他第二天就去到向远办公室，把陆三水对他说的小型辅助设计计算机的好处向他复述了一遍，接着谈了自己的看法，提出了需要向远解决的事项。

向远明白这是陆三水让甘风华来说服自己的。如果不同意陆三水决心要搞的这个项目，甘风华和那帮子老头子肯定要缠着自己，最终自己还得在需要置办的事项上签字。好在花钱不多，况且这东西陆三水说能够帮助提高火箭炮的研究进度，以后研究其他项目也会节省很多时间，那就放行吧。

见甘风华又补充了一条需解决的事项，向远就想顺势拿拿架子，便故作不耐烦道："你都还有些什么？就一并说了吧！"

"没有了，都说了。"甘风华笑了笑，"如果陆三水认为还有什么具体事务需解决，由他来找你。"

向远望着甘风华出门的背影，微笑着摇了摇头。

甘风华离去不到半个时辰，陆三水又走进了向远办公室。

"我知道你要来，坐吧！"向远目光从文件上移开，看向陆三水，"有具体事务需解决的，你提出来吧！"

陆三水觉得向远的态度与昨天相比发生了很大变化，没有了生硬，再就是主动问起了有什么事需解决。

"具体事务暂时没有。我来是向向主任要人的，要一些在计算机处理器方面有基础知识的人。"陆三水也不知道还该要些什么人，计算机这玩意儿应该是一个体系。

"整个基地里都没有你需要的人，就是负责电子技术的四区也找不出这样的人来。"向远双手大弧度地摊开，又合拢。

"基地山体里不是有一台超级计算机吗？怎么会没有这方面的人呢？向主任。"陆三水心里不高兴，脸上却挂着显得别扭的微笑。

"给超级计算机配备的人员，他们只懂操作，是经过培训的，但并不懂计算机。"向远解释道。

陆三水对此有些失望，稍作沉吟后说道："这些计算机有维护人员吗？维护人员也可以。"

计算机这东西，自那时到20年后，中国就基本上普及了。但那时就是这样，连山川基地这种科技人员汇聚的地方，也难以找到懂得计算机的人员。

"有啊！行，这些计算机维护人员都给你！"向远话语到位，语气也很爽快，"这些人，他们也参与了团队项目研究，但在里面没发挥大的作用，让他们帮你，你就有更多时间去完成那些单兵装备项目，然后跟着他们去搞那些飞行器。"

陆三水被向远打发到甘风华处要那些维护的人员，甘风华自然是大力支持。

计算机也不是常出问题，却配有好几个维护人员，没做到人尽其用，而是人浮于事，的确有点浪费了。

他们来，是要操作计算机的，而不仅仅是只做点其他什么。

"我来介绍一下，这位是左晨风同志，他是基地计算机维护组组长，各种硬件他都是非常熟悉的……"甘风华把一个40岁左右的中年技术人员叫到自己前面，然后向陆三水介绍。左晨风刚好是动荡岁月开始那年毕业的大学生，学的是自动化专业。

陆三水认为左晨风这样的学历和专业很有用，在合适的环境就能施展才华。

"小陆同志，请你多关照哦！"左晨风被介绍给陆三水后，跟他打了个招呼。

"还希望左老师给予帮助。"陆三水也客气一下。

像左晨风这样完成了四年学业的，在动荡岁月开始那年毕业的大学生，待在基地里无疑很憋屈，在于所学专业跟所做工作对不上口，做其他的，往往又还得向别人请教。

　　山川基地有一种群体现象，很值得思考。就是计算机有着精准的计算功能，效率也极快，但基地里的老技术人员，他们对它都不信任，各种高精度的计算，都没有让它做，而是自己用笔计算，觉得这样才放心。可这是多慢啊！还容易出错不是？出错不就得从来吗？再出错呢？一群50出头的人，年龄也谈不上太大，却接受不了新事物，看来也该让陆三水给他们洗洗脑了。

　　左晨风在那边，怎么能够发挥自己的专业强项呢？

　　听到甘风华说陆三水要研发小型计算机，也需要他去，他真的一下就来了精神。

　　"时不我待，我们就边走边聊吧！"陆三水主动跟左晨风握了下手，就转身迈起了步子。

　　左晨风和其他技术人员也跟了上去。

　　"我们要研发的小型计算机，设计是以X86为标准，因为它是最成功的CPU架构。CPU是一个执行部件，它里面有执行各种功能的硬件电路，运行中有一定的逻辑，使它能按照一定的顺序工作，这样就能完成人给它的任务。"

　　"处理器是计算机的中枢神经系统，由众多的晶体管等元件组成，附着在复杂的结构之上……"

　　陆三水在行走中向左晨风和其他技术人员介绍他的设计。

　　谁也不知道光脑什么时间问世。在光脑问世之前，电脑这种体型大、运行速度慢的多用途工具，陆三水觉得还是有必要把他弄出来。从小处说，是为了自己和山川基地的全体员工用上它，以提高项目研究效率；从大处说，就是为了让共和国在这个领域不至于落后西方太多，有追赶的机会。

　　在互联网时代，进入计算机网络的计算机，与国防安全和国家安全密切相连。

　　"你刚才提到了金属–氧化物–半导体场效应晶体管？还提到了集成电路中的MOS管结构和性能管的结构？……"左晨风见陆三水说话中终于有了个较长的停顿，便不再沉默不语。

这两个提问中，仅涉及的专业术语，外行人就难以记住，左晨风却能完整复述，这让陆三水感到惊讶。

陆三水惊讶之余，停下脚步对左晨风说道："更确切地说，我们设计采用的这种X86架构是一个指令集合。MOS管结构，是说在一定结构的半导体器件上，加上二氧化硅和金属，形成栅极。芯片的集成电路如你所说那样，但就是不知道国内生产的单晶硅能否达到我们要求的性能。"

陆三水认为，左晨风对这方面较熟悉，就很好，自己就能腾出手来。

这山川基地，有着若干个庞大的区块，每个区块都有其组织机构。再就是跟外面的大型国企一样，基地内幼儿园、学校和医院都有，真可谓麻雀虽小，五脏俱全。

陆三水回到基地的时间也近一年了，连毗邻三区的材料区和电子区他都没有去过，就只去过八区。

"左老师说的依靠长风基地的帮助，我们要考虑。"陆三水说，"但现在时间很紧迫，我们还是要尽快把设计图搞出来，在制作的时候再去考虑材料问题。材料能否满足设计要求，需要在样机制作出来后看效果才知道。材料越好，肯定效果就越好。"

刚才，陆三水听左晨风说到近邻的长风基地，有芯片项目研究团队的时候，心就动了，但他没有喜形于色。

但接下来，陆三水有了一种莫名的自卑：长风基地这个航天基地恐怕不会搭理山川基地这个战略储备基地的。毕竟两个单位不属一个系统。长风基地归属B机部（航天工业）；山川基地归属A机部（兵器工业）。

在左晨风见到陆三水那张尚未完成的电路设计图时，他的声音比他平时说话时大了许多："这电路图好复杂！"

陆三水不过是走出校门不久的年轻人，能设计出如此复杂的电路图，让人觉得不可理解。

"这张电路图仅仅是设计中很小的一部分，要整个完成，还需时日。"陆三水说。接着他把手中的图纸放在了台桌上，抬起双眼看了看大家，然后轻叹一口气又说道，"现在西方对大规模集成电路小型化已在做研发，做出的小型处理器已容纳了上万个晶体管。按照现在的速度，他们很有可能在两年内推出能容纳了数万个以上晶体管的集成电路……"

陆三水没有条件借助计算机来辅助设计，只能够在图纸上设计电路并修改。这样的设计条件要想弄出性能更好的芯片来，非常难。基地的超级计算机他能使用吗？目前看来不可能。

"这电路图太复杂，我们看不懂……"另几名超级计算机维护人员实话实说。

陆三水已经用了十几张A2图纸，他说这只是整个电路设计的三分之一还不到。

"现在看不懂没关系，整个设计图纸出来后，我会跟大家讲解。你们现在见到的这部分都是逻辑电路，与基地正在用的那台超级计算机电路大同小异。我们不走大型计算机电路的路子，按小型计算机电路设计，目的就是让研究人员人手一台计算机。"

陆三水的这番话，使左晨风一众人没有了顾虑，认为与其在基地里闲着，还不如跟陆三水学点计算机方面的知识。

人事自主

　　"小陆啊，你看这样吧，"向远对又来到办公室的陆三水说，"我给你写个字条，再通知一下各区的负责人，你今后工作上有什么需要解决的事，包括用人方面，就直接去能解决问题的分区，找负责人就是了。近来你有事总是找我解决，我还怎么去开展工作啊？"

　　陆三水这段时间找向远要这要那的，或者要他跟分区领导打招呼，全力配合他正在研发的项目。

　　当然，假如换甘风华，向远只会是好言、好脾气地伺候着，而陆三水这个年轻人，他怎可能三五两头陪着他满基地跑？

　　山川基地有接近10平方公里的区域，面积也够大了。而向远是不能怠慢陆三水的，不然会引来甘风华那帮老头儿跟他没完。

　　"这样合适吗？向主任。"陆三水觉得向远在处理这件事上洒脱，放得很开，反倒觉得不合适。当然，他也清楚，向远给他的"手谕"，将使他在基地内办事变得极为畅顺。

　　"有什么不合适？你方便工作，我也方便工作就行。现在把人事调拨权限给你了，但你不能抽那些年龄较大的专家出来……"向远为了减少陆三水对他的打扰，干脆就让他在各分区寻找他负责项目所需的团队成员。他认为如此一来，陆三水就不会再来打扰他了。

"这……"陆三水简直没有想到向远会给他这样大的人事自主权。

"当然了，小陆，这是有条件的。黄明虎营长从北军区帮你要到研究经费，这你至少得分给基地一点吧？"向远说出了下放所谓人事权背后的交换条件。

"你说什么呢？他帮我要到研究经费？"陆三水说。

他双眼看着地面，若有所思：这黄明虎定是又想让我去搞什么别的东西吧？

"你这就不知道了。他昨天打了个电话回来，说他最快也要在后天上午才回得来。小陆同志，给你留下五分之四应该够了吧？"向远没以权压人。

向远明说要截留部分经费，陆三水有什么办法？他认为向远没有拦腰砍断，也算是讲点良心的。况且他给了自己很大的自主权，尤其是用人方面，仅就这个，他截去部分经费作为条件也还算说得过去。

陆三水多年轻呀，年轻就意味着资历浅，要想在基地里做点什么肯定是力不从心。然而现在有向远写的纸条，他基本可以顺畅行事了。

能按自己的意愿和想法去研发一些东西，陆三水认为是一件再好不过的事了。

拥有这样一笔研发经费，在那个年代也是一笔不菲的资金，搞一项研究也差不多够了。陆三水认为至于后续产品生产什么的，就不是自己该操心的了。基地的工人是国家发工资的，基地的材料是国家划拨供应的，在这样的情况下，还操心什么呢？

陆三水前脚离开向远的办公室，敬士才后脚就来到了这办公室门前，"砰砰砰"地敲响了开着的门，随即就往里走："向主任。"

"噢，老敬。"埋头看报纸的向远抬起头来，"那事联系得怎样了？"

敬士才坐在了对着向远的一把椅子上，脸上顿时出现浅笑："与省工业厅洽谈了。厅长对这事有些犹豫，可能认为我们不属他们管辖，把生产任务和订单下给我们显得不合适。不过，向主任如能出面，这问题应该能得到圆满解决……"

两人谈着的这件事，并不违反系统内部规定。

的确是这样，A机部并没有条款规定，说不允许山川基地利用其闲置的生产能力去帮助别的国企生产。在当时，国企存在着闲置和需求的矛盾，这矛盾十分突出尖锐。

这件事，本来是陆三水为了获得经费，唆使敬士才去找省工业部门的头儿派发点生产任务给山川基地，可现在却成了向远想要离开这里，得通过这个途径去搞经费做项目，以取得成绩的事了。

向远若是手中的经费充足，他也不至于要从陆三水的手中去截留来得很不容易的经费呀！

但这件事如能成功，他们的经费也就充足了。以后依靠这样的运作，就能持续地为基地提供充足的研究经费。

对陆三水获得这样实在的自主权，甘风华笑着对他说道："是一件大好的事情嘛，这下你就可以按自己的计划去搞项目研究了。"

当然，这还不仅仅是经费问题，对向远施加了压力，才是重要的。

陆三水从研发狙击步枪开始到现在，展现出的能力虽然还不是很多，却证明了其天赋绝不仅仅在这方面。当下，他已经开始涉足于计算机处理器的研发了。

鉴于此，如果把他当成一个普通人来培养，显然是不合适的。所以，他们决定要帮助陆三水争取更大的自主空间，要看看这个于数年间就在四所大学分别学习过空气动力学、电子学、机械工程学和材料学的年轻人，究竟能走到那一步。

陆三水这样的复合型人才，不管他走到哪一步，对国家的贡献来说，都是极其重要的。

而这样的事，都是在无声无息中进行着，陆三水根本就不清楚，或者说他是不知不觉的。

"这是件好事情，这我知道。不过我就是个出校门不久的年轻人，无资历，有多少人会把我当成一回事？"陆三水说。

最困扰陆三水的就是这个问题。一个人的资历十分重要，而年轻就意味着资历浅。而要用技术来征服他人，即获得他人的认可称道，除非你有超高的过人之处，否者是不可能的。

而做武器设计，从规律上和步骤上讲，即使研制过程中不出现一些羁绊，都是需要一个较长周期的。

"小陆啊，你放下心去做吧！"甘风华听陆三水诉说后，语重心长地说，"既然向远给了你自主权，那么基地里大部分人力资源你都可以调动，并且还能调动一些生产资料和某些紧缺的原材料。"

甘风华认为，陆三水这孩子做事小心翼翼，看来他没有想过利用他父亲的影响力在山川基地里得到重用，而是想以自己的聪明智慧和学识转化成业务成果来赢得大家的首肯。

这也就是甘风华跟他的那群同事十分看好陆三水的原因。

求援近邻

三区计算机研发室。

欧阳近一进门就直呼陆三水真难找。他在三区枪械设计室没找到陆三水，唐泰告诉他在这边，便一路问起过来。其实400多米的距离谈不上远，问题是一路上拐弯抹角。

"什么风把欧阳老师吹来了，您稀客呀，请坐！"

"小陆，你搞的计算机芯片设计完成没有？"欧阳近落座后问道。

"欧阳老师，您是空气动力学专家，也在研究计算机？"陆三水开口没有直接回答欧阳近的问话，而是向他发问，"集成电路微型化，我现在正头疼呢，左晨风他们也很头疼。要把这图纸要变成实物，看来很难啊！"

陆三水认为欧阳近专程上门问他计算机芯片设计方面的事，怕是知道他们正为难的事了，要帮助解决。

左晨风把一杯刚沏好的茶放在了欧阳近紧挨的桌上。

"我不懂计算机，可我知道谁懂。明天我们一道去长风基地，你记着把芯片设计图带上。"欧阳近这话令陆三水颇感意外。

"你看着我干什么？"欧阳近继续说道，"火箭弹的外壳已生产出来，下一步就是生产火箭弹试制品了。你不是提议并强调要做风洞实验

·151·

吗？这就只有找长风基地了，在那里负责风洞实验的是古明宇，你师兄啊！"

陆三水顿时悟出了欧阳近的打算。

说实在的，陆三水也没想到自己成了辛海阔院士的学生。

辛海阔院士，空气动力学家，火箭之王，中国载人航天的奠基人。

欧阳近的用意很明显，火箭弹做风洞实验，他认为陆三水向古明宇提出来，这事就一定成了。他的理由是，陆三水是辛老十分看重的学生，这小师弟的人情，古明宇总得买账吧！

"好的，我们准备一下。"陆三水点头回应道。

陆三水考虑到欧阳近这些长辈帮他搞出了好些"小玩意儿"设计，丰富了他设计的单兵作战装备，至少是提供了选择余地，他得领情感谢才说得过去。

"明天你也去。我想长风基地那边，有办法帮忙把芯片生产出来。我们没有这个条件干，就得找人干！"陆三水对左晨风说道。

此时左晨风正在试验，看怎样才能把陆三水设计的集成电路移到硅芯片上面去，成为有计算功能的芯片。

"一直以来，长风基地那边都不屑于跟我们来往。"左晨风这么说，是想提醒一下陆三水。

"没错。我们虽然不属同一个上级部门管辖，但都属于国防研究机构。他们能造导弹，我们基地同样也能造！"陆三水当然知道长风基地为什么不愿意跟山川基地来往。

长风基地门口有持枪警卫把守，不出示证件，就进不去。

"老甘，好久不见您来了，欢迎您！"其中一个收证件的警卫人员向甘风华打着招呼。另一位警卫人员就拨通了内部电话，通知管理委员会出来接人。甘风华等几人便在门口候着。

很快，大门口就出现了一位身材不高、头发花白、年龄与甘风华差不多的干部模样的人。

甘风华跟长风基地一些管理干部关系不错，可见他这在20年里没少到这边来。

"我这是无事不登三宝殿哪！"甘风华满脸笑容地跟这位干部模样的人握着手，"同志们，他就是我经常向你们提起的长风基地技术处的胡笑云胡总！"

"什么胡总胡总的，"胡笑云与甘风华握着手，对着陆三水等人说，"你们看我浮肿吗？哈哈……"。

然后胡笑云跟陆三水等人一一握手。

陆三水觉得这礼节不仅要去适应，而且还要会应用。

胡笑云的风趣做派一下就解除了宾主之间的陌生感。

"这位是欧阳近，这位是陆三水，这位是左晨风。他们都是我们山川基地优秀的技术人员。老胡啊，这次我们来，是有事相求啊！"甘风华把随行的几人介绍后，就说明了来意。

"你老甘来这里能没有事情？前次从我们这里拿走了合金铝板毫米控制技术，这次又来……嘿嘿，我说啊，我们私交归私交，这次我可做不了主喽！"胡笑云带着几人边往里走边说道。

说到这里，胡笑云打了个手势，把嘴凑到甘风华耳边，用只有相互才能听到的声音说道："你也知道，现在一切都在往正轨上走，不再是几年前那样的状况了，我们这边对这样的事可抓得很紧哪！"

"放心吧，老胡，我这次来，不是要从你手中拿走点什么，我们好多年的老关系了，哪能害你呢？我们那边现在也是在强调规范……"

胡笑云见进办公楼了，竖起一根指头，发出"嘘——"声，甘风华便中断了说话。

胡笑云一人一间办公室。

大家落座后，胡笑云掩上了房门。甘风华接着刚才的话说道："老胡啊，刚才我说到哪里了？噢对了，不会向你们要什么。是这样的，我们的陆三水同志对计算机处理器芯片，从上学到现在已研究多年了，在他老师的帮助和自己反复修改后，已完成了一款芯片设计。我们基地没有这方面的专业团队和芯片生产能力，我了解了，你们这边这两个方面都具备，且实力强大……"

甘风华很自然地把这次来的第一个目的说了出来，而且有意把胡笑云领导的团队夸奖了一番。但胡笑云没有回应，而是看向了甘风华刚才介绍的陆三水。

"你说的陆三水同志，就是这个年轻同志？"胡笑云又把目光从陆三水面部移向了甘风华，"我说老甘，你该不会是来洗刷我们的吧？计算机芯片这东西，我们这百十号人花了几年工夫，至今都还没弄出个名堂来，你们一个从学校出来不久的年轻人就真弄出来了？"胡笑云对甘风华的说法很不以为然。

胡笑云心想，要真是这样，我们现在就该讨论我们还活不活了？

无论是弹道导弹，还是用于发射卫星的运载火箭，都需要用计算机对运载火箭的飞行姿态进行控制。

然而在这方面，一直以来都是我们的短板。

虽然中国研发的超级计算机，已经广泛应用于各种研究，然而对于小型化的计算机芯片研发，却长时间没有进展。

B机部管辖的长风基地能研发出远程导弹和火箭，就是因为这些导弹和火箭的直径都很大，能够在制导和仪器舱里，装下相对小型化的计算机芯片组。

"别小看人哪！老胡，我可要跟你说了，当年你们这边刚搞长征运载火箭的时候，要不是我们那边的人向你们提供了一些技术支持，你们怕没有这么快就搞出来了吧？"甘风华认为这些不说，更待何时。

甘风华代表求人的一方，现在的确没办法直接向胡笑云提出他们有东西必须得做风洞实验，只能先迂回地说出长风基地急需要的东西，好坐下来谈。

"老胡，我是极为认真的，小伙子设计的这款芯片，我们那边也有专家分析过，如果制造出来，它的效率和功能远比目前你们使用的更高更强，会使火箭和导弹射程大幅度提高；再就是一次性携带的卫星将会更多，进入预定的轨道也会更可靠……"

"你们有专家？"胡笑云一脸诧异，"山川基地不是主要搞材料研究和枪炮研究吗？怎么又有计算机专家了？"

"时代在发展嘛，企业和个人不也得与时俱进不是？"甘风华不解释，只是笑着说道。

"行吧！老伙计啊，"胡笑云说道："计算机团队我们倒是有，但愿你不是来忽悠我们的！说实话，我也不怕你笑，我这个副总工程师，好些人就觉得名不正言不顺呢。"

"老胡，你放心好了！把你们最顶级的专家都找来，我要告诉他们，技术这个行当总是长江后浪推前浪，别一副眼睛长在头顶上，瞧不起人。"甘风华这话像是在帮胡笑云说那些小看他的人，又像是在指责胡笑云团队的人不懂新人胜旧人的规律。

上面下达了不少研究计划到长风基地，为此还特地把一批有能力的技术人员充实到他们队伍中去。这些技术人员，都是动荡时期毕业的大学生。

"老甘，你们再坐一下，喝点水，"胡笑云立起身来，"我给计算机研究中心去个电话，他们也好安排一下，然后我们再过去。"

估计是因为保密的问题，胡笑云没直接把几人带到计算机研究中心去。

等了好一阵后，胡笑云才回到办公室，告诉甘风华一行都安排好了。

几人跟着胡笑云往纵深走。也没走多远，就看到一幢5层楼房，大门口外墙上挂着"计算机研究中心"的牌子。

陆三水没想到在这个年代，国家已经启动了计算机研究。

但在这大山里面，技术研究条件能有多好呢？

甘风华一行进入会议室时，已有多名专家落座在等待开会了。

"老甘，这几位就是计算机研究中心芯片项目小组的专家，我来逐一介绍一下……"胡笑云进入会议室，还没走到自己的座位旁，就止步说道。

在甘风华把随行的几人也作了介绍后，胡笑云说："老甘，你们的宝贝东西一会儿就可以示人了，让我们开开眼界！我先说两句，你看好不好？"

甘风华觉得胡笑云后面一句话有点滑稽，还把自己当客人了，笑了笑便说："我才是客人呢，客随主便！"

胡笑云笑着说了一句"在革命大家庭里都是主人"的话后，说道："同志们，刚才在我办公室，老甘同志说他们年轻的技术人员刚完成了一款芯片设计，不仅体型极小，强大的功能远远超过了现在正使用的芯片。但他们没有生产设备，希望我们帮忙解决这个难题……"

胡笑云的话语引起了几位计算机专家的笑声，他只好中断说话，片刻后又说道："大家别笑。甘主任可是说了，这款芯片会告诉大家一个道理，就是长江后浪推前浪……"

听胡笑云讲话，甘风华面部起初还很放松，可听着听着，面部就绷紧了：你胡笑云这么说话不仅仅是走偏，更是一开始就在挑战这些专家。

"眼下的年轻人一走出校门，就在放卫星，他们也真敢呀！"一位满头银发的专家板起脸说。

"我们科技工作者，就得有这样的勇气，不过应立足于自身扎实的基础上……"这位专家的话既在鼓励，又是在怀疑。

"我不想说什么，就说一句话：科学是来不得半点虚伪的。"这位专家的表情很严肃。

"各位，我觉得看看设计图后，再下定论也不迟。我们的确在这个领域搞了很多年，但不代表就很专业，就有了收获。年轻人的思维我们不能低估……"发言的专家是个中年人。

他的话让同行看他的目光有了异样。

陆三水没有想到，在这个计算机研究中心还有人帮他说话，内心一下就热了，就站了起来，对着那位中年专家说："学生陆三水，敢问老师尊姓大名！"

"小陆同志，我叫上官江河。"中年人微笑着说。

陆三水听到这个名字，一下就激动起来："您就是上官老师？我知道您的名字！"

"小陆同志，请坐下！"上官江河打着手势，"今后在这方面可以多交流。你很年轻，会更有作为！"

上官江河是国内计算机领域里最富有经验的计算机专家之一。遗憾的是他的道路走得很坎坷。他早在8年前组织过"华芯"研究，但最终因为研发资金链断裂导致失败。

他本有机会为国家开发出计算机体系，却因一些人认为开发时间长、成本高，不如技术引进便捷而最终失去了机会。他甚至从一个有影响力的计算机软件开发公司副总，跌落为一个计算机研究员。那家公司也是因为资金出了问题而倒闭。

令陆三水意外的是，上官江河应该是在科学院计算机技术研究所里从事研究工作，比如说从事自动测试系统等方面的研究，却怎么来到了隐名的长风基地"计算机研究中心"？

"行了行了！我说老胡，你这是唱的哪一出啊？还没开始，你就把战火点燃了！"甘风华根本没想到胡笑云会这样干，这使得他心里偷着乐，但脸上却要装出不满意状来。

"老甘，明眼人都看得出你们是来'踢场子'的，我们不认真对待还会怎样呢？"胡笑云嚼瑟地说道，"更何况，也只有这样，在座的才会很认真地挑出设计里的不足，这对你们去完善设计不是非常有益吗？这样说来，你们还应该感谢我才是啊！"

"既然胡总都说了要认真对待，小陆，我们还有什么理由藏着掖着呢？就把你的设计图纸拿出来给各位专家瞧瞧！"甘风华的脾气是不怎么发的，而一旦发起来也是很火爆的。

甘风华认为，这些尾巴都翘上天的狂人，不对他们实施一点打击，看来是不行了。

胡笑云叫来参加这个会的计算机专家，在他讲话时，他们就在说笑着聊天，像在参加一个茶话会似的，完全无视山川基地人员的存在。

"左哥，麻烦你一下，用图钉把那设计图钉在黑板上。"要尽可能全面展示设计，就得一点点地讲解。

左晨风很快就把一张A0图纸固定在了黑板上。那些还在低声讨论、不时向着甘风华、陆三水等几人望去的老专家，见到黑板上的设计图后，其脸上的笑容顿时就收敛了。

求援近邻

这印证了"外行看热闹，内行看门道"的说法。

设计图上线条、各种图形符号密密麻麻的，但标注得非常清楚。

"这是新一代集成电路处理器设计图。为了提高芯片处理数据的能力，共汇聚了19000个晶体管和电阻元件……TTL（生存时间）与非门逻辑电路的设计，将汇聚的若干晶体管和电阻元件形成的电路系统，制造在很小一块硅片上，形成一个独立的元件。一个逻辑门含20只晶体管……这是设计总成图，没有把细小部分逐一显示出来……"

专家们听着讲解，无法想象陆三水是怎样设计出如此复杂的电路图的。

"这属于超大规模集成电路，国内尚未有过。"刚才对陆三水很友善的上官江河惊诧得站了起来。

这种超大规模集成电路，可用于国防领域的多个方面，它的作用实在太大了。

"小陆同志，这种超大规模集成电路要做到小型化十分不易，把它制造出来非常困难。"

"这在设计时，我已考虑到了。它不再需要小型化，制造出来的成品，也就成人手掌的三分之二大小。"陆三水胸有成竹地回应道，"这还需要小型化吗？这种尺寸，国内是有能力生产的。"

在晶体管数量上，尽管不能与英特尔的8086芯片相比，但陆三水的优化设计，使其性能将高出8086芯片至少一倍以上。

这可能吗？在座专家除了上官江河，脸上都写满怀疑。

上官江河上去指着图纸："这方面，将如何去实现？"

专家们尽管怀疑，但这全新的设计，对他们的吸引力却是非常大的。

"分层。"陆三水回答着上官江河提出的问题，"这张图上显示的每一层，它是整个电路系统的一个区域，连接起来后也互不干扰。正如楼房一样，每个房间通过走廊和楼梯有了连接关系，但相互是独立的。"

"这图上的设计要真的变成了成品，我还就是白活了！"最先讥笑陆三水的那位老专家很失落地说道。

是啊，他们在这个领域努力了大半辈子，一个年轻人仅用几年时间就出了令他们眼前一亮的成果。

甘风华这时见胡笑云他们无话可说了，便小声对陆三水说道："叫他们嘚瑟，现在无声了！欸，你说实话，这设计，目前国内能制造出来吗？"

"当然可以制造出来。"陆三水说，"这个芯片处理器，不仅可作用于运载火箭飞行姿态的掌控，对火箭内部电路的控制也是可行的。总之，这个设计只是一个普遍基础的原始形态。对于它在其他方面运用的研究，因时间关系，我没来得及做，现在也没有去做的打算。我倒是希望能尽快生产出来，以便利用这个处理器设计出小型的个人计算机。有了小型计算机后，就好用它来辅助任何项目设计了。"

陆三水是有雄心壮志的。他是想搞出一些能强化国家安全，让外敌不敢侵犯的装备来；然后再去对国内整个工业体系作出引导，并再用数十年时间来促进这个体系不断向前发展。

陆三水认为，现在不管是否影响到他所在单位山川基地的面子，国家都应该尽快地崛起于这个蓝色的星球，那么就不能让甘风华此时再嘚瑟了。不然到了双方矛盾变得尖锐，结了"仇怨"，以后还怎么去跟长风基地谈合作事宜？

于是他对着甘风华使了个眼色，暗示他别嘚瑟。见甘风华没有领会，他便走到他面前，在他耳旁动着嘴："甘叔叔，见好就收。我们下一步还想搞近程导弹，再往后还想搞中程弹道导弹呢，得罪了长风基地的人，怎么要求他们支持？还谈什么合作？"

陆三水设计的芯片横空出世，对于国家科技体系能有多大的促进，可以作出一些预见。但仅仅一枚芯片，是不可能让国家获得迅猛发展的。

"我们来到长风基地，就是来寻求计算机专家们的支持。"陆三水在给对方铺设台阶，"当然，我们这个设计，不能说是完美无缺，恰恰还有不少缺陷。当然，它也有着极大的发展前景。我们在此恳请各位前辈，帮助我们获得更广泛的运用技术……"

"嗯，专家同志们，小陆同志刚才说了，这个设计还存在'不少缺陷'。"胡笑云见到陆三水铺设的台阶，就连忙踏着往下走了，"这几天大家手上的事都不是很多，就抽点时间帮助优化一下。这个嘛，与我们共同的革命目标是一致的，大家都是在为科技发展添砖加瓦嘛，啊！”

“实在过意不去，给各位前辈添麻烦了！”陆三水作出90度躬身。

“小陆同志，你对设计讲述得够详细了，但我还有一些疑惑的地方，你看能否再具体解释一下？”上官江河对于陆三水的设计兴趣很浓。

上官江河完全没有想到陆三水的设计会是天马行空。这就给他以启发，突破窠臼，可能是获得成功的前提。成功看似意外，其实含有必然因素。

这些老专家经验丰富，但思想僵化，导致缺乏创新意识，所以在做设计时，只能在原地打转，这就难以推出与时俱进的新东西。

因此，上官江河来到这里已数月了，仍无法与这些老专家们融洽相处。

“上官，已到中午饭点时间了，我们先请山川基地的同志吃饭，吃了饭后再继续讨论。”胡笑云认为到了饭点，就得讲待客之道。

胡笑云可不是那种输不起的人。胜败乃兵家常事。这一局你甘风华是赢了，可来日方长，以后有的是扳回来的机会。

“老胡啊，我们大家都是认识多年的同志了，”甘风华走到胡笑云身边，拍了拍他的肩背说道，“我们共同的目标都是为科技事业输送强有力的装备，哪有什么踢场子的事？何况我们不是一个系统的，就把这看成是一种技术交流，不是很好吗？”

此时，甘风华有过的憋屈荡然无存。想着将来长风基地有些机构会成为他们的辅助部门，就觉得太爽了。

“甘叔叔，你得想办法尽快把上官江河弄到我们基地来，估计他待在长风基地也很不自在。我认为他对我们的计算机项目会有很大作用……”陆三水小声对甘风华说道。

且不说上官江河是不是国内早期小型计算机方面的核心人物，但从目前他的经历和成果来看，他算得上这个领域的领军人物。他要到了山川基地，计算机生产就将成为基地的第三产业了，这将解决基地研究经费严重不足的问题，将来就不用到处跑经费了。

"小陆，基地人员的调配，一直以来都是上级部门考虑的事，基地还没有过要求调人的先例，何况他万一不可靠，基地所有的情况不就都暴露了？"甘风华眉头成了川字形。

调人这样的事，在那个年代是非常麻烦的，得打书面报告给上级，A机部相关负责人还得跟B机部有关部门沟通，调出单位还得找被调人员谈话。

"即使再麻烦都得把他调过来。甘叔叔，我们要变被动为主动，只有在起用人才方面想办法，才能研发出上乘的武器装备来。像上官江河这样的中青年科技人才，是一个企业的财富。"陆三水对甘风华晓之以理。

"好吧，我去想办法。"甘风华身边有陆三水这样的人才，使他懂得人才对于企业发展的重要性。他突然觉得有话要提醒陆三水，"对了，你暂时不要急着把设计全部透露给他们。我们的目的是要他们帮助，而不是向他们送礼；否则，你的设计可能会被他们抢了头功。你得记住啊！"

长风基地的资金充沛，物资供应比山川基地丰富。食堂里的各种菜品价格，让左晨风羡慕不已。

"要是一家三口，打一个荤菜，两个素菜也就够了。一顿伙食成本每人才投了不到3毛钱，一月下来也就10来块钱。"左晨风说。

"小左，你咋就不想想我们基地好多东西都是免费发放的呢？也就是一些特别的菜花点钱，其他的你花了钱吗？"甘风华用筷头在左晨风脑袋上敲了一下，"你说这话要是别人听见了，就不好了！"

"老甘啊，别打肿脸充胖官了。在八大机械部里，公认的，也就我们B机部的各种供应最充沛。而且更重视年轻人的发展，小陆、小左，你们如果有兴趣来我们航天企业作贡献，工作调令我去跑，你们看如何？"胡笑云听到左晨风的话，见缝插针般地说道。

"我说老胡，你明知他俩是山川基地的人，却这样公开挖人墙脚，恐怕不妥吧？"甘风华瞪了左晨风一眼。

"哎哟喂，我说老甘啊，你狭隘了不是？什么你的人我的人，大家都在为科技事业作贡献，大家就都是国家的人。在哪个地方、哪个岗位工作，不都是在为国家、为科技事业贡献力量？"胡笑云挂着一脸笑，得意地说道。

"胡总，我在此由衷谢谢您的好意！"陆三水说，"可我早已习惯了山川基地的工作环境。虽然山川基地不及你们长风基地的科研条件好，技术力量也没有你们强大，但我认为正是这样，山川基地对于年轻人来说，施展才能的机会才更多些。的确在不同的岗位都是为国家作贡献，然而不同的岗位贡献是不一致的，而我希望用有限的生命，为国家作出更多的贡献。"

陆三水这番话，使胡笑云脸上的笑意在逐渐收敛。

长风基地这边论资排辈风气盛行，新到企业的年轻人会安排做一些杂事，即使是分来的大学生，也会有专业不对口的情况出现。而山川基地这边，如在甘风华手下做事，只要有能力，年长年轻的都可以独立主持研发项目。

其实胡笑云也知道，像计算机研究中心的那些老专家，就是在排挤比他们年轻、又初来乍到上官江河。如果分一个计算机专业的研究生去那里，中心主任安排他去做杂事，就完全有可能。那些专家自恃学术高、经验丰富，还资深。

左晨风听了陆三水所说的，还能说什么呢？就解释自己也就随口一说，并说自己很适应基地的工作。

这时甘风华的老脸上又泛起了笑容。

"大家趁热吃啊，这饭菜冷了就不好了。"胡笑云没把刚才几人说的话放在心里，而是尽着主人的礼节，"今天你们来得巧，正好有昨天才运来的海产品……"

这饭菜确实非常丰富。陆三水认为在物资供应上，B机部的确比A机部做得好些。海货、肉类和新鲜蔬菜一大桌，他美美地饱餐了一顿。

见胡笑云拿着饭碗起身舀汤去了，很少说话的欧阳近朝着甘风华小声说道："这长风基地，咋那么拽哟？"

欧阳近担心胡笑云一旦起了心，陆三水可能真被他挖走了。若真成了现实，他和陆三水一些关于未来的想法都将落空。

已放下碗的甘风华小声向他示意，要他不说这些。

午饭后，欧阳近向胡笑云提出，希望跟负责风洞实验的古明宇见上一面。与此同时，他也把此次来的第二个目的对胡笑云说了，希望在长风基地的帮助下，做新设计的火箭弹风洞实验。

这个实验的目的是取得飞行数据，进而对火箭弹外形设计作出修改。

长风基地的每个研究所都有自己的研究项目，没有闲着的时候。虽然胡笑云认为给火箭弹做风洞实验是扯淡，但他没有因此奚落对方。看来他是吸取了上午的教训，除了表示同意并带他们过去，没有对这事发表一点看法。

"小陆，你该去计算机研究中心讨论你设计的芯片呀？"胡笑云见陆三水跟着往山里走，感到诧异。

陆三水正要回应，甘风华就已开腔了："小陆是我们重点培养的技术人员，也是这个项目组的重要成员。"

"好啊，客观规律就是后浪推前浪。但就是说不清你们这些前浪会在什么地方被拍死！"胡笑云笑着冲甘风华冒出这么两句，就没再说什么。但他认为，这小陆绝对是一个有非常背景的关系户。

在八大机械部里，关系户不在少数，多了去了。年轻时就先在一线积累资历，一旦功劳簿有记载了，上升的通道也就开启了。

"这世界终究是年轻人的。我们这些正走向老迈的人，就要舍得屁股下面的位置，不能去阻挡年轻人发挥技术才能和领导才干；否则，这是对国家、对民族的犯罪。"甘风华也笑眯眯地回应道。

两人有联系也这么多年了，说明关系还是不错的。可是从上午见面开始，双方说话都在挤兑对方。

欧阳近和陆三水都不希望他们这样。欧阳近想要劝说一下，又不知怎样劝起。陆三水倒是已给甘风华说过道理并劝过他了，就不想再说什么。

到了风洞实验室，胡笑云叫甘风华一行在休息室稍坐，他径直去了古明宇办公室。他向古明宇讲明了A机部下属一个武器研究基地的几位专家，已经来到，希望借用风洞做火箭弹飞行模拟实验。

"什么？他们拿火箭弹头来做风洞实验？这不是鬼扯吗？胡总，我们实验忙得一个接一个，您是知道的？实验计划连明年都排满了。"

古明宇是风洞测试的负责人。他已过40岁，大块头，一脸络腮胡，双眼布满了血丝，头发显然没有很好地梳理过。

古明宇对此很不情愿："胡总，你也知道，这火箭弹头可不是导弹，射程远一点的也就百来公里，讲的是覆盖取胜，做风洞测试有必要吗？"

胡笑云同意古明宇的说法，出于礼节考虑，却想让他去到休息室跟他们见见面，并说出自己对这事的看法。古明宇倒是爽快地同意了。

胡笑云把双方作了介绍后，古明宇作为这里的主人倒是说了几句得体的客套话，然后就说他们今明两年的测试任务都排得满满的了。但接下来他还是说道："兄弟单位山川基地若是需做导弹风洞测试，尽管我们任务很重，时间很紧，也会做出必要安排的。但据我们了解，兄弟单位要做的是火箭弹飞行测试，我认为这就没必要了。为什么这样说，我想各位专家是懂得的……"

古明宇还说了些令甘风华他们感到不痒不痛的话，就转身离开了。

"小陆啊，你们老师带出了那么多学生，大概区别不是很大吧？你们是其中的两个，难道辛老师告诉过你们，他搞出的这些风洞，就只是为了给导弹及火箭做实验？这些耗费国家资金建的实验室就只能用于某个单位，不允许别的单位借用？"欧阳近见古明宇转身离去，一声叹气后，大声对陆三水说道。

听到欧阳近说话中提及辛老师和他的学生，以及他建造的这些风洞，古明宇止住了脚步，他转过身来直视陆三水："你真是辛老师的学生？"

辛老师的学生，不是谁都称得上的。只有跟着他并获得过他的指点，才能称得上是他学生。从现有的资料来看，称得上辛老师的学生的人不是太多。

"前两年有幸在辛老身边跟他学过空气动力学，在这方面打下了很好的基础。可在一定场合，辛老没有对人介绍我是他的学生……"陆三水说道。后一句是他胡诌的。

在空气动力学方面，陆三水可谓辛老的得意学生，只不过没有向外界公布。

"你是陆三水？"古明宇露出惊讶之色。

如果真是陆三水，他就得重视这个年轻人了。因为辛老师在与他的书信来往中曾告诉过他，他有一个叫陆三水的师弟已去到四川西昌大凉山，希望他给予关照。

"我是。"陆三水很平静地应答，不见他有丝毫兴奋。

按理说，陆三水正希望古明宇答应他们做风洞试验一事，有了这层关系就应该向他套近乎，可他就不。这就是陆三水性格中的一面。

"老师曾在信中刻意介绍过你，说你很年轻，要我多多照顾。我还以为你分到长风基地呢，不想你在紧挨着的山川基地……"古明宇的态度突然就发生了极大转变。

陆三水心里酝酿着怎样称呼古明宇，同出辛老师名下，称"老师"显然不合适；但从年龄上看，他也算一个前辈了。他心里有底了。

"前辈，您好！……"陆三水决定先给古明宇打个招呼，把自己担任的工作介绍下，至于下面会出现怎样的情形，再做出针对性地应对。

古明宇立即打断了陆三水的话："可别叫我前辈，若老师知道了，会惩治我的。我知道，你是老师最得意的学生了，尽管你只跟他学了一年，但他认为你在空气动力学方面的基础比其他人打得更扎实。这就说明你的天赋和悟性高出了一般人。还真没有想到，在这样的场合与你见面。"

"师兄过奖了，我没什么天赋，只不过舍得投入时间而已……"陆三水说。甘风华、欧阳近和胡笑云这三个老头此时神情复杂，再重新打量自己，就有些后悔不该到这里来。

甘风华和欧阳近的心思，是可以想见的，他们真的怕山川基地会少了陆三水，也在反省今天该不该来到这长风基地。

至于胡笑云，不必多说，一开始他就想着怎样把陆三水挖到长风基地来。现在弄清了他的身份，了解了他能力，胡笑云更不会轻易放过他了。

"师弟就别谦虚了，"古明宇说，"我估计爱护学生就像爱护自己眼睛一样的辛老师，给他在山里的学生都写过信，只是没有谁晓得你在哪个单位。对了，你们设计的火箭弹，你为什么认为需做空气动力实验？是因为射程非常远吗？"

虽然这两人在这之前互为陌路，但有了辛老师这一纽带般的关系，他们一下就拉近了距离，不值得大惊小怪。

"这是什么？这明明就是导弹嘛，哪是什么火箭弹？"一众人进入到古明宇的办公室之后，甘风华拿出火箭弹外形图纸，展开在了办公桌上。古明宇扫了一眼后的惊呼，使大家无语。胡笑云的反应却更大。

在这个隐名的航天基地，不管所学专业是否与导弹有关，但对于火箭与导弹的外部形态，大家还是很清楚的。尤其是那两组起稳定飞行姿态作用的翼片，只可能在导弹的外形上出现。

胡笑云："老甘，你确定你们设计的是火箭弹，而不是导弹？"

"确定呀！"甘风华毫不犹疑、语气肯定地说，"我搞这个专业几十年了，导弹跟火箭弹，我还分不清楚吗？这是多大的笑话！"

"……"胡笑云失语了。

"师兄，这是火箭弹没错，它的最低射程也在一定距离，不过这是设计的射程，需要试制后做实验。"陆三水见古明宇疑惑的眼光和发问，就面带笑容给他解释道，"您也清楚，因它飞得远，做出这样的设计，就会使空气阻力大大降低，使它的飞行姿态更加稳定。射程近的火箭弹不用这样设计。但对射程比较远的，如不考虑空气阻力因素，不去做出这样的设计，最终弹着点的偏移，就可能大出数公里，这就远远偏离了要打击的目标。"

空气动力对于飞行器的影响是极大的，正因为要把这个负面影响降低到一个很小的程度，使飞行姿态稳定，所以风洞试验的存在就显得十分必要。

任何飞行器的设计，都必须考虑空气动力对它的负面影响，所以必须在实物测试中不断改进设计，最终才能使其飞行姿态更加稳定。

"辛老师的慧眼没有看错你。你思维比我们的思维更奔放，触及更辽远，更不受框框束缚。想来也是，火箭弹也好，导弹也罢，或者卫星，或者飞船，都没有一成不变的外形，能获得稳定的飞行，就应该具备更好的外形。"对此，古明宇豁然开朗，发出一番感慨。

陆三水听古明宇当着这样多人夸自己，觉得别扭。心想，我们更关心的是，你古明宇帮不帮助做风洞试验得有个明确的表态。于是便直截了当对古明宇说："师兄，你看这弹头要飞这么远，这样的外形设计，最终弹着点偏离是否在正常范围内，是否该做测试呢？"

古明宇知道今天暂且不认这个师弟，这实验他表态不做也就不做了。既然主动去认了，陆三水所说也在理，现在又把自己抵到了墙角，要求必须作出是与否的表态，那还有什么可说的呢？

"小师弟，这测试我可以给你们排上计划，但得等候一段时间才能进行，我们正在做的风洞实验，是一个极为重要的导弹模拟飞行实验，已经积累了一些数据。"

这个实验，肯定是不能停下来的。

古明宇既然让陆三水他们把试验项目和技术要求给他，就说明他会认真做这事的。各个项目的试验，都需要获取数据的。实验的风速是多少，对高速飞行中的火箭弹有怎样的影响等，在获取的数据中会反映出来。

"今晚我要好好招待你们一下！"古明宇对陆三水说。

"我们那边事情多，一会儿我们就要赶回去。尽是山路，摸黑可不好走。"甘风华赶在陆三水前面接过了话。

陆三水感到纳闷，出来前不是说了要在这里待上几天吗？洗漱用具都带了，怎么当天又要回去了？

"那好，隔得不远，又还有技术合作，还有机会的。"古明宇没有挽留。

又立项目

YOULIXIANGMU

　　向远与敬士才两人近段时间多半在外。他们在成都市轻工局的引荐下，在市属和区属企业弄到不少加工订单，让沉寂多年的山川基地充满了生机，尤其是三区机械加工车间机器昼夜轰鸣。

　　不仅如此，经成都市轻工局牵线搭桥，山川基地还与成都金沙民用电器厂达成了共同出资、山川基地出技术、该厂出场地出人，建生产线生产电热水器的意向。

　　山川基地中层干部和技术骨干会在机关会议室进行。

　　主持人向远说："今天上午这个会，主旨是要树立大家对企业的信心……下面请甘副主任讲话。"

　　"同志们，眼下，火箭弹项目已告一段落，在即将进行试制的时候，向远主任和敬主任又在成都市轻工局的支持下，为基地跑来了一些加工订单，并与成都金沙区一家企业就合资生产电热水器达成了意向性协议。这都是好事啊！有事情干，职工才有福利，企业才有项目研究经费，效益好了，才能给职工涨工资。所以，各部门、各分区都要发挥主观能动性，不要把自己闲起来。下一步，在奖金分配上，我们要跟生产效益挂钩……"

　　向远的确很急呀！这倒不是为国家所急，而是他不想在山川基地待太长的时间。

一开始他就把基地当成一个跳板。他也知道，如果没有做出成绩来，要想再回到在北京的部机关是不可能的。不然，他哪有心情去跑什么外协订单，去向地方工业部门申请生产任务。

至于山川基地职工的福利、生活水平怎样，他认为跟自己没什么关系。

"甘副主任所说的，我都赞同。"向远说，"企业有了资金，有了研发项目的经费，才能形成发展的良性循环。"

"的确，自我们严格质量管理以来，企业很是受益。"向远微笑着看向陆三水，插话道，"对于我们高质高效地生产，成都轻工局的领导给予了褒扬，希望我们到一些市属和区属企业介绍经验。我就准备会后与小陆同志谈这事，让你到一些企业作报告呢。"

"向主任，介绍企业质管经验是好事啊！宣传干部写成经验材料，他们也可以去讲嘛！你看我这三个月内的工作日程都排满了。"陆三水拿起桌上的工作笔记本扬了扬。

甘凤华听到向远让陆三水放下工作，去成都市属和区属企业传经送宝的话，立马就表示了看法："小陆同志哪有时间去做报告！主任哪，我说这报告你去作更合适。你想想，我们在企业内实行'质量控制体系'，不是你的大力支持，在外大力宣传，怎能取得这样好的成绩？同志们，是不是啊？"

其实像向远这样不懂业务的企业领导，去作这类报告，未免不是一件好事。一来把企业好的管理经验宣传出去了，二来免得他在企业里指手画脚，给工作造成负面影响。

"是呀，主任，作报告应该你去。小陆同志毕竟太年轻了，给他这样高的荣誉，他容易滋生骄傲情绪。"欧阳近也在一旁敲边鼓。

中层干部们对此都表示支持。

"这恐怕不好吧！毕竟在企业内实行'质量控制体系'是小陆同志提出来的，标准也是他制定的。"向远有些难为情地说道。

"向主任，没事的。既然这套东西有用，在成都乃至全国推广就更好了，这样一来，就会减少国家很多损失。我还很年轻，今后还有机会的。"陆三水心情有些复杂。

回到宿舍后，纪浩、骆华强和唐泰都在打听这次会议情况。陆三水没有丝毫透露，还呵斥了他们几句。之后又对他们说，基地里的事，知道得越多，对自己杀伤力越大。

其实散会后，甘风华就郑重警告了陆三水："你现在可以调看基地的资料，不时会参加一些会议，基地内部的情况和研究项目，只能沉在心底。我可警告你，基地里隐蔽的反间谍机构人员无处不在。好自为之吧！"

陆三水深感甘风华对自己的关爱，一个90度躬身："谢谢甘叔叔的提醒，以及对我的爱护！"

甘风华同时也对陆三水说，间谍要在基地里生存是一件很难的事，因此不是说在基地里说了不该说的事就会被处理，但守口如瓶是这个特殊行业里每个职工的本分。而这里的某个人一旦面临审查，他遭遇很大的麻烦就不用说了。

活动在基地里的反间谍人员，公开身份可能是工作极普通的一名职工，或者是各级领导层中的一员。基地内部事务他们不会干预，只做眼线分内的事。他们的上级是国家安全部门的某个人，只有这唯一的纵向联系，没有横向联系。

丰珊做的饭菜好吃，是不容置疑的。

一直以来都在食堂打饭吃的陆三水、纪浩、骆华强和唐泰，这段时间用粮票、肉票和其他食品票证买来东西，在丰天翔家搭伙。丰珊本来就没什么事可做，做着好几人的午饭和晚饭也算有事可做了。

丰天翔几岁的龙凤胎儿女，在他审查结束之后，就安排到了三区内部的学校上学。而对丰珊的工作问题，向远直接要求敬士才安排解决。

对于一个没读什么书的女孩子，敬士才认为只能在三区内安排个不怎么需要文化的岗位。

周日天气很好，阳光柔和。甘风华和陆三水在基地外的河边垂钓。

"甘叔叔，这个研发项目说起简单，做起来异常困难。因不同功能的防空导弹和反装甲导弹毕竟隔得太远。从节约经费角度出发，我们只有考虑用大规模的制造数量来降低生产成本，同时摊薄研究费用，并巧妙而有效地把二者融入一起。"陆三水心思没在钓鱼上。

"小陆啊，难得周日放松一下，你又说到项目上的事。"甘风华说，"你说的这个大家都很清楚。我们做过的研究项目，都遭遇过困难，从没有过一蹴而就的。"

什么"大家都很清楚"？陆三水不满意甘风华这个说法，心里说"你清楚吗？"他不想再跟他多说什么。

陆三水目光不经意触及水面，见6颗浮漂全浮了上来，就把钓竿往上抬，感觉很轻，就干脆把整个钓鱼线提出了水面。接着他在已经露出倒须的钓钩上穿上一条活着的蚯蚓，又把钓鱼线抛入了河中。

新来女孩

XINLAINVHAI

周一上午，向远办公室。

"小陆同志，你作为制导项目的负责人，技术方面存在困难，你是主导解决困难的人。"向远说，"我们能够做的，就是后勤保障方面的事。这方面你尽可放心好了。"

"另外我要提出的，是与这个项目相关的问题。"陆三水说，"这不是向各位领导诉苦，是希望领导帮我们解决一些关键技术方面的人员问题。在计算机这方面，我们需要长风基地计算机研究中心的上官江河，看怎么调来还是借来，领导们要考虑。对于曙光厂，是向上面申请调他们有关专家过来，还是请求他们在这方面给予技术协助？请领导们去斟酌。"

"上官江河？没有听说过这个人呀。"向远眉头一皱，就去问身旁的甘风华。在附近几个国防基地里较知名的技术人员，向远倒是知道。

"他是从B机部的另一个单位刚调入长风基地的计算机人才，但很不得志，计算机研究中心都是些老同志……"甘风华把上官江河的大致情况作了介绍。

这样的事，是挖人墙脚，是得罪人的。甘风华要在基地里待一辈子，去干这事，他可有些不情愿。

向远只是这里的过客，就算得罪了谁也无所谓。何况他是"空降"来基地的，有一定的背景。当然，这类事必须上级部门出面进行协调，他能做的是如实反映情况，代表山川基地提出申请。

这不，向远开口了："没问题，这事就由我来担负。如果伸手要他们的总工或副总工，我不敢作出保证，要一个普通的技术人员，绝不是什么问题。曙光厂那边，我先问问，可能的话，就调剂几名技术人员过来。他们也是在为科技发展输送人才嘛……"

向远这话说得轻松，在座的都笑了起来。

"单兵导弹这个项目是我们拟定的，不是很迫切。我想在这些技术人员没有就位前，我还是去弄那些已签约的还没善后的枪械……"陆三水说。

"那些工作的确需要善始善终，军队的事很严谨。"甘风华说，"另外，你看看你带的那三人，你认为他们还行的话，就着重往这方面培养吧。这么多年，上面没给基地分配专业人员来，断层已开始显现。但要向上面要人，就必须做出成绩来。要知道，我们山川基地只是一个战略储备基地，不是部里的核心基地或生产基地……"

甘风华也意识到了，要搞大项目，缺少某些专业人员，的确是个大问题。像单兵导弹这个项目，你把缺乏专业技术人员的某个子项目拿出去，找某些专业机构协作，就会有副作用。不说为了项目获得成功，就只为了保守基地的秘密，也不能走那条路子。当然，这就意味着这个项目严重受阻，最终还得联系系统内的专业机构帮助解决。但自己有这方面的专业人员该多好呢。

陆三水从向远办公室出来，就径直往设计室走。

骆华强、唐泰两人正跟一个背影娇小玲珑、扎着一条大辫子的女孩说这话，见陆三水回来，话声戛然而止。

女孩听到身后的脚步声，便转过身来。陆三水很惊诧，竟然是丰珊。

三区在安排丰珊的工作，陆三水知道这事。八区距离这边有很远的路，一个女孩在对基地路途不熟悉的情况下，很可能闯入禁区，给自身带来危险。给丰珊安排工作，可看成是基地对丰天翔蒙冤落难的一种补偿。

然而在陆三水看来，不管什么情况，这设计室都不是她工作的地方。

"我……我……"丰珊见陆三水板着脸，就避开了他的目光。她一脸绯红，低着头，只顾用双手捏着大辫子末端的发梢。

"师傅，敬主任安排丰珊同志到我们设计室学习。"骆华强知道陆三水心里在想什么，也因这个生气。这间屋子，是设计武器装备的场所，虽然设计的都是些轻武器，但也是不能泄露出去的。

"这不是乱套了吗？一个女孩，为什么不给她安排轻松一点的工作？"陆三水声音不高，但语气很反对。

他不想进一步戳伤丰珊的自尊心，所以没有明说她根本就干不了这个工作。他认为，不说丰珊没有一点设计基础，她因为很早就辍学，就连数学都还得重新学起，却让她来学习设计，岂不是乱弹琴吗？

"敬主任，设计室的确很缺人，但也不能把丰珊安排进来吧？这里的工作需要一定的基础，再就是工作量大，她一个女孩子吃得消吗？"陆三水带着丰珊走进了敬士才的办公室。

"小陆啊，坐吧，我给你泡杯茶。"面对陆三水语气很重地发问，敬士才依然笑眯眯地招呼他坐，并拿瓷盅给他泡茶。

"小丰，你也坐吧！"敬士才沏好了茶，见丰珊很拘谨地仍站在办公桌旁，就说道。

丰珊坐在了左侧靠着墙有靠背的长木椅上。

敬士才把茶盅放在了距陆三水较近的桌面后，在他对面坐下后说道："小陆，对丰珊的工作安排，是向主任的意思，小丰也保证她一定认真学习。至于她是否适合设计室的工作，她三年学徒期满后，我委托你来认定。我看哪，小丰才18岁，正是接受能力最强的时期。她也不是一点基础都没有，老丰同志回归也很长一段时间了，晚间都在教她识图基础和制图基础知识，但她一直都没有实践的机会。"

"陆老师，我会认真学习和努力的，"丰珊的眼睛红红的，显然被泪水浸过，她向陆三水保证，"我会成为一名设计师……"

丰珊说话的声音不大，但可以从话音里听出她自尊心很强，性格也倔强。这无疑是她父亲丰天翔影响的结果，也是她从小与父亲生活在那异常艰苦的环境中的使然。

"我不是不相信你！丰珊，你毕竟是个女孩子，"陆三水说。"我们这些大小伙子因工作经常熬夜，特别忙的时候，往往几天也就睡上几个小时的觉，连吃饭都像打仗一样。你有个轻松点的工作该多好！"

也是啊，再怎么说，这女孩子也是丰天翔的女儿。要是对她的工作安排不妥，加之丰天翔本来就是因为受迫害，并因意外离开单位的，重回基地后又对他进行了长达两个多月的政审，如果他对此有想法的话，会不会影响到他工作还真难说。丰天翔曾经可是国内顶级的航天材料专家啊！山川基地寻找他回归，也正是因要用他之急啊！

基地为了留住人才，不仅这些事情要处理好，据说像陆三水这样的青年才俊，连终身大事，基地也会出面解决。这是不是真的，陆三水没去关心，他没有结婚的心思呢。而骆华强和唐泰两人却经常谈论这类事情。

基地里的年轻女性极少，陆三水到现在为止，有过接触的年轻女子也就是医院住院部的护士邱霞。注射室的护士祝竹，长得一般，却自我感觉良好，骄傲得没了边际。起初骆华强和唐泰，甚至已有家室的纪浩对她都颇有兴趣，末了却是落花有意而流水无情。

而现在又来个丰珊，骆华强和唐泰都已开始对这个纯真的少女献殷勤了。

"小陆同志，干好本职工作是我们的本分，我们还要再拿出一些精力来帮助其他同志排忧解难。"敬士才对陆三水小声说道，"老丰在攻关航天材料，没有更多的时间教导丰珊，而你带着纪浩他们三人，再多带一个徒弟有什么关系呢？这就像放牧一样，放一只羊是放，放两只羊也是放嘛！"

"我说敬主任，难道你真不知道我的情况？哪里还有时间带他们？我有时都在想谁来带我呢！我也是走出校门不久的人。"陆三水啼笑皆非，真的无语了。

要说这种事情，他倒是听说过，却没遇到过。而敬士才竟然要把这个麻烦事交给他。

"这不应该有什么吧？"敬士才依旧挂一脸笑意，"都一年多了，纪浩、骆华强和唐泰三人不是进步很快吗？那些基础的东西，你叫纪浩他们带着她做就行了。我们设计室里也有设计基础知识方面的书，她可以先帮你们做些打杂事务和后勤保障工作，闲暇时间就用来看书学习嘛。基地里新来的人，谁不是这样过来的？"

"我们的设计室是要充实人员的。过去这里主要是负责机械设计，现在才有了枪械设计。有些设计，要求不是那么高。小丰就算做不了设计，但在掌握了各种标准后，做一个绘图员却是没问题的嘛！"敬士才见陆三水态度有所松动，就趁热打铁对他说道。

陆三水默然了。

从一开始，敬士才对陆三水的研究工作就非常支持，没有对他们几人有其他工作安排，也没有干涉他们要通过生产车间才能完成的任务，反而还帮助他们跟车间的工人建立关系。

既然这事情比较为难，陆三水反对又能够如何？

陆三水虽然挂着单兵装备系统项目研究副组长和制导技术开发小组组长的职务，可他依然是一个技术人员，他手下也就几个人。

另外，陆三水设计出计算机芯片后，还担负着小型计算机的研发工作。甘风华也就只给了他左晨风等几名学电子专业的中青年技术人员。

"小陆老师，请你放心，我会努力的！"丰珊一双黑亮的眸子看向陆三水，这个比她大不了几岁的年轻人不好意思地转过头去。

"你跟着陆三水才能够学到更多的基础知识，弥补没有上学的缺陷。"这是丰天翔对女儿说的。丰天翔现在的情况，虽然还接触不到基地的核心机密，但他在基地还是有些人脉。

"那好吧。"陆三水总算表态同意了。

"这就很好嘛！"敬士才总算松了口气，"俗话也说，男女搭配，干活不累。现在你们几个年轻人工作的环境里，有个女孩子进来成为同事，工作效率的提高那是肯定的！对了，你设计的反器材狙击步枪明天就进行组装调试了。"

敬士才就怕年轻的陆三水顶着干，真要那样，他也不知道该怎样处理了。

去找敬士才，却没有把丰珊丢掉，陆三水只有把她带回设计室。

这时陆三水发现，楼下的技术工艺部增加了不少人。一打听才知道，三区已在悄然恢复最初的建制了，原先技术工艺部有着80多个人，他们都下放到车间去了，现在整个基地都在推行他提的"质量控制体系"，要完善组织机构，他们都得回到过去的部门。

时间一天又一天地过去。陆三水既要忙着枪械，还要顾及他签约的单兵系统装备。

甘风华一月前派乔定去秦岭，与B机部E研究所谈高效率火箭发动机的事，这事倒是谈妥了，可实施要等到半年之后。

出乎陆三水预料的是，丰珊工作上的进步极大地超过了他的想象，几乎比不求上进的骆华强和唐泰两人好了很多。

丰天翔自从进入山川基地后，就很少露面，就连陆三水也没见过他几次。他数月来，闭门在攻关火箭炮发动机的材料。眼下这些材料，即高温合金和钛合金材料已经实验多次，但他还没确认下来。目前，他又在启用用于造火箭的材料，即高强度铝合金材料做实验，来与前面的材料做比较。

逆天威力
NITIANWEILI

　　成都是西南地区最大的城市，有着十分古老的历史。

　　陆三水祖籍成都，却对成都不是很熟悉。成都虽然是西南政治、经济、文化中心，但10层以上的高楼都极为罕见，仅有一环路，多年后二环路才全线通车。不宽敞的道路上，偶尔可见吉普和伏特加，更多的是解放牌汽车。当然，市内公交车频繁穿梭。稠密的工业区在城市的东边，那里的工厂，基本上都是国家各领域的支柱企业。20世纪50年代，它们就在这片土地上扎下根来，与国家风雨同舟，支撑起了共和国的大厦。

　　西军区前来接站的是一辆北京吉普。陆三水透过车窗打量着这座在川西平原上已矗立了3000年的城市，时代的无数次嬗变，已感受不到它古老的影像。但他却在心里说着，这青灰色的着装，总有一天一定会换成绚丽的彩服，这座历史悠久的城市，早晚肯定会焕发出生机。

　　"三位一路辛苦了！"许戈亲自在西军区机关总部迎接三人，说明他非常看重这次云爆弹测试。他身后跟着一个有四个兜的军人。

　　"不辛苦！倒是我们打扰许司令了！"向远跟许戈打着招呼，然后主动去握他和那位军人的手。

　　甘风华和陆三水也主动上前去与他们握手。

　　"哟，这不是小陆同志吗？"许戈刚才见陆三水刻意挪到甘风华身后，就笑着打趣道，"小陆同志，你作出的承诺还记得吧？我还听说你对我们西军区有意见哪！"

"许司令好！我怎敢对你们有意见呢！军令状的事，许司令放心好了。"陆三水意识到躲不过去了，就干脆大大方方地应答道。

"小陆同志很有斗志嘛！好了，开玩笑的，中饭时请你喝酒！对了，你做的项目研究进展得怎样了？"许戈依然笑盈盈的。

"首长，直升机已备好了。"有四个兜、不知是什么级别的军人对许戈说道。

"那行，咱们就先去机场。"

军区机关总部内建有一个直升机机场。几人走到机场时，国产多用途直-5直升机的螺旋桨已在旋转。

"许司令，我认为要让新建的特种部队强大起来，就应该给他们配备直升机。"陆三水提出一个富有建设性的建议。

特种作战，首要环节是部队的快速调配，如果有武直机，特种作战部队在没有深入敌后的战略任务时，可以进行火力支援。就算无法支援，也能很快把特种作战部队投送到战场附近，使士兵们节省很多体力，这就增加了获胜的成功率。

陆三水解释这个想法后，许戈陷入了沉思。

国家改革开放后，各行各业都看见了国门外的世界。我们落后了。

海外军事技术发展极快，军队作战方式令人眼花缭乱。而国内一切还处在摸索阶段。如果不是为了跟上现代战争的步伐，西军区也不会花巨资来做这次云爆弹测试。

"不是说非要给他们配备，我是认为特种作战部队的士兵，既要精通各种武器，还要会操作各种装备，因为深入敌后是其主要任务。在深入敌营后，只要他们能使战斗机、直升机、装甲车和坦克运转起来，就可以在夺得敌人的武器装备后迅疾撤走。"陆三水这席话，让许戈感到惊讶。

"小陆同志，要培训一名飞行员，你知道要多长时间吗？"许戈问道。他认为不训练个两三年，就不能独立操作。

"许司令，这些特种兵的驾驶技术不必精炼，够操作直升机，把它开走就可以了。对特种兵进行了体能训练后，就要进行各种战术训练了，再接下来，就应该培训他们驾驶坦克和直升机。有条件，培训他们驾驶战斗机也可以考虑。"

许戈觉得陆三水说得有些道理，不会这些操作还称得上特种兵？便说道："你说的这些是自己的想法，还是教科书上的？"

陆三水想，这老头子迷信书本也不奇怪。但书上的东西，不也是先有人提出来，然后经过检验是可行的就写进书里了吗？

"是我的想法。"陆三水说。

"这个想法很好。"许戈顿了顿，"对于特种兵，教科书里应该有这样的培训内容。"

飞机飞临火炮测试场。

"老甘啊，你们总算来哪！"林野上前与甘风华一行握着手，说道，"原计划在上午测试，然后把这猪羊一类的畜生加进午餐，现在看来指望不了了！"

还旋转着的直升机螺旋桨，把土尘卷上空中，在近处弥漫开来。

"没办法呀，林处长，你知道我们是从山里出来，得先赶到成都，然后再……"甘风华含笑解释道。

"上午无法实验了，那些被绑着的猪羊什么的，都快热死了，只好先给它们松绑，让它们到阴凉处去。"林野说道。

测试这火箭炮弹，林野不知道这甘风华为啥非要他们买一些猪羊带到测试场。当然，它们也不消耗食物，炸死后还能向部队提供肉食。

"林处长做准备工作辛苦了！测试就等一下再说吧！"向远上了飞机后，这一路无法插上嘴，都快憋死了，现在总算逮着了这个说话机会。

炮弹测试场地位于雅安荥经县境内的野牛山。西军区还有一些武器测试场在这周边。这一片荒芜寂静，人迹罕至，不担心测试项目泄露。

云爆弹这种东西，陆三水研发之初就告诉过甘风华和向远，其爆炸之时给人以逆天的威力，就像原子弹爆炸那样还会升腾起蘑菇云，尽管它的高度低了很多，但非得注意不可。

三天前，他们就已经开始挖放炮洞穴，同时也在挖战壕和掩体，目的就是为了把这些做试验的猪羊圈在里面。

　　令许戈没想到的是，午饭后也就休息了一会儿，甘风华就让现场工作人员准备炮击测试了。

　　"许司令，这炮虽然有较远的射程，但精确度不高，您看有必要让在弹着点附近掩体里的观察员撤出吗？"驻守在附近的炮团团长张彪对这个测试不看好，"还有，就是那些猪羊离得太远了，这测试能准确反映实际效果吗？"

　　"许司令，那边的人是否都撤出完了？这可不是闹着玩的！"在现场指挥舞着小红旗示意准备完毕，请示许戈之时，甘风华又一次郑重地提醒许戈。

　　"放心吧，老甘，这事我们绝不会拿士兵的生命当儿戏！"说这话时，许戈本能地紧张了起来。

　　"6公里范围内已没有人，就开始吧！"甘风华点头说道。许戈对身旁的张彪也点头示意，可以开始了。

　　"指挥长，首长命令，发射开始！"张彪向不远处的现场指挥发出了命令。

　　现场指挥用两面红旗打着发射旗语。已经处在发射状态的火箭炮，在发射旗语发出后不到5秒，就开始了发射。

　　"嗞！"

　　"嗞！"

　　"嗞！"

　　12秒的时间，18颗口径131毫米、长度1.1米的火箭弹向着距离6公里尽头的标靶飞去。

　　13秒后，用望远镜观察前方的众人见到一抹亮光闪过；倏地，极端耀眼的亮光出现了。

　　一共18颗火箭弹，在数百平方米的区域内坠落，形成一个雪亮的圆点，耀眼的光芒迅速向四周扩散……

　　看时间已经过去十几分钟，陆三水说可以叫人去看看那些实验动物的情况了。许戈要张彪安排，他才派了十几个人去标靶那边。

约50分钟后，现场指挥的步话机接到了那边的观察报告，在场人围在一起，听了个真切——

"报告，700米以内的猪羊都死掉了，1000米处的，已经是半死不活了。另外，爆炸点四周约200米的地皮成了焦土，400米处的猪羊，体表的肉已经熟了。"

许戈接过步话机紧张地问道："掩体里面的猪羊查看了吗？"

"哦，是这样的，全部都因窒息死掉了！"

许戈认为掌握了这些情况就已经差不多了。他也想不出再问点什么，就把步话机递给了现场指挥。

那些用于实验的几十头（只）猪羊，全都死掉了，云爆弹的实验效果令在场的人都感到震惊，远远超过他们的预想。然而也正是因为这样，甘风华看陆三水的眼神有了从未有过的奇怪。

云爆弹的发射实验，逆天的效果是所有人都没想到的，陆三水面对甘风华的询问，在这种有人群的场合，也只能笑笑而已。

"张团长，弹着点周围150米范围内的那些猪和羊，都已碳化了，晚餐大家的餐桌上没有这两道菜了。"一个战士对着张彪很失落地说道。以前的一些测试，也有很厉害的炮弹，也不见把用着实验的活物炸成黑炭。

这个炮弹测试场，只要测试新武器，隔绝工作都会提前进行。能进到这个区域的所有道路都会被封锁，不相干的人看不到测试过程。

云爆弹测试获得超预期成功，但参与的人员却心思各异。他们一起回到西军区机关总部后，许戈叫人带着向远一行去军区招待所先住下；而他们则要召开紧急会议，通报和讨论与测试相关的事情。

"小陆，这测试效果你真的没有想到？"安顿下来后，甘风华寻了个机会与陆三水单独在一起，严肃地向他询问道。

国家在搞出原子弹和氢弹后，在原子大炮方面也进行了研究，时间也花费了不少，却一直没有取得关键性的进展。

不是说山川基地不能研究这个项目，涉核武的研究非常敏感，影响非常大，国家不立项，是绝对不能私下搞的。

云爆弹装在战斗部里的是云爆剂，它不是炸药，是一种高能浓缩燃料，这种燃料极易引起爆炸。有武器测试经验的人，应该听说过这种燃料。

在当时，陆三水只是提供了一些看上去简单的配方，以及这些配方混合的工艺。这个配方，其实就是云爆剂配方，陆三水肯定知道。但他没有告诉甘风华这配方的危险性。最后，在他们的监督下，让懂得装配战斗部的人，严格按配方混合的工艺操作。侥幸的是，整个战斗部的装配过程都很安全。

"还不能说测试的就是我的想法，应该说是测试我在已有资料基础上做一定修改后的可行性。"陆三水说。

话说到这个份上，也算说清楚了。不是小型化核武，甘风华悬着的心放下了。

山川基地已经在自主开展项目研发。

应该说，是陆三水来到山川基地后，他搞的狙击步枪研发项目，开启了这种技术研发路子的模式。

向远哪里想到，西军区的班子成员，晚上来到军区小招待所找他们，不为别的，就为了云爆弹生产。

"我们就了解下生产效率情况。"贺昆仑含着笑问向远。

"贺司令，这种炮弹生产工艺虽不复杂，但是生产不稳定。我们现在都还没有探索出稳定的生产工艺。交别的军工单位生产，倒是没什么问题，只不过……"就算没有甘风华使眼色，向远也不可能拱手交出生产工艺。

没有足够的生产任务，谁来养活山川基地为数不少的人口？

他们多年来只有极少的生产任务，直到去年才有所改观，上面多给了一些生产任务和研究项目。其他的生产任务都是向远和敬士才两人在成都区县跑出来的。现在他们为自己创造出了生产机会，怎么可能拱手给了别人呢？

"生产工艺还不稳定？"王胜利对此怀疑。

　　"对，那里面还有需改进的地方。"甘风华说，"我们年轻的技术员陆三水同志，他今天在试验现场，就谈到过这项目在生产工艺上还存在需要改进的地方。"

　　"贺司令，山川基地能配套的工厂和车间是很多的，却长期没什么事可做。人长期闲着，就会出状况。"向远这样说的目的，是要王胜利打消交出一部分生产任务给其他单位的想法。

　　"首长，这款炮弹，眼下我们只开发出最基本的技术，还需作工艺和配方上的改进。我建议先满足北线部队装备。当然，在高层首长还没作出明确指示前，西军区要是能解决研发经费和材料费问题，我们加班生产是没什么问题的。"陆三水比甘风华和向远直率多了。

　　"这没问题吗？"许戈显然有疑问。

　　"有什么问题？只要经费到位，基地下面的生产单位职工能挣到加班费和奖金，会介意用业余时间为国防工业作贡献吗？"陆三水说得够直白了。

　　陆三水认为，高层看到这个测试报告后，不可能久拖不决，很快就会安排资金，建成生产线，进行量产。

失败成因

SHIBAICHENGYIN

当晚临近半夜，向远、甘风华和陆三水乘坐的专用火车才抵达基地。

次日晨，纪浩、骆华强和唐泰起床，见陆三水睡得死死的，都不知道他昨晚什么时候回来的，就没去惊动他。

9时许，陆三水进到设计室，纪浩第一句话不是问他云爆弹测试成功没有，而是对他说昨天"J致命匕首"射击测试，第一枪就膛炸了。

膛炸是指射击时导致枪管爆裂、膛室损坏和枪机破裂等情况。枪管爆裂又叫枪管"开花"。这种情况，军人在战场上匍匐前进时枪管进了较多泥土，射击时可能出现。再就是密集射击导致枪管发红后变形，弹头不能顺利地冲出枪管，燃烧的火药形成的强大压力难以释放，也会造成枪管爆裂。当然，还有其他一些因素造成膛炸的情况。不过在新枪测试时出现膛炸的情况是非常罕见的。

"伤到测试人员了吗？"这是陆三水的第一反应。他知道膛炸主要损坏的部位是枪管、膛室和枪机，轻者也就惊恐一下了事，重者会造成射手受伤，甚至要了他的生命。

"没有。"一旁的唐泰说，"有惊无险哪，是枪管前端爆裂了。"

陆三水心想，幸好枪管特别长；但若是枪机系统膛炸，测试人员头部贴得那样近，不死也得残。这狙枪用的是硕大的穿甲子弹，打坦克的脆弱部位，能把其摧毁。

"是谁在做射击测试？"陆三水神情更严峻了，"黄营长吗？"

"不是，是警卫营顶级的神枪手李凡，我的射击师傅。"骆华强心想再不发声，不就成了这个空间里的旁观者了。

丰珊放下了手中的活，但她只是静静地听着他们的对话。

陆三水不再问什么，靠着椅背上，望着天花板，缄默着。前天云爆弹测试成功带给他的喜悦，此时已被这狙枪膛炸的消息给对冲了。真是对冲还好，不就扯平了吗？可他神情却满是沮丧。

这时想起陆三水刚迈进设计室时，神态有一丝难以察觉的愉悦，就认为云爆弹测试一定是成功了的骆华强，便讨好地对陆三水说："师傅，云爆弹测试已获得了巨大成功，这枪管开花跟它比起算得了什么？我认为也就是枪管材料问题，不就输点时间吗？"

唐泰察言观色，见陆三水对骆华强的话没有立即做出反应，便说："师傅，这次骆华强可没乱说话，云爆弹成功是件惊天动地的事，狙枪膛炸算个啥呢？况且师傅您已经有数了。"

"去去去！都瞎说什么啊！"陆三水身体坐直了，目光扫向两人。

纪浩和丰珊见状，连忙低头，怕与他的目光对视。

李凡在基地做射击测试已有多年，况且这枪管内径19毫米的反器材狙枪，子弹又长又粗，也没有可装错的子弹。陆三水心里这么想着，便拿起了话筒，拨着甘风华工作场所的电话号码。

"甘主任，'J致命匕首'测试膛炸的事，你可能已经听说了。这事很大呀！"陆三水压低语气对甘风华说，"你虽然是高精战术步枪研发小组组长，但分工是我在挂帅这项工作，我有责任。我的想法是下午就这事开个分析会，找出问题的原因……"

下午，基地机关大楼小会议室。

"我、向主任和小陆同志昨晚半夜才回到基地，'J致命匕首'昨天射击测试出现膛炸的事，我也是今天上午才知道。"会议主持人甘风华说道，"枪械研制是基地的主要研制项目之一，既然是研制，研制品测试没获得成功，应该是很正常的事，所以不存在责任的问题。今天我们召集这样一个会，目的是要找出发生膛炸这种情况的原因，以便找到克服这个问题的办法……李排长，你是射击测试的具体人，幸好没有受伤。你谈谈当时的情况。"

李凡与枪似乎有不解之缘，接触过不少类型的枪，这些年山川基地研制或生产的枪械，他都参与过测试。凡是测试的枪，他都要先摆弄一番，然后才去测试。

"好的。"李凡说，"测试前我按程序做了检查。弹膛内没有油污、积垢、沙粒和积水，枪管内也没有异物。子弹没有锈蚀现象，弹壳也没出现裂缝。操作起来手感好，很轻快，所以组装后的调试是绝对没问题的。因为专用子弹成本很高，原打算用穿甲弹和高爆弹各试射一枚，结果仅试射了穿甲弹，枪管前端就'开花'了。在这种情况下，另一款狙枪'J隐身杀手'就没再去测试了。"

"狙枪测试出了问题，分析会通知我来，是需要我谈谈子弹设计上的问题。"九区弹药负责人沙邦国呷了口茶，放下茶杯后说道，"'J致命匕首'属于重型战略狙击步枪，设计枪管内径19毫米，有效射程是2600米，最大射程是4000米。根据这些数据，我们设计的子弹长度为11厘米，其中弹头长4厘米，弹壳长7厘米，外径18毫米。采用弹壳全装药。弹头材料是高密度合金钢。这样的子弹，经过理论计算，是能满足设计射程和击穿钢铁铠甲的……"

"这款狙枪的所有部件，1501车间都是根据设计图的尺寸，以及相应的制作工艺生产出来的。"高级机械工艺技师王晋江说着，打开了一捆图纸，抽出其中两张，展开了一张，"这张是把加工好膛线的枪管剖开后的拓片图，大家可以把阴膛直径和阳膛直径，与设计图作个对照。我认为偏差是不存在的。所以可能因阳膛直径不够的原因卡住了弹头而引起枪管炸裂，完全可以排除。"

陆三水扫视了一下在场的所有人，觉得膛炸的原因应该在设计方面找，可他正要开口时，甘风华却说开了。

"刚才警卫营李排长、弹药专家老沙、枪械高级工艺师老王的发言，我认为就已经排除了一些可能引起膛炸的原因，那么在剩下的可能原因中找出膛炸唯一的原因就靠近了一步……大家继续找原因吧！"

与会的向远和黄明虎此时不经意地相互对看了一眼，时间极短，各自的目光就挪开了。尽管黄明虎军人履历不短了，但他只会用枪，却不懂得枪械各部件组合形成的原理。向远到基地一番学习后，用手枪打过几发子弹，仅此而已。分析膛炸原因，他们不具备相应条件，只能等待分析会出结果。

陆三水认为甘风华这个枪械和弹炮专家心里已经有膛炸的答案，至少有最接近膛炸的答案，他只是不说而已，他在刻意利用分析会主持人的身份回避说出来，想让自己说。

于是陆三水开口道："测试发生膛炸情况，没伤着李排长就是不幸中的万幸！膛炸通常有几种原因可促成。但测试的是新枪，弹膛和枪管有锈迹、积垢、沙子和水滴等，这些情况都可以排除掉。再就是子弹也是全新的，也不可能有锈蚀、污垢或弹壳有裂纹。我们再来分析枪机。如枪机闭锁不能完成，扳机与阻铁就处于断开状态，在这种情况下，击针是不能撞击底火引燃弹壳内发射药的。既然完成了射击环节，那么枪机闭锁部分就不存在什么问题。"

陆三水说到这里，拾起茶杯，揭开杯盖又放下。

纪浩、骆华强、唐泰和丰珊，这四个陆三水的徒弟也在会场。心细的唐泰见状，赶紧拎起茶瓶去给陆三水的茶杯续水，然后才去给几位领导等把水续上。唐泰的这个动作显然有个先后，但无懈可击，顺理成章。

陆三水向掺水的唐泰点头以示谢意，然后继续说道："那么我们再分析枪管材料。枪管用的是高合金铬钼钢材料，是目前世界上最好的枪管材料，其强度高，且耐高温、耐高压，所以枪管材料毋庸置疑。那试射，为什么枪管的前端又开花了呢？这开花不是材料本身的原因，应该是枪管的强度值不够。我认为分析到这里，这终极原因就找到了，即枪管设计的壁厚不足，不能承受特殊子弹被击发时产生的极大膛压，它在最薄弱处的前端开花了。解决的办法就是修改枪管壁厚的设计。另外，没有测试的另一款狙枪'J隐身杀手'，其枪管壁厚的设计也要一并修改……"

"小陆同志以上用排除法作出的分析我没有异议，认可。"甘风华表态后又问道，"在座的综合技术部的同志，你们有没有不同的见解？"

　　作为部里挂牌并享受津贴的枪械和弹炮专家，甘风华的"认可"就是权威结论，与会的技术部人员便随即表示无异议。

　　"这批枪械距完成期限还有多长时间？"甘风华面向陆三水。

　　"不到三周。时间很紧迫了。"陆三水稍作沉吟，"这是设计上……不，是计算上的失误。前车之鉴哪！"

　　陆三水话音一落，觉得会议已接近尾声的黄明虎认为，既然到会了就得说上几句，于是开口道："小陆同志在近一年半的时间里，研制单兵装备系列，很辛苦，并定期地给军区首长汇报进展情况，首长们是很满意的。至于膛炸这事，小陆同志已找出了原因，我们相信他很快就会处理好的……"

专家到位
ZHUANJIADAOWEI

  单兵导弹这个项目，陆三水主要负责制导这一块。由于他需要的外来技术人员没有到位，不仅没法作业，就连最起码的准备工作也没法进行。而对于国内在这方面究竟有怎样的技术，陆三水也是不清楚的；基地在红外控制技术方面的资料，他也查过，最新的技术也在70年代中前期。曙光厂或光学华跃厂在这方面的技术不可能停滞不前，还处在这个水平上。

  眼下也只有等到所需人员到位后，才能讨论这个项目的实施方案。

  左晨风一直在长风基地那边做计算机技术协助工作，他希望尽快见到他们委托长风基地制作的计算机芯片。如果上官江河不能调到山川基地，整个计算机系统工作要想完成，光靠陆三水一人肯定不行。他现在每天都要紧盯、重新投料加工的重型反器材狙击步枪机匣的进度，怕出现要命的问题。

  由向远主持、甘风华主讲的本月生产会结束后，陆三水对向远和甘风华说："调人的事上次会上就提出，这次会上再次提出，不能只议不做，得有具体行动啊。"

  "甘主任，长风基地那边，要不然你亲自跑一趟？上官江河我跟他谈过了，他倒是很愿意到我们这边来，可胡笑云就是不愿意放他呀！还说什么我们这边已经有陆三水这样的高手了，哪里还用得上上官江河……"向远说道。

前天，向远是在敬士才和陆三水的催促下，跑了一趟长风基地，但胡笑云没有给他一丝半点面子。

"我去就更会吃闭门羹了。前段时间去谈芯片制造与火箭弹风洞测试的事，打了他们的脸，胡笑云会让我如意而归吗？别说是要一个极具才华的中年技术人员，估计我要个清洁工他也不会给。"甘风华苦笑着说。

陆三水很清楚，这两人的对话，就是刻意说给他听的。然而他现在根本就无暇顾及这样的事。已经生产出来的枪械样品正进行着各类静态试验，接着就要走射击测试的程序了。

单兵导弹项目，由甘风华团队负责的那部分工作已经展开。

"我说两位领导，你们这样说的意思是该我去？我可没有这个时间和资历。我们都想想，上官江河这类正当年的计算机专家，想要调过来谈何容易？我们就不能另辟蹊径，可以走先借人的路子呀！我们两家毕竟不是一个系统，各有所主。"陆三水觉得向远没有开窍。

"曙光厂的技术人员，也可以照着这个思路去弄嘛！"甘风华也茅塞顿开。

按照陆三水的主意，向远次日就前往长风基地借上官江河。一开始胡笑云不同意，向远中午就请他喝酒，酒桌上就达成了上官江河的借调协议。胡笑云颇有心计，为了让上官江河早点完成工作回到单位，还多借了两名跟上官江河一起调进长风基地的计算机技术员。

次日，向远安排基地办公室同样以协商借调的方式，向滇池曙光厂拍了一封电报。上官江河报到两天后，曙光厂四名红外光学系统方面的技术人员也进入了山川基地。

在曙光厂人员报到后的第二天上午，向远就召集被借调的7人到新设立的单兵导弹研发室开会。甘风华和陆三水参加了会议。

向远讲话完了后，把甘风华和陆三水向被借调人员作了介绍："同志们，我把项目情况向你们作个介绍。"甘风华说，"这是一个武器项目，具体说是单兵防空与反装甲两用导弹的研发。借调你们来协助这个研发，是因为我们在光学和计算机这两个方面的人员不够……在制导技术方面，就请项目小组组长陆三水同志给大家作个讲解。"

甘风华把项目和研发分工情况介绍后，就把陆三水推到了前台。

年纪轻轻的陆三水去过被调人员所在的企业，跟这些人都有过直接或间接地接触，他的能力怎样，是向他们展现过的。

上官江河就不说了，如果不是他见过陆三水设计的计算机逻辑电路图，他是不会同意被借来的。曙光厂的几名光学专家也曾参与过陆三水研发的狙击步枪瞄准镜的设计工作，陆三水的重量他们也知道。

正因为他们了解陆三水的实力，就省却了他们对这个年轻负责人的质疑。

"各位老师，在你们到来之前，我们都打过交道，我就不用再作自我介绍了。对于我来说，你们都是前辈，希望你们在即将开启的工作中多多支持，彼此间齐心协力多配合！……"陆三水一亮相就是一番谦虚。

他继续说道："我们将要开展的工作，主要在这个项目的制导技术方面。我们都清楚，防空导弹要具备强大的防御功能，就得有良好的制导系统。经过研究权衡，项目组决定采用寻的制导系统。虽然这个制导系统不复杂，但在国内制导领域里尚属于新项目，没有可供借鉴的经验……"

陆三水最后一句是话中有话，是在暗示被借调的人员：你们既来之，则安之，得做好长期攻关的思想准备。

7人之中，长风基地的3人属系统外的人；曙光厂的4人属系统内的人。借用他们，山川基地一开始就没打算还人。不过也存在瞒不住的风险，一旦这些人知道了山川基地的真实想法，闹着要返回，这事情也很麻烦的。

陆三水在黑板上画了一个红外制导系统示意图，他把系统分成导引头、计算机和执行机构三个部分。

"红外制导系统结构，我们用这张图来表示，就一目了然了。由红外线位置标器，即导弹端部的导引头接收被打击目标辐射的红外线，经过光学调制和信息处理后，便得到了被打击目标所处位置的参数信号，如此就实现了对被打击目标的跟踪，以及引导着导弹飞向被打击目标。"经过陆三水通俗易懂的介绍，促使被借调人员很快进入了工作中的状态。

其实对于他们来说，能参加到如此重要的国防项目中来，绝对是自豪之情油然而生的事。

"对于上官江河老师呢，我的考虑是这样的，因为他是计算机领域的专家，计算机的改进和设计，就由他来负责。而曙光厂来的四位红外光学系统专家，光学技术方面，就由你们来负责，再就是半导体光敏元件组成电路的设计，也由你们担负。我们每个人都负责着不同的技术，但不可以就按照自己所想的来干，一定要服从于项目设计的要求……"陆三水在这方面，实在不知道该怎样来表达。

"小陆组长，红外探测技术还没用到这方面，不过对于红外探测技术的研究已进行了很多年。我想问，我们研究工作波长具体是多少？"曙光厂带头人钟良木向陆三水提问道。

其实钟良木不是想问这个，但他看到陆三水又像曾经搞瞄准镜那样，把各部位的构件都给出了，认为这样会使他们受到极大的限制，所以才不得不这样问。

"你既然把所有的都给出了限制，干脆就把这一切都告诉我们，我们就照你的要求去研发你所需的东西不是更好？"钟良木继续说道。

"钟老师，你们都是这个领域的专家，应该十分清楚辐射的红外线波长随辐射物温度的降低而增长。为了提高制导系统对目标的识别能力，我建议研究9至15微米的工作波长。现在甘风华主任他们研发的是射程只有5至10千米的近程导弹，可见被攻击的目标离得较近，留给反应的时间比较短，通常考虑的工作波长是3至5微米……当然，如果你们有其他建议，就请提出来。"陆三水怎能不知道钟良木的想法？

当初陆三水这个年轻人，到曙光厂请求狙枪瞄准镜的技术协助，不仅不低调，反而作出了技术上的限制，认为自己的设计完美无缺，殊不知在那些老专家的眼中，这叫狂妄自大。

而这款后来被命名为K式6*40的6倍瞄准镜，几乎都是陆三水这个年轻人设计的。而他极力推荐使用白金炉膛进行熔融，使曙光厂光学玻璃产品的合格率，大幅提高到了55％。

曙光厂的技术人员现在过来协助，陆三水还是那样的做法，就没考虑到他们的感受？

"你谈的这个，我们没有意见。"钟良木说。他也不知道怎么回事，陆三水回应之后，就一脸真诚地看向他，而他内心却泛起一丝不愿意与陆三水对视的感觉。

"就这样吧！大家昨天才到基地，还需要安顿和休息。从明天开始，我们就把工作展开起来。工作中无论遇到什么问题，都请提出来一起讨论，集思广益，就能得到解决……"向远本想把这个会开成个欢迎会、见面会就行了，不开长会，不想却被陆三水开成了技术讨论会，进行了近两个小时。

会议一结束，陆三水就带着被借用的七人去到安置的处所三区。

向远现在把陆三水看得很重要，对他都顺着来。最近还听从了他的建议，叫甘风华项目组里的人，都从山体里搬到外面住宿，不让他们再在里面终日见不到阳光。

借调人员的住宿，安排在了三区靠近山体里的那幢宿舍楼。离山体里比较近的区域，也安置了不少在山体里上班的人。

在山体里上班的人跟山体外上班的人接触很少，平时也有警卫营和内卫人员盯着，这是为了不泄密。当然，保密的警钟，对山川基地的每个职工来说都是长鸣的，尤其是对在山体里上班的接触绝密级项目的人来说。

在山体里上班的人，他们不仅把保密守则早已背得滚瓜烂熟，因时间长了，更是有了一种职业带给的潜在的警惕性，他们与他人交谈都会主动回避与自己工作相关的话题。

陆三水居住的那幢宿舍楼看不出去，是因为被一幢堆放行政杂物的楼房挡着。他最近才知道，在那楼房的后面就有一个可进入山体的入口。

上官江河等借调人员的住宿，被安排在了陆三水居住的那幢空荡的宿舍楼里。

当天的晚饭节点，陆三水做东，在职工食堂里点了几份小炒、三盘花生米和六份素菜，要了三瓶江津老白干。借调人员再加上左晨风等几人入座，制导小组就这样低调地成立了。

陆三水原打算就在宿舍楼开火，买上一些肉类和蔬菜请丰珊帮忙做饭，认为那样的环境氛围更容易拉近大家的距离。但后来考虑到这个项目纪浩、骆华强和唐泰他们并不清楚，也不想对他们说起，所以就选择了在机关食堂安排饭局。

陆三水性格趋于内敛，不说豪言壮语。上官江河久在江湖，已到了没有豪言壮语的年龄，也就没多说什么，只是很实在地表态说，需要干什么就干什么，发挥好主观能动性。上官江河就是为科技发展而存在的一块砖，哪里用得上就往哪里放。

"钟老师，将来我们这个项目小组离不开您多关照。来，我敬您一杯……"陆三水举杯伸了过去。

见到钟良木自到达山川基地后情绪就显得低落，眼前，他率领的三名同事同样也是少言寡语地坐在那里，陆三水就无奈地叹了口气。

陆三水认为可能是自己太年轻了的缘故，让这些老一辈的专业技术人员心理上有障碍，内心压根儿就接受不了被他这样一个后生领导的事实。

"你是项目组长，你指向哪里，我们打向哪里就是了。"钟良木端起满满一杯、足足有一两老白干的玻璃杯，与陆三水的酒杯相碰后，就一饮而尽了。

"钟老师，您话说得就有点那个了。作为前辈，您工作经验丰富是不争的事实，这个项目在红外光学方面的技术，得倚仗您和其他几位老师。"陆三水语调平和地说，"一开始组织上任命我当这个小组长，我是反对的，毕竟我从学校出来的时间不长。但组织决定还得服从不是？当然，这里面还有两个原因，一是你们几位老师毕竟是借调到基地协助这个项目的；再一个就是这个项目的经费，是本属于我个人的研究经费挪用过来的。"

其实陆三水也是很无奈，便对这个鬓发花白的红外光学系统专家打起了感情牌。

陆三水的目光扫视了一下四周，见周围只剩下零星的吃饭人，也没谁盯着他们这帮人，便压低嗓子把向西军区副司令许戈立军令状获得研究经费，以及之后黄明虎又在军区帮他搞到经费，但又被向远截留了一部分的事说了出来。

"这样的事也有？"钟良木觉得很吃惊。

这种事，钟良木在曙光厂几十年是没遇到和听说过的。

科技企业的任何研究项目，一贯的做法都是上级部门下计划，然后划拨项目研究经费。上官江河与钟良木几人从没听说过研究人员自己跑经费搞项目的。

"这样的事，山川基地里知道的人倒是不多。想想，不然我这样一个出道不久的年轻人，能当上这个项目的小组长？"陆三水见钟良木的神情有了一些变化，说明其心理负担多少放下了一些，总算松了一口气。

陆三水打出的这张悲情牌，立马见到成效。

"来来来，大家别只听我说，不吃菜，也不喝酒。来，干一下！"陆三水举起酒杯，众人都响应着。

酒下肚后，陆三水夹了一筷子菜送进嘴里，咽下后又说道："各位老师，前面说了，我是这个项目的小组长，但跟你们说实话，我只是在里面挂一个名，我工作的重心还是在枪械设计上。钟老师是我们项目小组里德高望重的老师，有些工作需要您多担待一些……"

陆三水这一席话说下来，让钟良木觉得热乎起来，好受多了。看来陆三水这个年轻人，并不是那种爱张扬、目中无人的人嘛。钟良木心里说着。

"小陆同志，我们都是立志于科技发展的人，只要是国家的需要，在不同的地方、不同的岗位干都没有问题……"钟良木说出的话已经有了热忱。

当然，钟良木自然不会对陆三水这样的年轻人说出降低自己身价的话，挂不住面子地去迎合、奉承，他把话说到这个程度已经是极限了。

"各位老师，我们在一起共事，遇到工作上的问题，就多向老同志请教、学习。我是为大家跑腿打杂、服务的，如有不周到的地方，大家就指出来！"陆三水已经有些微醉，他觉得说话舌头有些吃力，"嗯……时间也不早了，我们就干了这一杯，再多少吃点饭，就回宿舍休息，嗯……用最好的精神状态去迎接明天的到来！"

上官江河这个人，饭局上几乎没说话。他性格上，原本是比较要强的，但前一段时间在长风基地计算机研究中心，被那帮老专家消磨掉不少棱角，而现在他认为，只要是从事自己喜欢的工作，之外的一切都无所谓了。不然，他也不会同意借调到山川基地这边来。

原本就是基地的职工，左晨风等几人就更没有什么想法。他们知道自己不过就是基地普通的技术人员，原先成天打杂，现在已被从地方武装收编进了正规部队，且堪称是嫡系的，还能有什么意见呢？

任何一个新建立的团队，都需要一个磨合的过程。

陆三水请吃一顿饭，并用一个做些添盐加醋的小故事就使得这个新团队快速融合了起来，虽然还谈不上那种铁板一块的程度，但作为一个新的团队就已经很好了。

次日，陆三水的这个团队就开始井井有条地运作了起来。

钟良木参加过曙光厂不少技术攻关项目。对于一个公关项目要达到怎样的技术水平，需要具备怎样的条件，最终怎样去闯关，他是很有经验的。他从铺开工作的第一天开始，就带领他的三名同事捋出了他们需要的设备和研究条件，而且还把相关的技术罗列出来进行研讨。

上官江河与左晨风的年龄差不多，两人对计算机都有着浓厚的兴趣。他们上次在长风基地初次见面因时间短促，聊得很好，却没尽兴。现在在一起工作了，又有共同的话题，从前几天的接触看，两人相处还是融洽的。左晨风带领的那几人，可算是他的徒弟，都是听从他的。

在单兵导弹项目制导部分的工作铺开后，陆三水才发现好多用于研究的设备，在他看来，都是该扔掉的东西，但它们在山川基地里却是最好的仪器设备了。这些仪器设备是顺着从负责电子研究的四区和七区选出的；就连二区材料所里，他们觉得用得上的仪器，也都收罗了。

一段时间后，陆三水对自己带领的这个团队的状况还是感到满意的。团队最需要的是团结和谐。只有团结和谐的团队，才能高效率地运转。

对于陆三水带领的制导系统研究小组，有着这样团结和谐的氛围，向远和甘风华都十分诧异。但两人不管怎么问原因，陆三水就是回避不说。他们又去问钟良木和上官江河，不想却吃了闭门羹，还遭了白眼。

爱憎分明，人的性格里有这样的界限。

甘风华和向远都没有想到，正是由于他们截留了陆三水自己找研究项目而获得的研究经费的原因，才使陆三水把几个单位的人员组成的团队融合到了一起。

陆三水这样一个在他们眼里还算本分的年轻人，怎么会把自己塑造成一个诉说悲情的人物？正是因为他们这两个山川基地的主要负责人耍了霸道。当然，甘风华并非截留经费的直接参与者，但他率领的团队研究火箭炮项目用到了截留的经费。

陆三水对上官江河说过，他的那些经费如还有多余的，就会用来搞计算机升级。陆三水也对钟良木说了，更先进的智能红外瞄准系统的研发经费，最起码也得50万，却被基地给截留了。

彻夜长谈

向远、甘风华和陆三水在成都参加省里召开的市、局保密工作会议，两天会期结束后，他们仍然是乘坐基地火车往回赶。作为司局级的山川基地，这个每年一次的例行会议都得参加。陆三水不是班子成员，本可以不参加，但向远说他负责的项目都是密级很高的项目，况且会议通知具体做保密工作的专职人员必须参加。无奈之下，他只好跟随他们前往。

他们回到基地，已经是新一天的凌晨1时许。

虽然已是深更半夜，但设计室里却明亮如昼。陆三水不在基地的时候，纪浩、骆华强、唐泰和丰珊几人，仍在抓紧建立一些产品生产工艺文件；监督各种枪械实验的情况，也在形成文字。

陆三水在单兵武器研发方面，可是立了军令状的，岂敢含糊。

为了加快单兵导弹项目的研发进程，上官江河与左晨风，他们吃住都在实验室里。

而丰天翔在被解除政审后，就进入到山体里搞研发了，可一进去，就再没出来过。他要把已失去多年的时间追回来，就只有减少休息时间。

丰天翔攻关的内容，依然是火箭炮发动机使用的高温合金材料。这种材料，无论是导弹还是火箭，都是用在最核心的部位发动机上。

"小陆，你这小子，下半夜还不睡觉，跑到我这里来干啥？"丰天翔

彻
夜
长
谈

说。他整个人瘦得有些轻微变形，两眼满是血丝，面色苍白，但精神却处在亢奋状态。

"丰老师，您怕是好多天没睡觉了？若是这样干下去，估计还没等到高温合金配方最终确定，您就已经被拖垮了！"陆三水说。他后悔把很有参考价值的高温合金资料给了丰天翔。

山川基地里各领域的专家，他们都是科技事业的栋梁，没有他们，科技发展要想走得更远，是非常困难的事。

M国早在70年代，就采用了新的生产工艺制造航空发动机，但在定向单晶叶片和粉末冶金涡轮盘的性能提高方面，至今进展都不是很大。单晶叶片等这类高温合金构件，主要是用于高温条件下工作的航天发动机和航空发动机。

当时，中国最顶级的高温合金专家兆同武教授在动荡岁月中批斗致死，这损失该有多大？

而丰天翔，是国内另外一个兆同武。当然，这指的是在技术方面。

陆三水希望他能够把适用于更大范围内的高温合金配方弄出来，好进行大规模地生产。如此一来，无论是火箭发动机还是航空发动机，他们才可能加大对它们的研究。也只有搞出了这种必需的材料，才能从根本上扭转国家航天航空工业多年的困局。

"没事的，这会儿躺下去也睡不着。小陆，那些资料你是从哪里弄来的？按资料上提供的配方，我们生产了部分用于实验的材料，其抗氧化、抗热腐蚀性、抗断裂韧性，以及它的耐疲劳性和耐高温强度等，都比我们现在使用的材料提高了60％以上……"丰天翔如数家珍地说道。看他的兴致，根本就不在意已多久没休息了。

科技研究者，在他们研究的项目取得了突破性进展后，他们更想看到的是最终的结果，一天没看到，研究就绝不会停下来。

听丰天翔说资料里提供了配方，陆三水感到十分惊诧。

说是陆三水提供的资料里提供了配方，其实资料里也就只提供了极具参考价值的东西，但丰天翔却读出了其中潜藏的配方。

其实这个资料，对于一个不懂行的人来说，能看出的也就是提出了一些设想，仅此而已。而对于丰天翔这类顶级专家来说，同样只是读到或听到一些设想，但他们能够因这些设想而受到启发，或被触动灵感，进而去改进已有的实验。

灵光转瞬即逝地闪现，对于文学创作来说极为重要，对于科研来说更是如此。人类在科技方面的无数次重大突破，无不都是因为这些科学家被一些现象所触动，导致灵光一闪而深究下去的结果。

陆三水向丰天翔提供的资料之上，有一些设想，被丰天翔领悟后化成了配方，这就是一个科学家不同于常人的地方。

丰天翔卧薪尝胆地付出，现在终于有了回报。

"对了，这深更半夜的，你过来有什么事情吗？"丰天翔突然想到这个问题。

"噢……没事，丰珊不能进到这里面来，她托我对您说要适当休息……"陆三水犹豫着，仍然没有把来意说出来。

"你不用这样说话！仅仅为了这个，你不会半夜到我这边来的。有什么事情就说吧，虽然我们接触时间不多，但对于你，我还是比较了解的。"丰天翔说。他怎么可能相信为劝他早些休息，陆三水会专程跑一趟。

"这是真的。"陆三水见丰天翔不相信，就随口胡诌起来，"这几天我跟向主任和甘主任在成都参加会议，上了基地的火车就睡了8个小时，刚才回来就没瞌睡了。"

"你没瞌睡了，既然又来了，那我们就讨论讨论？"丰天翔说。

陆三水真不是从表面看上去那样简单。虽然不知道他的那些知识是从什么地方来的，但丰天翔也知道，绝对不会是简单地从某个教师那里学来的。要是从大学教师那里就能学到如他所掌握的那些知识，国家的各个领域，就不会像今天这样缺乏人才，就完全可以批量造就各个方面的人才了。

陆三水听到这话，立马就感到了郁闷。

的确，陆三水在高温合金方面的认知，在与丰天翔交谈数次后，已被掏得差不多了。

现在又要讨论这个话题？陆三水想，这些东西是否就是这样的，检验过吗？令人怀疑。若谈得彻底了，中科院那帮老爷子不定会把自己抓去切片呢！

"丰老师，对于高温合金这方面我了解得不多，况且是纸上得来终觉浅……"

"小陆，这方面你可知道得不少啊，比我这老头搞了几十年知道的东西还多！要不是你提供这个领域最前沿的资料，同时提出一些建议，目前实验的材料要达到如此的性能，不知还要花多长的时间，还要花多少经费啊！"

这么多年过去了，还有同行记得丰天翔的名字，他曾经所在的单位在他来到山川基地前还在找他，可见他当年在航天材料领域内的名气非常大。

然而此时，他在一个后生面前却一脸诚恳："小陆，你不在乎名声，这我知道。可你得考虑这些材料的性能，它在极大地突破了现有材料的性能后，对国家整个国防工业的促进作用。我们国家在近代史上被帝国主义用坚船利炮轰开国门，饱受百年屈辱，难道你……"

听到丰天翔要给自己上政治课，陆三水立马头就大了，赶紧打断了他的说话："丰老师，其实这么晚我还来找您的目的，就是因为我对航空铝合金有了新的想法。"陆三水赶紧把对航空铝材的了解和想法说了出来。

航空铝材，是航空飞行器的重要材料之一。现今，几乎各类飞机的外壳都采用这种高强度、重量轻的材料。如果用普通材料建造飞机，飞不了几次就会因材料疲劳的问题而报废。而使用的材料太重，飞机即使飞起来了，其性能和功能也将锐减。

"要改进航空铝材？我们现在实验的材料用于导弹也没什么问题呀？"听陆三水说对航空铝合金有新的想法，丰天翔立马就想到这种可能。

"我们可以往这方面做些准备。这次云爆弹测试成功后，基地在西军区又弄到一大笔经费，向主任和甘主任听我说了这个想法后，也有试试看的意思……"陆三水把大致情况给丰天翔说了。

任何技术装备的发展，材料都是最关键的一环；没有先进的材料，技术装备要上一个台阶，是不可能的。所以有资金条件和技术能力，提前做好材料准备未尝不可。陆三水是这么想的。

"现在就做这方面的准备，是否有些不合时宜呢？人手从哪里来？这种项目是很烧钱的，经费会不会有问题？"丰天翔皱着眉头说道。

陆三水尽管不是山川基地的领导成员，但他提出的这个带有前瞻性的问题，向远和甘风华他们是会支持的。但这样一来，把人员和资金投入还用不上的材料研发上，不就是在浪费吗？

陆三水摇着头，并不认为这是浪费："材料是很多领域发展的基石。国防装备毕竟要发展，要研究的这种铝合金材料总是会用上的。而这种铝合金，它不仅可用于航空工业，航天工业也用得上啊，而且消耗极大。如果导弹外壳使用这种铝合金，强度就会更高，就可以安装有更高效率的发动机。"

只要有钱，把它投入于材料研究是很有必要的。不然等到研究项目急需用材料时，这些基础材料却没有，那这研究成果就只能长久地躺在图纸之上了。

"这个配方做过实验吗？"丰天翔没有问陆三水这配方是从何而来的，而是直接询问是否做过实验。

"没有的。这是我还在上学时觉得无聊的时候，想出的要改进这种材料的性能应添加什么元素的一个方案，具体行不行，我也不清楚。"陆三水很坦诚地说道。

两人就一直讨论着，直到陆三水困得上下眼皮直打架，精神依然亢奋的丰天翔才放他离开了。陆三水回到在三区的宿舍时，天已蒙蒙亮，纪浩、骆华强和唐泰三人睡得正酣。

陆三水也困得实在不行了，连洗脸刷牙都不能支撑下去，直接就倒了床上；不到一分钟，便鼾声大作。

彻夜长谈

高层决策
GAOCENGJUECE

云爆弹的测试结果，西军区上报军委后，很快惊动了国家高层。

这种逆天的、杀伤力极大的常规武器，对于中国来说实在是太重要，来得太及时了。在知道这个惊天消息的第一时间，一大群白发苍苍的最高层军政人员坐在了一起。

"这就是小型原子弹嘛！谁批准测试的？这不是乱弹琴吗？谁在负责？负得起责吗？"零号首长连续掷地有声地发问，把会场原本紧张的气氛进一步推高。

在开会之前，零号首长听到下属报告西军区搞原子弹试验，立马就拍案大怒，随即叫秘书把西军区负责人贺昆仑和许戈召到北京问责。

这两人大概是吃了豹子胆，胆子也太大了，竟然不把他这个首长当一回事。这么重大的事情，竟然不请示不报告，就擅自实验开了，这让他这个首长情何以堪？

原子弹小型化，是科技企业一直在研发的一个项目，目的是为了在北线边境防御陈兵百万的S国。但不管这个实验规模有多大，都得走上报审批程序才行。

许戈陈述了云爆弹测试始末，接着又把西军区后勤装备部负责人王胜利及下属林野叫到会场询问后，这事才算弄明白了。于是零号首长便转怒为喜，对此次云爆弹测试成功给予了充分肯定。

虽然S国不断在中国北线边境施压，在西南线又给Y国提供武器，鼓动其向中国挑事，但因有了这类属常武、被允许使用的逆天杀器，零号首长对外讲话的底气就会更足，其腰杆就能挺得更直了。

在接下来的第二天，总装备部在军委机关会议室召开了一个会议。

"我们好像没有设立这个项目吧？"总装备部首席常文彬在听了工作汇报后，皱着眉头问身旁的付江南。

启动了这样的项目，作为总装备部的一把手，常文彬应该知道得非常清楚，可现在他才从正在汇报的西军区后勤装备部长王胜利口中得知。常文彬心想，基层这些小子怎么还是那种工作作风，做事仍然既不请示也不汇报呢！

由于这些情况的存在，有次零号首长把常文彬叫去询问全军的装备情况，当问到当年下面各大军区在装备上独自立项多少，归为哪些类别，已完成多少项时，不想他心中无数，支吾着，有些还说不上来，觉得很是难堪。

"常部长，我们不是没有云爆弹研究项目，这个项目，在装备部和科技部开展合作后的第二年，也就是前年，'长城工业'就已经启动了。"付江南小声地回应着常文彬的提问。他是总装备部次席，分管这方面的工作。

"他们也就用了两年时间，就搞出来了，我看应该给这个研究团队重奖！"常文彬不无尴尬地说道。

"首长，这可不是'长城工业'搞出来的，是A机部下面的山川基地研发的成果。他们的研究人员可是历经艰辛、卧薪尝胆才弄出这个威力巨大的炮弹……"林野不得已插话说道。他认为西军区上报军委的关于云爆弹的测试报告中，特别提到了研发者A机部山川基地，怎么部长口中说出的是"长城工业"呢？

"同志们，今天召集大家来，是就这种大威力的炮弹是否大量装备的问题，听听你们的意见。在北线边境地区，S国一个月以前又增加了两个冰雹火箭炮团，进一步威胁到我边防和领土的安全……"零号首长端起茶杯呷了口茶，放下杯子后又说道，"以后启用干部，还要增加一项内容，就是要考虑智商问题，过去我们仅用忠诚这个标准来启用干部，是不够的……"

"首长，在讨论这个问题前，请允许我就这种武器在生产时遇到的困难作个简要的陈述。"林野说，"据研究这种武器的同志说，这种炮弹的爆炸力很大，是用TNT制造的炮弹的三到五倍，在目前情况下，其生产成本比生产普通炮弹的成本要高出很多。再就是这种炮弹战斗部充填的是高能浓缩燃料。因为才研发成功，还存在着不稳定性……研究这个项目，他们一直都存在着经费严重不足和各种物资供应跟不上的问题……"

鉴于这样的局势，林野担心上面会作出尽快大规模生产云爆弹的决定。因为云爆弹这东西，威力虽然极大，但据陆三水和甘风华所说，生产起来不是很顺利，存在一定困难。

听了林野的陈述，零号首长脸上顿时露出不悦之色。

"不应该存在经费不充足的问题呀？我们每年投入军事装备方面的科研经费已经不少哪！"零号首长说。

"经费确实投进去不少，但都给了国内大型的研究机构或院所。而开发出这款武器的是A机部下属的山川基地……"王胜利说道。他很清楚，既然已谈到了这些事，就应该他出头了。其实他也是近期才知道山川基地的存在。

王胜利当即就把他这两天了解到的情况和盘托出。

所有目光都投向了山川基地的上级部门负责人A机部部长周祥林。周祥林是一年前接替退休的左然将军任部长的。他内心很是高兴，但脸上却故意装出一副严肃的表情对众人点着头。他说道："山川基地是已故国家和军队领导人签署命令建设的。当时考虑到国际局势，以及为了给国家留下能复制出军工体系的技术资料和装备，才建设了这样一个基地，并配备了多个专业的技术人员。然而一直以来，部里给山川基地下达研究项目都不多。前几年B机部与我们协商，由他们出经费，山川基地帮他们研发一枚运载气象卫星的火箭。这枚运载火箭用时一年多研发出来，去年五月，将那颗气象卫星送入到了预定轨道。另外，因山川基地有个已启动了十几年的火箭炮的研究项目，因资金等原因曾数次中断研究，我们前年拨给了他们经费……"

以往没有任务，自然也就没有研究经费。

这让与会者惊讶起来。一个普通的战备基地，处在没有研究经费的艰难境地，竟然坚持了这么长的时间。更为神奇的是，仅仅是在前年获得拨款，不仅已拿下了火箭炮研究项目，而且还弄出一款逆天杀器。

山川基地这个名字，因高度保密，这次研发出了云爆弹，才被在座的好些军中要员知道。

"既然还存在不稳定性，那就得抓紧时间进行改进嘛！所需的经费，所需的材料，甚至是必要的专业人员都必须得到保证……"零号首长虽然内心不悦，但却没有发作，因为林野陈述的情况是客观事实。

"首长，这家研发单位在这方面的情况我们也有所了解。"许戈说，"见到这款炮弹测试出现远超预料的效果，我们非常振奋。之后在与研发人员的座谈中了解到，他们是自筹资金在搞这个研发项目的，我们就赶紧把这两方面的情况报告了上来，其主要目的也就是请您批示，多拨给他们一些研究经费。山川基地也作出了保证，即使现在云爆弹的性能不是很稳定，生产效率也不高，但只要国防有需要，他们即使加班加点也要完成任务……"

许戈跟甘风华相识很多年了，个人关系也还过得去，能通过中央给山川基地要到经费，许戈他们照样会去做的。

搞国防科研，需要足够的研究经费。山川基地在缺研发经费这方面，别人可能不了解，西军区却是比较了解的。现在山川基地已经铺开的防空反装甲导弹研发，即单兵导弹项目研发若能获得成功，那之后再按功能细分成各种武器或升级装备，最大的受益者也应该是西军区。

"好，非常好啊！"零号首长说，"对这样一个一心为了科技事业，自筹经费却搞出了国防利器的单位，我们应该大力支持并表彰！这个单位没有条件创造条件搞科研，并发扬一不怕苦，二不怕累的革命精神，是国防科研院所的榜样！也是国家之福啊！周部长，你们不要老是待在机关，要到基层去走走看看，确确实实地帮助他们解决科研中的实际困难，以及职工们的疾苦……如果我们国家的科研人员都像山川基地的科研人员那样，一心为科技事业着想，我们强大的国防就指日可待了……"

听到零号首长点名了，顿时，与会人员都把目光投向A机部部长周祥林身上。

"首长请放心，会后我们就深入山川基地做调查研究，一定根据您的指示，确保他们在完善这个项目上有充足的经费和材料供应……"周祥林把话说完后，狠狠瞪了许戈一眼。

山川基地一直不被重视，是因为A机部的核心层认为国家已经有了原子弹和氢弹，大的战争是不可能打起来的。既然如此，这个战略储备基地存在的意义就不那么重要了。

部长视察
BUZHANGSHICHA

"搞面子工程何时休？我们这里忙得不亦乐乎，连吃饭睡觉的时间都大打折扣，哪里还顾得上收拾设计室来迎接上级领导视察工作？不是说下来解决问题吗？就给我们这里分点专业人员来嘛！"陆三水这段时间已忙得不可开交，已经是脚不沾地了。

不几天就进入八月份了。由陆三水负责的导弹制导系统，因制导的红外头，以及整个系统材料问题没有获得突破性进展，依旧裹足不前。反器材狙枪"J致命匕首"，其枪管壁厚不足引起的"开花"问题已经得以解决。因此，单兵装备所涉及的枪械部分便完成了各种测试，已进入到批量生产阶段，下一步就将装备基地警卫营和西军区参训的卫戍营。为了增强特种部队装备的威力，陆三水目前尽管在忙着导弹制导事务，但还是挤出一些时间来，在为要加进的尾管式枪榴弹做设计。

尾管式枪榴弹对于陆三水来说，虽谈不上复杂，但得把目前国内化工和材料体系状况考虑进去，就必须改进某些设计才行。

为了方便，他没有采用最常用的空包弹发射，而是实弹发射。实弹发射的枪榴弹，比普通空包弹发射的枪榴弹就多了一个俘弹器。

为使枪榴弹的射程有更大的突破，陆三水在枪榴弹末端还设计了辅助装药，这样改造后，枪榴弹的推动就不全是靠子弹发射时的冲击波了。陆三水现在设计的40毫米枪榴弹，理论上的射程可以达到450米。这改造后的枪榴弹，比起普通的枪榴弹强大了不少。

枪榴弹要发挥最佳功能，有着更大威力，就必须形成一个完整的系列。发烟枪榴弹、破甲杀伤弹、爆破杀伤弹、燃烧弹、穿甲弹……然而这一系列，都得陆三水一个人来做。指望纪浩、骆华强和唐泰他们来设计，肯定不可能。

这几人眼下连最基础的枪械设计都还存在一些问题。安排他们共同设计一款适用于特种作战的手枪，过去这么长时间了，连个草图都没见到。

"小陆同志，你叽叽歪歪说什么呢？上级主要领导来视察工作，你们是应该把狗窝整理一下嘛！设计室更应该保持整洁才是。这废弃的图纸满地都是，看着不顺眼嘛？桌上的东西顺一下，看上去不凌乱，不是更好吗？"向远这两天无论是办公室还是车间都在串，每到一个地方，总要说上几句。

陆三水的设计室，可能是基地里最乱的地方。他是一向不爱收拣东西的，而且很多东西都是为了使用方便，不放在该放的地方。

陆三水对此认为，只要自己用的时候顺手、方便就很好。他还认为搞设计，只要能够完成设计任务，能为军队提供更好的武器装备就是有敬业精神的，这比什么都重要。

毕竟这设计草案一类的东西，在某个位置上突然有灵感拜访，这时要能够抓得到纸和笔，马上把它记下，否则转瞬即逝。

"小陆啊，山川基地的质量控制体系是你提出来的，其他的设计室和生产车间都执行得不错，你这里倒好，连个卫生状况都不能保证……"参与卫生检查的甘风华见状，此时一脸苦笑。

"唉，山川基地里，好像就只有我们这个独立的设计室吧？甘主任，要不您帮我减轻一下担子，制导系统卸下，我也好安心带着他们几人搞枪械设计……"陆三水认为他担负任务过多，手下的人也终日在忙，不应该拿这卫生说事。

这设计室里在别人看来是凌乱了点，但对陆三水来说，这样做起设计来更方便些。

陆三水既是枪械设计的统领，导弹制导系统的设计也是他在拿总，另外还有计算机芯片、单兵作战装备和材料方面的事务，什么时候在这些方面有了新的想法，他就得简要记录下来，然后才好再深入下去。

　　各种东西放置在一起，势必堆积太多，陆三水有时也会因此犯糊涂的。

　　"我就知道你小子的脾性，说了也不会听。但总得稍微整理一下吧，不然首长来了看见你这设计室乱得一塌糊涂，如果坏了心情，本来要给我们经费的，也就不给了。"甘风华见陆三水没去理会他们，只是在图纸上写写画画，便无奈地说道。

　　"这次难道是大人物来视察工作？以往西军区装备部的人来这里，也不见你们有这样积极呀！"陆三水放下手中的笔，对着已离开设计室的两人的背影问道。

　　陆三水这段时间因公睡眠不足，过于疲劳，加之因此败了胃口，整个人看上去，精气神不好。

　　"这回A机部的首席周部长下来，是为了了解我们研发云爆弹的情况，不定我们还能获得一笔巨额经费……"甘风华已经有了前瞻性的乐观预期。

　　然而山川基地这次弄出这么大的动静，惊动了国家高层，惊动了零号首长，它几十年来具有的战略储备意义估计不会继续存在下去了。A机部在他们取得重大科技成果、获得优异成绩的情况下，怎么还会让他们继续闲置呢？

　　基于这个原因，所以A机部部长周祥林来视察工作，向远和甘风华两人非常重视，对此寄予了厚望。

　　大山里是寂静的，大山里的生活与工作就是一种单纯的重复。这对心不在这里的人是一种煎熬，而对全身心投入科技事业的人们来说，他们觉得这日子过得很充实，过得太快。

　　在向远和甘风华检查卫生后的第三天下午，一架直-5直升机先是悬停在山川基地一块草坝的上空，然后缓慢着陆。周祥林一行下了直升机。

"欢迎，欢迎，热烈欢迎！欢迎，欢迎，热烈欢迎！……"基地组织了上百名还在暑期中的少先队员，以及数十名年轻女子，他们舞动着在这山野里采撷的各色野花，笑盈盈地呼着欢迎词，在离开草坝必须经过的一端，迎接到来的周祥林一行。

这是在向远授意下，基地团委组织的欢迎仪式。

周祥林下机后，就被眼前这阵势惊住了，他两眼瞪着上前迎接他们的、从部机关空降到山川基地任主任的向远，严厉地发问道："搞这些形式主义的东西干嘛？能促进四个现代化建设吗？向远啊，你是从部机关下来的，高层首长到部里视察工作，搞过这玩意儿吗？"

"首长，这是家属们自发组织的。自从基地恢复生产后，上下有事可干，职工和家属们的日子也过得充实起来，这是您英明决策带来的新气象……"向远根本不在意周祥林的不满，满脸堆笑，一边解释着，一边拍马屁。

"还有完没完？"周祥林打断了向远的话，"抽空再收拾你！"

周祥林对山川基地的情况是了解的，而眼前所见却正如向远所说的那样。他瞪了向远一眼后，就换了一副笑容可掬的面孔，挥手向少先队员们致意，接着又去跟那些欢迎他们的年轻女子一一握手。

欢迎仪式之后，周祥林一行在向远、甘风华的引领下，直接向基地机关大楼小会议室走去。

一行人在小会议室落座后，周祥林便以闲聊的口吻问起了基地职工和家属的生活情况，以及办学等情况。向远和甘风华交替作答。待工作人员把已装好茶叶的杯子沏上开水后，周祥林的口吻就变得严肃起来："这样吧，你们先谈谈陆三水到基地后是怎样的表现。"

向远和甘风华对这个提问多少有点诧异，部长怎么不先问云爆弹的事，却先问起了陆三水的表现情况？许戈可是给甘风华说了，云爆弹已惊动了军委和国家高层领导。

陆三水到山川基地两年了。那时还是左然将军任A机部部长。向远深受左然的信任，把他放到山川基地担任主任一职，既是锻炼他，也是在为日后提拔他做铺垫。左然跟陆天问也是非常熟悉的。陆天问不幸罹难后，他很支持北航空气动力学家龚明志把陆三水接到北京生活学习。陆三水学成后，左然做主，把他分到了山川基地。之后他又把这事告诉了陆三水的老师，原B机部副部长、世界著名空气动力学家辛海阔教授。

"首长，熟悉陆三水？他可是我们基地不可或缺的宝贝人物啊！为了提高我们研发多年的火箭炮的威力，他搞出了云爆弹。而火箭炮弹的外观设计，也是他提出了修改意见，并用'有限元分析'才取得了突破性进展……我们正在搞的防空反装甲导弹也是他提出的，红外制导部分由他负责……同时，他还负责打造特种部队，其所配的单兵武器装备，都是他根据中国士兵的身体特点设计的，眼下已开始小规模试制，预计下月底就能装备这两大军区的特种部队了……"向远如数家珍般地汇报陆三水到基地后，在工作上的表现和取得的成绩。

向远心知肚明，要不是陆三水这个年轻人做出这些成绩，山川基地哪有成绩？周祥林的整个任期也就不会来到这大山里了。

当然，向远内心很感激陆三水的引导。因为基地自己寻找项目做，更具针对性，而做出成绩后，也更易获得上级首长的重视！

云爆弹项目不就是这样吗？

"你们大概不会因为陆三水的特殊身份，把山川基地这些年出的成绩都聚于他身上吧？他一个从学校毕业不久的年轻人这样厉害，谁会相信呢？"周祥林被向远说出的这些话惊得怀疑是在听天方夜谭，而他说出的这几句话，却很失一个部长的水准。

陆三水的身份，周祥林是知道的。

当初陆三水被分配到山川基地，是A机部原部长左然将军拍板的。一年前，左然退休时向接替者周祥林提及过在山川基地的陆三水，并介绍了他父亲陆天问生前对科技事业的贡献情况，同时把世界著名科学家、空气动力学家辛海阔是陆三水的老师这层关系也说了。

山川基地里的一些老专家跟陆天问的关系非常好，他们看着陆三水从几岁的孩童长成少年。陆三水因父亲罹难，从15岁离开山川基地到1983年回来，其间隔着8年时间。而八年后回归的陆三水，已然不是过去的陆三水，他能给山川基地带来光荣与梦想。

陆三水早晚要领导这个基地，这既是对陆天问的补偿，也是时代对他的选择。

"我们先不急着开会，"周祥林说，"向远，陆三水工作成绩之外的事，你有了解的，就只管跟我说说！"

"好，我就按首长的要求说。"向远清了清嗓子，"陆三水到基地不久，正赶上北方那场特大地震，国家几乎所有的运输工具都在保灾区物资运送，我们基地的食品供应也受到了一定影响。一段时间里，食堂主食就是玉米窝窝头，加萝卜咸菜、白菜汤，还是定量的。吃得瘪肠寡肚后就没有个饱。同陆三水住在一起的三个大学生便一致想到打猎可以换来肉食，就以实验为名从枪库借出枪支。他们进入禁区后就被警卫营营长挡住了……最后引出了研发狙击步枪的事。这枪研发成功后，就吸引来了西军区的负责人许戈和装备部的林野……"

讲述中，向远还把陆三水在许戈面前立军令状，从他手中获得百万经费用于单兵作战装备研发的事说了个透彻。

周祥林听完向远这番述说后，便谈起自己的看法，话语中掺杂着感悟成分："陆三水这小子的所作所为实在离奇！他老师辛老曾写信向我推荐，我没轻易相信，认为他在几所大学里待的时间都不长，却忽略了人掌握知识有快有慢，且并不是每个人都能把知识融会贯通，能举一反三的人毕竟是少数……"

云爆弹横空出世后，陆三水的名字进入了军政高层人士的耳膜，周祥林这才想起蜚声中外的空气动力学家辛海阔曾向他推荐过自己的学生陆三水。这两天，陆三水在他心中已然是个神秘人物，在来山川基地的路上，他就想一定要把他弄个清楚。如果陆三水真如向远所陈述的那样，周祥林认为A机部就真的拥有一块宝贝了。

山川基地的创建人，陆天问在他还没发挥出巨大能量时就罹难了。现在出现的陆三水，要仰仗他多弄出些我有你无的武器装备，A机部才能把腰杆挺直，与别的机械部抢项目、抢经费呀！周祥林是这么想的。

周祥林对陆三水的认识由神秘走向清晰后，接着便表扬起向远来："有一点你做得不错，知道陆三水有着超强的能力，不仅没去限制他的发展，还支持了老甘等老专家的意见，同意他担任项目负责人。这样一来，陆三水才能充分发挥自己的才干，为军队研发出了一系列先进装备，为科技发展作出了贡献。"

向远在谈陆三水的成绩时，较隐晦地提到自己为了看陆三水究竟有多大的能力，就让他担任了独立的武器装备设计。

其实一开始，向远是反对陆三水任狙枪项目负责人的。就因为这样，黄明虎甚至拔枪威胁过他；甘风华等人还以罢工的方式来抵制向远的做法，这才赢得了陆三水肩上扛着项目负责人的职务。

向远很圆滑，他截留陆三水研发项目经费的事一概不提。如此说来，向远不仅不存在过错，还因为知人善用，不搞论资排辈，对于陆三水这样的年轻人给予机会而有着功劳。

向远为了强调自己知人善用的功劳，又说道："的确，当初我也没有想到年纪轻轻的他，能搞出狙击步枪来。国内一些有名的枪械研究机构，他们耗费了大量资金和时间，对狙枪的研发也没获得突破性进展，而陆三水仅用了两个来月的时间，就生产出了样品，且各类测试都达到了设计要求……"

陆三水令人惊奇之处，在于他设计的多款武器，几乎不需在测试过程中再进行修改。这一点，就连枪炮老专家甘风华都感到惊诧，认为不可思议。

别说甘风华觉得陆三水经手的研发项目既快又精准，很是神奇，就连基地的各类专家都注意到了"陆三水现象"，便试着探他的"底"到底在哪儿。可这小子好像什么都知道，至少在电子、材料、机械和空气动力学等方面，他是可以给你上课的。

这些学科都悉数进入了陆三水的档案。一年或两年的学习就超越了那些学业专攻一辈子的专家，恐怕也只有陆三水。换个人即使是不吃不喝不睡觉学上一两年，可在专家面前不依然是小学生？

再者，就算你学某个专业毕业了，就意味着你能给这个专业做产品设计吗？就意味着你可以给这个专业的产品设计提建议吗？

"行了，我们就先开会吧，晚间我再找陆三水谈谈。"周祥林说道。

他看窗外天色已不早了。

黄昏时分他们才去食堂用餐。之后，除了周祥林的专座司机，其他几人都跟随他，在向远和甘风华的陪同下进入了山体里面。

甘风华团队上班的设计室，也是基地里最隐蔽的会议室，基地研发的项目，其阶段性研讨和完成的确认，基本上都在这里进行。

"同志们，首先，我要代表A机部向大家致以问候！向大家表示感谢！"在这封闭的山体里，周祥林声音不高，语速不快，"在座的基本上都是老同志。几十年来，你们在这深山里默默地为科技事业奉献了青春和才华，与家人聚少离多，为国家安全作出了突出贡献，共和国是会记住你们的。大山里的生活是艰苦的，国防科技工作是枯燥的，大家能够在这样的环境中发扬吃苦耐劳、勇于拼搏的精神，是难能可贵的。你们的辛勤付出最终得到了回报，祝贺你们取得了优异的成绩……"

周祥林知道，他面对的都是些国防科技领域里的各类资深专家，不能像在那些科研院所和其他下属单位那样讲话。这些老同志为了国家安全和国家战略，毅然放弃了相对舒适的城市生活，放弃了与家人的团聚，在深山里默默奉献，要多给他们以安抚，把话说得顺耳些。

"我们基地研发的云爆弹获得空前成功，惊动了军政高层，给我们A机部长脸了。考虑到北线边境持续紧张的局势，为了增强边防部队的战斗力，军委首长决定，现北线边境的131火箭炮团需重新打造，计划中的有三个。每个炮团所属的各个营都得有两个基数的云爆弹储备……"周祥林这一席话，顿时让在场的所有人兴奋起来，掌声雷动。

云爆弹项目虽然是陆三水提出，甘风华拍板，陆三水担任设计，但的确是在大家共同参与下才搞出来的。不想第一次实弹测试就获得巨大成功，现在又获得上级下达的生产计划，大家能不激动吗？

研发武器装备的人，他们最大的快乐，莫过于他们设计出来的武器，被部队大规模地装备。

云爆弹不仅火箭炮可以使用，还可以用在其他武器上，像大炮也完全可以使用，还可以把它制造成航空炸弹等。

"当然，高层首长和军委首长还希望我们再接再厉，继续创新，研发出云爆弹系列来。"周祥林继续说道，"比如用于轰炸机的，用于大炮、坦克的，用于舰船和水中的。另外，关于火箭炮，军委首长也有指示，希望尽快解决遗留问题，装备部队……"

周祥林算是A机部顶天立地的人，他的这番话，已经给山川基地指明了今后工作的方向，想停也停不下来，所有人因此精神兴奋。

这群科技人员的付出，只有转化为更多的生产任务才是值得的。

搞科研工作的人，也最怕自己被闲置起来。现在情况发生了逆转，国家以经济建设为中心，科技发展也迎来了发展机遇。这群国防科研工作者已铆足了干劲，要为科技发展奉献力量。

"部长，这么重的生产任务，基地肯定得全力以赴，不然无法完成。"分管项目研发和生产的甘风华皱着眉头提出了疑惑，"那我们已经运转了一段时间，大量准备工作都基本做好的研发项目是否就只有搁置了？"

"你担心的问题？最终还是个经费问题。这个问题你们不必担心。当前国际局势十分复杂，得保证北线边境部队战斗力的提高。我们A机部主要研发和生产常规武器装备，既然给你们下达了生产计划，经费和后勤保障肯定是会跟上的！"周祥林知晓甘风华在担心什么。

"部长，我不是这个意思。您也知道，现在我们基地搞研发方面的人员捉襟见肘，往往又是多个研究项目同时进行……"甘风华不好说正在研发的防空反装甲导弹项目。

毕竟这个项目是山川基地自己搞的，没有向A机部申报立项；就算补报，能否立项而获得经费是有很大不确定性的。

当然，这次下达的生产计划，将会给山川基地带来庞大的研发经费，可这样重的生产任务，他们是无法再去顾及单兵导弹项目的，这等同于将其搁置了起来。

甘风华之所以提出这个问题，就是看能否借这个机会要来一些专业方面的人员。

"老甘同志，山川基地有需要解决的问题都可以提出来。我这次到基层来，一个目的，就是要为你们在工作上、在职工生活上排忧解难……"周祥林说话时，始终保持着微笑状况，这样显得更具亲和力。

周祥林也知道，他们的下属厂院，就是由于一直没有弄出突破性的装备，深受诟病。有人便说，你们横向看看人家B机部，再看看C机部和D机部，那家不是硕果累累，他们部长都是横着走路的。

现在山川基地给A机部和部长长脸了，得到优厚的待遇也不为过。

"部长，山川基地亟待解决的问题，就是研究人员太少。组建这个基地，以及这个基地的性质您是很清楚的，从一开始我们研究人员的配备就显得太少……"甘风华说到这里，突然感到嗓子干涩，就停下来拾起了茶杯饮水。这当口，旁边的人传给他一张纸条，他扫了一眼：

> 甘主任，把防空反装甲导弹项目说出来，借此要人。

甘风华一看字迹，是陆三水的。先前发言，甘风华还对这个正在开展的项目遮遮掩掩，见到陆三水的提醒，也认为说出来借此伸手向部里要人，是顺理成章的事，便在放下茶杯后说道："现在基地面临完成部里下达的生产任务，即边防部队急需的装备，且数量很大，而我们为了缓解北线边防部队的压力，又正在研发一种既可防空又能打击装甲的导弹。这种导弹不是车载系统的，而是士兵可随身携带的单兵装备，使用方便有效。可现有的研究人员又不能分身兼顾两头。在这种情况下，要想完成部里下达的生产任务，同时又要加快这种导弹的研发进度，唯一的办法，就是补充研究人员。"

"老甘，你向我要人？这个我也有困难！这两年，虽说分来了不少恢复高考后的大学毕业生，也远远不够啊！何况你们是向我要专业研究人员，我在哪里去弄？"

专业研究人员缺乏，不仅山川基地是这样，其他科技单位同样也是这样。那些动荡岁月时期上大学的毕业生，只能用于行政上，搞技术研究，他们不具备专业知识条件。

"部长，研究人员我们可以培养，但必须是具备基础条件的。对于专家级的技术人员我们当然是求之不得；如若没有，恢复高考后毕业的大学生，所学与我们专业有关的也行。像电子、计算机、无线电、机械和空气动力等专业的毕业生……"甘风华提出了所要人员应具备的条件。

了解了甘风华的意思，周祥林笑了起来，他以为甘风华是向他要专家级别的研究人员呢，结果不是。于是就说道："老甘说的这类人员没有问题，我们回去后，就让有关部门着手解决。"

"谢谢部长！"甘风华感激地说道。

接下来，周祥林就说起了军方高层要求生产云爆弹的事："山川基地的生产潜力我也作过一些了解。三个火箭炮团下面的每个营，他们所拥有的炮都要储备两个基数的炮弹，这个生产数量很大，短期内肯定无法完成。我有了这样一个想法，当然不是已决定了，就提出来大家讨论一下，看是否可行？……"

这个数量级的生产任务要尽快完成，以山川基地现具备的生产能力，还真是个问题。一门车载的131火箭炮为18管，即一次装弹18枚。90枚为一个基数，一门炮要求储存两个基数即180枚。一个营配备有数门131火箭炮。装备三个团，算下来就要生产数万多枚云爆弹。

生产如此庞大的数量，完成却有时间上的要求，凭山川基地的力量几乎不可能。

"部长，生产炮弹壳和火箭炮发动机一类的，我们不存在问题，还存在问题的是关键部位战斗部……"听周祥林说到要把一大部分任务分给弹药工厂，甘风华立马就不乐意了。

这火箭炮研发多年不成，是因为发动机材料不过关成了瓶颈。好在基地寻回了航天材料专家丰天翔，他夜以继日地几个月攻关，最终研发出了可用于火箭炮发动机的高温合金材料，从而突破了研发受困的瓶颈。不然甘风华哪有底气说出"生产火箭炮发动机没问题"的话来？

"同志们，这可是数万枚，不是300枚啊！。北线边境的情况可能大家不是很了解，严峻得很呢！所以军委首长要求我们要在三个月内完成生产任务。且必须做到生产一批，运去一批！"周祥林的神情变得严肃起来。

"部长，我们这可是实话实说。要说生产云爆弹的确谈不上很困难，不过由于战斗部所装的药粉性能不稳定，我们完成研发的时间也不久，因此还需要作细化研究。所以从这个意义上讲，把生产工艺以及配方提供给兄弟单位，不是我们不愿意，怎么说我们跟他们都是A机部的属下。正因为战斗部的药粉性能不稳定，在调改配方前就提供给兄弟单位使用，我们就担心万一发生意外……这后果是不堪设想的！"陆三水见甘风华无法再说什么，便站了出来。

这配方和工艺一旦旁落他人，山川基地就不再是拥有这配方和工艺的唯一企业，无疑就会失去额度可观的研究经费。

改革开放已进入到第7个年头，国家把战略重心转移到经济建设上来仍在持续深入，这既有利于促进中国四个现代化建设，也有利于国防现代化建设。

其实，光靠上级部门拨款，根本就干不了多少事。然而在那时，国防工业各单位的研究经费，却主要是通过上级部门下达研究任务才能获得。

然而山川基地自从陆三水到来后，就没有靠A机部下达研究任务而获得研究经费，而是靠自寻研究项目来获得经费。山川基地不仅走出了这条独创的路子，而且取得了巨大成功。他们所走的路，就是后来国家倡导的企业市场化之路。

"这是？"周祥林问道。

周祥林没有见过陆三水本人，但却知道这个名字。在中央零号首长因云爆弹测试成功，在他所召集的会上，也有人提到过这个名字。他见到这样一个年轻人十分扎眼地坐在一大群老头子中间，还能够当面与自己对话，就反应过来这人定是陆三水。

"部长，他就是我们基地的陆三水同志。云爆弹主要是他跟负责弹药研发生产的九区开发出来的，在这方面，他应该是最有发言权的！"向远赶紧介绍道。

向远与敬士才这一年多来，在省工业厅、成都市轻工局求爹爹告奶奶，希望能够分得一点生产任务，好改善一下职工的收入和福利状况。这厅这局的领导倒是很热情地接待了他们，可一谈到实质内容，对方就顾左右而言他，委婉地说山川基地不属于他们管辖的企业，最终什么也没给予。成都市轻工局还好，虽说没有直接给生产任务，却引荐了多家可以谈合作的企业，不想这些企业还一谈就成。现在基地的一些车间，就在加工这些合作企业的产品，还为一些企业设计并制造生产线，甚至给他们生产机床。

有了这些心酸的经历，向远对把生产任务分些给别的单位，内心自然是抵触的。

131火箭炮使用的炮弹结构谈不上复杂，生产工艺也不繁复，而国防需要的是云爆弹，不是其他什么。这东西一旦拱手让出，今后再有生产它的任务，生产能力更强的企业就会全部拿走。山川基地这岂不是为他人做了嫁衣裳？

去做这样的事，无异于自虐，谁愿意？

向远对陆三水的介绍，使周祥林有了台阶顺着下。他挂着一脸笑意，问陆三水："小陆同志，既然战斗部里的药粉性能不稳定，为什么你们在生产中能避免发生严重后果，而别的工厂生产就可能出事故？我认为你脑子里有山头主义思想。过去我们有很多生产任务，的确都是谁研发出的，谁的下属单位就负责生产。可是眼前这样的情况，是国家安全重要，还是山川基地充实小金库、过好小日子重要？"

说到后面，周祥林的脸色已变得严肃起来。

"部长，这样的想法我们是不会有的，因国家利益和安全高于一切。"陆三水可没因为对话方是A机部一把手而退缩，"如果大家看重小金库或在乎小日子，我们中恐怕没有人会留在这里，再怎么说山外的世界都比这山里强！但为了科技发展，我们扎根这里，义无反顾！我们之所以认定别的单位不行，尽管他们在规模上比山川基地大，但在安全生产方面，他们绝对无法与我们比。自去年上半年的考核开始，山川基地各生产单位的废品率，就已经控制在3%以内了，而生产效率比过去提高了至少一倍以上。我想这些产品质量数据在生产报表和工作总结中都有充分反映，部领导都是知道的。而其他兄弟单位，他们的废品率会低于我们吗？生产效率能超越我们吗？这是质量率和生产率方面。而安全生产方面，部长可以到九区的生产车间和研发部门看看，眼见为实更可信⋯⋯"

陆三水认为是自己的，就得争取，不能旁落。

其实之后不久，不少科技企业就在深化企业改革。没有了铁饭碗，手捧的泥饭碗是易破碎的。市场经济的法则，就是物竞天择，适者生存。

"你们如此低的废品率，生产质量是如何保证的？"懂生产的周祥林很是诧异。他算是领教陆三水了，这小子果然有能耐，且器宇不凡，不愧是辛海阔辛老最看重、最得意的门生。

"部长，我们再怎么说都是虚无的，您去现场看看，才能有切身感受。"陆三水极力鼓动周祥林到生产车间去看看。

在山川基地推行"质量控制体系"快两年时间了，效果非常好。在制定这个生产规程的时候，陆三水融入了当今一些工业大国在企业质量管理方面的做法。

向远认为陆三水这个提议很好，但看看时间已经很晚了，便用较快的碎步走到甘风华身边，一番耳语后，只见甘风华点着头。然后又见向远去到周祥林面前，跟他小声说话。周祥林连续说出"行嘛行嘛"的话后，向远就回到自己座位上说道："同志们，周部长下午来到基地后，没顾得上路途劳顿，就连续召集了两个会。现在时间很晚了，征求周部长的意见后，他同意把去九区的视察安排在明天上午。在座的明天都一路同行⋯⋯"

向远对周祥林说道："'质量控制体系'的核心是，实行专人专机专岗一系列的管理，因而无论多么繁琐的工序，产品质量都能得到保证。"

周祥林频繁地点头。他一边听向远介绍着山川基地实行的"质量控制体系"，一边在众人的簇拥下朝九区走去。

甘风华没有说话，也没有告诉他们上次他和陆三水从九区回来走的那条较近的山路。如此看来，山川基地在山体里的那些研究项目，就连周祥林也不知道。

倏地，陆三水心中有了要找个时间搞清楚山体里的那些洞里，究竟还有哪些研究项目的想法。

山体里上班的人要出基地十分困难，要进入山体的某些区域同样十分困难。

因为子弹和云爆弹研发，前些日子陆三水与弹药九区打交道的时候较多。所以这个区的技术人员和工人对陆三水就很熟悉。也正是由于这个原因，他们把前来视察工作、被簇拥着的领导没当一回事，却不断向陆三水打着招呼。

"部长，小陆同志前些日子因研发云爆弹，经常来到九区与他们讨论，就很熟悉了。"见周祥林脸上露出不悦的神情，甘风华急忙解释道，"再一个呢，前年在设计狙枪的同时，他自己也设计了一种专用于狙枪的子弹。虽然受到了这些老专家的质疑，但最终生产出来了，且在射击测试性能时远远超过了他们所设计的。"

陆三水毕竟很年轻，不懂得这种盖过部长的现象可能会对自己造成危害：万一让周祥林因这事生出嫉恨来，以后他的前途和做事都将遇到阻碍。就做事而言，山川基地的计划项目都是从部里来的。

"还有这种事？"周祥林有点吃惊。

周祥林在这方面多少也了解一些。这弹药与枪械还真是一码归一码，各占一个领域。在这个世界上能够造出枪来的国家不胜枚举，但能研发并生产弹药的国家却不多。枪械仅仅涉及设计，以及材料、加工和热处理等工艺。子弹不仅这些都会涉及，还将涉及化学、空气动力学等方面的原理。

"……大致就经历了这些事。"甘风华随即就把陆三水刚来时受到专家们质疑，接着把他设计的子弹生产出来，与九区设计的三种子弹，用他设计的狙枪做射击测试，结果无论是射程、精度和子弹穿透力等性能，陆三水设计的都远远优于九区设计的。这令这群老专家们口服心服了，之后就都认真地帮陆三水做事。而云爆弹也是在被质疑声中生产出来并测试成功的。

"看来这年轻人还真是一个宝贝。兴许左然将军只知道他在几所名校就读过，是辛海阔院士的弟子，却不知道他有逆天的本事，就随意把他放在了基层。"周祥林话语中透出了他对他的前任左然将军使用陆三水的遗憾。

他认为把陆三水放在A机部研究院，他发挥的作用将会更大。

"部长，真要是把他留在部机关或一家研究院所，他的天赋和专业学识就会被毁掉。"甘风华不以为然。

"老甘，你这话怎么讲？"周祥林不解，与甘风华目光对视。

甘风华是部里挂了号的资深枪炮专家，况且这个年龄段，他也没有了在职位上"更上层楼"的想法，所以在周祥林面前就没有语言上的迎合，怎么认为就怎么说："别的不说，若是陆三水留在部机关的技术开发部门，或是分在外行领导内行的那些部属研究院所，讲论资排辈的这些地方，陆三水要想独立主持项目，得在猴年马月？等到有资历了，恐怕他的才华也耗尽了。而在山川基地，他一出道，我们就给了他独立主持项目的机会。结果他用两个多月时间就拿出了狙击步枪样品，突破了国内研发几十年所遇到的瓶颈，惊动了军区……"

周祥林一时无语了，心想老甘这话说得有理有据呀！便领会了前任左然将军把陆三水放在基层的用意，那不是在给他一个施展才干的环境，让他没有阻碍地尽其所能吗？然后再把他放在更大的空间统揽全局……

"老甘，你说得在理呀！陆三水来到山川基地，你们放手给了他施展拳脚的机会，他才能在两年的时间里，为山川基地，为部里赢得了荣光。说得俗气或者说大众化一点，他为A机部在众多机械部的不屑中赢回了面子……"

周祥林走完了九区的所有车间，了解到山川基地接近两年来推行的"质量控制体系"，就是实行专人专机专岗等一系列管理，这种管理模式极大地降低了残次品，使得产品合格率高达97%以上。他虽然内心高兴着，却在有基地中层领导和车间主任参加的会上，对向远拍起了桌子："向远，山川基地所有车间都像九区那样，在推行'质量控制体系'，基地因此受益匪浅。可你们为什么不向部里报告这种先进的生产管理模式？这样既节约成本、生产效率又高的管理方法，为什么要藏着掖着？不拿出来在部属企业甚至是国内推广？这分明就是小团体思想作怪，在搞山头主义嘛……"

周祥林此次视察下榻的基地招待所就在三区内，因为隔得近，他也视察了三区开工十足的生产车间。车间主任敬士才就车间实行"质量控制体系"，生产品种来自成都的一些民用品订单，合格率几乎达100%，订户反映市场销售情况良好的情况，向周祥林作了详细汇报，加之周祥林又见到排起长龙等待装货运往成都的大货车，便认为这"质量控制体系"的确是个好东西。

"部长，这个管理办法我们也是在摸索中不断修订，使之趋于完善。我们原来想，一旦成熟就立即向部里作出书面汇报。之所以这样做，是出于谨慎考虑，不然万一这种管理方式不成熟而报给了部里，部里又要求各基层单位推广，那些兄弟单位不私下骂部里才怪呢！甚至还可能骂部长您胡乱推广。"向远拍马屁几乎不露痕迹，但只要周祥林能感觉得到就可以了。

向远可不敢跟周祥林说，坐落在成都金沙的一些国营企业，为了提高产品质量和生产效率，已经在实行这种管理模式，且已取得了很好的社会效益和经济效益。

像坐落在成都金沙区凤凰山一带的国营成都电焊条厂，其分管生产的副厂长栗继光，在听了山川基地宣传部副部长李明久和三区车间副主任叶向阳的巡回宣讲后，就在厂里实行了'质量控制体系'。他们从碳素钢的采购，再到焊芯加工、药皮配方、焊条成形和烘焙等工序，都做到了每道工序严把质量关，并签字后再往下道工序移交。结果当月产品的合格率就创了历史新高，整体合格率达到了98.5%。第三个月就接到了石油管道工程和东方锅炉厂的大订单。

同样，坐落在成都金沙区天回镇一带的万里摩托车轮毂厂，也是在实行'质量控制体系'半年后，国内三家摩托车生产厂家就蜂拥而至，争得不可开交，最后三家用协议形式平分了该厂未来三年中摩托车轮毂的总产量。

"你们得把这方面的详尽资料准备好，我得带走。"周祥林说，"不用太长的时间，'质量控制体系'就将在A机部下属企业全面推行。在这里关起门说，多年来，我们系统内的生产质量和生产效率普遍不高，遭外界和业内诟病。我们一定要打好翻身仗，要以优秀的产品来改变消费者对我们负面的看法，让其重新认识我们……"

因产品质量问题和生产效率低下，在许多年里，A机部的高层没少挨骂，走路腰杆都挺不直。

"部长放心好了，这方面的资料已经备好。"向远说，"如果部长认为有必要，我可以去兄弟单位宣传推广这种管理模式。现在山川基地已走上了正轨，整体运转是良好的，甘风华同志'一肩挑'也是可行的……"

在向远看来，出现这样难得、可以让自己调离的契机，就得抓住。

周祥林这次山川基地之行，了解了很多情况，也务实地为基地解决了需要解决的问题。

视察了山川基地一些生产车间后，在接下来召开的会议的最后，周祥林作出了重要指示：山川基地把来自成都一些国营企业的订单完成后，就得生产A机部下达的军品订单了。数万发云爆弹的生产，直接更换现有炮弹战斗部的填料也是可以的；考虑到在安全上、质量上山川基地更有保证，就都由你们来做。而其他部件的生产，就交给A机部在重庆的嘉陵机械厂去完成。

至于基地正在研发中的单兵导弹项目，也即防空反装甲导弹，就由甘风华挂帅填写项目申请报给部里，后续经费由部里划拨。

最后，周祥林肯定了山川基地走出去找生产任务的做法，说这是高层首长多次提到的企业市场意识的体现；并说A机部的其他基层单位也应该效仿山川基地，要主动出击，不能坐着等靠要。

周祥林还说到随着国家改革开放的深入，国际形势格局的变化，高层对国防战略也在做出一些调整……谈到兴头上，周祥林突然压低声音说道："我这里先给大家吹吹风，听后就忘掉，不许乱说，谁乱说，就追究他的责任。大家都知道，由于20多年前国家根据当时的国际局势，在国防战线以备战为指导思想，大规模地搞起了国防、科技、工业和交通基本设施建设。这个建设是新中国历史上一次极大规模的工业迁徙过程，被称作三线建设，其发生的背景是中国与S国全面交恶，以及M国在我国东南沿海正在形成的攻势。三线建设的意义是深远的，在增强国家国防实力、改善生产力布局，以及在中西部地区形成工业化作出了极大贡献。但由于三线地区经济落后、交通不便、信息不畅，导致建设起来的企业生产成本极高，使得经营和发展都受到严重制约。这是现时国家搞改革开放，要促进生产力发展和各项事业全面进步所不能容忍的。所以国家对三线企业将实施调整改造和战略转移，有相当一部分三线企业将走出大山和偏远地区，搬往城市……"

"我们能搬往城市吗？""我们什么时候搬往成都呢？"周祥林中断讲话喝口茶的工夫，会场就沸腾了。

周祥林打出安静的手势，会场又静了下来："我们山川基地能不能搬进城市，何时搬，都是中央考虑的事，不是部里所能决定的。但如果中央把山川基地纳入了搬迁之列，那搬往什么地方，部里是可以向高层提出建议的。总之靠向经济发达的大城市，才有利于我们企业实行搬迁后的重组改造和走向市场……"

周祥林这个吹风，无疑是给了在深山里待了20多年的这群科技发展者一种念想，或催生了他们对走进城市的热望。于是，周祥林话声一落，热烈的掌声便随之而起。

"最后，我再谈一件也是大家关心的事。"周祥林说，"费恒尘一案，案情复杂，涉及面广，两年来，经过司法部门进一步侦查取证，以及有关部门预审和审理，最终依法以间谍罪追究其刑事责任，判处其死刑。已在上月行刑……"

下午，周祥林一行要离开山川基地。向远、敬士才和谢正明将搭乘他们的飞机去成都，要跟金沙区一家企业签订合作协议。

甘风华和陆三水来到草坝送行。

迎来换装

YINGLAIHUANZHUANG

　　"这次部长来了解云爆弹研制情况和下达任务，顺带视察工作，还真像我们预感的那样解决了资金问题，而单兵导弹研发部里准予立项却是意外的收获。"甘风华看着载着周祥林一行的直 – 5直升机飞向远方，逐渐消失在茫茫云雾中，笑盈盈地说道。

　　"即使部长不来，我们的经费困难也解决了。"陆三水说，"在西军区获得的经费，再怎么说也能抵挡较长一段时间了。向主任这几天在外嘚瑟，我们还是抓紧时间把手上的活干了。他回来，不定还会带回一些民品生产订单，与成都金沙那家区属企业合作的协议也肯定签订了。"

　　对向远这个人，陆三水虽谈不上有什么意见，却本能地不喜欢他这样的人。向远钻营很有一套，真要几个人来比。

　　"像向主任这样的人，他不可能在基地里待很长时间，况且基地里的枯燥生活怎能留住他？说不定哪天他就升上去了。"陆三水说。

　　"他在基地待不了多久了。现在部里给基地建立了功劳簿，上面记下的功劳已足以把他推升上去。所以有必要跟他结下善缘，省得他升上去后总跟基地过不去。若真是那样的话，我们想要获得一点经费，恐怕就非常艰难了……"甘风华说。

　　甘风华觉得陆三水在为人处世方面还差得很远，这样下去是要不得的，会吃亏。

"甘叔叔，您放心，这我知道。"陆三水认为，那就把这些话说明了，以免甘风华再为这些事情操心，"不然，在基地全面推行'质量控制体系'这个问题上，我也不会说是他领导得好了。您也知道，我研发那些枪械，他在使绊子，主要反映在克扣我争取来的研究经费上。但即使这样，我不是依然还在说如果不是他的大力支持，我那些独特而性能良好的枪械是研发不出来的吗？"

此时，甘风华耳边又回响着周祥林的话语："这些武器项目，你们同样也要及时报上去。部队装备的'半自动'步枪，到现在都接近数年了，很有可能进行换装。到时候，如果高层要选择已研发出的单兵武器，而我们的单兵武器已经在部队里有过长时间的使用，成为全军主力装备就完全有可能……"

周祥林对陆三水所研发的系列项目，都作了非常详尽的了解。对于陆三水这位年轻的武器设计师，他作出了重要的指示，要求基地管理委员会要让陆三水承担起更重的担子。

周祥林意在陆三水将来为A机部扛大旗。

这样的寄托，如果一个普通人遇到，是会兴奋得连觉也睡不好的，但陆三水却对周祥林只是淡然一笑，向他保证自己不会让领导失望。

为军区研发的单兵武器项目，周祥林要陆三水立项向部里报告。

这里面要做些技术层面的处理，双方都心知肚明。有了这些项目，而且是已经获得成功的，部里自然会有相应的经费与奖励费划拨下来。

"今天警卫营和卫戍营都要更换装备。还有，黄明虎已经找过我好多次了，要我过去观摩他们近段时间里的训练成果。"陆三水突然想起这些事情来，就与甘风华分手了。

警卫营和卫戍营等待这些装备，已经有很长时间了。士兵们个个都在争当名额有限的枪械测试员，所以他们在拼命地训练。当然，他们也是为了获得这些优良的单兵装备。

一个战士的军事素养再怎么好，也是需要通过武器的运用才能展现出来。就算苦苦训练后，最终也未必就能进入特种作战部队，但能留在了精锐部队里。在精锐部队里，就能拥有上乘的装备，那么在别的部队面前，也就能挺直腰板迎来别人羡慕的眼光。

精锐部队，意味着强大，装备自然一流。各部队的侦察营就是这样的部队，不仅装备最好，生活标准也最高。

陆三水来到警卫营驻地之时，见士兵们正在兴高采烈地更换新装备，黄明虎就在他们当中。

他们的训练服装，在数月之前就已经换成了基地生产的服装。因为这种服装可以穿着游泳，有士兵就取名为青蛙服，少数士兵也这么叫。在全营士兵都穿上这种服装后，大家就都这么叫了，说青蛙服可当游泳衣用，这个名字很贴切。作战时，青蛙服是很容易隐藏起来的。

"黄营长，你对这些装备感觉怎样？"陆三水问道。

"很好啊！实在是太满意了！"黄明虎说，"小陆同志，这种口径的'J致命匕首'，前段时间把你折腾了一番，但凭你的智慧，总算把它存在的问题找了出来并解决了。不过我看它也实在太强大了……"

其实这"J致命匕首"也才刚完成一些常规测试，还有些测试没来得及做。陆三水为了方便，在这次换装之时，就直接把这逆天的东西用到这上面来了。

他的想法是部队在训练过程中，一边熟悉这枪的性能，一边让这枪暴露出可能存在的不足。

这或许是因为陆三水对这枪的设计，总体上还是信心十足。

"设计此枪本就不是用来打人的。这是反器材武器，使用对象是特种兵，他们在执行任务时用它来摧毁敌方的坦克、直升机、雷达，袭击敌方炮兵阵地和油库……"陆三水耐着性子解释。

陆三水认为黄明虎这是揣着明白装糊涂，什么是反器材武器，他曾跟他讲过。他想起来了，讲的就是这款内径的'J致命匕首'。

果然陆三水刚说完话，黄明虎就说出了他的目的："小陆师傅，你看我们基地警卫营，其中的特种作战部队就有70多人，才配6支这样的枪，好像少了点吧？"

"这还少啊？你总不至于认为要人手一支吧？我跟你说，你那点经费也就能配备这几只。考虑到你们北军区比西军区钱多给了点，所以，我单独给你们配备了枪榴弹，而没有给卫戍营配备……"陆三水回应道。

"J致命匕首"是重型战略狙击步枪，可不是陆三水先前研发的那种普通的D式半自动狙击步枪，一支的生产成本就很贵。而那只能调倍率的瞄准镜，因为生产数量极少，每只的生产成本就更贵。

"这枪得多少钱一支？那榴弹虽然我们没测试过，但我觉得其威力不会有这个大……"黄明虎嫌弃陆三水开发的枪榴弹，认为射程不高。

"光生产成本就已数万出头……"陆三水担心黄明虎会问还有经费哪去了，又急忙补充道，"这个额度还没加上研发成本呢！"

陆三水设计武器跟其他枪械研究所不一样，不收取过多的研发经费。而收取的研发经费，都进入了项目组的小金库，好为以后研发某些枪械项目提供经费来源。

设计这些结构简单的武器并试制出来，是容易做到的，而导弹一类的研发生产，就不是这样轻而易举了。现在陆三水团队搞的多功能防空反装甲导弹项目，就很有难度。

至于战斗机一类的研发，不仅涉及多学科知识的运用，其难度极富挑战性，更是犹如吞金巨兽。就是说你光有研发能力，而无资金实力，就别去碰它。

难怪向远在云爆弹测试成功后，萌生出搞武装直升机的念头，甘风华也为此心动不已，却被陆三水一盆冷水泼去，那星火般的念头顿时就泯灭了。

不说别的，"武直"就单说它的发动机研发资金，就不应该是还望A机部拨款的山川基地可以染指的。

"嗨，去——"黄明虎一巴掌拍在头上，不知说什么才恰当。材料成本、机具磨损成本、人力加工成本就摆在那儿，还没计入额度不低的研发成本。

一支重型狙枪生产成本就要数万之多！

黄明虎原本想全营装备，这得好多万！

　　"行了！这东西没必要装备太多，它仅适用于单兵执行特殊任务。要是这狙枪能够担负起所有的攻击任务，我们还有必要再去搞那些单兵导弹、手榴弹和枪榴弹一类的玩意儿吗？"陆三水有些不耐烦，他一向认为黄明虎还应该补补文化。

　　"噢，对了，"陆三水突然想起一件事，"10天后，山川基地就有一批炮弹运往北线边境。你是基地管委会副主任，你得决定是警卫营还是卫戍营抽出一些士兵去押运。我只是给你通过气，你好有数。向远主任去成都了，甘风华副主任会找你谈这个事的……"

　　眼前那些士兵聚在一起，热烈地讨论着手中新武器的使用。陆三水没去打扰他们，他把要往北线边境运送云爆弹的任务透露给了黄明虎。

　　黄明虎是基地警卫营营长。两年前费恒尘事件发生后，上面决定对山川基地实行临时军管，他被任命为基地管理委员会副主任。他就分管基地的内保和外保事务，其他的不管。所以这次周祥林来视察基地工作，陪同和有关会议也没通知他。

　　按惯例，押运出基地的武器装备，应该是由接收武器装备的部队派负责人带队前来担负，不应该是警卫基地的部队。但鉴于目前北线边境局势紧张，周祥林便根据军方高层的指示精神，要求生产一批送往一批。为赢得时间，他临走时特地作出指示，由警卫基地的部队负责押运。

　　"这押运的事跟我们没有关系吧？"黄明虎眉头皱了起来。

　　"能说跟你们没关系？山川基地的守护者是谁？你难道会叫基地内卫和保安去押这趟车？"陆三水摇摇头，以示对黄明虎的话颇感意外，"你可是基地分管保卫和安全的副主任，就没这点觉悟？"

　　"没觉悟？小陆同志，你扣的这顶帽子大了些！"黄明虎很不满，"再说，这不光是警卫营的责任，卫戍营也担负着相同的责任。那为什么他们就在基地训练，而我们就得去货车厢里待着北上？"

　　"你们一直以来是挂牌的山川基地警卫营，西军区新建的卫戍营在这里训练不过是为了方便，环境很适合而已。"陆三水此时说话的口吻，就像是一个首长在对部下说话，"黄营长，我所说的你比我更清楚。当然旅途很漫长，加之初秋天气依然炎热，货车车厢里既热又闷，的确寂寥又难受。但押运必须有人去啊。云爆弹也正是因为威力逆天，因此部里才把整个数万多枚的生产任务给了山川基地。押运若是出了差错，谁能负责得起？"

"我们训练正在节骨眼上，可押运去北线边境，一个来回起码得半过多月。特种作战队是不能去的，他们的训练已进入到最后的关键阶段。这样的押运任务，普通战士更不能去……"黄明虎满脸无奈。

"卫戍营同样面对这样的问题。但相对于他们来说，我更相信警卫营。"陆三水说道，"既然要押运，我认为至少应该派一个特种作战队去，好让北方那些所谓的精锐部队，看看真正的精锐是什么模样！"

陆三水想的是让警卫营里的特种作战队全副武装，到北线边境去走一遭，以引起军方高层的注意。

可预见的是，一旦军方高层对特种作战队有了兴趣，这些人就都回不来了。

"这可不行！不是把自己弄来入套吗？那些将军们哪见得这般精锐的士兵，还会放他们回来？"黄明虎对陆三水这个提议果断否定，把头摇得像拨浪鼓似的。

这玩笑开得大了点。假如非要派最为强悍的特种作战队去，那就要做好他们肯定回不来的思想准备。

"你可知道，只有犯错的兵，才是合格的兵。你那些特战士兵，当初哪个不捣蛋？他们犯错，是因为他们认为自己强大。而那些将军虽然喜欢精锐的士兵，但却不喜欢捣蛋的，不会喜欢不守纪律的士兵。"陆三水这番话出口后，不待黄明虎回应又说开了："更何况一个强大的部队，自己不去展示，谁能知道你强大？你难道不想为你老首长挣面子？他力排众议，给了你那么多武装和训练经费。"

黄明虎纠结起来。陆三水这些话极具煽动性，已令他心动不已。的确，在边境上要犯点错，很容易；同样，在边境上立功，也很容易。

尽管中国和S国都屯兵百万于边境，以此来威胁对方，但双方无不在竭力克制，所以要发生大的战争不容易，然而偷偷摸摸地骚扰绝对频繁。

只有在实战中，才能够检测武器的真正性能。

也只有在实战中，特种作战士兵才能成长，才能变得强大。可以说，见过血的特种作战士兵，才懂得战争的残酷性，才能成为共和国锋利的剑刃。

"那好，我带队押运去！"黄明虎一番纠结后，作出了决定。

"这不行！你是警卫营营长，同时也是山川基地领导之一……"陆三水被黄明虎的决定惊得不轻。

黄明虎也去押运，还将继续训练的计划就会乱套。

"基地分管安全的领导带队押运，会体现出我们对这项任务的高度重视呀！"黄明虎理由充分。

"这不是重视不重视的问题。在边境线上，双方的眼线密布，任何一方出现异动，都会被对方觉察到，从而引起对方的不安。我们押运这首批云爆弹过去，更是必须低调行事。这东西又没有可行的办法来一次演习，否则易被对方发现，接下来他们就有可能派特种兵来炸掉弹药库……"陆三水这番话，让黄明虎联想到蘑菇云画面，顿时就有了毛骨悚然的感觉。

这云爆弹的威力，黄明虎没有亲眼见过；但多门火箭炮齐射形成的威力，他是听说过，在电视上也见到过的。

他知道，云爆弹在边境不打仗之时，不会动用。要在S军入侵我国的第一时间，给予毁灭性的打击，自然就不会让他们知道中国有这种大杀器的存在。

黄明虎决定要去，倒不是想看看云爆弹的逆天威力，没有入侵的必要条件，怎可能用上云爆弹？他是被陆三水煽动起来了，要指挥押运的领特种作战队在边境上弄点动静出来，好给老首长王兴国长长脸。

陆三水所说的那种可能性存在，即他去了，肯定会引起S军的注意。当年在珍宝岛一战，他救出他的老首长王兴国那一刻，就已经被他们记录了影像。如果他们还能认出黄明虎，万一又知道他在山川基地当警卫营营长，会有什么联想呢？

国家利益

　　向远一行前天下午搭乘周祥林所坐直升机去了成都，昨天与成都金沙民用电器厂达成并签订协议后，乘火车到西昌，今天中午回到基地。

　　下午，向远办公室。

　　"除了黄明虎副主任在电话上告知，他因处理特种作战队事务来不了，班子成员都到齐了。"主持会议的向远说，"下面就请谢正明同志就我们与成都金沙民用电器厂结成战略联盟，达成并签订协议的情况向班子作个简要汇报。

　　"继上次跟该企业达成合作意向后，基地班子定下了合作基调，多种经营处根据这个基调又亲临该厂跟他们商谈，同时也听取了他们的合作主张。那次商谈，大的方面就谈定了，形成了双方认可的书面纪要。剩下的具体运作问题，我们拿出了具体建议，班子审定后再次前往跟他们谈，最终达成昨天上午向主任代表山川基地与成都金沙民用电器厂签订的合作协议……"多经处处长谢正明汇报完毕后，把要归档的协议文本给与会人传阅。

　　此合作协议基本内容为：

　　　　红旗机床厂与成都金沙民用电器厂，共同生产"速热小型扁桶储水式电热水器"。

企业暂定为：先锋电器股份有限公司；

红旗机床厂提供生产线；负责产品设计、生产技术；投入技术人员；

成都金沙民用电器厂提供生产场地、材料和产品储存仓库；投入生产人员；

双方投入的物力、技术，折成合作实体十万股份，各占50%；

生产启动资金双方各出资50%；

税后总利润提留一部分作为发展资金，剩下部分按总股份计算成每股价值，按持股份额分配；

生产人员和技术人员的工资、生产费用、设备维修费用、原材料及其采购产生的费用、产品销售环节产生的费用，以及国家有关部门收取的费用均进入生产经营成本；

红旗机床厂和成都金沙民用电器厂各派两名人员参与管理（工资由所在单位发放）。厂长和副厂长双方各出一人，这两个职务每年在双方轮换一次；

涉及金沙区工商、税务等方面的事宜，均由成都金沙民用电器厂负责办理。

"派往驻该厂参与管理的两名人员，一定要懂得生产经营；因涉及对基地情况的绝对保密，还必须是政治素质高的党员同志。"向远说道，"关于这方面，我提个人选，就是三区主任敬士才同志。他懂生产，就不用说了。我和他出去过多次，在地方企业揽生产任务，跟对方洽谈，反映出了他在经营方面的天赋。政治上，老敬是党员，是很可靠的同志。另一个人选，在座的都可以提。再就是，我们还要派一名懂得生产线维修和产品生产的技术人员常驻该厂，除了技术精湛，在政治上同样要求是党员。这三个人选，最终要由基地党委审查批准。"

"这条生产线，不是有个设计小组吗？我的意见是驻厂的技术人员就在这个小组里产生。"甘风华说道。

"这个设计小组就是我们三区的。甘主任这个提议我认为可行。"

敬士才说，"另外，驻厂管理人员我提个人选，我认为谢正明同志就很合适，懂生产和经营，又是党员，他原先就是三区的车间主任。至于他离开后，多经处处长的位置谁来充填，不是还有两个副处长吗？请党委考虑……"

谢正明没想到敬士才把他给抬了出来，便说："这个……我就听从组织上安排吧……"

"什么？让警卫营派特种作战队押运炮弹到边境？你没病吧？"向远听了陆三水的建议后，一下就来火了。

因为前段时间要进行测试，基地生产了不少云爆弹。原来以为要测试多次才能成功，不想仅一次就测试出了威力和各类数据，就还剩下了80多枚。目前，即使在手工生产的情况下，一天也能生产110枚。周祥林要求基地只要生产出一个火箭炮连的一个基数量，就运往北线边境部队。也就是说一个连七门火箭炮，一门炮一个基数90枚炮弹，生产出630枚就得运去。等到边境部队有了一定储备后，就可多生产一些再运去。

长途运输关系到国家安全的武器，必然得有全副武装的士兵押运才行。

警卫营和卫戍营，其内部都有一支七八十人的特种作战队，将来肯定都是保密性极高的部队，但现在还是实验性质的。陆三水认为，安排他们中的10来人去押运再合适不过了。

陆三水说："我没发烧，头脑清醒着呢。这事是部里下达的任务，事关国家安全的重任，必须由特种作战队士兵押运。两位领导要弄清楚，往大处说，我这是为国家着想；往小处说，我是为你们着想。假设一下，如果这次押运出了点事，大小责任都轮不到我是不？而你们却百分之百地脱不了干系，就得有人承担领导责任。我衡量了一下，基地警卫营的特种作战队先训练一个月，战斗力要强于西军区卫戍营的特种作战队，就应该安排战斗力强的那支去。"

"小陆凡事想得周到，那就派警卫营的特种作战队执行押运任务好了。"甘风华表态鲜明。

"好，这事就这样定了。"向远不再坚持不同意。他也知道押运是必须的，却又提不出其他人选。

"两位领导，北线边境有个长期存在的问题你们是否思考过？"

甘风华和向远听明白了陆三水的意思。陆三水想，得给他们一点考虑的时间，便说小解一下就来，就起身离去了。

几分钟后，陆三水又坐了下来，就问两人主意出来没有。

"两位领导没有主意，可以理解，毕竟这是涉及军事方面的事。"陆三水饮了口茶又说道，"为了国家北线边境从此平安宁静，我们派特种作战队士兵负责押运，只是此行的任务之一，作为他们特种训练项目的制定者和顾问，我要给他们一项任务……"

S军有战术核弹，解放军没有，他们因此长期有着心理优势，就恣意挑衅。如果他们知道解放军装备了没有辐射且威力与战术核弹等量齐观的云爆弹，又不知道储备量有多少，他们还敢那般嚣张，还敢恣意挑起边境的冲突吗？他们应该懂得这是常规武器，不在有关国际条例禁用之列。

"陆三水，你这是乱弹琴，将会把自己推上军事法庭的！你难道就没想过这种做法会引起战端？我们国家摆脱动荡岁月还不到十年，还贫穷啊！再说，国家以经济建设为中心的改革开放也才起步不久，投入这大规模的战争中去，不是扰乱了国策吗？"听了陆三水的说辞，向远吓得不轻，他声音有轻微颤抖，指着陆三水十分激动地数落着。

甘风华也对陆三水要去行使自以为是的做法感到十分震惊："小陆，这事得三思而后行，它涉及你和参与人的性命啊！听你甘叔叔的话，到此为止吧！"

"两位领导，我这不是乱说，也不是鲁莽行事！"陆三水并没有因为向远的指责而不再言声，反而很严肃地说道，"你们想想，什么样的武器才会让S军从有恃无恐变得有所忌惮？他们知道解放军没有允许使用的、可用于支援陆海空战场的战术级核弹，而他们有；他们知道我们有原子弹，甚至有氢弹，但属于禁用，就吃定了我们不敢用。所以他们就不加节制地挑衅我们的底线，而我们能做的也只能是对等反击。而云爆弹作为常规武器，是可以使用的，威力不逊色于战术核弹。你们说，向S军亮一亮这大杀器，他们会有怎样的想法？S军有战术级核弹，我们有云爆弹，这就使对峙的双方达成了力量平衡。双方力量平衡了，S军还敢挑衅？这仗还能打起来吗？也就是说，战争就被遏制了……"

陆三水转身后，迅疾离开了向远的办公室。他径直去了基地警卫营，叫上营长黄明虎和教导员王峰，商定了将要担负押运任务的特种作战队队员名单。

云爆弹怎样才安全，在押运过程中应注意什么，只有陆三水最清楚。在敲定押运队员后，为了避免特种作战队队员之间的猜测，陆三水把所有队员召集在一起，向他们讲解了在运输途中应怎样保护云爆弹才安全的事项。讲解完后，为了使大家牢记，他又抽了几个要担负押运任务的队员，让他们分别复述了他刚才所讲的在运输途中保护云爆弹的注意事项。

押运北上

YAYUNBEISHANG

陆三水再次出现在基地警卫营的时候，是在两天后的傍晚。

此时黄明虎和王峰一脸严肃，两人站在全副武装、站成一条直线的12名特种作战队队员面前。

"战友们，请稍息！今天警卫营特战队将执行建立以来的第一次任务。大家不要以为这次押运任务比平时的训练轻松，算不了什么。但我要告诉你们，押运，只是这次任务的一部分……"黄明虎一句一顿地说道。

"营长，是要我们去边境露个脸？"李凡见黄明虎说话停顿长了些，就插话道。

这群特战军人，他们经过了长时间的非常人所能承受的特殊训练，负重50斤跑四五十公里都不在话下。尤其是他们的火力配备，都快接近一个连了。他们拥有陆三水专门研发的各种轻重武器和火力增援武器，这在全军，可以说最棒了。

黄明虎没有理会李凡对他的说话，接着说："战友们，押运之外的另一任务，我已经向队长李凡交代了，你们必须听从他的指挥……"

黄明虎完话后，王峰对这群队员提出了执行任务时遵守纪律方面的要求。说得简明扼要。

"队长，你平时不是教导我们，尽管我们是全军第一，也得谦虚低调吗？"一个肩扛C式班用轻机枪、所穿军用背心兜里装有几颗不同型号的枪榴弹、面颊涂着迷彩的队员笑着对李凡说。

"我是这样教你们的吗？我们的低调口号是什么？大家说。"李凡故意翻了翻白眼。这做派，哪里还像一个精锐战士？

"纵横天下！"11个人异口同声，那声音震得陆三水耳膜颤动。

"小陆师傅，我们这个口号可低调吧？"李凡满脸笑容地看向陆三水。

陆三水真的无语了，心想这群人兴奋有些过度了。

"嘚瑟什么呀！就认为你们是全营的超霸。别忘了，山外有山！沙场出生入死，能活着出来再吹牛吧！"黄明虎向这群队员吼道。

此时，黄明虎希望这群人不是他的下属。他认为，这不是让陆三水看笑话吗？

"黄营长、王教导员，时间已经差不多了，我能不能单独给队员们交代一些事？"陆三水见两人要讲的都讲了，便对两人说道。

"怎么，还有什么事连我们也要隐瞒？"黄明虎眉头一皱，看着目光直逼他的陆三水。

"黄主任，山川基地的保密制度和规矩，你是清楚的！"陆三水没有叫他黄营长，而是叫黄主任，就是要提醒黄明虎，他不仅是警卫营营长，还是山川基地的副主任。

"行了，小陆师傅，这么正经，至于吗？年纪轻轻的，总是这样板起面孔，老得快哦。"黄明虎没法与陆三水交流眼神，神情不爽地说道。

黄明虎转过身来，对着队员们说："你们此去别忘记了我交代的任务，干得好，回来后我请大家喝酒。"

"营长，你就少说点废话，快走吧。没看见小陆师傅都不高兴了。你只需把酒备好，等着我们凯旋就是了。"

"营长，您只管放心吧，我们保证完成任务……"李凡笑着说道。

黄明虎再次看了看信心满满、活泼可爱的队员们，这个铁血男儿，眼睛瞬间就红了，他果断转过身去，深吸了一口气，便大步离开了。

黄明虎掉泪，没有躲过陆三水的目光，他生出疑惑来，难道他已经感觉到自己要让这些队员们做什么了？已意识到他们此去可能不再复归？

旋即，陆三水摇了摇头，甩掉了大脑中出现的那不可信的猜想。为了国家安全，一些人总会流血或付出牺牲的，而眼下已是箭在弦上不得不发了。

"同志们！"陆三水在黄明虎和王峰都离得很远的时候，深深地呼吸了一口气，对着这些已站得僵直的军人喊道。

"唰"的一声，顿时12个人如同标枪一般，站得笔挺。

陆三水并非他们的主官，然而却是把他们锻造出来的人。他们对陆三水有一种内心的敬畏，对他的尊重，超过了对他们营长黄明虎的尊重。他们认为，当特种作战队的士兵，更是真正意义上的兵。

"稍息！"

"唰——"

"关于这次远距离执行任务应注意的事项，黄营长和王教导员都已交代了，对此我不再说什么。在大家就要出发前，我向你们布置一个不是上级安排的任务。这个任务关系到我们国土的安全，你们一旦接受，就很有可能会在执行任务中付出生命；即便你们完成这个任务归来，也很有可能被送上军事法庭。我这里只给你们三分钟的时间考虑，是否去执行这个任务……"陆三水神情十分严肃地说。

这群刚才还活泼有余的军人，听到陆三水说这番话时，神情就变得庄重起来。

陆三水继续说道："这个任务，不强求，是否接受你们可以考虑一下。如果不愿意，就当耳旁风刮过，不用管它；如果接受了，就义无反顾，坚决执行。你们一定要考虑好，人的生命就只有一次。在执行这一任务中你们若牺牲了，可能不会有人记得你们，因为这事不是你们这次任务的一部分，是你们自己的行为，且是违反军纪的行为。即便结果是好的，国家也可能不会表彰你们。"

陆三水见这些队员在用眼神交流，也就不能确定自己布置的这个任务，是否被他们接受。

"首长，你能说明具体是什么任务吗？我们好再商量一下。"李凡很正式地称陆三水为首长，可见他很认可并敬重陆三水，也反映出他这个队长是很郑重地在处理此事。

陆三水是特种作战训练项目的制定者，并且是训练顾问，同时也是他们成为国家第一批特种作战队员的选拔者。他们知道，没有陆三水，他们依然是个普通军人。

"好，我这就向你们明确这个任务的内容。"陆三水不假思索地说道，"这次你们押送的是云爆弹，我要求你们在运到边境部队后，选定一个时间，促成一个意外发生。就是说，要让云爆弹在国境内爆炸，但它冲天而起的蘑菇云S军又能看到。我们的目的就是以此来威慑S军，让他们知道我们已有这种常武大杀器，若敢于入侵中国领土，注定有来无回。另外，你们在这个任务完成后，可择时潜入到S军边境前线司令部附近，不是去搞暗杀，只是在比较显眼的地方留下你们来过的标记就行了。这个行动要达到的目的，就是警告S军，不要挑衅中国的底线。"

潜入到S军边境前线司令部附近，去留下如入无人之境的标记，这无疑是一种找死的行为，因那里会是重兵把守的地方。

"我说弟兄们，小陆师傅尽管不是我们的领导，但我们能成为特战队员，不是因为有了他吗？不然，我们就只能在大山里平庸地度过军旅生涯，哪里知道军人还能强大到我们今天这个程度？因此，他这个为国家好的个人任务我接受了！在那样的环境中，就算我脑袋掉了，不也就是碗大个疤？那些黄毛子总不可能有比我手中'J致命匕首'口径还大的狙枪！"李凡见陆三水走到一边去了，11个队员只是你望我、我望你，没人表态，便极具大将风度般地说道。

"嗨，有啥子好纠结的！不过小陆师傅也太阴了，那次训练，我不就是因为啃了一口他故意诱惑我们的烤肉吗？他就非得让我这个当哥的再花上好几个月时间，才回到特战队中来！可回来，'J致命匕首'就没哥哥的份儿了！"大个子狙击手张铁柱那神情、语气，很是无所谓。

这就像是陆三水在对他们进行考核一样，你一旦不能坚持，就可能直接让你出局了。

最初极限训练那两个月，尽管他们所有人谁也不想回炉训练再接受选

押
运
北
上

拔，但他们的确感到做起来相当困难，然而紧咬牙关，靠着坚定的意志，他们最终坚持了过来。

3天仅睡了4—6个小时，6天仅睡了6个小时，每天负重30公斤疾行50公里还有时间限制。这都不说了，中途还会受到陆三水设置的"侦察兵"的干扰，让你去排除而耗费时间。特战队成立后的这种训练，是考核中的重头戏。陆三水说过，一次差那么一点时间可视为偶然，连续出现就得让其出局了。

"干吧！我活了这么大，还没见过黄毛子是什么模样。"孙永刚笑着说道。他是火力支援组组长，尽管只有22岁，但16岁就参军了，可谓一个老兵。

"干！"

"干！"

"干！"

队员们异口同声道，声音洪亮。

陆三水听见身后的声音，心中暗喜，却顿时鼻翼颤动，鼻腔发酸，眼眶湿润了。他尽管有着非凡的记忆能力，记住了众多的科学技术，然而各种设备和人才，却不能得到较充分地提供。

陆三水所做的，就是要让他研发的武器装备，锤炼出的特种兵，在北线边境给S军以威慑，给其一定的心理压力。

"兄弟们真可谓血性男儿！你们都考虑好了吗？这真不是选拔你们执行这次任务的试探。你们代表特种作战部队，尽管是第一次执行任务，但可能就是你们仅有的一次执行任务……"陆三水再次站在了这群队员面前，他看见了他们坚毅的目光。

平生没经历过战争的这群军人，在有了特种作战技能后，为了国家安全，他们渴望在战争中一显身手。在大山里日复一日的警卫任务，令他们觉得太过枯燥。经历了长达半年的人体极限训练，他们实在太苦了，不去冲锋，叫他们内心怎么平复？

陆三水看了下手腕上的时针，然后说道："兄弟们，你们仅有一刻钟时间留下遗书，50分钟后，必须在基地山体里的火车站集合。"

陆三水不忍心再说什么，接着就转身离开了警卫营。

这群铁血军人，原本可以不去执行陆三水私下布置的这个任务，然而出于爱国情怀，为了国家的安全和利益，他们坚定地接受了。作为新中国第一批特种兵，他们内心满是荣耀；作为整个特战队里的精锐队员，无疑，他们前途无量。

陆三水离开后，由李凡这个警卫营的超级神枪手带领的这群队员，个个神情庄重，没有人再说话。他们列队回到与其他警卫战士分开的营房里，郑重地写下了遗书……

留下遗书，这是中国军人奔赴战场之前的传统，必须做的一件事。

然而，自从这群军人接受了陆三水下达的任务后，陆三水内心就变得不安起来，总给人以心情沉重的感觉。

如果任务失败且导致严重后果，余生中，陆三水的良心不会再安宁。北线国土受到外来入侵威胁，陆三水研发更好的武器提供给军队应对，也只能用这个办法来消除敌人的威胁。

陆三水公开的职务，就是山川基地的一名枪械设计师，他没有办法以名正言顺的军中高级职务去行使这方面的权力。如果他在军中有相应的高职位的权力，他一定会去组建一支规模宏大的特种作战部队，让其在北线边境，尤其是在东北边境的林海地区，开辟特种作战模式。

陆三水走出警卫营营地后，就径直去了位于三区的山体里能连接各区的火车站。他向山体里的仓库搬运工大声喊话，要他们把仓库里那些原准备用于测试的云爆弹都搬到站台上去，等车皮过来后装车。

这群特种作战的军人，这次要到S国境内执行任务，连我方边境部队都不知道，他们就不能获得任何补给。而他们使用的子弹，跟S军使用的完全不同……

黄明虎见陆三水安排搬运工在仓库里搬出了不少新东西，便瞪大了眼睛。

不就是安排这些特种作战队员去执行炮弹押运任务吗，怎么搞得这样阵仗？像去打仗一样，每人都武装到了牙齿。

"小陆同志，这些装备不是没进行过测试、设计也没定型吗？"黄明虎此时已晓得陆三水要让这群队员去干什么了，却还是说，"不就是在国境内放个大爆竹吗？至于让队员们武装到牙齿？"

"山川基地要想在外获得更多的订单，就必须把好东西向外展示。对这些被众多武器武装的士兵，您感觉他们像什么？黄主任。"陆三水巧妙地应对着黄明虎。

这样说，也是他让这群队员带上多种先进武器的理由，也是让他们凭这身装备向边防军展示其超强的战斗力。

"这样装备的特战队员，就是一个动态的堡垒。步枪子弹400发，手枪子弹40发，穿甲弹100发，杀伤弹100发，每人6颗手榴弹。而火力增援组的弹药就更是多了去了，每人前胸还挂着5颗枪榴弹……小陆，你要这些战士奇袭？"黄明虎说。他没想到这群队员配备的火力已达到如此强大的程度。

而黄明虎的无心之言，却让这群已知道任务的队员用诧异的目光看了他一眼。

"若是我带队，定会抓两个舌头过来……"黄明虎没有注意到众人看他诧异的目光，口无遮拦地说道。

"正因为怕你这样做，所以没让你带队执行这次押运任务。"向远实在忍不住，冒出这句话来。

若黄明虎带队，干出这样的事一点都不让人感到意外。

陆三水见先前的云爆弹连同刚生产的全部整齐地码放在三个车厢里，并已做好了必要的固定，就对押运的12名特战队员说道："时间到了。三个车厢里共有630枚云爆弹，都采取了防震措施。你们到了东宁，与DB军区的火箭炮团做交接就可以了。"

说着，陆三水就把押运证、交接文件和具体交接人的职务姓名纸片递给了带队的李凡："你们是我们国家第一支特战队，首次执行任务，预祝你们早日凯旋！"

"我们一定不辜负首长们的希望和嘱咐！"李凡对着面前的基地领导和主官敬了一个军礼，然后放出了洪亮的声音。

随后，11名队员同时敬礼，他们低沉划一的声音在山体里回荡："我们一定不辜负首长们的希望和嘱咐！"

在陆三水等人的注视下，12名队员分成三组进入了三个车厢。每个车厢有一名队员，提着C式狙枪爬上了车厢顶部。这车厢是经过改装的，上面有一个圆形储水罐，储水罐旁正好有一个能容纳一人的凹槽。

"这一路上，够这些队员们受的，白天炽热的阳光照射在这金属车厢上会有好多天……"走出山体后，黄明虎看向远处正渐渐暗淡下来的群山，眼眶一下红了，像是自言自语地说道。毕竟这些士兵是他多年的下属，虽然平时他也对他们大声说话，甚至把无明火发向他们。

"是啊，强烈阳光照射下，这车厢里外的温度都很高，这些战士不好受啊！幸好车厢里面还能透点风，有对流，不然他们会更加难熬！"向远叹了口气，迎合着黄明虎的话语。

走出山体，火车启动也有近10分钟了，而陆三水却停下来望着火车远去的方向，他神情肃穆，没有人知道此刻他复杂的心绪。

本已动情的黄明虎见陆三水这般作态，也心有灵犀："小陆师傅，放心吧！这群队员，是我们特种作战队里最优秀的队员，不会有事的。也就是个简单的押运任务，要说普通士兵也能做好，何况他们。说来也是啊，杀鸡焉用牛刀！"

"黄营长，我倒不是担心他们押运会出什么差错，而是突然担心黄毛子的特种作战部队，万一他们知道了我们正在给北线边防部队运送云爆弹，搞起破坏来该怎么办。他们是在暗处啊。"说话间，陆三水面色忧虑。

四川的工业基础建设，当年有不少S国人参与。像嘉陵江干流的亭子口水利枢纽工程，就是在中国与S国交恶前夕S国水利专家帮助设计并监督施工的。四川这边不排除有S国间谍，也包括成都。

"S国有特种作战部队？若有，北线边境怎会那样清静？"黄明虎这话脱口而出。

如果不是陆三水提出建特种作战部队，黄明虎还真不知道这特种作战是个啥玩意儿，他只知道侦察兵往往在单打独斗。

黄明虎这人什么都好，就是自以为是，所以往往会闹出一些笑话来。陆三水这么想着，却没说他什么，只是告诉他，S国在这方面令世界瞩目，他们在1972年建立的毒刺别动队，是世界著名的10大特种作战部队之一，只不过到了1979年才被揭开神秘的面纱。

然而历史总是在改写，没发生过的事可能发生，发生过的事可能再发生。中国也拥有了云爆弹。

仅仅三个黧黑车厢的特别货运火车，在成都南站等待会车的时候，一名穿着铁道制服的人打开了其中一个车厢的门，他见到穿着青蛙服、脸上涂着各色油彩的四名持枪军人后，便快速离去了。这件事，押运的军人因没有经验便没引起重视。几分钟后，在迎面来的火车呼啸而过后，这辆特别货运车才离开了车站。

半小时后，有奇怪的无线电波从成都的一个角落发出。

"排长啊，还在国内呢，我们不用这样紧张，谁还搞得了破坏？"张铁柱说。

他哪像狙击手，根本就没有狙击手应具备的那种沉稳谨慎的性格。然而张铁柱又是除了超级神枪手李凡外，狙击手训练中成绩拔尖的。

"小陆教官跟我们讲过的S国毒刺别动队，你还记得吗？这次深入S国边境行动，就有可能跟他们遭遇。也许他们不会在云爆弹运输过程中搞破坏，但我们到达北线边境后，过境在他们前线司令部附近留标记的时候，极可能与他们短兵相接。"李凡说。

李凡是警卫营特种作战队队长，还是特战队战略狙击手，队里唯一的一支"J致命匕首"就是他在使用。

"那好啊！去欺负一般的黄毛子士兵，有什么意思，我们不是要'纵横天下'吗？就必须与敌方的特种兵较量。"张铁柱一脸无所谓。

李凡只用一浅笑回应张铁柱，就不再说什么了。李凡是警卫营排长，张铁柱是士兵，平时没有正事的时候，他们彼此，以及跟其他士兵之间都是很随意的。但他们清楚，在执行这次任务之后，很可能就有人不在了，因此彼此内心都有一种莫名的感伤。

张铁柱瞅了一眼李凡，也被他的情绪感染了。

在静谧的KGB总部，一个中年人看了手中的电文情报后，大发雷霆。

"这些情报人员是干什么吃的？中国怎么一夜之间就有了云爆弹？而且有了装备全新的特战队！这些云爆弹究竟运往哪里？花花绿绿的青蛙服又是什么玩意儿？"

鲍里斯立身咆哮着。在他对面坐着的KGB一把手叶夫根尼，只是低着脑袋，没有说一句话。

鲍里斯是S国高层少壮派中的代表人物，HLXF被迫下台后，有一股强大的势力在支持年轻气盛的鲍里斯，他便成了上任不久的BLRNF心目中最强大的竞争者，他们之间的权力争斗是针尖对麦芒。

然而，鲍里斯却牢牢抓住KGB控制权不松手，BLRNF对此也没有应对的办法。

鲍里斯是一贯主张对中国实行强硬策略的鹰派人物，其主张得到了S国高层一部分人的拥趸。然而可惜的是，他手中的军权却被剥夺个精光，只能空怀壮志。如果不是BLRNF使他权力逐渐萎缩，制约他没能成为HLXF的接班人，他对中国早就动手了。

然而此一时彼一时。现在好了，中国搞出了云爆弹！

中国打击间谍的力度从来就没放松过，即便在十几年前其国内处在动荡时期，也是这样。

"这三个车皮的云爆弹，谁知运哪里去，接近8000公里的南线边境，叫我们怎么布防？"鲍里斯心中一片茫然。

这事如处理不当而引起后果，BLRNF就会把他仅有的一点权力也剥夺了，让年纪轻轻的他提前退休。

"要不，我们把毒刺别动队化整为零，打散到各个军区去？"叶夫根尼建议道，"中国哪有什么特种作战部队？他们既没有与之配套的装备，更没有先进的战术，怎么组建？"

"看来也只能这样了。当然，我们必须把中国北线边境的军队拖住，不能让他们抽身，不然Y国在中国西南的策应作用就会被抑制。"鲍里斯清了清嗓子，又说道，"另外，毒刺别动队已训练了十几年，拿中国古语说，养兵千日用兵一时，也该启用他们了。实在无法毁掉中国的蘑菇弹，就让他们侵扰中国的边防部队，让他们有一种恐慌感。"

中国并不知道S国已策划让毒刺别动队毁掉云爆弹，也不知其布局行动已经在实施。

"毒刺"若与中国特战队遭遇，还能否保持有过的辉煌战绩，没有谁能说清楚。

三节车厢的火车，正夜以继日地向着东北方向狂奔。

从大凉山山川基地出发，短短7天时间，押运云爆弹的特种作战队已进入了广袤的东北平原。因为必须把云爆弹交给使用的部队，并向其交代注意事项，他们还要行进一段。

要到达的目的地，正好是靠近中国与S国边界的重镇黑龙江省东宁市。它的东边与S国接壤，边境线长达139公里。

在这个区域，中国与S国都是重兵囤积，主要是步兵，其次是装甲部队，炮兵部队的数量也极为可观。

李凡率领11个特战队员护卫着630枚云爆弹抵达东宁火车站时，就感觉到了浓浓的战争气氛。

似乎空气都已凝固了一般。车站满是穿着草绿色军装的士兵，都在忙碌着，有的在快速搬运军列上的物资；有的全副武装在巡逻，打量着每一个迎面向他们走来的人。在车站的巡逻兵五六人一组，有好几个组就在不大的车站区域内和周边穿梭。

"这里才是我们最应该待的地方。"张铁柱走出车厢，舒展了一下腰身后，自言自语道。

"把嘴闭上！准备交接，之后才算完成任务！"李凡整理着装备。

在车上困了一周，十几人都觉得浑身僵硬，精神不振，对于30公斤的负重，他们有点不适应了。

见到从刚停靠的仅有三节车厢的军列上下来十几名军人，背着大背囊，穿着花花绿绿的青蛙服，身上满挂着别致的武器，还有一人提着一支像小炮一般的枪，一组巡逻的士兵就走了过来。

"你们好！"巡逻组中一人向他们行了个军礼。

"你们好！"李凡还了对方一个军礼，说道："我们是给DB军区火箭炮团运送弹药补给的押运小队。请帮我们联系一下后勤部门的首长，让他们前来履行交接手续。"

远处的一组巡逻兵，见同伴围着一群装束另类的军人已经有一阵了，不知发生了什么事，便赶了过来。而那些正在往车皮外卸货的士兵，见又有一组巡逻兵赶了过来，以为出什么事了，就停止了作业，把枪抓在手中也围了上去。

这是怎么回事啊！李凡见自己提出的友善要求不仅先前那组巡逻兵没有回应，反而周围集聚了不少端着枪的士兵把他们围了起来，顿时内心就收紧了：是不是陆三水私人布置给他们的任务败露了，军方要将他们拿下。不过经过严格心理训练的他，沉着地在观察对方的眼神和动向，也没发现有任何异常。随即他向11名队员打招呼："大家冷静点，别误判！"

他们是国家首批特种兵。在经过极限训练选拔出来后，陆三水第一次讲话就对他们提出了要求：你们是中国国防的利剑，枪口只能对外，不能对内，更不能对向骨肉般的战友！

"怎么回事啊？"远处一名微胖的中年军人，其身后跟着同样穿着四个兜的几名军人向着人群走来。他看见这十几名着装怪异，不同于任何部队的军人，就皱起了眉头。

"首长好！我们是A机部山川基地警卫营战士，押运上级安排的武器装备来到这里。"李凡认为眼前这位军人从派头上看，级别不很低，况且他这个年龄，反映出有了一定的资历，也应该达到这样的级别了。

"哦！一家兵工厂的警卫营队员，好啊好啊！"中年军人打着官腔，话语中夹杂着小觑的意味，"你们身上装挂的这些玩意儿，都已赶上1个小型堡垒了。欸，你手上这家伙是什么？是单兵炮还是大枪？"

中年军人一张口，李凡就对他有了厌恶感，眼睛就没再瞅他，看向了远方。甚至他的手刚触碰到李凡提着的狙枪"J致命匕首"时，李凡也装着不经意地挪开了。

中年军人还没意识到这群特战队员对他言谈的不快，仍然饶有兴致地打量着这群装束另类的士兵："这大热的天，穿戴这身行头，你们难道就不觉得热得难受？"

一码归一码，李凡开口了："报告首长，我手中的不是单兵炮，至于是什么枪，现在这类装备还有密级约束。首长可告诉我您的级别吗？如果达到了允许知道的最低级别，我会详细向您介绍我们的装备的。"

李凡可不管眼前这位看上去有一定级别的军人是什么级别，认为话就该这么说。

"我叫常怀远，F师师长。我们双方就可以完成武器交接工作，之后，你们就可以休息了。"常怀远压根儿没想到，他心目中的这个兵工厂的武装押送人员竟然敢这样跟他说话，胆子也太大了。

"对不起，常师长，我们首长交代过，这批武器装备只能跟Q团负责后勤装备的主管胡华阳同志交接。"李凡再次向常怀远敬礼并说明情况。

"我是他的首长，还不能够代替他交接？"常怀远对眼前这个涂着满脸油彩看不清相貌的押送人员，在这个问题上缺乏灵活性有了一丝不满。

"不能！请首长体谅！还请首长尽快安排胡华阳同志跟我们完成交接工作！"李凡仍然不卑不亢。

凭借李凡带领的这个特种作战队的战斗力，要正面单挑下属有炮团的步兵师，自然不可能；但如果要来个斩首行动，是不成问题的。

"你们谁，去把胡华阳叫过来？"见李凡把话说到没有一点余地的程度，常怀远深感无奈，看了看左右说道。

在等待胡华阳到来的当口，常怀远吩咐围着的士兵回到自己的岗位上去。

如果这些人是S国人派来的，李凡他们一定是先下手了，怎可能把自己送上门来被别人包了饺子？

在这等人的时间里，常怀远再次看向押运士兵身上的装备，从他目光可看出，似乎产生了兴趣。但李凡压根儿就没想过要告诉他这些武器的名称，背对着他，并拉开了几步距离。

李凡的做派，是想让常怀远悟出就他一个师长的级别，还真不够资格知道这些装备的名称和用途。

　　这些士兵拥有的武器，没有一样是部队装备过的，可能是国内新研发出来的装备。这个山川基地真是神秘呀！常怀远想。

　　胡华阳是一个40出头的中年男子，看上去精瘦，戴一副黑色宽边眼镜，给人的感觉做事干练。

　　在察看了胡华阳能证明他身份的证件后，李凡才带着他进入了车厢点数，并向他交代了搬运、保管和保养方面须注意的事项。

　　用了近40分钟才完成了交接工作。至此，李凡带领的特种作战队算是彻底完成了明面上的押运和交接任务。

请缨被拒

QINGYINGBEIJU

"首长，刚才很多战士见到我们这身装束就显得紧张，恐怕与这边出了什么事情有关联吧？果真出了什么事吗？"李凡在交接完毕后，随口向常怀远问道。

这地方虽然距S军边境司令部不远，但相对于与之对峙的前线部队却是后方了。

"唉！"常怀远叹了口气，"那边的黄毛子养了一支很诡秘的部队，不时过来骚扰我们。这不，昨晚下半夜就摸到这里来了，要不是我们暗哨密布，巡逻队不停穿梭发现得早，不知损失有多大！"

"中国军队和S军不是对峙着吗？黄毛子做这类偷鸡摸狗的事，真不怕挑起战争？"李凡很吃惊。

S国已经启动了特种作战的模式。

"人没被我们逮到，手上没证据又能怎样？黄毛子反而可能说我们在污蔑，蓄意制造事端。"常怀远话语中满是无奈。

一直以来，中国对此都是采取克制做法，只做适当反击。然而时下这种新的战争形态，刚打开国门不久的中国因不了解，有些难于难适应。

"我们的侦察部队难道没去追击他们？"李凡问道。

这话一出后，李凡即刻就反应过来了，侦察营跟山川基地警卫营的集训方式极不相同，训练强度也存在天渊之别。

"还提那些黄毛子干啥，他妈跑得快过了兔子！我们侦察营士兵还没围住他们，他们就跑出了国境。他们的火力很猛，也就十几个人，起码顶得上一个连的战斗力……"常怀远一说起这个，眉头就出现一个川字。

常怀远作为一个师长，跟眼前一个特战队员讲这些，还嫌丢人现眼不够？

他说已向军区首长打了申请报告，希望调集超强的侦察部队来收拾S军这支频繁骚扰的部队。

S国认为双方不能明火执仗地干起来，那就通过阴的搞破坏好了。

"黄毛子的武器装备怎样？"李凡已经确认这支被常怀远认为很诡异的部队，就是陆三水提到的S国唯一的那支特种作战部队——毒刺别动队。

"毫无疑问，枪械火力是自动的，携带的弹药应该不少，手榴弹的威力远超S军普通部队的威力。昨晚摸过来的小队约16人，至少配有两挺机枪。其神枪手持有的枪，射程大大超过了我们，我们枪的射程根本就够不着，不然他们怎会跑掉呢？"常怀远说得咬牙切齿。

"常师长，我们能够帮你们彻底做掉这股敌人！"了解到对方人数及火力配备情况后，李凡确认自己先前的判断是正确的。S国派特种作战部队来挑衅，无疑是欺负中国没有特种作战部队。去与S军这支部队会会面，既帮助了常怀远的部队，又能完成陆三水交给的敲打一下黄毛子的任务，何乐而不为？说不定还能立功呢！

做掉这股频繁骚扰、并对云爆弹储存已构成重大威胁的S国特种部队，这个功劳应该足够大吧？

时机成熟后，再引爆几枚云爆弹，让S军看看蘑菇云，将功抵过不就没有处分了？

就算功过不能相抵，北军区的老首长王兴国，他总不能看到他的这些以一当百的士兵被枪毙不是？李凡就是这么想的。

这事情，就这么干，而且不能是偷偷摸摸地干。李凡拿定了主意。

常怀远听到李凡的请求，先是一愣，接下来便是一番语重心长的劝慰："你们不就是我们兵工厂的内卫武装吗？小兄弟呀，你们为了国家安全主动请缨杀敌，这样的热情和不怕牺牲的精神，我是十分欣赏的。可这毕竟是战争，并非儿戏。你想想，我们训练有素，堪称精锐部队的侦察大队跟他们遭遇，不仅没逮住他们，还有伤亡，你们还能怎样呢？说是去送死，这话实在难听啊！"

常怀远认为，眼前这人真会开玩笑！他们仅仅是一个兵工厂的持枪保卫，就要求上战场，而且是与侦察大队都对付不了的S军诡异部队过招，与白白送死有何区别？是啊，无知者无畏嘛！然而这个责任，他可担当不起。

听了常怀远这番说辞，令李凡啼笑皆非：这当师长的怎么就没有一副分析的头脑，而且还固执己见，不是多误事吗？

李凡觉得要灵活来处理这事，就把他率领的特种作战队集合到常怀远前面，要向他介绍他们队伍的真实身份。

"常师长，看来您对我们这支队伍误会太深，所以请您容我介绍一下这支队伍。我坦率地说，虽然您的级别是不应该知道我要对您介绍的内容的，但为了减少我们士兵的伤亡，也为了避免等待上级批准延误了时间，我必须立马向您介绍。我们属于北军区卫戍营，是一支密级很高的特种作战部队，因为这次运到这里来的火箭弹非常重要，关系到国土和边防部队的安全，所以上级首长给我们下达了押运任务。我得告诉常师长，来骚扰我们的是S国特种作战部队，即上了世界榜单的毒刺别动队。我们的普通部队去碰它，无异于给他上菜，只有我们这支队伍能消灭他们，并且能对S军实施反骚扰战术。"李凡一席话让常怀远和他身边的人听得目瞪口呆。

"这样新潮而先进的武器，为什么没装备边防部队？以往先进的装备，满足了卫戍部队后，都是向我们输送……"常怀远直视李凡，向他发出问询。

"关于这个问题，我们当战士的怎么清楚？常师长，请准许我们投入战斗吧！"

"对不起，批准你们参战，可不是我的权限范围，道理很简单，你们不是我管辖的兵。"常怀远像是早就想好了回应的话，以明哲保身为重，

"因为一旦出个什么事，我没法去负责！你们押运多日了，途中没睡上觉，就快到营地休息休息，早日返回驻地。"

常怀远没有接受特战队参加战斗的请缨，直接让身边人员带着他们去师指挥部营地休息。

这事常怀远不同意，李凡认为就只有独立去做。这的确是件很无奈的事。

然而没有边防部队提供情报的支持，李凡他们也是两眼一抹黑，连抓住"毒刺"的尾巴都十分困难。

他们在F师安排的区域内住下来，策略是等等再说，看有没有上手的机会。

S国"毒刺"近来频繁出现在中国一侧，是否冲着云爆弹而来？李凡和队员们都产生了这样的疑窦。大家认为，空手回去肯定不行，无论怎么解释都站不住脚，会使教官陆三水极度失望的。这个任务不是为哪个人，是为了国家利益。

S国"毒刺"频繁出现，如果仅仅是为了骚扰，这意义不大，还可能搭上若干性命，值吗？那么他们就是有目的，没实现这个目的，他们就会再来。

车站军用仓库是F师后勤补给库，储备的主要是油料、武器和粮食这类战备物资，倒是戒备森严，固若金汤。然而这些物资储存在一起，隐患极大，只需放把火，或扔下一颗手榴弹，一切就会荡然无存。可以想见，活动频繁的S国"毒刺"一旦撕开一个口子进入，那后果真的不堪设想。

陆三水曾告诉过特种作战队队员，特种作战部队执行任务的主旨是，以最小代价获取最大战果。F师后勤补给库一旦被毁，在随之而来的战争中，它就只能被动挨打。

如果S国"毒刺"一把火摧毁了F师后勤补给库，却没抓住它的人，S国岂会认账？反倒诬栽是你内部疏于安全管理造成的，跟他没半毛钱关系。

同样的道理，李凡他们去制造了S军后勤仓库事故，之后安全离开，S国要把这事说成是中国军人干的，证据呢？证据才是最重要的依据。

李凡断定"毒刺"不会就此善罢甘休，肯定还会再次出现。

当天晚间，李凡找到了常怀远晓之于理，再次请缨，仍然是被他一口拒绝，并要求他们抓紧时间休息，尽快赶回四川驻地。

常怀远压根儿就不相信李凡白天向他们介绍的他所带队伍的身份，仍旧认为李凡等人就是兵工厂的武装保卫人员。武装保卫人员怎能去跟连他们侦察大队都吃过亏的那些黄毛子搏斗呢？更何况，跟着李凡的仅有11人。

昨天"毒刺"有16人摸了进来，在中苏边境中方一侧还有数字不详的接应人员。

常怀远固执己见，后果是很可怕的，他没意识到一旦F师后勤仓库出事就不是小事。若刚到的云爆弹被引爆，仓库和F师指挥部营地人员都将不复存在。

已过了零点，常怀远仍无法入睡，那些黄毛子如鲠在喉。他到彻夜灯火通明的作战部值班室，向今夜值班的作战部副主任秦海交涉道："这下半夜，还要增加岗哨，增加巡逻队，加强戒备，防止黄毛子进来后接近云爆弹存放地。噢对了，云爆弹已分发到炮团了吗？要去电话提醒他们加强戒备！"

来到F师任职已3年多，常怀远还真没睡过一次囫囵觉。

"师长，我是晚间8点接班的。我看了交接班记录，昨天上午入库的云爆弹，为了保证安全，下午就送到了火箭炮团。他们已经分发到各营属下的各连队。各连队已经将这些炮弹装进了火箭炮里面，时刻待命。"

"秦海，你给炮团去个电话，告诉他们增加人员，加强警戒，严防黄毛子过来搞破坏。"常怀远有点放心不下。

秦海应答后，常怀远又说道："这些炮弹是从几千公里外运过来的，是抑制黄毛子无节制挑衅的大杀器。现在要防止他们摸过来，利用我们的火箭炮摧毁我们的指挥部！"

就在昨天晚上，S国"毒刺"摸过来就抢了炮团一辆火箭炮发射车，幸好里面没装有炮弹，不然后果不堪设想。

就因为这个原因，所以炮团在收到云爆弹后的当天下午，就逐级分配到了各连队。一场惊心动魄的对手戏在特战队的到来终于上演……

惊动高层

JINGDONGGAOCENG

军委二楼小会议室。

一个中年军人汇报道："据DB军区上报的战情，S国特种作战部队'毒刺别动队'入侵我东宁境内的35人全部被击毙。我方除开始牺牲4名火箭炮士兵、损失3枚云爆弹外，追剿战斗中仅一人受伤。我方的特战队员只有12人，人数在1：3的劣势下，全歼了敌人，这是史无前例的。这里，我再把战地通讯员采访特战队李凡队长所获得的较详细的战事情况，向各位领导作一下汇报……"

中年军人又继续说道："另外，DB军区不能与会的胡大明司令，要求在会上转达F师师长常怀远同志的请求，希望军委首长批准，把A机部管辖的山川基地保安队并入F师。同时向军委提出申请，希望同意DB军区各部队全面换装山川基地研制的单兵作战装备……"

王兴国对把他下属的部队，说成是"保安队"也大为光火："什么'山川基地保安队'？不是胡说八道吗？那是我北军区最精锐的卫成营，当年把它调配到山川基地，是认为可以不受外界干扰，好正常的训练，同时也兼顾了山川基地的警卫任务……"

王兴国也顾不得再对这些人保密了，把当初的事情都说了出来。他看了一眼零号首长，才坐下去。

"山川基地，就是前段时间搞出云爆弹的那个基地？"零号首长没有理会王兴国的暴脾气，他知道这些身上有伤痕甚至还有弹片的将军，不能去招惹。

"是。这是A机部下属的一个战略储备基地，三线建设时期，高层领导圈定创建的。"周祥林回应道。

"云爆弹这个大杀器，让S国也坐不住了，它大大减轻了北线边境部队的压力。"零号首长突然又想起了什么，"对了，周部长，这云爆弹生产和深入研发的经费都解决了吗？"

"报告首长，上次会议后，我们深入山川基地考察，经费不足的问题都解决了，生产和扩展研发工作已正常运转起来。"周祥林说。

"王将军，你刚才说北军区花钱打造的那支部队，就是这次以少胜多、灭掉S国'毒刺别动队'的那支部队吧？"零号首长把头转向了王兴国。

王兴国见零号首长问起这支部队，内心紧了一下，莫非他要作出个决断来？就想，那就干脆表明态度："这支部队谁也别想拿走！"

零号首长认为王兴国的回应已回答了他的提问，就说："这部队是谁的，还该是谁的。我们有特种作战部队吗？"

王兴国听零号首长明确了部队归属，已收紧的心绪即刻松弛下来。对他怀疑这支部队是特战队，也不感到惊讶，因为国家在这支特种作战部队诞生之前，就找不出人来打造特战队。

国家一直就有打造特种作战部队的想法。没有付诸行动的原因，是那些年国家曲折的经历，根本就不可能顾及。现在国家全面走上正轨了，认为应该去打造这种部队了，却不知从何入手。

加强训练就能成为特战队，这是异想天开。

威力最大的单兵装备与训练有素的战士相结合，形成的才是特战队。

"我们这支部队就是特战队！"王兴国回答得非常明确。

接着他介绍起打造这支部队的由来。从山川基地年轻的武器设计师陆三水最初弄出一支狙击枪，到后来给西军区许戈副司令立下军令状，获得经费去研制单兵武器装备和训练特种作战队员，再讲到北军区也投入巨额资金……

"原来是这样。不过投入也太大了吧？"有人冒出这么一句来。

"投入大吗？这账看怎么算。不过我倒觉得很值！这次如果不是我们这支特战队，灭掉了S国三倍于他们的特战队，我们的损失该有多大？恐怕就远不止这不少资金。而我们的侦察部队，无论是装备还是士兵都无法跟他们相比，远不是他们的对手……"王兴国大视野，是从宏观方面来看待这个问题的。

上次云爆弹测试成功后，零号首长就提到过陆三水的名字，这次陆三水创建的中国第一支特战队完胜S国毒刺别动队，就更加深了他对陆三水这个名字的印象。因此他对这个有功于国家的年轻人究竟是个什么模样产生了兴趣，甚至想见一见他。

"如果不是陆三水手中缺经费，我们国家有特种作战部队，不知还得等到何年何月？"零号首长说，"设计武器，对于他来说，怎么就那样简单呢？我想见一见这个有趣的、了不起的国家功臣。周部长，你什么时候给安排一下？"

一个国防领域最基层的技术人员，他的作为能够引起国家高层领导对他的兴趣，恐怕是与"三钱"齐肩的人物了？

"这个……首长，陆三水同志还负责着部队急需的系列装备研发，目前正处在关键阶段，已忙得他脚不沾地。嗯……首长，我们会安排的。"周祥林可是当真了呀！也许零号首长就是随口一说。

"武器设计、特种作战部队训练，对了，我还读过他的论文《论现代战争中的战争形态》。"王兴国如数家珍，"他曾经就读于燕都理工大学、京师大学、北方航空航天大学和首都科技大学，精熟于空气动力学、电子学、机械工程学和材料学。像他这样多学科、多专业的复合型人才，在我们国防系统真是不多啊！在哪里都受欢迎！"

听话听声锣鼓听音。

听了王兴国这一席话，周祥林已悟出了其中的含义。

而出席这个会议的国防科工委主任易恒峰，没参与发言，却不时打开笔记本，拧下钢笔筒在记下什么。

　　会议继续进行。有人认为S军这次损兵折将，是不会善罢甘休的，要有一支特种作战部队充实到北线边境部队中去。

　　与会的许戈见王兴国舍不得那12名战功赫赫的特战士兵留在DB军区，就对这事表示了看法，并说西军区刚训练出来的特种作战部队可以去北线边境，以战代训更能锻炼队伍。但军委作战指挥部与会的负责人说，充实到北线边境部队中的特种作战部队，应该是实力最强的那支，这要通过考察来决定。

常驻北线

惊动军委高层的会议仅仅两天后，甘风华走进了三区设计室，对伏案的陆三水说许戈司令要来。

"他来这边干什么？"陆三水抬起头来，随即又起身给甘风华搬椅子。

"他秘书电话上只说要来，来，就总是有事吧。"甘风华坐了下来。

甘风华并不知道外面的事情，更不知道军委首长已作出决定，要调派特种作战部队到北线边境，以打击S国"毒刺"小队的频繁渗透，加强北线边境军事设施的安全。

因渗入中国北线境内的S国"毒刺"小队被中国特战队全部剿灭，他们在中国边境其他区域的活动有所收敛，但只是权宜之计，要防其后续大的报复。

陆三水不想见到许戈，他似乎预见到了许戈的来意。

甘风华又向陆三水补充道："许司令的秘书虽没说什么事，但说了他要见你。"

接下来，甘风华和陆三水谈了些工作上的事，见时间差不多了，两人便走出设计室，去基地草坪处等着许戈乘坐的直升机到来。

这会儿，向远已在那里等候了。

"小陆同志，才多久没见面，你咋个就瘦了不少？工作休息要兼顾呦！"许戈一行四人，下飞机后，许戈就与向远、甘风华和陆三水握手，嘘寒问暖。他对陆三水显现出未曾有过的热情。

"许司令一路辛苦了……"这热情，陆三水自然感觉到了，心想，难道我真悟到了他的来意。

"谈不上不辛苦，你们为科技事业作出这么大的贡献，才叫辛苦啊！不过科研要做，也要兼顾身体，有了好的身体，才能继续为实现四个现代化贡献力量。"许戈这样说话，不像是大军区的副司令，倒像是大军区的政委。

陆三水想，按常理，许戈来这里，他应该是先到在这里接受特种训练的西军区卫戍营那里，但从刚才直升机过来的方向看，他是从成都那边直接飞到这里的。

许戈前天在北京参加了一个有军委领导出席的会议，昨天才回到成都。

"小陆同志跟上来。"许戈回头见陆三水掉在后面，呼了一声，又说道，"你们山川基地又出成绩了，小陆同志是其中的突出者，中军委领导又在表扬你们。"

黄明虎的老首长王兴国，昨天把他召到北京去了。陆三水因这事暗自想，这事恐怕与警卫营特种作战队押运云爆弹和执行他布置的任务有关。已经十几天过去了，这大山里一直没有李凡率领的特战队的消息。刚才许戈说中央领导又在表扬他们，使陆三水得到了李凡他们情况很好的暗示，他牵挂的心放下了。

"许司令，您对我有什么吩咐，请直接说，别再捧杀我了！"此时陆三水因许戈要跟他交谈，已经与他并肩走在一起，"这基地里我是年轻的一代，您这不是把我架在火上烤吗？"

"你小子，怎么这么说话？"许戈脸上依然挂着微笑，小声说道，"我这次来要跟你谈谈合作的事。"

"我们为了国家，不是一直在合作吗？"陆三水也压低了声调。

陆三水在云爆弹成功测试后不几天，就听黄明虎对他说过，许戈想把他弄到西军区武器研究所任职，研制直升机。黄明虎是军人，陆三水认为他有渠道得到这样的消息。所以，半小时前听甘风华说许戈要来，还要见他，就认为与黄明虎说到的事有关。

陆三水此时心想，如真的去了西军区，在那里当一个光杆司令，这还研发个屁呀！更何况资历这一块很重要，而自己20来岁何来资历？

许戈听陆三水如此说话，用异样的眼神盯了他两眼，就没有再说什么了。

"许司令，您老又给我们送经费来了？"向远跟许戈握手后没说过一句话，但许戈想挖走陆三水的事略微知道一些，是黄明虎透露的。

"你这人就掉进钱眼了？"许戈那眼神根本就没把向远放在眼里，"我这次来这里主要是找陆三水，没你的事。当然咯，你要请我喝酒，就是另一码事了。"

许戈这话透露出，他这次来，与山川基地没半点关系。

"许司令，就算没我的事，我请您喝酒这事是应该有的！不过先给您说了，要挖走小陆同志是不成的。"向远想了想，干脆就把话挑明了。

他指望着陆三水搭的梯子往上爬呢。

"哪是这档子事情？我找他谈北线边境的事。"许戈瞪了向远一眼。

向远很知趣，听许戈说是谈边境上的事，便不再问了，就引着他去三区的接待室，让他跟陆三水单独谈。谈什么事情，他不打算去问陆三水。《山川基地保密守则》中有一条：不该知道的，不问，不打听。

"近来北线边境的情况你是否知道一点？"两人一坐下来，许戈双目直视陆三水，他认为黄明虎跟他老首长王兴国就是一条渠道。

见陆三水那眼神满是茫然，许戈又说道："就是警卫营李凡带领的特战队，跟S军'毒刺别动队'之间的战斗。"

听到许戈谈这事，陆三水的眉头便锁紧了。

"警卫营不是我在带领。"陆三水说，"搞特种训练，我只是他们的客串教官，直白地说，就是有时我过去整他们一下，目的是放松自己，仅此而已。所以这事您应该去找黄明虎营长，他才是警卫营的指挥官。"

"你小子想到哪里去了？别跟我绕！"许戈提高了语调，"告诉你吧，目前在北线边境，黄毛的特战队活动很猖獗。高层首长知道国内有两支特种作战部队后，已在考虑派哪支去北线边境打击他们的嚣张气焰……"

许戈这一和盘托出，陆三水完全明白他此次来的目的了。

他完全没有想到中国和S国双方特战队的战斗，竟会出现一边倒的局面，"毒刺别动队"可是全球十大特种作战部队中响当当的一员，够精锐的了。他们1972年组建，5年训练完成了所有科目，竟然却被自己训练半年多的特种兵以1：3的比例全歼了。

这不是历史在开玩笑，是中国特种兵创造了历史。

然而想到许戈一到就对自己别样的态度，再联系到他讲述的战况和上面正考虑抽调那只特种作战部队到北线边境，陆三水就明白这是怎么回事。

"许司令，您是想让你们西军区卫戍营中的特种作战部队到那边去？"陆三水一点也不含蓄，直接向许戈发问。

陆三水向许戈发问后，双眼就盯着许戈，要看他的神态反应。他没想到许戈这样的军队高官，为了让自己的特种作战部队到北线边境，竟然向自己这样一个特战客串教官示好。

"是啊，你小子有悟性！"许戈说。

"战争，就意味着死人啊！"陆三水长叹了一口气。

许戈跟其他老将军没什么两样，军人的血性不衰，他是渴望战争的。但他这是为了建功，还是想再次体验已远去的烽火岁月？

"一个军人，战死沙场才是最高的荣誉。中国对Y国自卫反击战规模不大，况且仅有短短一个月时间，士兵磨炼不够，所以我们没有精兵。"许戈所站的角度和高度不同，自然想问题和看问题的方法也就迥异。

中国需要一支可以应对各种突发情况的精兵，即特种作战部队。许戈如果没有这样的想法，他也不会因陆三水立了军令状就给经费。

半年多来，多种训练科目都进行了，且有了在实战中锤炼这支精锐部队的机会，许戈怎么能放弃呢？既是为了国家，也掺杂了个人因素在里面。

"许司令，我实话实说，特战队到北线边境去锻炼，虽然这是个难得的机会，但是相对来说，黄明虎带领的特战队更加适合。他们在前些年就开展了训练，尽管强度远没有现在这样大。虽然他们年龄整体偏大一点，但进行特种训练的时间要长一月多。"陆三水很认真地说出自己的看法。

　　S军特种作战部队频繁在中国边境骚扰，中国有了与之抗衡的部队后，特种作战，在两国边境频频发生将会是大概率事件。当然，为了避免引起战争，双方交手的规模或偷袭的目标会有所控制。就像黄毛与M国的核潜艇在各大洋里经常玩相互锁定的游戏那样。

　　陆三水见许戈听他这么说，表情起了变化，就说道："西军区的特战队一旦调往北线边境，您想再让他们回来，恐怕就很难了。"

　　"你不用说这些！如上面的人来向你了解有关情况，你就说西军区的特战队有实力，推荐就行了。这算我欠你个人情，怎么样？"许戈满满的军人气质，说话直截了当。

　　西军区参训的卫戍营士兵，虽然是从军区各侦察营选拔出来的尖子，但由于比基地警卫营训练的时间短，加之训练期间伙食上要差些，因而其特战队的整体素质次于警卫营。

　　陆三水原打算让两个营继续训练，其中的两支特战队学驾驶直升机、坦克一类的东西，可现在许戈希望把卫戍营中的特战队弄到北线边境去，这个打算就得流产。

　　"许司令，您可要想好啊，一旦这群特战士兵去到北线边境，把他们分解的可能性极大。"陆三水仍在为许戈着想，"因DB军区下属有四个作战部队与S军对峙，都要防对方'毒刺别动队'的骚扰。那些部队的老首长都爱才，对这些特战士兵，恨不得长久留下。"

　　"这有什么呢，他们在哪里都是共和国的战士！"许戈那语气没有丝毫舍不得。

　　这个中原因，许戈断不会告诉陆三水的。就因为陆三水谁去谁不去的意见，在一定程度上可以左右军委高层的决定，所以许戈会找陆三水事先沟通。

　　"这样吧，许司令，黄营长昨天去北京了，待他回来后我与他商量一下。他肯定要力争他的队伍去，但我尽量做工作说服他。"陆三水回应道。

许戈为这事专程过来，可见他已铁了心，陆三水没法不答应他。他的确没想到最初训练基地警卫营，后来西军区新建的卫戍营又参加进来，便出现了两支特战队。

许戈把这事落实后，其随行人员就在向远、甘风华和陆三水的陪同下，进了招待所食堂。许戈是烽火年月里走出的将军，倡导简便用餐，向远开启了一瓶泸州特曲，他也就饮了一两。

午饭后，许戈一行飞往成都。

两天后，黄明虎回到了基地，便把李凡带领的特战队如何歼灭黄毛35人"毒刺"小队的详细经过，向陆三水复述了一遍。当然，他所知道的较详细的战况，也是他老首长王兴国在会上听DB军区汇报得来的。

"西军区卫戍营中的特战队，可能派往北线边境，与DB军区融合。"陆三水对黄明虎说，"还没有完成训练科目，也实在没法了，好在他们手中有训练大纲。"

"什么？"黄明虎听陆三水这么一说，险些跳了起来，"我们的特战队获胜了，却给他们这样的机会，公平吗？"

"你激动什么？你就不能听我分析一下情况？"陆三水既然已向许戈表明要说服黄明虎，他肯定就有把握，"自Y国被我们打残后，这些年S国一直在出武器出顾问，唆使Y军在西南边境挑衅我们。S国的意图很明显，就是要让我们腹背受敌，让Y军在西南一线牵制我们……所以西南线才是特种部队真正发挥能力的地方。黄营长想想，我为什么一直强调两支特种部队要加强丛林作战训练？"

黄明虎认为陆三水对S国的意图，以及对中国与S国、中国与Y国边境的局势分析得合乎情理，就像当初他阐述为什么要组建特种作战部队那样，具有说服力。

陆三水见自己的分析令黄明虎频频点头，就决定再对他增加一点诱惑："这事上面可能下来考核。若他们下来了，要求两支部队比试，这个过程中，你的队伍稍微让下即可。等他们去了北线边境后，李凡带领的特战队就可以回来了。到那时，我们就培训特战队员驾驶汽车、直升机和坦克的技术；如果时间充裕的话，还可以考虑培训驾驶飞机的技术。据说黄毛把两架先进的高空侦察机支援给了Y国，我希望你的队伍去把它们偷回来。如果能有这样的功劳，你黄营长就得认真琢磨一下了。"

陆三水对黄明虎可是给足了诱惑，这些可是特战队员梦寐以求的事。

黄毛的米格-21高空侦察机，名叫"蝙蝠"，在机头开了四个拍照窗口，机翼翼展长度不显得长，翼前缘取直线。这种飞机，中国人没有机会近距离接触。

然而，陆三水是无法确定黄毛是否把"蝙蝠"给了Y国，他曾见到的那页秘密档案，他认为有很大的不确切性。这款飞机尽管是20世纪60年代初研发的，但后来一直在不停地改进。

黄毛的飞机别的不咋的，但动力和操作的灵活性方面还是可圈可点的。

另外，M国1972年试飞的F-15，也不会把它卖给西方盟国，就自己用。所以要想搞到F-15，也是一件很不容易的事。

陆三水说的这些，令黄明虎两眼放光。

黄明虎认为，这些才是特战军人该干的事，但他怕陆三水是在哄骗他。

陆三水所谈的这事，肯定不会骗黄明虎，他的确想弄到黄毛的米格-21"蝙蝠"，因中国已经有了生产米格-15的经验。

"小陆师傅，我们输掉了，老首长怕是不会轻饶我；若知道是故意的，我的前程也就没了。这两种情况出现，你得帮我说话哦！"黄明虎决定按陆三水的意思做。

"你们的实力是摆在那里的，更何况以后借Y军挑衅，你们摸过去干掉他们一两个师长，再把俄式坦克或飞机开回来，老首长不就乐了？"陆三水这会儿就像拿着一颗棒棒糖在诱惑小孩的叔叔。

"但愿如你所说。"黄明虎还是有些担忧。

　　许戈自上次离开山川基地后的第四天上午，又乘直升机来到了山川基地。

　　头天晚上，向远接到了周祥林秘书的电话，说明天部长要陪军委作战指挥部的领导来基地考察工作，还强调陆三水要全程陪同。当天晚上，向远就通知了甘风华和陆三水等人。

　　黄明虎也是在头天晚上接到了王兴国秘书打的电话，说次日首长等人要到基地。黄明虎在电话上不敢打听什么事，他心想，可能与陆三水说的那事有关。

　　陆三水把说服黄明虎的事告诉了许戈，让他心里有底。

　　许戈说过这事成了，就欠陆三水一个人情。陆三水自然明白这很有用。许戈在军中还有年龄优势，一旦崛起，他的人情也就越难获得，越难获得，其价值就越高。何况陆三水立志于科技事业，要有所作为，没有军中强力人物的支持，肯定不行。

　　在人世间与人为善，就是与自己为善。

　　许戈对陆三水说服了黄明虎的表现非常满意。此刻，他在陆三水的陪同下视察手下卫戍营，听了陆三水的介绍和卢峰的汇报后，更是满意度倍增。这些接受特战训练的士兵，其伙食标准自然比其他部队高了许多，且不说他们个个膀大腰圆，至少身板看上去远超其他部队士兵。他们那精气神，骨子里透出的那股格杀之气，以及在训练场上矫健灵活的影姿，让许戈认为他花出去的钱非常值得。

　　特种作战部队是战争的产物。其训练的最终目的，是为了震慑敌方，而不是为了表演给谁看。

　　下午，从北京来的几名军人乘直升机抵达了山川基地。他们是军委作战指挥部的领导和专家，来考核两支特种作战部队的战斗力，以此决定其中一支去北线边境。

　　好在三区有一块很大的草坪，不然，根本就停不下直-5。

　　直-5那简约粗犷的外形，庞大的身躯，引来了三区众多家属的围观。他们倒是比城里人近距离见直升机见得多，可对这大家伙觉得很稀奇。

　　王兴国是第一个从直升机舱里跳到地面的人，他身子还没站直，就打量着四周。他看见正对着他憨笑的黄明虎，心一下就收紧了：难道这小子又犯什么错误了？

这只是王兴国对黄明虎又出错了的内心闪念，瞬间划过。后面几位也紧随着他下了直升机。许戈一脸笑意地上前跟他们打着招呼。

"欢迎领导们前来视察工作！"许戈微笑着迎上前去与他们打招呼。

向远、甘风华、陆三水和黄明虎等人也迎上去与他们打着问好的招呼。

"许司令，这山川基地应该是我们A机部的下属吧？西军区难道想要把这个战略储备基地抢过去？"听许戈说着主人般的话，周祥林满脸堆笑地说道。这一帮人，相互间都很熟悉，便不介意开玩笑。

"我是欢迎各位首长来西军区的地盘视察工作，可不是已吞并了你老周这个基地。当然，如果上面认为A机部天远地远，管理山川基地很麻烦，我们可以勉为其难地接收……"许戈的嘴也不饶人。

山川基地，也确实让西军区眼馋。

王兴国见到与黄明虎站在一起的陆三水，很和善地跟他点了点头。

他并不认识陆三水，但他认为整个基地能在这时出现的这个年轻人，无疑就是陆三水。

"二位，时间不多，我们先说正事吧！"见周祥林与许戈玩笑没完，王兴国说道。

"老王啊，你就是再急，在短时间内也没法把特种作战部队调往前线不是？现在召集人员，先开个会履行程序吧！"一位个子不高、微胖、头发花白的军人对王兴国说道。他是军委作战指挥部部长戚耀中。

王兴国点头说"好好"。周祥林就叫向远马上安排一个会议室。

这时戚耀中又说道："陆三水同志要参加会议，两个特种作战部队的营长和教导员也得参加会议，基地的领导成员要列席会议。"

"陆三水"这个名字，在云爆弹试验成功后，就闯进了这帮军中大咖的耳膜，听说其人是个20多岁的年轻人，他们就认为他一定是个妖孽般的年轻人。军中著名弹药专家也为数不少啊，也有人多年在研制这玩意儿，为什么陆三水在极短的时间内就研制成功了？即使今天没陆三水什么事，这帮大咖也想见见他。然而陆三水作为中国特种作战部队的缔造者，他却是今天这事的主角。在共和国军方已有组建特种作战部队的想法，却由于多种因素不成熟而没做出筹划时，陆三水为了展示他正设计中的单兵装备的威力，就开始搞起了特种兵训练。天遂人愿，陆三水获得了成功。

"中国军队和S国军队在北线边境的对峙已经多年了，近年来情况更加严重。抗衡西方是S国的重点，所以他们的战略重心在西方，但对我们一直都是保持着军事上的压力。近月来，他们的特种作战部队'毒刺别动队'频繁入侵我北线边境进行骚扰。当然，他们为了不引发战争，除了上次的云爆弹，破坏的都是些不重要的目标，目的是给我们添堵，让我边防部队处于紧张状态……"会议一开始，王兴国就通报目前北线边境的情况。

与会的大部分人是了解这一情况的。

接着，戚耀中说道："为了防备'毒刺别动队'的突然袭击，高层首长指示，DB军区必须做好防御准备，进来一根'毒刺'就必须拔掉。为此，军委决定抽调一支特种作战部队到北线边境，以战代练……另外，高层首长对云爆弹的生产也作出了最新指示，这方面，请周部长给在座的基地领导通报一下。"

"好的，戚部长。"周祥林说，"高层首长在前不久的会上，专门就云爆弹的生产和继续研发作出了指示，要求提高生产进度，加大生产规模，并要求尽快研制出云爆弹系列品种，能用于陆地、空中和海上。"

会议氛围，使得与会者一脸严肃。

"首长，西军区特战队在此申请进入北线边境，保证完成军委首长交给的任务，拔掉每一根'毒刺'！"在许戈的授意下，卢峰直接站起来请战。

黄明虎与陆三水有过私下交流，有自己的盘算，此时不动声色。

王兴国见黄明虎没有一点反应，盯着他的双目都已冒出了火光，他心里骂着：这小子，在关键的时候竟然掉链子！

"基地警卫营怎么了？有其他考虑？"戚耀中视线触及黄明虎。他对只有一支特战队请战，颇感意外。

按作战部一行的想法，两支部队都会主动请战的，且有一番言语争锋。

听到戚耀中发问，黄明虎立起身来，他先给老首长王兴国投去歉意的眼神后，便大声说道："报告首长，我们基地警卫营还没有完成特种作战的训练科目。另外，从训练结果看，卫戍营特战队的成绩比我们更突出一些……"

"混账！"黄明虎话音未落，王兴国便拍桌大怒，随即站起来怒斥黄明虎："在国家需要你们的时候，你这个营长竟然畏战！这跟临阵脱逃有何两样？你讲军人的职责和使命感吗？你军人的热血哪去了？哼！"

见老首长王兴国第一次当众发怒，黄明虎在心中暗骂陆三水，你把老子坑惨了。可事已至此，况且又在会上，黄明虎也不好向王兴国解释，他心想下来再说。

"老王，小黄没有代表警卫营特战队请战，是有原因的，这跟军人的职责、使命感和热血什么的没什么关系。你们那支特战队的训练情况比我们那支好，单个士兵的素质也比我们强。不是有句俗话吗？叫好钢用到刀刃上。黄毛不也经常唆使Y军在我边境捣乱吗？也同样需要教训他们……"眼前这一幕，许戈没有喜形于色，心里可乐坏了。

要是早知黄明虎不请战，就不用欠陆三水这个人情了。此时，许戈心里这么想。但一转念，他又想自己的这一想法没对，陆三水不是说做了黄明虎的工作吗？

许戈这么说话，无疑是把王兴国给架在火上烤。基地警卫营，可是北军区卫戍部队分拆出的精锐，黄明虎这么干，定会让他老首长王兴国面子受损，如果再在军队内扩散，负面影响该有多大？他带的兵畏战呀！

"各位首长，我认为北线边境黄毛的'毒刺'特战队无足轻重，我们的特种作战部队，是国家的利剑，在关键的时候亮剑，才能让敌人长记性，才能收敛以我们为敌的心。这两个特战队，以往它们对抗训练和演习，各有胜负，不分伯仲。我认为黄营长不是畏战，他领导的警卫营特战队，其中的一个特战队就向DB军区F师数次请缨，最终干掉了黄毛两个'毒刺'小队。"陆三水见会议氛围没对，连忙站出来。

常驻北线

这些从战场走出来的将军，很看重面子和荣誉，这些精神层面的东西，往往被他们视为生命。荣誉，的确是中国军人最珍惜的东西，他们怎能失去？

"这次运往东北边境的云爆弹，因为'毒刺'偷袭出现的意外，让黄毛见到了蘑菇云，但他们却不知我们到底有多少，因此不敢贸然行动。但话又说回来，挑起战争，也不符合S国的利益……"陆三水侃侃而谈，将军们只是听着。

"我国西南边境一侧的Y国，自M国撤军后，野心就极度膨胀，这跟S国政治和军事有直接关系。然而Y国一旦称霸东南亚，就意味着我国被包围。东北一线，黄毛已陈兵百万；西南线，有Y国在黄毛的唆使和支持下频繁挑衅，测试我国的底线；东南一线，M国封锁着我国的出海口；唯一存在的缺口便是西线。但如果S国要进一步紧逼我们，势必就会对阿富汗动手……"陆三水的宏观分析，令与会人感到震惊。

但这些分析，与中国情报人员获得的一些消息吻合，眼下S国正在跟Y国进行着秘密谈判。

Y国在东南亚扩张的野心，自从M国撤军后就逐渐显露出来。在中国对Y国自卫反击战之前，Y国就在不断蚕食中国的国土，说什么有丛林的地方就是他们的国土。

国家高层对Y国的蛮横自然不能听之任之，但鉴于北线边境的军事压力，对Y军的侵扰只是采取强力的遏制办法。所以，陆三水在发言中也谈到了为何在特种作战训练中，特别强化了对丛林作战的训练。

陆三水的一席话，让在座的军中大咖在沉默中思考，也没有再去深究黄明虎为什么不请战，是否若他所说的那些原因。况且陆三水提到的特种作战训练中的丛林作战训练，就隐约表达了是针对西南一线边境的，那里也需要特种作战部队出击。

"小陆同志，云爆弹，你是针对西南一线的Y军才去研发的？"戚耀中一直没有作自我介绍，他似乎就没有这个想法，但会议是他在主持。

"首长，云爆弹的研发，是偶然因素促成的，"陆三水说，"并非针对西南一线Y军的频繁侵扰。但我们组建特种作战部队，的确从一开始就是针对擅长丛林作战的Y军的。在完成第一阶段最基础的体能训练后，第二阶段就是丛林作战训练。目前这个阶段的训练科目大部分已完成，之后就将进入第三阶段的综合科目训练。消灭敌方的有生力量不是特种作战的任务，但毁坏敌方重要战略目标、缉拿敌方头目或摧毁敌方指挥中心等，却是特种作战部队要做的事……"

陆三水可不想再去深谈云爆弹的事。

"这次我们来山川基地，主要目的就是想听听小陆同志对两支特种作战部队的评价，好综合我们的想法作出有关决定。"戚耀中说，"小陆同志对特种作战有很深入的研究，并且对特种作战部队的训练计划也是针对性很强的，是从实战出发的，我们给予积极评价。对于这两支特种作战部队，我们原来的意思是以战代练，轮换去北线边境去跟黄毛的'毒刺别动队'较量，既然西南边境也能达到这样的效果，那我们就决定了，调派西军区特战队到北线边境。具体前往的时间，以军委下发的文件为准。北军区还在那边的那支特战队，到时就归队吧……"

许戈听到戚耀中代表作战指挥部作出决定后，内心就踏实了；但同时又在想，没再去追究黄明虎那小子畏战，王兴国不就没丢脸的机会了？

部里约谈

BULIYUETAN

　　向远4天前接到A机部干部司的通知，说部长周祥林约山川基地现任班子集体谈话，时间定在9月21号，希望安排好基地的生产经营和其他工作。还特别强调，陆三水同志必须参加。

　　向远一众人，20号晚在A机部招待所下榻。

　　中国特战队和S国特战队在北线边境中方一侧的东宁交手，中国以1∶3的人员劣势完胜S国的详细战事，以内刊形式发到了各大军区，即刻就引起了军区高层的反响。他们对特战队那12名队员很感兴趣，继而又延伸到他们是谁训练的，训练科目是谁制定的，他们那一身装备是谁研制的这样的话题……

　　这样一来，周祥林在这几天的上班下班时，都会接到来自各大军区的电话，询问的都是上述内容。也有几人提出要见见陆三水，希望提供与他联系的电话。更有甚者，就在电话上直接向他要人。当然，周祥林自有一套婉拒的说法。

　　自老一代山川基地人搞出洲际导弹后，山川基地已沉寂了十几年，这让A机部的头头很失望，对其投入也就逐年减少了。前段时间云爆弹横空出世，惊动了国家和军委高层，A机部赢得了工作卓有成效的赞赏。这次为特战队灭S国毒刺别动队提供的单兵作战装备，因其精良，又引得各大军区趋之若鹜，这更让A机部颜面增光。这不都是陆三水的作为效应吗？而一旦失去了他，A机部在其他下属企业不可能出成果的情况下，又该回到每年只有引颈看别人抱奖牌的份了，那是一种怎样的心境呢？

对此，周祥林能不知晓其利弊？能没有打算？

这打算盘踞在他大脑里已经多日，就等待他作出决定了。在陪同军委作战部长戚耀中去山川基地考核两支特种部队后，戚耀中对陆三水在特种作战方面的研究和分析宏观局势作出的积极评价，令他作出决定有了紧迫感。回到部里，他就建议召开部党组会议。他爱惜人才留住人才的想法得到了与会人员的认可，启用陆三水的提议获得了一致通过。

部长找基地领导班子集体谈话，怎么还搭上了陆三水？陆三水多聪明的脑瓜，他自然不动声色。当然他也知道，如果自己说出"找班子谈话，与我何干呀"一类话，一路北上的人中，就可能会有人说你陆三水"得了便宜还卖乖"。何必呢？再说了，万一最终没你的戏唱，不就落得个自作多情吗？

基地警卫营特种作战队，以少全歼入侵中国边境的"毒刺"后，黄明虎被王兴国召到北京，详细了解了出战的12名队员平时的训练和这次的装备情况，完了说他的经费没白花，并说黄明虎撮合这事并按陆三水的科目训练出了这支队伍，为北军区长了脸。于是黄明虎就成了王兴国的红人。王兴国还许愿要召他回去。

黄明虎成了王兴国的红人后，他获得消息的渠道就比较宽泛了，他从北京回到基地后就对陆三水说："你现在是香饽饽了，那些大军区的首长最近不停打电话向A机部要人，说你搞科研是浪费人才，你适合更重要的工作岗位！"

各大军区的掌门人，想的是把陆三水弄到他们那里去当特种作战训练的教官。

"到部队上？在这里搞武器设计，不也是在为科技发展作贡献？这不是出成绩了吗？多好啊！"陆三水对黄明虎说。

次日上午，A机部机关大楼二楼会议室。

向远是从A机部机关出来的，对这里各部门的分布情况很熟悉。按照昨晚周祥林秘书给定的时间和地点，他提前了10分钟就把一众人带到了会议室。

他认为领导找你谈话，总不能让领导先等你吧？你只能先到，静候领导莅临。

约定时间到了，但周祥林没有出现，倒是工作人员进来把先前就已装上茶叶的盖盅掺上了鲜开水，放在了他们身旁的几桌上。

工作人员退出后，接着周祥林的秘书在会议室门前出现了，可能是来看向远一众人是否到了。他倒是彬彬有礼："各位领导稍等，首长正在接一个电话，很快就到。"

不多一会儿，周祥林和跟在他身后的几人就进入了会议室。

"让基层来的同志久等了！"见向远一众人都站了起来，周祥林又打着手势说道，"坐坐坐！一家人嘛！"

有周祥林这口吻的部级领导还真不多，给人的感觉他富有亲和力。

跟随周祥林来到会议室的三人，分别是分管生产的副部长、干部司司长和多种经营司司长。

"这次召集山川基地班子的同志集体谈话，并叫上了陆三水同志，是因为我受部党组委托，要向大家宣布部党组关于调整山川基地领导班子的决定……"

陆三水听到这里，认为应验了他在接到与班子成员一道赴京的通知时，第一时间的直觉。

"现在山川基地一切都恢复了正常秩序，部党组决定取消已实施两年的军事管制。因此，山川基地警卫营营长黄明虎同志不再担任山川基地管理委员会副主任一职，但继续担任山川基地党委委员一职。"周祥林拾起茶盅，呷了一口茶后继续说道："考虑到基地接下来要开展一些前所未有的改革方面的工作，头绪较多，向远同志不再'一肩挑'，只担任山川基地党委书记，不再担任山川基地管理委员会主任一职。陆三水同志今年才29岁，学历高，具有多个与科技事业相关的专业知识，是青年才俊。最近两月来，他主导研发的云爆弹、单兵作战装备，以及担纲创建和训练的中国第一支特种部队全歼了入侵的S国'毒刺'队，得到了高层首长的赞扬，认为他是国家功臣。这次部党组决定启用陆三水同志，任命他担任山川基地管理委员会主任一职，是一步到位的做法。这体现了我们党一贯倡导的用人方略，即任人唯贤，人尽其才……"

这时有位手持文件夹的年轻女子走进会议室，径直去到周祥林身边，告知他这份文件要马上打印上报，需他签发。周祥林签字后继续说道："甘风华同志仍继续担任山川基地党委委员、管理委员会副主任职务。张春芳同志和韩川渝同志，也将继续担任山川基地管理委员会副主任职务。陆三水、张春芳和韩川渝三位同志都是党员。向远同志回去后，按组织程序增补这三位同志为山川基地党委委员，报部党组审批。基地现有班子人员只有你们5人，考虑到接下来基地工作十分繁重，班子人手不够，你们回去后按德才兼备的原则在干部队伍中进行考察，向部党组推荐两名班子人选……"

接下来，分管生产的副部长李光明、干部司司长车勤、多种经营管理司司长杨泽亮分别就各自负责的工作领域，应引起重视的事项作了说明，并对要开展的工作作了布置。

周祥林看了看腕上的时间，说道："班子任免文件，很快就下达，你们回去后就按任命开展工作。最后，我给班子提点要求，就10个字：团结、务实、廉政、生存、发展。再就是，甘风华同志是享受部里津贴的老专家，是班子里的老同志，要带头支持年轻同志陆三水的工作，对年轻同志'传帮带'是老同志的责任。向远同志是班长，要带领一班人积极开展工作，工作上要树立表率。工作干好了，什么都好说！"

"陆三水同志很年轻，应该具有开拓精神。国企改革正在深化，企业不能再'等靠要'，以后，项目研发和生产任务不要再指望部里下指标、拨款项，你们要进入外部市场找出路。记住，利用山川基地的技术和设备优势，你们可以与军方联系获得研发项目和生产任务。这就是部里给你们的政策。当然，这条路子很拥挤，有很多科技企业都在这条路上，可见竞争是很激烈的。部里相信你能率领大家盘活企业现有资产，带领企业走出困境。在工作中，你要多听取老同志的建议，虚心学习他们好的工作经验和方法……"

迁徙 "凤凰"

QIANXI "FENGHUANG"

在返回基地的路上，向远心想，看这阵势，一年半载怕是回不了北京，回不了部机关了。他不时又琢磨起周祥林那句"工作干好了，什么都好说"的意思来。这是对班子说的呢，还是对自己说的？他总是不能确定。若是对自己说的，那工作干好了，就可以向他提出回部机关的要求了吗？

陆三水在接到赴京谈话时，仅仅是有了被推上基地领导岗位的直觉，谈不上是思想准备。可现在组织上一下把自己推到了山川基地行政的顶峰，不仅企业的生产经营和发展要管，职工的吃喝拉撒也得管，这突然放在肩上的重担，令他感到压力巨大。

"……广大职工同志们，深化企业改革，既是挑战，也是机遇。"陆三水第一次在会议主席台上，面对黑压压的人群说道，"根据国家高层的决策精神和部里的安排，下一步，我们将走出大山。部里已同意新的基地总部建在成都，但部分主业仍然留在山川基地。第三产业要从企业的主体中剥离开来，包括从事第三产业的人员。主业和第三产业是企业的两条腿，都得进入市场谋生存，求发展。部长已经说了，从今以后，就不再给企业下达研究项目和生产任务了，只给政策。他说的这个政策，就是可以利用我们的技术优势和设备优势走进市场，参与竞争。这就意味着我们已经没有旱涝保收的收入了，只有进入市场挣钱发工资。当然，部里也不是把我们推向市场就撒手不管了，考虑到我们进入市场有个衔接期、阵痛期，部里从明年一月开始，还会每月向我们划拨80％额度的工资，后年一月开始，还会每月向我们划拨60％额度的工资，但从第三年一月开始就彻底给我们'断奶'了。现在距明年一月还有三个月时间，我们就要去考虑怎样才能把明年全年的20％的工资挣到手，使广大职工还能保持现在的收入水平。大家不要畏惧进入市场，我想我们只要充分地用好了部里给予的较宽松的政策，加上大家齐心协力，说不定我们就抓住了这个千载难逢的机遇，大家的收入和福利还会上一个台阶……"

陆三水还真能说啊，让干部职工树立自信心的鼓动性是很强的。

作为会议主持人和山川基地党委书记，向远自然在会议最后要总结性地说几句："职工同志们，刚才陆主任发表的讲话，可以说是我们山川基地即将拉开改革帷幕的动员报告，也可以说是吹响了基地改革重组的号角。职工同志们，大家不要有畏难情绪，陆主任说得好，改革既是挑战也是机遇。我想，我们只要战胜了挑战就抓住了机遇。我们是企业的主人，要有这个勇气和担当。当初我们响应国家的号召，为科技发展走进了这大山里；今天我们同样是在响应国家的号召，为了经济建设这个中心，为了降低交通不便带来的生产经营的高成本，要走出这个大山。同志们，这未必不是一件好事。自古以来，成都就是西南地区的商贸和文化中心，商贾云集，文化发达。基地总部迁入成都，处在这样一个巨大的市场，好的商贸环境，应该说就已经占据了竞争优势。所以大家一定要对基地的未来充满信心，相信在我们这个强有力的班子的带领下，企业一定会走出困境，并能获得较大的发展……"

时不我待。基地改革动员大会一散，在陆三水的提议下，向远召集并主持了班子工作会议。会议自然是陆三水唱主角，最终形成以下决议：山川基地总部搬迁，在成都选址和建设事宜，成立一个"搬迁建设领导小组"，由向远任组长，基建处处长徐辉任副组长，小组成员若干。需制定小组工作职责。

研发中的"单兵防空反装甲导弹"项目，因基地研发的芯片已生产出来，锁定导弹目标的关键技术便迎刃而解。这款武器受军方欢迎自不待言。可以好好跟他们谈研发的经费和生产费用。利润的一部分，可用于填补明年职工20％的工资缺口，其余部分留作后续项目研发的启动经费。

这次基地特种作战队，在北线边境歼灭"毒刺"别动队使用的单兵战术武器，军队下多少订单，就生产多少订单。生产资金不够，就凭订单在银行贷款。利润部分，按比例提出后续研发经费后，列入收入账目。

云爆弹要抓紧时间生产，完成后才能把生产车间腾出来，用于基地走向市场的生产。

中国汽车市场迟早要形成，潜力极大。当前R国好些汽车生产企业，因国内经济不景气，加之销售市场环境恶劣，股市暴跌，兵临破产。这些企业都以低廉的价格在出售。山川基地做好考察后，要去收购一家，以作为基地的第三产业。

长风基地协助生产的基地研发的计算机芯片，为开发计算机产业提供了条件。下一步，基地将生产适合个人使用的小型计算机，把它推向市场。为此将成立"计算机翼龙公司"。

为了企业的长远发展，基地拟成立三个团队：人工智能团队、机器人研究团队、计算机研究团队。

企业全面走向市场，已经施行的"质量保证体系"不能有丝毫松懈。为完善管理制度，车间主任要与分区主任签订责任书；分区主任要与分管生产的基地副主任签订责任书。这方面要制定可操作性的奖惩条例。

增设"生产工艺制定所"部门。按组织程序，恢复三区1501车间钳工王晋江同志原"高级机械工艺技师"的职称。任命其为生产工艺制定所所长。该所设副所长一人，成员若干。需制定工作职责。

关于山川基地总部搬迁选址，陆三水提出了要求和理由：选址只在成都西北面考虑，因那里从地理上看，不仅处在上风上水的优越位置，于企业有利，而且也紧邻成都市中心地带，人口多、商贸繁荣。以后山川基地第三产业在此经商，也是处在黄金口岸。再就是距火车北站很近，基地运进材料和运出产品也十分便捷，可省下不少公路运输费用。

其他大型企业要地也就四五百亩，上千亩的也就顶天了。但是山川基地一下就提出要5000亩，这对于成都市政府来说，自然也是乐见其成的事。因为在这大片土地上，山川基地会建起科研院所、厂区和职工宿舍，以及娱乐、体育设施等场地，很快会引来一些关联企业和商家。

山川基地是科技企业，生产的产品，能够吸引一些与之配套的企业来此落户。这样一来，不仅会给当地创造不少的就业岗位，解决一部分就业问题，也引入了一些上税大户，增加了当地的财政收入。

向远等人把买地的情况和需要履行的手续摸得差不多了，陆三水便与他去凤凰山那片区域考察了半天，最终选址确定了下来。

本着山川基地制定的"建好一片，搬来一批"的原则，在破土动工后三年多的时间里，山川基地的原址除了还留下高密级的研发项目外，基地机关和九个区都搬到成都凤凰山总部来了。

至此向远在山川基地的使命也就完成了，他如愿回到了部机关。原本是到山川基地锻炼一两年就被提拔的，不想看好他的左然部长（将军）因身体不适，没能延长退休时间，而他在山川基地一待就是6年，回去后不仅超过了提拔的年龄，也时过境迁。

向远调离后，A机部党组把基地党委书记一职放在了陆三水肩上，他又成了当年向远基地主任、书记"一肩挑"的角色。考虑到班子成员不能是双数，又把懂生产、占有年龄优势的五区主任陈晓川增补为班子成员，任党委委员和副主任。

就在山川基地实行改革的那一年，饱受磨难的航天材料专家丰天翔和医治陆三水病痛的转业军医蓝英，通过热心人的牵线搭桥，成了一家人。

自从丰珊到了枪械设计室后，大她8岁的唐泰和骆华强都在追求她，当然，她只能二选一。唐泰对她穷追不舍，并说："你曾经穿的那件工衣是我与师傅陆三水交换的，你穿着多合身，是缘分啊，你就嫁给我吧，我一生让你管着……"丰珊被唐泰朴实的话语打动了。尽管她小唐泰8岁，但在那种环境里，也不好另处对象。丰珊年龄在一年年增长，在设计室就要搬到凤凰山之前，两人便结成了伉俪。

因狙枪所配的光学瞄准系统无法解决，骆华强随陆三水和黄明虎到滇池曙光厂求援。他对该厂来接站的外联干事邹小雅一见钟情。后来他留在曙光厂做联络工作的那段时光，尽管很短暂，却与邹小雅牵过手；回到基地后，彼此也有过一段时间的情书传递。最后终因该死的距离，令两人都意识到这太不现实，你侬我侬只是婚姻的前奏，婚姻是两人依附着过日子，而没有背景调不到一起又怎么依附？于是两人都同意结束苦恋，做个异性朋友。

骆华强没敌过唐泰而获得丰珊的芳心，便与他认为长得一般、又骄傲得不行的基地医院护士祝竹谈起了恋爱。处在大山里的山川基地因动荡岁月的历史原因，加之又是国防储备基地，十几年没有招过工，也没有中专生和大学生分配进去，因此年轻人之少，使之成了爱情的蛮荒之地。曾在部队上做过护士的祝竹年龄也老大不小了，有人就问她骆华强怎样，她说可以考虑，后来两人就谈上了。再后来，也就是唐泰和丰珊结婚那年的上半年，两人入了洞房。

现在就剩下基地医院护士邱霞和陆三水还单着。邱霞精心护理过病中的陆三水。她内心一直倾慕他，是因为陆三水的聪慧和才能。男女那点事，一个成年的男子真不知道吗？邱霞看他的羞涩眼神，在他面前的一颦一笑，以及软玉温香的话语，陆三水都能领悟其中的含义。不知为什么，陆三水始终装糊涂。对于一个装睡而唤不醒的人，邱霞也实在没辙了。或许是陆三水终日终月终年都在专注于自己的事业，哪有时间顾及婚恋？可这就辜负了邱霞的一片痴情，以及因为短暂，才显得弥足珍贵的一个女子的韶光。

开发受阻

　　陆三水参观了一家在成都天回镇落根的蓝海豚公司。这是F国一家生产轮毂和轮胎的企业。眼前来回作业的几个组的机器人，有条不紊；轮毂的模压、轮胎嵌入钢丝等工序，都是在全自动的生产线上完成的。陆三水怎么会不懂得？这都是计算机控制技术运用于机器人和生产线的结果。

　　随后，他又马不停蹄地去参观了同样在天回镇落根的西斯高公司。这是D国人办的一家生产自动焊接设备的企业。这公司很是铺排，场地很大。展现在陆三水眼前的，是个子不大却异常灵活的焊接机器人，一条条自动焊接生产线，由计算机控制运行，大型管道、厚型钢板和薄型钢板的焊接，瞬间变得轻松自如。

　　陆三水想，这样的自动焊接生产线，以及焊接机器人，不久就会在我们自己的企业出现。这些自动化工业装备一旦投入使用，就会使国内的制造业品质获得极大提高，甚至其产品也可以走出国门。

　　陆三水参观完西斯高公司之后，已经乐观地想着山川基地已经研发出的系列软件的前景，同时有了一种紧迫感，什么也没说，就直接离开了西斯高公司。

　　陆三水来到成都凤凰山基地新总部计算机翼龙公司，第一个见到的是谢兵。陆三水有些不满意地数落了他一通。谢兵满是委屈："陆主任，我们一直是在赶进度，况且软件市场的开发也不是我们的职责范围呀……"陆三水懒得听他解释，甚至根本不想在这些事情上浪费自己过多的时间和精力。

接下来，在软件产业方面，陆三水去询问了上官江河。上官江河是软件技术总监，也没管着软件市场开发这一块。

"软件产品的版权，我们必须高度重视。就算我们手中握有上乘的工业设计软件，也不能由着客户的要求，要去修改我院的版权信息。"陆三水认为在软件方面，版权是生命，至关重要。

但陆三水也知道，在国内推广软件，并非一件很容易的事。

在当时，因为国内绝大多数人都在使用非盗版软件，认为这样安全。为了解决这个问题，推广自己的软件，山川基地研发的系统软件从一开始就实行免费使用，而把软件研发的成本加到了生产计算机的成本里面。

那些特殊软件，如各类工业软件和各类办公系统软件，都是采取收费制度。因为是行规，推广起来有些不容易。

"陆主任，国内其他企业跟我们山川基地的系统大为不同，我们前几年就已在整个系统内部作出计算机辅助设计软件的推广，其好处，大家都知道。而在外面，使用辅助设计软件也不是我们认为的那样多。实际上，对于年龄较大的技术人员来讲，他们学习计算机也实在太困难，而新进入企业的年轻技术人员，他们倒是懂得使用计算机，但却还没成为技术部门的骨干力量……"上官江河的这番话，说明他是清楚市场情况的。

其实在国内软件推广不畅，还并不完全是因为成本的问题。

山川基地向市场投放的计算机，在性能方面，比起自己使用的要低许多。再就是软件的版本不同，减掉了一些功能。这都好理解，倒不是为了保持山川基地这个科技企业的领先优势，而是为了产品必要的保密性。

计算机辅助设计软件的推广，最初在山川基地内部是带有强制性的。然而几年过去了，仍然有较多上年纪的技术人员习惯在图纸上搞设计，之后才让其学生把图纸转换成电子文档来存放。

"要我说呀这市场推广的确存在一些问题，加之工业设计软件只有在客户购买后，我们才会对其培训，这就……"软件公司的付红负责工业软件市场部这一块，说起这个话题，她也显得有些无奈。

付红是计算机翼龙公司成立后首批进入山川基地的大学生，最初做软件开发，几年间就逐渐成长起来了。

"基地不是跟宏声电子管厂技工校合办了三个软件培训班吗？"陆三水问道。

陆三水问的，其实仅仅是客户购买之后的培训，这怎么可以呢？就客户来说，他们认定的是买回去就会使用。

选择参加培训的人员，他们多数是核心技术人员。但他们学习工业设计软件，却并不是那样上心，因为计算机还没成为他们工作和生活离不了的一部分。

"是，是组建有这样的培训班，不过都是些短期的培训班，我们也考虑过跟其他的技工校合作，但了解到，绝大部分技工校毕业的学生，走进企业后都不在技术部门工作，而岗位是在生产一线……"付红说道。

要说这工业设计软件，国内有关部门倒是重视的，然而却少了大力推广的动作。而工业设计软件，还没有列为工科大学有关专业的必学科目。

"看来，扩大工业设计软件的培训和推广，我们必须加大力度……"陆三水说出这样口号式的话，可见他一时也拿不出较具体的办法来。

说实在的，这种工业设计软件，功能强大，但却对使用它的人员有着较高的要求。如果是负责工业设计的人员使用它，是最好不过的，如虎添翼。也唯有这样，才能发挥它最大的功效。

有很多企业或单位，它们就只招三五个有关技术人员，只做专门画图的工作，使得这些岗位被这些人牢牢地充填，工业设计软件不能在这些企业推广。

"是时候了，我们应该创建一所职业培训学校，专门培训我们研发的软件的使用操作，收取学费是一定的，但不能收得太高……"陆三水突然想起了西软这家在中国以软件技术为核心的最大离岸公司。

西软经营的范围包括计算机、软件、硬件、机电一体化产品的开发、销售和安装，以及计算机软件开发、技术转让和技术咨询的服务。西软成立后不久，也有过计算机翼龙公司当前的问题，然而最终他们建成了为数

开发受阻

可观的软件产业园，这些产业园都有着强大的培训功能。

"西软公司的确是这样做的……"了解西软的付红，眼睛突然放光，但瞬息却暗淡了下来，"不过他们培训的项目跟我们大相径庭，主要是软件开发等方面的项目……"

"西软跟我们是否建立了战略合作关系？"陆三水认为，西软为自己定的基调是立足于国内市场，自然就不可能不跟他们建立战略合作关系，因为他们开发的是与国际市场完全不同的系统，而且是这个不同系统的供应商。

"西软公司成立的时间不长，也就只发展了两年出头的时间，跟计算机翼龙公司不在一个档次上，是没法比的。"付红认为，在西南软件城随便找一家倚靠他们翼龙公司的软件公司，其实力，都不是西软比得上的。

"我们的胸怀应广阔些，要与任何企业进行合作，只有合作伙伴越多，我们拥有的市场才能变得庞大。因此我们的目光需要放得长远一些。当前，我们是完全可以在国内利用这样的时机，大力推广自己研发的软件……"陆三水信心满满地说，"在这个千载难逢的年代，随着计算机这个新兴产业的高速发展，其带动的职业培训，不久将会火爆起来。"

众多的培训学校，培训的项目内容，不外乎办公软件和计算机最基础的一些东西。陆三水他们要求的，却是培训专业技术软件的使用。

"嗯，明白了！"付红点了点头。

"难道我们现在还是把最好的技术留在山川基地？"上官江河询问陆三水，他的意思是，如果把软件技术拿出来投放于市场，就会发展得更快，当然也会强势碾压不少竞争对手。

上官江河的职务是软件技术总监，负责整个计算机翼龙公司的技术。他认为目前国内市场竞争已经鹊起，在这种市场环境下，应该用更好的技术去吸引更多潜在的用户使用。

"我们的技术，是专为科研设计开发的，稍作改进就可以民用。"陆三水语气严肃起来，"在市场发展到一定程度后，我们会投放市场，而现在还不到火候。科研关系到国家和民众的安全，不是开玩笑，要投放市场，还有些技术层面的东西要处理。这就是为什么一直以来，我强调我们向市场推广的系统软件必须不能与科研的一致的原因……"

系统软件，科研品和民用品在使用上，国家法规有严格规范，因为这关系到国家和科技发展的安全。不要说系统软件，就连网络，科研和民用也是互不相串，必须分开。

陆三水也在山川基地多次强调，基地要杜绝科研和民用网络串用情况的发生。为此，专门在保卫部设了一个网络安全巡逻队，昼夜24小时监督内部网络，以杜绝内网被入侵的可能性。

从国家和科技层面上讲，民用外网与科技内网，井水河水互不挨，一点联系也没有。就算敌对势力能通过入侵卫星的途径深入到跟卫星连接的内网中，如果对科技内网使用的系统以及运行的各种专业软件不熟悉，也不能控制一个国家的卫星网络。

懂得了网络的玄机，了解并掌握相关标准，事情就变得简单了，因而也不必杞人忧天，成天提心吊胆。

"不过我认为，我们投入了庞大的研发费用，不少人耗费了数年心血，才有了这高技术含量的产品，如果最终仅仅是用于科研，也着实太过浪费了！"上官江河声音微微有些发颤，更让人感觉到他在为之叹息。

"我说上官啊，"陆三水语重心长地对上官江河说，"用于科研方面，就没有什么浪费可言。北斗卫星迟早是要上天的，在它形成系统后，我们现运行的科研内网就并入到这个系统里。"

如果是另外一个人，陆三水是不会对他解释的。但上官江河，他就是一位纯粹搞技术的人员。

"哦对了，上官，我们的龙网络系统研究得怎样了？这个系统问世后，我们在计算机领域就独霸整个世界了，这无与伦比的独门大器对中国的意义十分重大！"计算机系统按照龙网络系统开发，据我们掌握的情况看，西方发达国家甚至还没有起步动作。

山川基地的计算机领域研究涉及高深的人工智能，在这方面的研究工作，起步得比较早。这方面，不仅涉及军用的，也涉及民用方面。

计算机领域的发展，高深的人工智能是无法绕开的，或者说它是计算机领域发展的主要方向。

　　"我想，假如跟山川基地的硬件相同，这研发的进展无疑会大大加快。"上官江河一副期待的神情，"陆主任如果能在MUJ芯片上抬抬手，或者让我们使用以二氧化钛作载体的YZQ技术，那么……"

　　陆三水直接打断了上官江河的话："我说上官，对您来说，清楚这种技术的真正价值不会令人怀疑。可它是实现人工智能一个很关键的突破口。可这种高端技术，不要指望用它来获取什么专利，它作为科研技术，也不可能用它去做这种事。当然，如果民用市场这方面的研究已结出硕果，我们就不得不出击了。"

　　陆三水坚持的是，其他任何东西都是可以商量的，但只要涉及人工智能方面的各类技术就没有商量余地。山川基地虽然在这个方面的研究已有好些年了，但取得突破的却不多，主要在于基础技术的薄弱，最大限度地制约了这项技术的突破。

尖端突破

"YZQ能实现高效分布式处理，并兼有极大的存储功能，用上它，完全可以让世界计算机技术格局发生颠覆性改变，也就是说借它的力量，国内电子产业就能超越那些西方的同行业。"上官江河并不死心，他觉得陆三水在这个方面显得不太精明。

上官江河知道，西方那些同行也在夜以继日地研发，他见陆三水欲言又止，又补充一句："何况，这类研究多一些人更好，突破快，还能促进更快地发展。"

不管上官江河怎样诱导陆三水，陆三水就是不给半点商量余地："上官总监这一席话说得的确非常有道理。可你认真想过没有？在这方面，倘若我们把尚未占有压倒优势的东西拱手拿出去，和西方同行一起研究，我们会怎样？我们在基础层面上太差，西方凭借其强大的技术实力，很容易就能溶解我们的东西为他所用，最终反超我们。"

"这样的瓶颈，陆主任，不是突破非常困难吗？世界上有能力的同行都在研究，而且短时间不可能有实质性进展？"上官江河依然在争取说服陆三水，"况且这东西的最初理论并非出自我们，而且西方同样有机构在着力研究。"

"你说的没错，这方面西方一直在研究。可是你清楚吗？"陆三水提高了语气，把话说得掷地有声，"西方在这方面的研究力度没有我们大，在基础理论研究方面的规模也不及我们。在这方面，我们是领先他们的。可我刚才说了，我们没有绝对的优势，西方倚靠其强大的技术实力，很容易在我们拿出去的成果上受到启发，反过来在这方面超越我们！"

YZQ是电感元件以外的电路元件，由柴河鸣博士于20世纪70年代初提出的一个概念化的东西。可直到现在，全世界也没一个这方面的实验室，或者一家相关研发机构研究出固体的YZQ。山川基地尽管在这方面已经研究了多年，同样也没有取得实质性的进展。在实验室条件下，倒是陆三水引导并推动研究人员对五种以上金属的YHW，以及GTK结构的BM进行了实验，并没有直接提出用二氧化钛、石墨烯等复合材料来用于这方面的制造。

研发过程，自然是少一些坎坷，少走一些弯路为好。陆三水也不希望山川基地在研究上很快就有惊人的突破，接下来就是很长一段时间原地踏步，不再有进展。YZQ这东西，在世界范围内研究的人不在少数，但要说起来，比山川基地研究得更深入、更透彻的人或机构还真没有出现。

陆三水明明知道如何去实现，甚至知道如何制造，但他却没有什么办法。这种足以颠覆整个电子工业体系的基本电路元件，就像石墨烯被发现一样，发现之后，全世界在很多年都无法取得突破。

在这个行当里的人都知道，因为它对这方面的科技基础要求太高了，几乎到了令人生畏的地步。

运用YZQ涉及高科技的纳米技术。而高度运用石墨烯，也是涉及纳米技术的。在还没有取得较大突破之时，就得进入纳米科技的研发领域，这就像痴人说梦一般。

山川基地却在纳米技术的研究方面，已经投入了近十年时间，花去的经费也是非常可观的，却没有获得实质性的进展。科研往往就是这样，投入跟产出不能成正比。

如此，陆三水怎么会把他们研究的理论成果和盘托出？

"不过我总觉得，有更广泛的同行来参与这项研究，也不是一件坏事，可以加快研究的进程，缩短突破的时间……"上官江河在职务上虽然是神华公司的软件技术总监，但他却不是YZQ的专业研究人员。当然，他对YZQ这种逆天的东西还是很了解。

YZQ、MUJ芯片和石墨烯这三种东西，在山川基地工作经历稍长的人，都知道它们在计算机领域有着逆天的价值。然而知道的人却对得起所得的保密费，守口如瓶。故外界并不知道这类东西的存在。

从性能上讲，山川基地使用的计算机比之外界使用的先进了许多，功能强大了许多，最根本的一点在于，计算机的芯片不是采用的国际上通用的GUIJ，而是MUJ。

石墨烯芯片因其制造工艺复杂，合格率极低，因此高企的成本令人咋舌，其成品大多用于国家的卫星系统，以及导弹的控制系统中。

MUJ芯片成本很高，至今尚未做到工业化制造，所以它高昂的价格，就不是外界多数公司或企业能消费得起的，望而却步是最好的选择。

"我说上官总监，这种事情只能想想而已，就算了吧！"陆三水脸上挂着笑说道，"你看，就连现在使用的GUIJ芯片，整个世界对它的研究时间也不太长，都还在进一步深化……"

这就间接地在告诉上官江河，想要把这几种东西拱手出让是不可能的。就算是民用市场的那些软件公司不去开发人工智能这一块，都不要指望这些东西在现在就会给他们。

"不把这些东西投放进去，龙网络的研发就很难，更谈不上向前推进。"上官江河一脸的无奈，"我们一开始就向着既定的方向努力，却不想计算机硬件技术极大地限制了其性能，这过于庞大的数据库，怎能运行起来……"

"我认为在云计算方面的研究才是该加大投入了。因为随着国内计算机市场的日益扩大，全球互联网技术迅速发展，好些计算能力都闲置了起来。现在的龙网络只能算是初级的了……"陆三水继续说道。

其实一开始，上官江河就带领一班人在进行这方面的研究。可他现在根本就不提这个，很明显，他要的是这种技术在更具先进性的网络中继续运行下去。

"的确，云计算方面的研究，应该有更大的投入。至少可以说在山川基地内部网络的使用中，它的技术作用充分体现出来了。"上官江河说到这里，话便做了转折，"不过如果有了性能更好的计算机，它的技术效果将会显现得更好……"

陆三水听他说到这里，轻微地摇了摇头，心里说，三句话就离不开这个，还有继续交流的意义吗？便撂下一句话："看来你真的应该去找左晨风索要更加先进的计算机处理器了！"话音落地便离去。

对于民用市场方面的事，陆三水已几乎不再过问了，他对自己说懒得去管了。就连出现什么差池引出了纠纷，导致罚没什么的，他也懒得去过问，只交代由谁谁谁出面去应对。他觉得只要这钱还是在源源不断地进来，充斥着山川基地的家底就是了。

整天做这些管理、发号施令方面的事，陆三水认为对自己来说确实厌倦了，长此以往，没有太大的意思。

"你真的决定就这样回去了？"贾天亮在电话那端听着陆三水说要回原山川基地搞项目研究，就有些着急。

"首长，我想好了，班子成员也做了充实，分工也做了调整，若有状况，会有相应的应对机制启动。这些年来我们用足政策，利用科技优势走向市场挣钱，是带有目的性的，但这个目的的落脚点是在为国防科技的研发服务。但我不能长年累月整天都把精力放在这上面，我还有自己专业内的想法要去兑现……"

陆三水说了一大堆，但还有个也算得上理由的没说，就是面对市场，纷纷扰扰的事实在太多了，哪有回到原山川基地去搞项目研发自在。

贾天亮是A机部上任不久的分管生产的副部长。他在电话那端听了陆三水这一大堆话，沉默了一阵，对陆三水说道："那你就暂时回去吧，如果有了什么关系全局的事，你还得走出来。你看呢？"

陆三水不置可否，既没有表示同意，也没有表示拒绝。他认为，如在山里待得有些闷了，跑出来换换空气，那感觉应该也是爽快的。当然，在山川基地的汽车生产线建设竣工的时候，在山川基地的计算机产业压迫西方同行的时候，他是定会出来做历史见证的。

M国航母舰队不断在中国家门口耀武扬威，进行演习，其舰载机常贴着中国空域边界飞翔，侦察机也常常对中国大陆做抵近侦察。而此时，中国自主研制的轻型、多功能、超音速、全天候的第三代半战斗机歼101，还躺在图纸上，等着正在筹划中的原型机的建造。只有轰-102携带射程为1500—2000公里的战略巡航导弹，能让M国航母有所忌惮。

中国M国两国媒体，都一致很少报道这类事情，就好像不曾发生过这样的事似。M国始终念念不忘对中国的制裁。这次因为中国市场巨大的潜力来了个喷发，就使得M国的制裁破产。而D国和F国的一些公司，却在M国公司不跟中国公司谈生意的时候，便乘虚而入，把M国人气得口吐鲜血，大骂这些国家捡了便宜。

这一切都跟陆三水没有什么关系，他义无反顾地回到了山川基地，要去兑现他那些专业内的想法。

世事无常，让陆三水压根儿没想到的是，他一回到山川基地，就听到了一个令他彻夜难眠的重磅消息。

"YZQ就在今天研制成功了！"这可是十年磨一剑的事，怎能不令他彻夜失眠呢？

人工智能将从最初的幻想即将成为现实。YZQ，可是人工大脑最核心的元件，没有它，幻想依然是幻想。YZQ的成功，会使山川基地的人工智能腾飞起来，让业内人士仰望。

"欸，陆主任，我们制造出来的YZQ，可并不是您曾提出来并加以描绘的那种真正意义上的YZQ，"洪奎说道，"而是一种电流通过的时候电阻就会发生变化的电子元件，而这种电子元件，它是具有布尔逻辑运算功能的……"

洪奎是负责YZQ研发的领头人，是1977年中国恢复高考第一批走进大学校园的学生，此时已接近"不惑"之年。他是一名成天宅在屋里的科技人员，还没有结婚呢。

"是吗？但也是创造奇迹了！走吧，我看看去！"陆三水说道。尽管他昨晚彻夜失眠，但看上去精神依然饱满。

陆三水知道，即使不是他心目中的YZQ，洪奎所描述的它的状况，以及它所具有的布尔逻辑运算功能，就可以认定它已有非常关键的突破了。

一只蝴蝶扇动翅膀，所产生的效应，足以改变历史。

"这方面的研究经费，我们希望还追加一些。"在并肩行走的去路上，洪奎表达了他找陆三水的目的。

"这方面的研究经费不是一直都排在优先位置吗？"洪奎提出的要求，令陆三水十分诧异。

"管委会认为基地现在民用品那块收入大幅减少，以后的资金状况会有较大变化，所以现在对项目研究经费的审批非常……"洪奎说得口舌发干，顿了顿又说道，"你也知道，我们研究的项目多年来一直没有取得突破性进展，所以申请的经费额度审批下来是打了折扣的……"

洪奎只是一名技术人员，项目带头人。过去他们申请经费，因所研究的项目被列为山川基地重点的研究项目，所以很顺利，也不会被打折扣。但由于所研究的项目长时间没有取得进展，以至于他每年申请经费，都觉得有些别扭，不大好意思。今天他找陆三水，就是希望自己提出的增补研究经费，能获得他的支持，并认为这已经是通天了。

其实洪奎团队研究的项目和电子元件的制成，连他们自己都不认为是成功或突破。陆三水当初描述的YZQ有两个层面，一是在通过电流时电阻会发生改变；再就是具有布尔逻辑运算能力。他们在研发中，就连电路的设计也是根据陆三水所提供的方案来进行的。所以他们认为这不算真正意义上的突破，因为陆三水给出的YZQ定义，不是他们现在搞出来的这样的东西。

陆三水点了点头道："你说得没错，当前基地的资金状况就是这样，因此我们在研发经费方面，控制比以前更加严格了。"

曾经有一段时间，山川基地的资金比较宽裕，每年计划的研究经费，可以供较多的研究项目来使用。那时山川基地财大气粗，好比一级政府在年底盘点时，发现财政有不少节余，不得不突击花出一些钱。当然，山川基地也不是有钱就滥发奖金，而是在研究项目的经费审批上放得比较宽。

现在民用品企业提供的资金减少了许多，就算山川基地还有二分之一强的资金可以投向项目研究中，但管委会的人还是认为剩下的资金不多，所以他们就捏得很紧。陆三水也就只好同意他们提出减少研究项目。

"虽然基地资金收入在往下滑，但YZQ的研究已经取得了重大突破，那么加大资金的投入就是必然的了。"陆三水用肯定的说法安抚着洪奎，"你想想看，这YZQ该有多重大，它研制成功了，我们在人工智能方面的研究也就看到了突破的希望。它是人工大脑最核心最关键的部件……"

陆三水已把话说到这个程度，洪奎也就没再说什么。

YZQ的研究是否取得了重大突破，管委会认为这要陆三水来评估，作出认定。这个项目的研究是陆三水以前定下的，与之有关的基础理论的研讨以及人员的调动，陆三水都清楚。这个研究项目，为了高度保密，研究室设在了山川基地山体里。陆三水6年前接手管理整个基地后，在掏空的山体里腾出一个较大的库房，作为电子元件研究场所，其中的核心项目就是YZQ。当然，里面也有石墨烯在电子领域里的应用研究，以及MUJ芯片的研发实验。

洞里面都是些无尘的车间，以及无尘的研究室和实验室。在山体里建立无尘车间和研究室一类的舱室，比在外面容易许多。

这山体里着实壮观，宽约40米，直直地朝前延伸。山体的外面是一条数米宽的通道。山体里用的是核电照明，没有开凿洞穴引入自然光线。

陆三水和洪奎在山体入口处，通过吹风机把身上的灰尘全部吹掉。进入山体10来米的位置后，又都穿上了防静电工作服，头上也戴上了规定的头罩，然后再往里面行进。

可以说山体里的实验室区域，几乎感觉不到是在山洞里，岩石的表面都涂上了一层较厚的涂料。屋里也吊了顶，看上去跟外面大楼的工作间没有什么区别。

若真要说有什么区别，就是挂在天花板上的日光灯，昼夜24小时都在照明。再就是屋子四周的墙上看不到一扇窗户。

另外，实验室里的各种设备，绝大多数都来自D国，至于是怎样运来并搬进洞里的，没有谁去在意。这些设备，据说也算不上是D国顶端的，不过对中国来说，却是最高端的设备。

在山体里工作的研究人员不是很多。实验室里面的那些设备，多数处在开机状态，却很难见到里面有研究人员。

"YZQ固态成品是在什么地方？"陆三水进来之后，就询问这个。要知道，如果不是为了见到这人工智能的关键部件YZQ，他今天是不会来这里的。

"在前面80万倍电子显微镜旁边，"洪奎对陆三水说道，"有我们的研究人员。我们研究人员中的大部分都应该在那里。"

陆三水点了点头，以示知道了，就加快步子朝前面走去。

前面的实验室，里面有三十几米的宽度。山洞挖出来后，这宽度就已经定了，而长度却是根据使用需求来定的。所以各实验室的长度都是不同的。在电子观察室里面，可见到不少电子光学仪器，但这台80万倍电子显微镜，国内仅有。

两人步入到电子观察室里，就见到多名穿着白色密封服、带着防尘防静电帽的研究人员围在那台十几年前通过S国运回的D国80万倍电子显微镜前面。

那些研究人员看见陆三水和洪奎，就纷纷跟他们打招呼，有人还邀请陆三水去看他们的研究成果。

陆三水见到成果的第一眼，就惊呼道："哦，这么大呀！"

陆三水这一压低了声音的惊呼，显然他觉得有些不可思议，跟他心中的YZQ大相径庭。也的确，他眼前的这个固态YZQ成品，竟然有食指头那么大。他认为，再怎么也不能大到这个程度。

眼前的这东西分明就在告诉陆三水，这就是刚研发出来的成果YZQ。失望向他袭来。洪奎第一时间就注意到陆三水脸色的异样。他知道，这与陆三水心中的YZQ完全是两样，就硬着头皮露出尴尬的面色说道："据我们从前沿电子科技动态上了解的信息看，在当下要做出纳米级别的电子元件，好比登天，是不大可能的。理论研究方面认为，现在要出纳米级的电子元件，会受到电子显微镜和制造技术的制约，这瓶颈问题不解决，我们是没法做到的。正面不行，我们就只能侧面出击，所以也就出了个这样的东西。"

"是啊，陆主任，现在受设备和制造技术的限制，我们要生产出纳米级的产品，几乎没有可能。"一位干瘦的40岁上下的中年男子微笑着对陆三水说，"别说纳米级的制造技术，我看就连微米级的制造技术我们也没达到。放眼整个世界，拥有纳米级制造技术的企业少之又少，寥若晨星。"

这番话令陆三水频频地点头。他认为现实条件也的确是那样，你又能怎样？而曲径通幽未必就不是一个好办法。

"电子世界里的石墨烯，是个经久不息的热点，其研究发展的具体情况，我们比较了解，掌握着主动。所以这种材料的元件生产，我们一直在进行。如果我们拥有纳米级制造技术，目前面临的所有问题都将会迎刃而解。"陆三水不反对他们所说的，另辟话题后又折转回来说道，"但是眼前这样的YZQ，有什么功能？能应用于什么地方呢？"

无论什么产品，研究出来后，假如不能派上用场，或者不能依附于应用，那做的就是无用功。但如果眼前这颗指甲盖大小的东西能依附于应用，而且这应用有着广泛和持续的市场前景，陆三水断不会否定洪奎团队的这一研究成果。

洪奎回应着陆三水，便介绍起他带领的团队所研发的成果来："要说功能的话，布尔逻辑运算能力算是功能之一；另外，没有能源它也能记忆，是其功能之二。我们就可以利用它这种功能去开发低耗能的存储设备。同时，我们也可以把它用在计算机处理器的电路之中……"

在介绍的同时，洪奎开启了近旁一台计算机的显示器。上面马上出现了陆三水曾经提出来的YZQ简单的模型，随即十分复杂的电路也显示出来……

洪奎说道："这是根据我们发现YZQ在通过电流之时，改变了电阻性能而进行的一些设计方案。我们完全可以利用YZQ这样的特性，以及特别的电路，去开发一种全新的、不同于当下计算机处理器的技术……"

另有一位中年研究人员指着另一台计算机显示器上的YZQ模型，向陆三水描述着这指甲盖大小的YZQ在未来的运用前景。

陆三水心中也有着对YZQ的描述，那就是在通过电流时电阻会发生改变；还具有布尔逻辑运算能力。有一点他也十分清楚，即YZQ是纳米机器人处理器中最核心的部件。因此他总是惦念着这个东西。

"在当下市场上，我们山川基地生产的处理器有着非常广阔的前景。"陆三水皱了下眉头继续说道，"现在再增加了一个新类型，而且是个全新的技术，可以预计，其研发的成本将是非常高的，而且在较长的时间内还有可能不能投入使用。"

根据目前的研究理论，这指甲盖大小的YZQ用来做低能耗的储存元件，是一种可能的选择。

从目前市场情况看，低能耗的储存设备，并没有多少竞争力，而储存容量才是其核心竞争力。一定得跟着市场走。

在军用方面，没有搞出真正的YZQ。要想军用，这成本也实在是太高了。

"可换一种思路。如果用它制作的芯片来组成龙网络，就完全可以让我们的人工智能拥有更快的处理能力……"洪奎摇着头告诉陆三水，"这种产品并不是他所想的那种。虽然单个的处理能力较差，但遵循网络技术，让若干个处理元件同时进行工作，并在核心处理器工作下分配工作任务，那处理速度将会是异常的快。"

陆三水顿时两眼放光："这方面的试验，你进行过吗？"

倘若真是这样，山川基地在人工智能方面的突破，就不会耗用太长的时间了。可以这么说，它就相当于一个中央处理器，然后在周围布置众多的处理元件，来做前期的运算处理。整个数据处理网络，完全就是人工智能的处理模式。像人一样，中央处理器就成了人工大脑，而这些元件形成的处理芯片就成了龙网络中的某一个元件，大脑就根据这些元件所处的不同的位置与不同的作用，做出任务分配，接下来就由这些有记忆功能的元件，去处理他们各自不一样的工作了。

中央处理单元、分站处理单元和工作站，这是陆三水一开始就提出来的龙网络工作模式，而到了现在这样的条件，就很容易实现了。

"我们推出了理论验证，认为这是可能实现的，因此就得申请必要的实验经费，不然没法弄。"洪奎摇头叹了口气，"可实验经费申请却被管委会否决了，实验也就只有搁置下来。"

陆三水在心里骂着，可一咬牙，腮帮子就鼓了起来：哼，这群人，可能就是为了要我去说服管委会，才向我描绘了成果的美好前景，以及能把我人工智能的想法变为现实。

"我们反复论证的理论，如果转化成现实，我们就可以让一台目前个人使用的计算机，拥有比我们正在使用的超级计算机的性能还要好……"

仅仅这一点，就让陆三水彻底心动了……

这种类型的计算机一旦出现，人工智能的突破便指日可待了。人工智能，绝不仅仅是程序和计算机的算法，还有其他复杂的人脑功能。它是建立在高超的计算机硬件性能之上的。长时间里，陆三水一直希望能够弄出人工智能来。当然不是一些电影中出现的那种有人类智慧的威猛高大的铁甲人，也不是《黑客帝国》里，人类发明了AI（人工智能），导致有了机械人与人类爆发战争的那种，而仅仅是使研究人员获得了部分解放，在轻松中高效益地从事各类项目研究。

当初，人类发明计算机的初衷是，要让其核心处理程序能像人类的头脑那样处置各种问题，至于思考，是不在考虑之列。就是到了陆三水他们学以致用的那个年代，仍然没听说那个国家，或者哪个研究机构研发出的人工智能跟人类一样能独立地思考和独立地工作。如果真有了那样的东西，现在根本就不用再出现洪奎一群人来做实验了。

"你把实验方案给我，最好是要详细一点的。我看需要与人工智能团队和基地的机器人研究团队一起来讨论有关的问题。对了，还有计算机研究团队也得参与进来。"陆三水这下不仅是动心了，似乎也铁了心了。

GUIJ芯片，已经没有什么发展潜力了。MUJ芯片或石墨烯材料制成的计算机处理器，还有YZQ，它们最终将取代GUIJ芯片，并成为未来计算机核心元件的东西。

当然，MUJ芯片存在的时间是很有限的。因为钼在地球上已探明储量不丰富，属于稀有矿产，如此便注定了其发展将受到较大的限制。而最终，石墨烯这样的碳材料才会是计算机的核心主体。

YZQ呢，则是石墨烯和一些特殊的二元合金材料融为一体后制成的。

争取经费

ZHENGQUJINGFEI

陆三水一回到山川基地，就要增加研究项目，他搞这种事，令已经觉得力不从心的管委会的权力者们感到头痛。这里面尤其是甘风华，他认为陆三水这小子一天都不安生，整天都在折腾。

"YZQ的进一步开发关系到山川基地人工智能的未来，经费问题不仅要落实，而且要尽快落实……"陆三水把YZQ的前景向管委会介绍了一遍，并强调了它的重要性，之后就要求刚才参与这项技术讨论的四人，YZQ研发团队负责人洪奎、MUJ芯片研发团队负责人黄明华、石墨烯芯片研发团队负责人鲁庭耀、计算机软件开发团队负责人谷正风等四人，从技术角度方面说服管委会。

陆三水现在已经改变了以往那种命令式的武断风格，不只是自己一个人去做说服工作，还要求他人去说服。过去他说服不管用时，就凭借自己的身份和手中的权力强求执行。

"这个研究项目得投进多少？"杜平礼看管钱袋子，他很在意要从里面掏出多少银子，"你是知道的，我们现在进的少，出的多，已经在吃老本了。我说陆主任，您能不能再卖一批武器出去呀？"甘风华一众人绽开了笑容，当着陆三水的面，都给杜平礼竖起了大拇指。

这世间的任何交易都离不开钱。没有钱，山川基地的任何项目都只能是空中楼阁。

陆三水对着杜平礼一个冰冷的哑笑："只叫你管钱，可没叫你管花钱！"

现在山川基地要卖武器，就只有指望着新客户来接盘。

可是现在武器还能卖给谁呢？除了等待，还是等待。

"这个研究项目，在初期时用不了多少经费，一年下来大约也就……"陆三水若有所思后，说出了这个数字。

工作上的交往这么多年了，陆三水的行事风格，杜平礼一众人可是非常了解的。杜平礼立马就问道："这个数字是否包括了设备和其他方面的费用？像相应的实验车间、实验室一类的建设费用……"

"这一类的设施不用去考虑。因这个项目毕竟只是YZQ项目中的衍生项目，设施和设备等，在研究的初期阶段，可以共享。至于建实验车间更是没有必要；实验室，现有的可以共享……"陆三水胸有成竹，语气适中地说道，"这方面，几个相关部门摸底做过核算，你要了解更具体的情况，他们几人可向你陈述。"

这研究经费，现在走申请的路子恐怕是难上难了，只有去争取。而争取经费这样的事，显然陆三水比其他任何人都更合适。

洪奎等人都点着头，表示在研究初期有这5000万的经费，研究就可以全面铺开了。但这只是第一年的经费。至于第二年需要多少才够？拿陆三水的话说，这要根据项目的研究进度，再次核算后才能决定。而随着研究的深入，显然不会再是先前的数额，肯定会大于这个数。搞科研就是这样，一个研究项目一旦展开，后续的经费投入就是巨大而恐怖的。

正因为管委会的人都十分清楚这一点，所以现在，他们审批研究项目特别严。

"基地已经没有足够的经费。而军方却向我们提出，希望加大对远程战略轰炸机技术的研发。这关系到军队三位一体核威慑的能力。"陆三水说。

接着这段话，甘风华又对陆三水道出有提醒意味的话，"军方高层还说，如果没有十分先进的远程战略轰炸机列装，在目前军事环境较恶劣的情况下，也只能选择装备轰–1V这种远程轰炸机了……"

陆三水有些头大："高层是什么时候提出要装备远程战略轰炸机的？好像没听说过这事啊！"

陆三水心想，不再装备图–Y1战略轰炸机，不是已经说服军方了吗？现在国内已经有了仿制这种轰炸机的能力，但这种中程轰炸机，已经不再适合未来的战争和国防的需要。

"在你搞到图–160之前，我们具备轰炸功能的只有轰––1V和歼–0Y这两款飞机，它们不管是航程还是载弹量，都是无法达到国防需求的。"金明心中有数地说，"所以我认为，在决定新项目立项之前，我们都应该考虑一下经费在未来的分配。战斗机和轰炸机的研发，其经费我们都知道，那是难以估量的，基地里的那点经费呀，是经不住消耗的。"

战斗机的研发费用不用金明说，陆三水也心知肚明。这闹得他真的有点头大了。但是，非完全状态的YZQ，这可是山川基地在人工智能方面最为迫切需求的。而战斗轰炸机，这是中国国防上需求的。

不管是现在还是未来，航天、航空和核潜艇方面，都是中国国防安全的重点需求。比如说在有了东风–101这样的洲际核导弹后，就使得航空和核潜艇这两个方面的需求更加迫切了。因为只有拥有航程很远、载弹量很大的战略轰炸机，以及更为先进、性能更为优良的战略核潜艇，中国才能算得上三位一体的核威慑力量构建完成了。

"战略轰炸机，这国防大器我们肯定是要搞的，而人工智能，我们同样需要搞。如果经费实在安排不过来，那就从人工智能研究项目里，以及其他相关项目的经费里面划拨。"陆三水不想再僵持下去，想了想，最终无奈地作出了这样的决定。

山川基地是科研试点单位，这几年来自筹研究经费，自负盈亏。他们合法地出售精良武器到海外，赚了不少银子。给职工涨工资发放福利，不需要部里同意。除非部里要收回"自筹研究经费，自负盈亏"的搞法。若真那样，陆三水自然无话可说。

其实山川基地还有数十亿美元，这无疑是一笔数额巨大的资金。

在不明就里的局外人看来，这钱实在不少啊！可他们怎知道山川基地这些年来所立研究项目实在太多，每年的支出也着实可观；而且一些核心项目还得预留足够的后续经费，不然一旦资金链断裂，那些研究了十年八年的项目出的阶段性成果，就将毁于一旦。有句古语叫"坐吃山空"。一个研究项目就是一张大嘴呀，无数张大嘴吃上个几年试试？所以在收入锐减的当下，山川基地有了实实在在的危机感。

现在军方手中，也没有充足的经费来支撑他们紧要的研究项目。但他们还是没有打山川基地金库里的这数十亿美元的主意。他们之所以不打这个主意。有一个前提条件，即山川基地必须在一些科研重点项目上增加投入。

航天领域里面，特别是东风–1YV反航母导弹、东风–101中远程弹道导弹的研发要抓紧，资金缺口由山川基地解决。对其他型号导弹的研发，中期要追加部分经费。载人航天工程领域，神舟FI飞船的研发已经启动，后续经费山川基地需要投入三分之一。航空领域各种类型军机研发……

这其中任何一个项目，都意味着上亿美元的投入。

"这个项目非搞不可吗？"甘风华接着上面陆三水说的话，再次向他发问。

杜平礼眉头皱在一起，瞅着陆三水，嘴中道出语重心长的话语："我说陆主任啊，这项目如果不是很迫切，事关一项重大突破，你能够缓一缓，还是缓一缓吧！现在开源的确有困难了，我们就只有从节流方面找出路……"

"老杜呀，这我都知道。可这个项目涉及的关系非常重大。在人工智能立项的评估中，我们就十分清楚人工智能一旦出现，对于我们正研究的其他领域的意义是十分重大的，更不要说在其他方面的卓越价值了。所以，任何能够让人工智能研究获得突破的，我都不会放弃。"陆三水极其认真、同时也是极为严肃地说道。

陆三水认为，他只有用这样的态度向管委会的众人表明，他在这件事上是很有定力的，必须让人工智能获得一个快速突破的契机和方向。

"你看这样行不行？把这个项目并到人工智能项目里面？"管钱的杜平礼可能知道山川基地的资金能支撑多久，便建议道，"这样的好处是能

争取经费

节约很大一部分研究经费。我们应该把更多的资金投入航天航空领域中的军用飞行器研究，以及战舰研究领域中去……"

杜平礼内心认为，只要不乱立项目，基地现有资金维持十年是没有问题的。当然，这是指当下山川基地立定的这些大型项目所需的经费。

一旦放宽研究项目立项，这些资金还真是不够用。

"不！要单独立项才行，因为这个项目还不仅仅是为人工智能服务的，还涉及其他领域。"陆三水否认了杜平礼的建议，认为这必须坚持。

"那就立项吧！不过在以后面临经费吃紧的时候，这类项目的经费怎么说呢，打个比喻，这类项目就是卒子，会丢卒保车的……"甘风华一众人商讨一番后，见陆三水坚持立项，便给出这样一个说法。

这个说法有着潜台词，其非常明白，就是一旦经费趋紧，将会优先保证那些重点项目的研究经费。

一旦出现这种情况，很可能这类项目将会无限期地搁置，直到基地经费再次充足，或者就转给军方内的同类型研究单位。

"如果后续资金无法跟进，那这项目就烂尾了？"洪奎觉得这话一定要挑明。

没有谁能保证在短时间内，能够让技术转化成市场商品。也只有市场化，才具备造血功能，带来充足的研究经费。

其实即使是科研技术，如果长时间没投入使用，即不用到国防军事中去，也将出现大问题。无休止地砸钱，也只有那些对敌进行威慑的超级武器，如像核武器，以及那些运载核武器的工具。但这是十分必要的，花钱保国家平安。

陆三水听洪奎冒出那样一句话便瞪了他一眼，心里道：不是已同意立项了吗？真他不知足啊。那是以后的事情，以后有什么，也是车到山前必有路嘛！非得在这个时候说三道四，让管理委员会抓住口实，不给项目研究投钱，你能奈何吗？

还别说，真的是怕什么就来什么。洪奎话音一落，杜平礼就说道："既然都担心后续经费会出现断裂，那就不要开启这个项目了。"

管委会倒是巴不得不再新立项了。

山川基地立项很多，眼下正在做收缩方面的工作，这的确是很无奈的事。

"先不用去考虑这样多，暂且这样，以后面临经费不足的时候，我会想办法的。"陆三水说着，突然脑海中冒出一个问题，便问道，"噢，对了，我们现在不是把一些筛选出来的技术研发项目的资料分别向军方和一些国企转移吗？受让这些技术资料，他们付费没有？"

山川基地当下走卖技术的路子，但愿意买他们手中技术资料的企业不太多，特别是那些国有企业。

现在一些基础项目，基地也不再研究。跟军方有关的，就转给军方相关单位；贴近民用的，就转给国企。甚至一些研究人员，也同意把他们转到能对口的国企。

"这里面，山川基地可是投入了不少钱啊！出去的资料收费了吗？"陆三水见没人回应，又问道。

"付费？"甘风华和杜平礼等人的神情诧异。

显然，这些转移出去的资料是没付费的。

"我们先前投入的经费也是钱哪？不能这样就没有了吧？"陆三水一副严肃埋怨的神情。

"我们调查过，那些国企中，有的还是科技企业，面临着生存困境，他们都没有什么家底，也没有多少研究经费，有的还贷款给职工发60％的工资。"朱中卫皱着眉头说道。

为组建技术运营部，从三区副主任岗位上抽出来的朱中卫，知道想要从他们手中获得技术资料的国企的情况。当时，国企正处在企业改革重组的阵痛时期。

在当时，山川基地释放的一些成品技术，企业到手就能变成市场运用的技术，或者生产产品上市，但即使这样，好些国企还是不愿意掏钱，只有一些民营经济和跟他们有合作的企业，很清楚这些技术的价值，他们愿意出钱购买。

如果不是这种市场状况，基地完全靠出售技术来支撑项目研发，应该是没有问题的。

一些企业对于成品技术都不愿花钱，就更不要说那些研究没有善终的项目。可见技术运营的市场环境有多恶劣。

"没有多少经费？这就说明这些企业还是有经费的。他们不是急需项目吗？从我们这里买到项目资料后，他们就可以向政府提出拨款申请，或者贷款生产成品出售，企业不就盘活了？我们给国企成品资料，必须收取一定费用，道理很简单，因为我们投入了基础研究费用……"国企或地方科研单位想免费获取项目资料，在陆三水这里是行不通的。

在国内的地方科研单位较多，它们中的绝大多数在重复研究某些项目。为什么会出现这样的现象？因为这些项目毕竟为国家重点开发的领域，或者依然是开发热点的领域。

当然了，有的项目要转化成市场所需的东西，困难较大；有的项目前景不广阔。这两种情况，企业的领导人自然也要规避。可是这样，他们就难以从政府那里拿到财政拨款。

可以说山川基地投放于技术市场的项目，无一不是国内技术市场稀缺的项目。国企领导人若是有眼有珠，识货果断拿走，应该说从上级主管部门手中获得财政拨款是很容易的。

山川基地投放于技术市场的项目如若不是稀缺资源，恐怕送人也不会有人要。

国企长时间在计划经济模式下运作，不用自己去推销产品，它们不懂得市场经济及其法则。它们不是山川基地，自己能够挣钱，然后又去开辟适合自己生存和发展的项目。

"要拿走项目资料，又不想给钱，世上岂有这样的事！"陆三水说到这里，更是生气，"就是沤烂在手中，这些技术项目也不能给他们！"

陆三水此话一出，朱中卫就认为他现在掉进钱眼了，随即有了个不被人注意的摇头叹气动作："陆主任，我去跟他们谈谈再说吧！"

储备人才

陆三水想在大山里避开行政方面没完没了的纷扰，住上两三个月，静静地做点自己专业方面的事，却不想住了不到半个月就有电话催促他赶快回成都凤凰山总部，要为某国订购武装直升机的生产签字。

走向市场后，主业方面新研发的大型装备的投产，都是陆三水白纸黑字签字，否则机器启动不了，所以他必须回去。

几年前，基地警卫营特种作战队在北线边境歼灭S国"毒刺"后，西军区副司令许戈以出资研发武装直升机为由，想吸引他到军区武器研究所任职，他推说容他考虑一下，结果没两天，嗅觉特灵敏的A机部部长周祥林就一步到位地启用了他。但许戈的"诱饵"，却令他不忘关注坊间已有传闻的直-J项目和发动机涡扇-V项目下马在即的事。结果这两个项目果然在他任山川基地主任后的次年就下马了，他便把所在单位已发不出工资的这两个项目组的人员来了个"一锅端"，组建了"直升机研发团队"，搞起了山川基地要研发的武装直升机。

他的初衷是，就算搞不出世界上领先的武装直升机，也能让国家拥有自己的武装直升机，以结束几十年来，直升机不是从外国购买，就是从国外引进技术，或者就是仿制的历史。

别的单位搞装备研究，单就立项审查都得花很长时间，至于技术和方案论证一类的，就更是旷日持久。

而基地的研发项目立项，是由陆三水在负责。技术论证方面，只需经过专家组几次论证会拿出结果就成。之后便是根据项目团队确定的技术参数，试验性生产就启动了。这就连过去等资金到位的时间都省了。的确，现在的山川基地已不能与过去苦于无项目研发资金同日而语，近些年合法地向海外销售军火，盈余滚入小金库的银子已足以支撑任何项目的研发和生产费用。

山川基地上项目的速度，恐怕也只有在战时才出现过。

陈晓川原本就想问陆三水，这个项目为何仅试飞阶段成功，好些该走的程序便省略了，就急着进入量产。现在他再也忍不住了，便把这些话说了出来。他认为虽然做什么不做什么以及拉订单等都是陆三水在谋划运作，最终他说了算，然而一旦产品出现问题，不良名声却是企业的，浪费的也是山川基地的资金和时间。

陆三水面对陈晓川的提问，却不想回答他的"为何"，只是说："陈副主任，战争才是检验我们武器的最好平台。"

陆三水是想把这款叫"红箭"的武装直升机，弄到战场上去检验实战性能。

基地研发的反坦克火箭弹，挂装于"红箭"，才能显现出这坦克杀手的威力。

"可这款武器，应该是目前国内最好的，我们的军队不是还没有装备吗？……"陈晓川的思维可是与陆三水相左的。

"去年量产的'地龙'，难道不是国内领先的坦克？军队尚未装备，不是也出口了？不出口，在此基础上研发它的升级版哪来钱？这款"红箭"要是在战场上表现耀眼，那订单就会源源不断地过来，我们难道还担心没有研发其升级版的经费？难道还怕我们军队没有更好的'红箭'？"

陆三水把生产"红箭"50架的字签了，便来到直升机研发团队。

"陆主任，可别忘了我们这边还缺人哪，尤其是这个专业的年轻人。"刘成武在陆三水还没落座就说道，"眼下大学生就要毕业了，北航是你的母校，你老师龚明志教授带出的弟子，能不能走个后门弄几个给我们……"

刘成武是直升机研发团队负责人，已经50出头了，他很看重他团队人员构成的阶梯性。而现在他的研究团队，平均年龄已到了43岁，他认为这个年龄已趋于老化，对于这个项目的长远发展是极为不利的，平均年龄在30岁左右是最好的。

陆三水看重技术方面的事，更看重专业人才，毕竟后者是前者的有源之水。当初他把下马的直-J和涡扇-V项目的人员收到麾下后，又从同样是发不出工资、被山川基地纳入旗下的国防科工委E所那边调剂了20几人过去，才组建成了这个直升机研发团队。

陆三水对刘成武向他提出要专业大学生，心想老刘对人才建设未雨绸缪，比自己还上心，便笑了笑，说放心好了。

今年又一届大学生即将毕业了。

现在已接近五月，按理说，各高校毕业生的分配情况已经落地，只不过在这一机制启动前，高校人事部门捂得死死的。

陆三水想要大学生，其实在三月份就该做这方面的工作了，而他却没有时间跑学校，抑或他忙得根本就忘了这百年大计的事。现在刘成武向他提出要刚毕业的专业学子，他觉得虽然时间上有些晚了，却认为这些专业的毕业生，只要他看中了，不管已分配到什么单位，只要这工作尚未启动，他都得"抢"过来。

至于学生是否愿意，本人可保留想法，国家分配你去哪里就得去哪里，否则就可能自毁了前途。那个年月的大学毕业生，远比新世纪后的大学毕业生好搞定。

"陆哥，据我所知，你要挖走的北航这几个专业毕业的学生，已是名花有主，国防系统和飞行器制造系统早已瓜分了，而你这样强行抢人不是会得罪很多人吗？就不怕将来别人在你后背捅刀子？"许欢不无忧虑地说道。

许欢是两年前出任西军区司令员许戈的小女儿，现在军委直属的国防信息工程大学任人事处处长兼学生分配部部长。眼下她与陆三水的关系是恋爱的关系。从工作关系上说，这两人一辈子擦肩而过的机会都不可能有，能成为恋人，也是许戈看上了陆三水的才华，希望他做自己的幺女婿，但他怎么好屈尊开口呢？于是就找了关系甚密的甘风华牵线搭桥。

不想甘风华把此事跟陆三水一说，陆三水还是以工作都忙不过来、哪有时间谈情说爱为由婉拒。甘风华这回倒是有准备了，因前一两年见唐泰与丰珊、骆华强与祝竹都先后结为秦晋之好，就只有他和邱霞还单着，就跟他提起过邱霞，结果被陆三水一两句话就堵住了口："甘叔叔，谢谢您！这事等基地搬迁完了再说吧！"

于是甘风华就把话挑明了说："小陆，当年，你父亲临终时托付我把你带出大山，是对我的信任，我也对他说过请他放心。我请他'放心'是有含义的。这事你不能再搪塞我，不管你愿不愿意，都得去跟许欢见上一面！"

甘风华把陆天问搬出来，以他是长辈压人，同时也心想，也许陆三水与许欢一见面、一交流不定就有了想法。面都不见，怎会有想法呢？

这边许戈跟她女儿许欢讲起陆三水是如何如何能干，是怎样一个青年才俊。许欢也觉得自己也近30的年龄了，再挑来选去，不下嫁就是一个地道的老姑娘了。

"那好，星期天，你甘叔叔就把人引到家里来？"许戈对女儿说。

"爸，先说好，跟这个'青年才俊'见个面是可以的，我可不向您承诺什么！"许欢还真是鸭子死了嘴壳硬。女儿在父亲面前就能不撒个娇？

结果甘风华平生第二次做成了月下老人。

"我说许欢，你瞎担心什么呢？"陆三水很得意地说，"这事我自然有数。要说'抢'，也就是抢燕都理工大学、北方航空航天大学、京师大学、首都科技大学和冀北工业大学这些学校的人。我只要向我的那些老师要人，他们眼中的人才还有不给的？安排了就不能更改吗？"

陆三水走上领导岗位后的这些年，去A机部的机会较多，只要时间宽裕，他都会去看望老师辛海阔。自第一次去了辛海阔家后，他与他众多的老师又建立起了联系。

陆三水的这些老师，基本上都是他们所在专业领域里的权威，他们带出的学生，无疑是很优秀的。

对陆三水这个跟他们仅学了一年有余的学生的请求，加之大名鼎鼎的世界著名科学家、中国载人航天奠基人辛海阔教授的招呼，这些老师及其所在学校都是很配合的。

当然，陆三水主持全面工作的山川基地，这些年自负盈亏，除了一两万职工的工资和福利有了着落，还每年主动给部里上交部分盈余。这与当年国企走向市场，众多企业靠贷款给职工发60％的工资，或者搞买断工龄，把职工推向社会形成了鲜明对照。山川基地主业的产品，国外军火商订单不断；第三产业的电热水器、计算机和"面包车"的盈利，也颇为丰厚。

有了钱，山川基地就舍得在吸引人才、建立人才库方面投资。上面提到的那几所高校，后来，山川基地都给他们签订了"提供人才培养基金的协议"，每年向这些学校投入200万。这些学校对此自然偷着乐，毕竟培养的学生是国家的，不输送给各行各业难道你还留着，让其闺中待嫁？每年200万，可以建多少专业实验室？办多少学校想办的事？当然，这样一来，山川基地所需的各专业人才就都有了保障。

储备人才

回馈社会

HUIKUISHEHUI

　　外事联系接待部按照陆三水的要求，三天前就赠送电脑一事跑了金沙区政府，以及成都市营门口小学和成都市花照中学，协调好了今天下午两点向区政府赠送电脑，之后座谈20分钟，再去两所学校参加简要的赠送仪式的事宜。

　　陆三水不想把这事搞得太过张扬，希望尽量淡化些。所以，外事联系接待部在上午就把赠送金沙区政府的20台电脑，赠送两所学校各50台电脑分别送到。如此，自然就避开了届时小车大车一路"轰轰烈烈"的情形。

　　陆三水祖上就生活在金沙地域，他骨子里就有一种金沙情结。个人的某种情结，有人爱挂在嘴上，表露于外；有人就潜藏在心底，有条件就用行动来表达。陆三水就属于后者。为何山川基地搬迁选址他定在成都西北的凤凰山，而不定在成都东北方向，抑或成都南边今天的高新区地域？这就是他骨子里那份金沙情怀的使然。

　　接下来，他们先去营门口小学。课间休息10分钟后，该校用第二节课的时间搞这个受赠仪式。陆三水一行到达时，全体师生已列队集聚在操场，50台电脑码放在操场主席台一侧。

　　主持人用几句开场白作过渡后，就导出了仪式中最重要的程序，陆三水便揭起了罩在几十台电脑上的红布，递给了工作人员。接下来，他便与校方分别发表了热情洋溢却简洁的书面致辞……

陆三水关上车门后，看了看手腕上的时间说道："仪式的时间卡得比较好，整个不到25分钟。老黄，你作了交代？"

"跟他们协商过时间。"黄勤辉说，"学校在卡时间方面是有职业经验的。几个程序用时多少，多少字的讲话稿用时多少，校方是了然于胸的。"

花照中学是利用最后一节课来搞这个仪式的。因为有时间约定，陆三水一行到达校园时，全体师生在操场列队刚好完毕。

因双方协商时，都本着仪式宜简不宜繁的原则，所以整个仪式程序基本上与营门口小学的一致。陆三水代表山川基地揭去红布后，发表了书面讲话。

花照中学领导、全体老师和同学们：

你们好！

今天，我很高兴地来到成都市花照中学，代表第五工业机械部山川基地向学校赠送50台微型计算机，以便学校建立微机室，开设计算机入门学习课程。借此机会，我还要代表山川基地全体职工向同学们致以诚挚问候，并向呕心沥血、致力于培养国家建设人才的教师们致以崇高的敬意！

同学们，我们处在一个既是挑战又充满希望的新时代。你们是幸运的一代，但也是肩负国家振兴重任的一代。古人说得好："千里之行，始于足下。"你们这个年龄，正值人生的开端，志存高远在这个阶段孕育，良好的学习方法在这个阶段养成，人生的建树和生命的辉煌在这个阶段奠基。我希望同学们珍惜人生中这段最美好的时光，学到超强的本领，修成良好的品格，树立理想的旗帜，练就健康的身心，将来成为建设国家、振兴中华民族的有用人才。

同学们，计算机的运用非常广泛，不仅现代科技的每一个学科离不开它，将来它还会走进我们的日常生活和工作中，给我们带来极大的方便。现在计算机运用还没有普及，但普及的一天很快就会到来。希望你们在完成学业的同时，把计算机初步知识学到手，为将来可能的深入学习并运用计算机搞科研奠定一个良好的基础。

教育关乎国家的兴衰，教师关乎教育的兴衰。因此，教师才是立校之本。古往今来，这个世界都没有比教师更受敬重的职业，在于政治家、科学家、哲学家等等，他们也曾是教师的学生……

最后，祝愿我们这所历史悠久、已培养出无数优秀学子的花照中学再续辉煌！祝愿全体教师工作顺利！祝愿同学们学业大为长进，取得更优异的成绩！

谢谢大家！

接下来，学校苏冠英校长也发表了书面讲话。

尊敬的山川基地领导及来宾、全体师生：

你们好！

今天，是一个令我们全校师生激动的日子，更是令我们难忘的日子。山川基地秉持社会责任，心怀对我校孩子的关爱，向我校赠送了50台微型计算机，其经济价值60多万。对此，我谨代表全校800多名师生，向热心支持教育事业的山川基地领导及全体员工表示诚挚的感谢，并致以崇高的敬意！

全体教师，请记住今天这个令我们感动的时刻，记住山川基地为花照中学更好地培养学生给予的大力支持！我相信，这将促使我们更加精诚团结，为把花照中学办成国家人才摇篮的一流学校而厉精为治、竭诚努力。

同学们，你们不要忘却今天这个温暖的场景，不要忘却山川基地的领导和员工们信赖的目光！你们要以卧薪尝胆的精神，去换取优异的学习成绩，最终以成为国家有用人才来报答社会有识之士的关爱之情！

　　同学们，山川基地的领导陆主任说得好，现代科技离不开计算机的运用。接下来，我们就要建立微机室，并聘请计算机教师给你们上计算机入门课，为你们通过计算机获取多方面的知识开辟一个全新的渠道。

　　学校是为国家培养和输送人才的重要基地，传道、授业、解惑是教师的天职。我们既要弘扬中国式的教育传统，又要与时俱进，在创新中发展教育事业，才能培养出于国家于民族有用的复合型人才……

　　最后，让我们再次以最热烈的掌声向山川基地的领导和全体员工表示由衷的感谢！并祝愿山川基地的宏伟事业蒸蒸日上，再创辉煌！

　　谢谢大家！

仪式结束了，陆三水看了看时间，用时也是20来分钟。

多在学校停留片刻，就是跟学校添片刻麻烦，这可不是陆三水的行事风格。尽管苏冠英校长邀请他去办公室坐坐，可一行几人，沏茶什么的别人岂不是要张罗一番？陆三水直接婉拒并告辞了。

把微型计算机赠送出去后，陆三水有一种如释重负的感觉。这些年来，地方政府在各方面给予山川基地的支持实在太大了。企业用地问题、引入重要人才及其配偶的入户问题、职工孩子的上学问题，以及保企业生产用电和企业财产被盗问题等，哪一项离开了地方政府的支持和协调能得以解决？

陆三水已经有了筹划，就是以后每年都帮助金沙域内的一所小学一所中学建一个微机室，直至所有学校都建有为止。他知道国家还不富裕，在教育这一块的投入严重不足，但认为穷不能穷教育。他已有了计划，即明年从第三产业的盈利中，给金沙域内的各所中学建物理和化学实验室，给各所小学建塑胶操场，并添置体育器材。

花照婚宴
HUAZHAOHUNYAN

　　黄勤辉和他部门的那位工作人员在基地总部下车后，陆三水看时间已是5点过几分，便要求司机直接去国防信息工程大学。

　　国防信息工程大学就在南门大桥旁边。校园紧邻府南河一侧有一道可进出的小门，陆三水远远地就看见许欢已等在那里了。

　　许欢见副驾座空着，直接开启了后排右后车门："陆哥还真守时。"

　　"我们只是不穿军装、不出早操的军人嘛，就得有军人的作风咯！"陆三水回应许欢后，又对司机说，"噢小顾，直接去花照酒楼。"

　　前几天，陆三水的表弟孙晓光和邱霞领取了结婚证，两人认为这事没必要张扬，就只告诉了双方的亲朋和要好的同事。礼已经收了，他们今晚要设宴答谢送礼的人。

　　邱霞是陆三水回到山川基地后，第一个接触他的年轻女子。这接触是从陆三水报到那天住院、做护士工作的邱霞护理他开始的。对邱霞给予的无微不至的护理和一些事务的帮助，以及对他谈一些他不清楚的事，陆三水是心存感激并铭记于心的。在后来与邱霞不多的接触中，陆三水也觉察到了邱霞那异样的眼神，以及能体会到她对自己的关心。但陆三水就是个工作狂，压根儿就没去考虑过谈情说爱的事，无意中就把邱霞晾在了一边，辜负了她的情意。但邱霞仍然花痴般地在默默等待，不想却等来了她意想不到的陆三水"三级跳"般的升迁。

陆三水晋升为山川基地一把手后，就明显感到他与邱霞相遇时，邱霞已没有了往日那种落落大方，也没有过去那种眼神。对邱霞的拘谨和她自以为的卑微，让陆三水作了一番自我反省：这么多年来邱霞喜欢自己没有错，自己却因为工作忙而忽略了她的情感，但现在自己要想重返过去的岗位，邱霞不应有极大的心理落差都是不可能的事。亏欠了邱霞，耽误了她的青春，陆三水有歉疚于她的心理，认为应该给她以补偿。

情爱上的事怎样补偿？成不了眷属，成为亲戚不也很好吗？至于邱霞是否接受，领不领情，那是她的事了。陆三水主观上是这么认为的，如此也就不会耽误她的婚姻大事了呀。于是，他就托甘风华牵线，把自己姑姑的小儿子介绍给了邱霞。

陆三水的表弟孙晓光就读于川大文化产业管理专业，毕业后，分配到四川省直机关，现在文化厅一科室任主任科员。

孙晓光前几年也处过两个女朋友，可都是在谈婚论嫁的节骨眼上，女方把他给蹬了。一个做教师的嫌他工资低，认为大家工资都低到一块，有了孩子后日子怎么过？一个是银行职员，嫌他资历浅，还要排队分房子，不愿意跟他父母住在那个窄巴巴、又没有洗手间的平房里。

孙晓光29岁，小陆三水3岁，大邱霞1岁。邱霞听领导甘风华说起要跟自己介绍对象，没有一点排斥，洗耳恭听。听说对方是陆三水的表弟，又是省机关干部，又家居成都，年龄又相当，甚至还占点便宜，邱霞当即就表态希望尽快见面。不想一见面，双方就毫无保留的什么都谈，结果彼此都很满意对方。朋友也就要了半年吧，可能彼此都觉得年龄已在那里去了，结婚已是水到渠成，双方便敲定了结为伉俪的时间。

邱霞和孙晓光早就在酒楼门前候着，迎来了陆三水一行三人。因两人曾与许欢见过面，便相互打了个招呼，道出几句客套话来。陆三水把小顾和这对新人介绍给了对方，之后，孙晓光便说："客人都来齐了，大家就请上楼吧！"

赴宴的是新人双方的亲属、朋友、相好的同事，共4桌。

按理说不搞婚仪一类的答谢宴请，新郎代表新娘和自己说些感谢和祝福一类的话，就可举杯动筷了，可这对新人却有自己的考虑。他们开宴前就说好了先由甘风华讲，继而由孙晓光的领导讲，最后才是孙晓光讲。这种考虑也有它的合理性，心中有牵线人、有长辈，目中有领导不是？当然就这事，孙晓光事先也与陆三水沟通过，兄长的地位可摆在一边，但他毕竟是在场级别最高的正厅级干部，而他的顶头上司也就是个正科级，矮了一几大截。可陆三水却回应说："兄弟，你官场习气沾染得不轻啊，你们请吃，我还讲什么？就不讲了吧！"

与陆三水同在一桌的有纪浩、骆华强和唐泰。这几位比陆三水年长、曾经跟着邱霞管他叫"陆哥"、后来管他叫"师傅"的人，当年他们可是与陆三水一起住着上下铺，一起吃着玉米窝窝头，为吃肉，还一起狩猎闯军事禁区的哥们。可那时，他们就认定陆三水会成为一棵大树，他们一定要倚靠这棵树，好被福荫罩着。还别说，他们的确有先见之明；而陆三水官运亨通后，却也没辜负他们所望，并惠及了其他人。

山川基地搬迁到成都凤凰山后，因为已没有必要，就取消了职工医院的建制，只设立了一个卫生所。原职工医院和各分区卫生所的医务人员近200人，除了近20人留在卫生所外，大部分人经过培训后去了基地的第三产业。但陆三水却给予了邱霞特别的关照，疏通关系后，使她迈进了四川经济管理干部学院，就读于公共事务管理专业。她现在已在基地干部岗位工作。

当然，陆三水对其徒弟骆华强当时的女朋友、也在职工医院当护士的祝竹给予了关照，安排她参加了西南财大为期一年的财会培训。祝竹现在计算机翼龙公司做会计报表工作。

当年，陆三水认为航天材料专家丰天翔的女儿丰珊，不适合在自己负责的枪械设计室工作，却不想后来在制图方面还超了骆华强和唐泰，令他很满意。几年前，他安排丰珊去国防科工委所属的山西中北大学学了三年轻重武器设计，拿了张大专文凭。现在她能独立设计枪械了，还带着两个去年进设计室的学生。

纪浩已40出头，在恢复高考前就已安家。老婆是威远县农机站的职工，三年前单位发不出工资，便帮人在跑乡区的客运车上售票。陆三水心想他老婆既然是职工，多少也有点文化，就安排她到第三产业的计算机翼龙公司搞报刊信件收发工作。这样也解决了纪浩两口子长期分居的问题。

纪浩现在任枪械设计室主任，兼枪械设计师。唐泰任和骆华强前几年入了党，唐泰现在任三区1501车间指导员兼枪械设计师；骆华强现在任三区1502车间指导员兼枪械设计师。这三人在山川基地新一代大学生中资历算最老的了，但要成为将来山川基地管理的中坚力量，就得到车间去熟悉生产，熟悉各类产品的加工流程，甚至工艺。陆三水对这三人太了解了，所以把一碗水端得平平的，职务虽不一样，但级别都是正科级。至于他们以后职务的升迁，就得看个人的造化了。

酒过三巡，菜过五味，骆华强觉得该给陆三水敬杯酒，便对纪浩和唐泰说："两位哥哥，我们该给师傅敬杯酒了！"

"罚酒，你怎么说的？"唐泰打着手势要骆华强把他满杯的酒喝了。

纪浩目光射向骆华强："过去可以这样说，现在还能这样说吗？罚酒！"

骆华强被纪浩这话点醒了，说着"哦，该罚该罚"，就把杯里的酒一饮而尽。唐泰又给满上。骆华强又举起了酒杯，看向邻座的许欢："请师娘移步，我们做徒弟的，要敬师傅和您一杯酒！"

许欢极不适应谁称她为"师娘"，何况这是第一次，况且眼前这几位敬酒的男人也比她大不了几岁，脸立马就绯红了。但还得回应呀，便说："可别这么叫啊，我全身鸡皮疙瘩都起了，叫我许欢就很好。"

许欢毕竟在军校当处长，也见过些大场合，她拿上装有豆奶的杯子就过去了，看着骆华强说："你现在不能这么叫，以后呢，你爱怎么叫就怎么叫。"

"这'以后'是多久呢？"唐泰话落后看了一眼陆三水，见陆三水抿嘴笑着。

"唐泰！"与许欢一桌的丰珊声音短促，她反对唐泰掺和。

"骆华强，来，把杯子倒满！"陆三水把自己的酒杯挪了一下，"把他两个的也倒满。骆华强，先说好了，敬酒词说错了，罚酒三杯！"

　　骆华强把纪浩和唐泰的酒杯倒满后，也给自己的酒杯倒满，然后举起酒杯："好，就按师傅说的办！来，两位哥哥，酒杯端起来，我们借喜酒敬师傅和未来的师娘一杯！"

　　"慢，你怎么说的？"骆华强正往嘴里送酒，陆三水这一说，他便愣住了。

　　少顷，骆华强问道："师傅，我哪里说错了？"

　　"你说'我们借喜酒'，借谁的喜酒？"陆三水得意地说，"说错了吧？应该说'我们借孙晓光、邱霞的喜酒'，大家说对不对？"

　　"对！"众口一词，"罚酒三杯！"

　　与许欢一桌的祝竹不干了，走到骆华强身边，把他已端起的酒杯捏住："不行不行！强哥已醉了，说话舌头都拿不转了，我替他受罚！就一杯！"

　　祝竹从骆华强手中拿过酒杯，往嘴里一送，一仰脖，酒便下了肚。

　　"来，唐哥，"祝竹把酒杯往桌上一摆，"满上，我替强哥跟两位哥哥一起，敬师傅和许姐一杯。"

另起炉灶

LINGQILUZAO

陆三水在驷马桥域内的E所下车后，对司机说会议时间较长，要他去招待所等候。穿军装的那个美女则跟着他去了办公大楼三楼小会议室。她是山川基地秘书处秘书娄兰，陆三水要她出一个会议纪要。

四年前，陆三水听说E所这家飞机设计研究机构已无事可做，就抱着想法去看看。那天他和甘风华、空气动力学专家章千路、航空材料专家张洪乡就去了。

同是圈内人，付华仁也认识陆三水，但他没想到陆三水会突然来到他全面主持工作的E所。

设计室和行政部门各办公室的人员，都在帮一家出口企业扣纸板包装盒。扣好的包装盒码放得整整齐齐，就等着车来运走。这令陆三水一行五味杂陈，鼻腔发酸。

陆三水对这样的境况没有表示什么看法，只是对付华仁说，今后职工们就不用再做这些觉得手生的事来贴补家用了。

付华仁很明白陆三水在说什么，一下就蹲在地上捂脸哭出声来。

付华仁及他的职工究竟有多难，恐怕只有他们自己才知道。

陆三水任付华仁哭了个痛快，见他起身了，才抹了抹眼泪，叫他通知所里各部门负责人和技术骨干开会。付华仁也顾不得双眼通红，脸上还有泪痕，就跑到广播室通知开会人员到三楼小会议室开会。

在这之前的4个月，所里召开了一次职工大会。会上付华仁宣布，在所里发不出工资、研发项目又全面停止的时候，我们联系了一家出口企业，他们愿意把扣纸板包装盒的事让我们来做……

谁会想到已研发了快5年的歼击机项目，因资金链断裂下马了。

付华仁在开场白中把陆三水一行介绍后，陆三水说道："大家数月来日子过得太艰难了！这是深化国企改革的阵痛，终究会过去的。大家要理解，我们国家现在还很贫困，要集中财力才能办成急需办的大事。不仅仅是E所，国企都面临这样的困境和挑战，即'钱从哪里来，人往哪里去'？因为经费的问题，我们正研发的项目被迫中止就不再说它了。但我要告诉大家的是，从今天开始，E所就属于山川基地的序列了，我陆三水就是你们的直接领导。当然，这还得走程序，要往上打报告审批，但大家一定要相信，上级一定会批准的。已终止了的新型歼击机的研发，会议结束后就恢复。我对此要提出要求，要拨给研究经费，然后就要满意的结果……"

陆三水没提大家扣纸板包装盒的事。在当月发工资的日子，每个职工都领到了已进入自己档案的工资。

陆三水开门见山地提出了他对这款新型歼击机的设计要求，一些与会人员还没有反应过来。陆三水认为，这款歼击机已研发了近10年，按现在的设计，即使研发出来也大大落后于别人，岂不是白费时间和精力，还白烧钱？不如另起炉灶。要搞就搞重型歼击机，轻型的有什么威慑力？

"陆主任，这性能我认为太高了些，就是设计出来，我们也没有与之匹配的发动机，也没有能满足机身及其他部位的材料。而数百上千米的作战半径，必须得超过数千米的航程。"飞机总设计师诸葛宏志听了陆三水的要求后直言道。他带领的团队深知这里面的困难有多大。

"这性能就高吗？"陆三水不满意诸葛宏志听上去还算客观的说法，斩钉截铁地回应道，"图22那样的超音速轰炸机，属重型的吧？最大速度不也达到了两马赫多！的确，大家在这方面没有经验，可当年我们搞两弹一星有经验吗？遇到困难，就得去解决，而不是把国家顶级的歼击机降低性能。研发的时间可以长一点，但设计标准绝对不能降低！"

陆三水是E所的顶头上司，这几年，庞大的研发经费是来自他执掌的山川基地小金库。有句话叫着"端老板的碗，得服老板管"。

如果不按陆三水的要求来，E所就没有好日子过。

"就为这款歼击机，国家改革开放总设计师老爷子召见过我们，我们向他保证过五年之内拿出样机首飞，10年内量产列装部队！"陆三水提高了嗓门。他目光投向坐在他左侧的十位飞机设计大师，几乎是一句一顿地说道："在研发经费方面，你们尽管放心，不会发生断裂情况。但到了时间，我必须见到达到设计要求的东西。涡扇发动机，你们去联系宁沧海教授。所用材料，由我来负责解决。其他方面的，就你们自己解决！"

在飞机研发方面，没有哪个国家有更好的办法，必须往里砸钱。每一道技术，都是用真金白银堆出来的。

这款歼击机的研发，其核心部件发动机的研发是最砸钱的地方，再就是机身和部件所用材料的研发也会是砸钱无数的。但只要陆三水在，这砸钱的过程就会缩短，在某些方面还能节约大量的资金。当然，这也是陆三水搞这款战机有底气的原因。

在当今世界，战机别说拥有三马赫、两万多米高空的性能，就是十马赫、十万米的空天战机，也是有的。不过后者是无人机。人去驾驶这样的飞机，无法适应那强大的过载力，身体也根本受不了。

"陆主任，资金方面你虽然作了承诺，但这研发经费可不是一个小数目，况且材料的研发也不是一件很容易的事，你看大家是不是再研究一下？"作为歼击机总设计师，诸葛宏志认为除了材料，照陆三水的要求设计，有些关键部件技术，如涡扇发动机技术恐怕就解决不了。发动机技术不能突破，飞机就依然躺在图纸上。

诸葛宏志认为，陆主任在这款歼击机的设计上可能没考虑得很深，根本就不知道这里面有多少困难。

"诸葛总，这没有什么好研究的，大家只需按我提出的要求去设计就行了。"陆三水冷冷地回应道。

　　有什么好研究商量的，他们不就是想争取降低一点性能指标么？陆三水想。

　　诸葛宏志也清楚，这种歼击机一旦研制成功，再做逆向研发，就可拥有数款功能不一样的歼击机。然而这难度委实太高了，而且技术攻关的总和至少在800项以上。其实在最初立项时，诸葛宏志就考虑过这款战机的设计指数，这正与陆三水今天提出的设计要求相吻合，但最终却因没办法解决一些关键技术难题，降低了设计性能指标。

　　"我们倒不是怕困难，而是这个研发项目，在十年内是不可能完成的。"诸葛宏志扳起手指算着，"一是人手不足。每一种数据的计算，都将耗费以月做单位的时间，另外，战机的外形设计和理论验证，也得耗费相当长的时间才能完成。二是资金链很可能断裂。原型机得有五六架吧，采用钛合金，的确能够保证高速飞行中摩擦引起的变形，但仅仅是一架战机所需的钛合金，其庞大的金额都会达到我们无法想象的地步；三是……"

　　陆三水打断了诸葛宏志的话，脸上挂着笑意地说道："是啊，人员不足这我知道。研发中有很多模型计算，以及繁复的理论上的验证，需要的时间当然不是数月或一年，可能是几年。据我了解，研发大飞机运–V的团队有一整套极为先进的数据验证方案，他们的首架样机已经在做静力实验了，第二架样机也已经在组装。可以预见，运–V不久的将来就要上天了。在各类数据验证方面，我们E所可以跟他们进行合作。至于人员方面，有超级计算机的辅助，这就不是问题了。"

　　"陆主任，有这样的计算机？"诸葛宏志不以为然，"国内的超级计算机占地面积大，功能单一，用得上吗？就是有这样的计算机，要把这成年累月的时间压缩到几周甚至是几天，也得要每秒运算速度一千万次的超级计算机，而且需要两台！"

　　"诸葛总，您需要两台这样的计算机，我就给您提供两台这样的计算机。它每秒运算速度达到一千万次，还可以升级到一亿次，十亿次……"陆三水的语调很平和。与诸葛宏志对此认识相比，他不认为这有多了不得。

　　诸葛宏志带领的团队，不知道在科学之外，还存在一种东西，叫做黑科技。

深知计算机对于大型武器装备设计有极大辅助作用的陆三水，自从执掌山川基地以来，因运作有方，有了经济实力后，就在不断吸纳计算机方面的顶级人才。

像从长风基地挖来的上官江河，后来陆三水一些老师介绍的胡金葵、高大志，以及恩师辛海阔的小儿子辛华强等，这些国家顶级的计算机人才，现今都汇聚于陆三水的旗下，为山川基地的科技事业所用。

而这些顶级人才，因钻进了象牙塔里，接触外界少，眼界窄，因而没有充分展示出他们的天赋，没有充分发挥出他们的能力。

现在这些人才汇聚一起，一如若干核原子集中在撞击场里，而陆三水就是在外部约束他们的托克马克。他需要做的就是加力，使这些"原子核"相撞，让他们产生巨大的能量。

可以这样说，给这群计算机顶级人才推开一扇窗，他们就看见了一个崭新的世界，任其涉足于其中遨游。

陆三水能研发出可供科研使用的微型计算机，还会被只用若干高性能的处理芯片进行组装，就把超级计算机搞定所难倒？

陆三水铁了心要搞这款歼击机，而且话也说到这个份上了，诸葛宏志还能怎样？

"陆主任，既然这样，我们就迎着困难上吧！但我们希望知道研发资金何时到位，超级计算机何时到位？"诸葛宏志和付华仁对视了一下，相互无奈地点了下头，诸葛宏志才问道。

"资金很快到位，三天内吧！超级计算机，时间稍长一点，也就在四个月以内。"陆三水很直截了当，"但设计修改工作，你们现在就可以着手了。各个项目都罗列出来，看哪些是需要我们配合的，请及时报给基地总部！"

"山川中芯"是两年前山川基地投资十个亿创办的芯片生产企业。为了它落地，山川基地在金沙区凤凰山区域购买了300亩土地，其厂子与基地总部连成了一片。近月来，山川中芯一直在为芯片生产做前期准备工作。其拥有的圆晶生产线，虽然稍次于西方同类的生产线，但基地计算机研究中心设计的大规模集成电路，能有效地弥补硅芯片性能的不足。因工艺理念先进，还可以逐步进行升级。

山川基地各分区都有超级计算机的需要，加之有大量系统外的企业订购，所以山川中芯的芯片订单数量是很大的。

山川中芯的运营生产，将给成都金沙区创造额度不菲的税收。不仅如此，它还将为金沙区解决几百名待业青年的就业问题。这几百名待业青年，已经过上岗培训，山川中芯开工生产，他们就可以上岗了。

"陆主任，基地真能做到解决材料问题，以及机械加工问题？"一位头发斑白的老技术人员站了起来，向陆三水提问。

"老同志，你们设计出来的东西，基地都能生产出来。这方面，你们尽管放心！"陆三水很有信心，没去想就做了回应。

陆三水成竹在胸：有些部件实在无法工业制造，也可以调集基地最顶尖的技术力量，凭他们卓越的智慧用手工方式制造出来。

这是从筚路蓝缕中走出的中国工人阶级的工作作风，也是中国工业一路走来的闯关精神。山川基地的顶级技术工人比国内任何一家机械企业的顶级技工都更为出色。

"陆主任，风洞测试怎么解决？这款高速歼击机，需要做多种风洞测试，来获取不同飞行状态的数据。"

"'蓉飞'能做的，我们就请他们协助做，他们不能做的，我们就请长风基地协助做。"陆三水回应道，"要是长风基地也有做不了的，我们就自建风洞群，高速、超高速和激波的一起建。大家可能知道，辛海阔院士是我的老师，他是世界级的空气动力学家，有空气动力学第三代掌门人之称。相信有辛老的指导，我们建成举世最大、最好的风洞群就不是什么难事。"

会上提出了各类问题，这些问题都是E所在过去近十年研发歼击机中遇到过的。陆三水对这些问题的回答游刃有余。他认为，这众多的问题可归结为两个层面，即资金与技术。

而技术层面的问题，是可以用砸资金的办法来解决的。那么时间，就成了最大、最难解决的问题了。

确定名称

为了尽快拿出卫星导航系统建设骨干人员的名单，邓超然和倪人杰这段时间一直在联系进入他们视野的有关专业大咖。被联系到的人，有的了解情况后欣然接受，有的却借故推辞了。当然，其中也有当伯乐推荐他人的。在这期间，陆三水就做些与导航系统建设有关的文字工作。

当初，零号首长对他们三人作指示时，并没有指定谁来负责抓这项工作。但各自为政肯定是乱的，毫无效率可言。陆三水尽管是国防科工委副主任，行政级别在三人中最高，但搞卫星导航系统，邓超然和倪人杰都是国内的顶级大咖呀；论年龄，陆三水又矮上他们一辈，他总不可能主动说"二位，我来领导你们吧"？当然，他也不可能去说"邓老你来领导我们做这件事吧"，若那样，倪人杰会怎么想？反之，他若对倪人杰这么说，邓超然又会怎么想呢？所以陆三水便采取了不动声色的策略。他心想，你们俩在零号首长的眼里是这项宏伟工程十足的专家，这事我就来看谁的压力大。

果不其然，那天出了新华门后，倪人杰就憋不住压力了，便说："我说邓老，零号首长没有明确这事谁来负责，你就牵个头吧，该怎么干，你跟我和小陆主任安排就是了！"

"老倪啊，我那里事情堆积如山，成天忙得脚不沾地；再说，我已奔

80了，你才60多点，还是你来合适些。"

听邓超然在推辞，倪人杰变转头看向陆三水："小陆主任，你看这事只有跟你商量了。邓老太忙，我负责的团队也正忙着通信、气象和资源探测三颗卫星的设计，都是在年内要完成的项目，时间实在太紧迫了，就你来撑这个头怎样？再说，国防科工委本身就是领导国防科技研究和国防工业生产的机关，而你又在那里担任领导工作……"

陆三水心想，这倪老爷子还真有心机呀，用国防科工委的职责来压我，还真不怕我不接招。这皮球已经踢过来了，再踢回到邓老爷子那里就完成了一个轮回，但合适吗？陆三水想了想，决定这皮球还得踢给他，但要搞个折中。便说："邓老，这个帅还是您来挂更合适。您跟倪老师就动动口，多打几个电话，把你们认为这项工程要涉及学科的领军人物都弄到骨干名单中来。对于这个领域我只是知道点皮毛，你们才是真正的大咖，所以这项工程的实施步骤得你们酝酿，我就做个助手，来把它形成文字，之后拿出去给这项工程的建设骨干们讨论。讨论后需要修改的，也由我来操作。最后才把这个实施步骤的草案和骨干成员名单报给零号首长……"

邓超然和倪人杰乍一听，都觉得陆三水这番说辞条理清晰，逻辑性也强。他的确是搞武器装备和计算机的呀，与导航系统有关的学科及其专家，以及这项工程的实施他怎么清楚呢？但又一想，陆三水这一席话，难道不像在给我们布置工作吗？

"小陆主任，你说得也有道理。"邓超然说，"那就这样定了，凡是动笔的都由你来做，我们就加强电话联系。至于什么时候我们几人需坐拢来梳理情况，就听我的电话。"

"这就妥帖了嘛！"倪人杰小声冒了一句。

陆三水坐在车后，闭目回想着当年见邓老的情景。

山川基地搬到成都凤凰山后的第二年，为了武器装备有个全新的发展，陆三水通过军方搭桥，才见到了他仰慕已久的邓超然。那时，邓超然在国防科工委测量通信局任局长，要见到他，也不是一件很容易的事。

"邓局长，太难见到您了！我可是久仰您的大名哪！"陆三水紧握着邓超然的手，"我们单位有不少技术上的问题要向您请教呢……"

邓超然70出头，个子不高，身子看上去精瘦，但举止显得他很硬朗。

"你就是陆三水？"邓超然把被陆三水握着的手抽了出来，"我就想把你揪出来，你却找上门来了！不会是来找我'借'测量通信局的人才吧？我可告诉你，找我也没用！不管你小子身后有谁，你动我这边的人都不好使……"

邓超然之所以这样生气，是因为去年他看上了北方航空航天大学的两名大学生，都已经与他们说好，秋季毕业后就到他领导的测量通信局上班，不想却被陆三水'抢'走了。尽管这事已经快过去一年了，邓超然仍觉得在给他添堵。他万万没想到，这个叫陆三水的人竟然还有胆子上门向他请教。

"邓局长，您这是冤枉我了！我从成都凤凰山过来，是诚心找您帮我们解决困难的，嗯……我就直说了吧，就是您多年前提出的'双星定位系统'，我们有个想法，就是把它融合到我们正研发的一个项目中去……"陆三水知道自己因为'挖墙脚'，已经没给一些专业的大咖留下好印象，就直截了当地向邓超然说明了来意。

确定名称

其实，这些年陆三水在一些单位和高校把人"抢走"，有的是为了山川基地或山川基地的第三产业，有的是为了军方。像邓超然提到被"抢"的那一男一女两名大学生，专业是大地测量学与测量工程，山川基地用不上，他是帮军方"抢"的。说实在的，陆三水替军方做这类事，已不止两三起了，背了好些骂名。

"真有这样的想法？"听陆三水说出这番话来，邓超然眼睛瞪得滚圆。

10年前邓超然设想的'双星定位系统'，当时军方有些兴趣，也有些想法，但终因囊中羞涩，没有把它作为一个军用项目去开发它。

时下，山川基地正在研发让卫星具有更多功能的项目，这样就能有效地降低卫星制造成本和使用成本。

年轻的陆三水掌管的山川基地，几年运作下来，已经成为圈内知名的"地主"。尽管对陆三水过去的做法很不满，但面对这样一个有钱的主上门向你送礼包，你能拒绝吗？邓超然立马改变了态度。

"是啊，没有这样的想法，邓局长这样忙，我敢来打扰您吗？我们认为，如果把您'双星定位系统'的设想转换成了产品，我们以后就可以在出口武器装备的同时，也出口卫星，以帮助买我们装备的国家创建他们的指挥系统……这样我们大家手中不是都宽裕了，想做的项目还怕做不了吗？当然咯，这卫星，与我不友好的国家不在出售之列！"陆三水凭借他那三寸不烂之舌，很快就说动了邓超然。

邓超然在心中描绘着：这样一来，中国就可以建立一个覆盖全球的卫星网络，建设成本也省下了许多。而在卫星设计时，在里面"留后门"的事谁还不会呢？

而在计算机系统方面，陆三水已经在进行与微软争夺半壁江山的准备了。在计算机系统里"留后门"监看整个世界，M国人已经干了这么多年，中国人为何就不能？

"同志们，我给大家介绍一下，这位就是在国防圈内大名鼎鼎的陆三水同志，山川基地的统帅陆主任。他是为我们的'双星定位系统'而来的……"像这样的大好事，邓超然怎会独自享受？他叫人把他的一群老伙计都叫来了。

陆三水崇敬的目光逐一停留在这群老爷子的面部，他们可是中国卫星技术和这个领域最受人尊敬的奠基人。

陆三水微笑着，很虔诚地给他们敬了个躬身礼，然后说道："尊敬的各位老师好！我们彼此都是初次相见。但我的名字你们可能都知道吧？这些年，为了山川基地在武器装备和计算机领域能更好发展，我想的是能把人才集聚起来。你们可能不知道，我们山川基地是三线建设时期建设的一个战略储备基地，身处大凉山腹地，即使在国防圈内，也不是很多人知道它。多年来，上级单位A机部没给它多少任务，所以它的家底很单薄，也没建立起人才培养体系……在改革大潮中的前些年，部里把山川基地推向了市场，两万多职工啊，要生存吃饭，我们领导团队的压力那才叫山大！缺乏资金，缺乏某些专业人才，我们能拿出什么去参与市场竞争？所以我们爱才惜才，也重才尊才，即使在企业很困难的情况下，在分配上，我们也向人才作出了较大的倾斜。留住了人才，企业就有了希望。现在我们的日子好过了，有了钱也可以办想办的事了。所以今天我前来找邓局长，与他洽谈'双星定位系统'的事……"

陆三水对这群老爷子是有想法的。尽管他们中多数已经退休了，但请他们做山川基地的顾问，也可以转化成巨大的财富啊！当然，既然山川基地已经在市场上求生存，也不能让他们做无偿的贡献。

"银河号"事件发生四个月后的一天上午，在国防科工委二楼椭圆桌会议室，有个会议即将召开。

会议没有主持人。邓超然见时间已超过10分钟，人已到得比较整齐了，就直接说开："各位同仁，上午好！大家一路上鞍马劳顿，从全国各地来到北京，来到国防科工委，辛苦了！今天我们借国防科工委会议室开个会。这是一个非正式的会议，所以没设置会标，我们姑且叫它为见面讨论会。我们开这个会，主要目的有三个：一是让到会的卫星导航系统工程骨干人员互相认识一下，以便建立联系，方便今后开展工作。二是《卫星导航系统工程实施步骤（草案）》需集思广益，要请大家议一下，使之更切合实际。三是要为这个庞大的空天工程取个名，希望大家积极参与，提出好的建议。下面就请陆三水同志把这项工程所涉及技术领域的骨干人员名单念一下！念到名字的同志，请起身亮个相！"

陆三水便打开活页笔记本，念开了……

"这个拟订名单一共32人，是初步的，难免有被遗漏的有关学科专家。请大家相信，国家高层在审议这份名单时会补上的。"邓超然又说道，"很高兴，名单上的同志没有一个缺席的。下面就请大家议一下实施这项工程步骤的草案。还是请陆三水同志念一下！"

"好的。大家也可以看手中的这份资料。"陆三水说，"这项工程十分浩大，集多个学科于一身，结合我国国情，以及国家前沿科技的现状，这个草案作出了导航工程实施分'三步走'的规划。"

第一步为试验阶段。此阶段只发射少量卫星，利用地球同步静止轨道建成一个卫星导航试验系统。此阶段要达到的目的是，为卫星导航系统建设积累技术经验和培养人才，以及研发一些地面应用的基础设施和设备。

第二步是在2012年左右，建成覆盖亚太区域的卫星导航系统，即区域系统。此阶段计划发射十几颗卫星。

第三步是在2020年左右，建成覆盖全球的卫星导航系统。此阶段，要建成由5颗地球静止轨道卫星和30颗地球非静止轨道卫星组成的卫星网，如此，这个系统就能覆盖全球，不会留下任何死角。

"这个草案，可看成是实施这项工程的一个构想，或者说是一个宏观步骤，所以文字很简洁。这个实施步骤是否合理，请大家发表意见！"邓超然不觉中，充当了一个主持人的角色。

也许大家见世界级的空气动力学家、中国航天技术第一大咖辛海阔教授在座，就没有谁率先表态，会场便出现了一分多钟的冷场。这是一个足够长的时间了。

邓超然可能意识到了这一点，便扭头，把目光投向了紧挨着的辛海阔："辛老！"

辛海阔明白邓超然的意思，便说道："我今年80有3了，邓老是我的小老弟，没两年也80了。我的事多，他的事更多，他却跟倪人杰教授和其他伙计把这事给做了。我知道他的用心，是怕打扰我！同志们，这三个多月来，邓老、倪教授和小陆主任等，他们为今天这个会议内容，做了很多不起眼的工作。他们大范围地摸底，又联系大家，把大家请来，这当中的辛苦想必大家能体会到。而这份《卫星导航系统工程实施步骤（草案）》，尽管表述只有200来字，但却是高屋建瓴，它里面有国家经济、科技现状、国防状况、经验状况和人才状况等全方位的考量……"

辛海阔的讲话，被突然想起的雷鸣般的掌声给打断。

"同志们，"辛海阔继续说道，"因此，我认为这份草案的考虑是合理可行的。对于我们的卫星导航系统，我认为第一步，就可以按邓老十年前提出的'双星定位系统'的构想来实施。这投资，国力是能够承受的。我相信迈出的第一步，定能收到预期的效果，也能积累经验，锻炼队伍。这第一步不用去管别的国家，能覆盖国土，为部队的大型武器装备导航和定位就行……"

辛海阔这番话的引领力量是不可低估的，再次响起的掌声，就足以说明大家对这个草案是没有异议的。

"大家如果对这个草案没什么意见，接下来，我们就给这个足以载入中国史册的浩大工程取个名，就是在'卫星导航系统'前面加上两三个字。大家想一想。"邓超然把他认为的见面讨论会引向了最后一个议程。

不就取个名嘛，大家认为比搞科研简单多了。很快就有几个人分别提出了"九州"、"华夏"、"海内"和"神舟"四个名字。见没有人附和，另有几人又分别提出了"中原"、"震旦"、"赤县"、"中土"、"诸华"、"禹甸"、"九牧"和"九域"八个名字。

"看来，大家对国家在古代的别称还是很熟悉的。但我认为，我们这个工程是一个'导航'、'定位'工程，也就是说，给它取的名字得有'方向'的含义在里面，大家再想想！"

"有了，可叫'东风'！'东风'表明了风向，其方向含义很纯粹。'东'还有一层意思，表明了我们国家的地理位置在亚洲东部。"空天物理学家杨干昌教授几乎不假思索就想出了这个名字，但其解释却很有道理。

已有不少人在点头以示认可。

"这名字不错！"邓超然也点着头，"大家再想想，看还有没有更好的名字。"

一直默不作声、呈思考状的陆三水这时开口道："汉代王充《论衡·是应》里有这样一句话：'司南之杓，投之于地，其柢指南。'此话什么意思呢？是说司南这种杓形的东西，把它放在地上，它的柄能指向南方。"

司南，是中国古代辨别方向用的一种仪器。它是用天然磁铁矿石琢成的一个杓形的器物，放在一个光滑的盘里，盘里刻着方位，利用磁铁指南的作用，可以辨别方向。

陆三水道出这段话后，众人便意识到他已经取好了一个名字。果不其然，陆三水继续说道："杓，指的是北斗七星的第5第6第7颗星，三颗星也称作北斗七星的'斗柄'。我们知道，北斗七星它们之间的位置是不

确定名称

335

会变的，一直呈勺状。然而在不同的季节，它在北方天空的位置会有所不同，主要反映在斗柄所指方向有变化。《淮南子》是这样说的：'斗柄东指，天下皆春；斗柄南指，天下皆夏；斗柄西指，天下皆秋；斗柄北指，天下皆冬'所以我认为，用'北斗'来为卫星导航系统命名，不仅有方向意味，还融入了中华优秀传统文化的元素。"

陆三水话音一落，会场再次响起了经久不息的掌声。

"好好！"邓超然打着让掌声停下来的手势，"这份《北斗卫星导航系统工程实施步骤（草案）》，以及《北斗卫星导航系统工程骨干人员名单》我们将尽快上报中央。另外，本着保密的原则，请大家把发给的两份资料放在桌上，再到楼下照张集体相。午饭，是小陆主任请客。"

北城梦想

市委八届七次全会结束的当天晚上，陆三水就要秘书娄兰电话通知班子成员，明天上午听市委全会精神传达。

次日上午，基地总部二楼小会议室。

"同志们，成都市委八届七次全会会期两天，昨天下午结束。我和陈晓川同志出席了这次会议。这次会议是在还有三年迈入新世纪之际召开的，是一次对成都定位和建设规划的会议。与会人员经过分组讨论，大家对成都市情，有了一个统一的、客观的全新认识。米田亩书记在所作的报告中，已对新世纪的成都作出了宏伟规划，即要把成都打造成领先发展、科学发展和优质发展的经济核心城市，同时还要把它打造成生态田园城市。这个宏伟规划概括为十个字，就是：东进、南拓、西控、北改、中优。这次会议还作出了一项重大决策，就是对成都北城进行改造。这是一项巨大的民生工程，使得北城几代蜗居的民众、无房不敢结婚年轻人有了梦想……"

这项重大决策，吹响了成都民生工程的嘹亮号角，这是北城民众之福……

陆三水继续说道："我们山川基地由大凉山腹地迁到成都凤凰山，也有八九年了。这些年来，地方政府对我们基地总部建设、企业的发展，以及员工和家属的入户、小孩的上学等都有很大的支持，况且我们已经是成都一分子，所以在科技发展成都方面，我们这个国防科技企业应该有所作为。山川基地落户北城，也应该为北城改造做些力所能及的事……"

"陈书记，你也参加了会议，一定还有补充的，你也谈谈。"陆三水谈完后，对陈晓川说道。

陈晓川是在向远调回部机关后，被增补进了领导班子，当副主任。陆三水荣升国防科工委副主任后，周祥林希望留用他，与国防科工委主任易恒峰达成了协议，加之陆三水有父辈情结与个人情结掺杂于山川基地，这事也就成了。但毕竟陆三水每月还有一旬左右的时间待在北京，他便向A机部提出卸下基地党委书记一职，建议由陈晓川担任。A机部党组同意了这个建议。

"陆主任已经把市委全会精神传达得很全面了。"陈晓川说，"我非常同意陆主任关于基地为'科技发展成都'以及为北城改造作贡献的主张。北城的未来是怎样的景象，米田亩书记报告中作了宏观描述，那就是畅通的北城、宜人的北城、发达的北城。这北城的未来很振奋人心哪！我认为北城的未来，是成都这座城市的理想。市委作出的这项重大决策，吹响了北城改造的号角，市规划、设计等部门将很快行动起来。我们山川基地不能置身其外，去做北城改造的旁观者，要梳理一下我们可以用于民生工程的高科技，把它运用到北城改造中去……"

世界上每一座城市由发展产生的变化，都有内在的节奏和周期性。作为城市的管理群体，在把城市往和谐、健康、繁荣方向引导时，应遵循其发展规律，并主导其发展周期，才能使城市得以实现从量变到质变的转变。

继这次会议后的第四个月，成都市政府确立了"立城优城"的城市建设总体原则，并勾画出了体现这个原则的旧城改造"四态合一"的蓝图。

这"四态"，即高端化的城市业态、优美化的城市生态、特色化的城市文态、现代化的城市形态，是现代化大都市应具备的素质。

业态立城、形态塑城、生态美城、文态兴城，这"四态"必须协调发展，才能成为有机耦合体，即现代化大都市的健康系统。

为了北城畅通，将立项兴建多条大道，其中包括兴城大道西延线等主干道路，使其形成北城路网构架。

为了北城具有生态美，未来北城人均绿地面积，将远远超过《中国宜居城市科学评价标准》中规定的人均公共绿地10平方米的标准，且市政服务设施将与民众的生活和休闲空间相融合。

为了北城的兴旺发达，以现代商贸为核心，以金融服务、商务活动、科技研发、文化创意和旅游休闲为支撑的构架，将在北城形成。未来的北城是财富的集聚地。

为了建成彰显人本主义的文明北城，未来北城公共服务设施的规划和建设，将注重均衡性、舒适度和人性化。

北城的宏伟蓝图变成现实，将从北城改造发轫，它是个持续的宏大工程。3年后，5年后，10年后……北城由量变到质变，整个过程都将融入成都迈入国际化、现代化的步伐中。北城未来必将成为成都一隅最美的现实图景。

到那时，北城有着250万人的容量空间，几乎是当下的两倍。

到那时，北城人不必再艳羡他处。因为北城已是财富聚集之地、幸福聚集之地、希望聚集之地。因为那时的北城，延续着成都上千年的繁华，承接着成都上千年的人文，诠释着成都"天府之国"的美誉。

军委要员郭青云来到凤凰山山川基地总部，可以说，他是为了军队未来的发展而来。

"从目前来看，武装直升机、坦克、装甲车和导弹等装备，已经过中东战场的检验，效果很好。已研发两年的电磁炸弹，上月实验已获得成功。四年前开始研发的重型歼击机，首架样机下个月将下线。另一款改进型的重型歼击机，这几天在试飞，性能测试数据可能已经出来。但大飞机项目，面临专业人员和技术资源方面的整合问题……"陆三水向郭青云汇报近些年装备的研发和实效情况。

山川基地涉及的研发项目众多，而这些项目每周都有进展。陆三水忙得每月听项目进展汇报的时间几乎没有，除非某个项目的研发取得了关键性的突破，他必须坐下来倾听。

郭青云问道网络战争、电子战争已研发出了那些重要装备。

"首长，这个领域的研发项目种类较多。这样吧，白天大家都很忙，利用晚间时间我召集个会议，你听听各路的汇报。正好我们也打算把各项目的进展情况梳理一下，看哪些需要加快进度，哪些需要加强技术力量和资金投入……"

山川基地这些年每年都有一个专门调整战略重心的会议，在这个会议上，陆三水就能全面了解所有项目的具体情况。

郭青云对陆三水的现状也是了解的。他任国防科工委副主任已三年了。山川基地这么大个摊子，这近10年的时间，在他的带领下下，积极配合科技企业改革走向市场，不仅企业效益倍增，还不断在发展壮大，其研发的上百种高精武器也已列装部队。就因为山川基地作为科技企业的一面旗帜不能倒，所以军方高层压根就没有要换下他的想法。这就苦了陆三水，每月成都北京两边跑，至少有两个5天，即一旬的时间在北京待着。

为此，许欢抱怨他说："儿子都快两岁了，你抱过他次数都数得过来，这世上，只有你这个当父亲的最轻松！家里家外的事我要担负，还得照顾孩子，早知道是这样，谁还嫁给你！"

每次面对许欢的怨声载道，陆三水也只能陪个笑脸："忙完这段就好了！"

郭青云及其随行人员参加了晚上的会议。他说好了不作介绍，也只是列席。

"山川基地众多的项目，进展情况都是正常的。"甘风华说，"但战略重心的调整，以及资源倾斜方向的调整亟待进行。那款即将下线的重型歼击机样机，必须严格按照装配工艺进行，检验师必须把好每一道关口。另一款改进型的重型歼击机，其作战半径、远程打击和空中灵活性等性能，跟国外同代的歼击机相比，是持平或稍有超过，可在精密制造及航电系统方面，还是有一点差距。差距较大的是在雷达方面。不过总的来说，与同代先进歼击机的差距是在缩小，但改进得持续。因此，这方面的技术力量需要调整。另外，装甲车辆的发展方向需要重新确立……"

已经65岁的甘风华，这几年A机部每年都在做他的工作，希望他继续发挥"余热"。陆三水要常到北京上几天班，也觉得有甘风华立在山川基地，他心里就踏实。

"对于基因武器的研究，基地领导也应该给予高度重视，它既是未来战争反击的需要，也可以提高现代医疗水平。在眼下设备的基础上，我们需要更高倍数的电子显微镜，还需要充实人员来扩充研究项目……"基因武器项目负责人苟红芳说。

"要说资源配备率，我认为更应该向电子方面的研究倾斜。通信系统和电子作战平台的研发，不仅需要理论基础支撑，更需要基础技术和设施来支撑……"七区主任安一居过去对于资源问题一向沉默，但他认为现在的情势与过去相比，已大不一样了。

山川基地特别注重计算机技术、人工智能和遥感技术的开发，这三个类别归属于七区。七区主要担负无线电通信，以及控制技术项目的研发。

几乎所有的分区，都在提出资源配备应该向自己负责的领域倾斜。

其实陆三水现在最看重的是计算机技术、卫星通信技术、人工智能技术和无线电遥控技术的研发，特别是在国家启动北斗导航工程后，他认为这些技术都离不开，而有合作就有效益。

"其实更应该加大对基础材料研发的投资！"二区主任高光成说，"基地每个领域要想得到发展，但基础材料的研发不能有所突破，就是空想而已……"

不是说要让我们了解到各种装备发展的情况吗？怎么尽说些资源配备方面的事？郭青云他看了陆三水一眼。

"高主任，你发言暂时停一下。"陆三水打断了高光成的话，"我说啊，这样的会已经较长时间没开了，各路负责人就先汇报所负责项目的开展情况，然后再讨论资源分配和其他问题。项目开展的具体情况班子都不清楚，怎么去做资源分配的事，怎么知道该向哪些项目作出倾斜……"

"真没想到啊，不到10年的时间，山川基地就弄出了不少东西，使我们的国防力量有明显增强。陆三水这年轻人我见过，他是向我保证了的，那款重型歼击机他们研发得怎样了？"

郭青云向军方高层报告对山川基地的考察情况，在场的老爷子听后很有感慨，也唤起了他的记忆。

"报告首长，那款设计作战半径达数千米的高空高速重型歼击机，已经在生产样机了，下月就将下线，比原计划提前了8个月……"

在研发高精武器装备方面，山川基地近10年一直走在国内同行前面。

"从这些年山川基地持续发展的情况看，当年A机部把山川基地推向市场，放手支持他们大刀阔斧地改革，是非常正确的。不过，山川基地现在涉及的研发项目实在太多，长此以往，经费就难以为继。他们第三产业的民用企业，现在都在纳税了。这次陆三水已经要求军方拨给数十亿人民币，以用于电磁轨道炮和反卫星武器的研发。"郭青云说这段话时，直接面向老爷子，像是在向他个人汇报并征询他的意见。

老爷子的意见是极其重要的。作为国家的掌舵人，他对这些大项目的资金处置，只要一表态，就是一言九鼎。

"在座的总装备部的常部长，这两种武器你们了解不？了解就简单地说一下。"

"首长，这两种都是发展中的高科技武器。"常文彬听老爷子点了自己的名，内心不免震动了一下，脑子迅速转了转，觉得还了解一些，"电磁轨道炮的用途比较广泛，可用于防空系统，也可以作为反装甲的武器，还可用于天基反导弹系统。我曾经看了个资料，说这项技术还可用于月球开发，就是用这种技术，可以在月球上发射货运飞船，让它回到地球……这种武器通常用在军舰上，要用电，要设置轨道，其威力远大于舰炮。它的炮弹也非常便宜，相当于人民币六七块一颗。首长，电磁轨道炮可是海上作战的大杀器，西方在这方面的研发也才刚起步……"

"我看这种武器好。我们的海防一直很弱啊！"老爷子一时没控制住，打断了常文彬的话，"好，你继续讲。"

"反卫星武器呢，就是摧毁或干扰敌方军用卫星的武器。这种武器有两种，一种是反卫星导弹，一种是反卫星的卫星。前一种是用导弹直接摧毁敌方的军用卫星。后一种是能接近和识别敌方间谍卫星的卫星，它通过自身的爆炸产生大量的碎片，以此将敌方的卫星摧毁或破坏……"常文彬认为自己把这两种武器的功能都说清楚了。

"我们要搞北斗卫星导航系统，那太空安全就很重要啊！就说明这个反卫星武器必须要有，还要尽快搞出来！这笔经费不要打折扣，要尽快拨付给他们。"老爷子一向主张该用的钱就要用，哪怕是勒紧裤腰带。

"好！"郭青云点头应道，"如果不了解山川基地的现状，就会觉得陆三水提出这笔经费显得不合理。首长，现在还有个巨大的高精项目，正影响着山川基地各类项目的研发。"

"是那个卫星导航工程？"老爷子很敏锐，他知道分'三步走'这个浩大项目，在第一步的国家投资是不足的。

山川基地研发的大小装备，不仅仅是注重部队有无的问题，更注重装备的高性能。他们研发的装备，其性能与国际上同类装备的性能几乎没有差距。这是来自列装这些装备部队的反映。

"就是。"郭青云说道，"自北斗卫星导航系统立项后的这几年，陆三水就在跟中科院和航天部的技术专家频繁接触，山川基地不仅参与这项工程的关键技术，即芯片技术、人工智能技术等的研发，每年还要向这项工程提供巨大资金支持。卫星的研发、各种设备及其材料的研发，包括芯片和人工智能技术的研发，耗资都是巨大的。现在的情况是，第一颗用于试验的军用通信卫星已完成了设计，把这颗卫星送入轨道的火箭同样完成了设计，剩下的就是需要资金来制造出样品，并还要进行测试。而这制造和测试也需要投入巨额资金。据了解，山川基地除了把自己这些年盈利的钱投入了相当部分在卫星导航工程里，还把军方拨给他们用于研发大飞机项目的经费，也暂时挪了一部分用在跟航天部和中科院合作研发的卫星上。陆三水倒是说了，他们生产的武器装备不愁销路，出售后有了钱，就会把挪用的钱填补回去……"

老爷子听后，倒是没对山川基地挪用研发大飞机的钱发表反对意见，反而觉得陆三水这小子吃了哑巴亏。

"陆三水年纪轻轻的，却有大视野，也有大局观念。"老爷子对陆三

北城梦想

水的评价够高的。

"还有一个就是大飞机项目，存在专业人员和技术资源方面的整合问题。"郭青云继续说道，"陆三水的意见是需要军方或者政府方面出面协调。我认为这毕竟是军事项目，政府插进来显得不合适，再说政府与山川基地沟通也容易出现矛盾。我想这样，由国防科工委出面来做需要整合的事。这样一来，无形中就在政府所属的工业企业、山川基地和众多科技企业之间架起了一座桥梁，就容易整合顶级的专业人员，以及顶级的设计与制造资源，以减轻山川基地在这个项目上的巨大压力。"

"这个整合方案考虑到了利弊，可行！陆三水这小子给我的印象很有个性，他直接跟政府沟通，若出现点状况就不好了。"老爷子接着又问郭青云，"他工作变动的事你跟他谈过吗？他有什么想法？"

"谈过，他对此显得淡然，似乎对从政没多大兴趣。"郭青云回应道。

"小小年纪，君子之风，难得呀！"老爷子一声轻叹后说，"那就再缓一下。"

不久，国防科工委主任易恒峰亲自出面做大飞机研发的整合工作，并成立了"协调大飞机研制办公室"。

很快，国防工业系统和央企工业系统就开始了专业人员和技术资源的整合。之后，的确减轻了山川基地在大飞机研发项目上的压力。

而北斗卫星导航系统的建设，依然是航天工业部、中科院和山川基地三家在配合进行。

半年后，陆三水被任命为国防科工委主任，但山川基地管理委员会主任的职务仍没卸下。老爷子说，山川基地还离不开他。

这事仅过去4个月，老爷子便溘然辞世。

接到喜讯

JIEDAOXIXUN

时光荏苒，不觉间犹如白驹过隙。

2000年10月28日晚间10点，国防科工委宿舍。

"陆主任好！打扰您了！北斗导航系统第一颗卫星和发射用的火箭，我们都运到了发射现场了，预计在10月31日凌晨0点2分发射。我们首长要我问您是否有时间来发射中心观看发射实况……"一个自称是长风基地（航天基地）办公室主任的人，给陆三水打来电话。

陆三水在接电话的同时，脸上露出了笑容："夏主任，跟你首长说，我能来。这样有意义的大事怎么不来呢？我挤出时间也得来！"

陆三水、丰天翔和上官江河三人，这些年代表着山川基地这一路，一直在参与这项工程使用的材料、计算机、芯片和人工智能的研发工作，付出了不少心血，大家都期盼着北斗导航系统第一颗试验卫星早日上天。在这一天到来时，大家不可能不做一个见证者。

陆三水放下电话后，立即给在成都凤凰山总部的丰天翔和上官江河去了电话，要他俩也参加，并说这事他会协调长风基地那边。

接着，他又分别跟老师辛海阔，以及这些年常在一起共事的两位卫星技术大咖邓超然和倪人杰打去电话，也不为什么，就是为这事表达一下喜悦的心情。但辛海阔却要他明天上午去航天部，说有事要谈。

次日上午，陆三水到了航天部，接待人员把他带到了会议室。

"这颗实验卫星的发射，决不能出现半点纰漏！发射前的各项准备工作，一定要严格履行程序，做到万无一失……我们为这个关系到国家安危的项目，已经奋斗了许多年……"辛海阔正在卫星发射会上提要求。

因为北斗卫星导航工程第一颗卫星即将发射，中国顶级的卫星技术专家和顶级的火箭技术专家汇聚到了一起。

发射的火箭尽管是民用的，但它涵盖的技术与发射战略导弹的技术相比，含金量都是相同的。

这第一颗实验卫星，和这第一枚把它推上外太空的长征三号甲火箭，其研制费用超过了数十亿人民币。

"山川基地和其他科技企业，他们都有众多的研发项目，正在等着这个导航系统的建成，所以容不得任何失误。发射前的各种准备和检查工作，必须细致入微。大家要知道，这颗卫星一旦发射失败，对我们后续的工作将是一个沉重的打击。这是我们绝不允许……"全面负责这项工程的邓超然，这六七年来苍老了许多。

北斗卫星导航工程的第一步，采用了他在1983年提出的"利用两颗同步定点卫星进行定位导航的设想"。

在之前三年的时间里，为了测试邓超然"双星定位系统"的设想是否可行，增加了探索一号和探索二号通信卫星的功能，并做了这方面的实验，结果证明这一设想完全可行。

由于山川基地不断往里注入资金，才使得这套导航实验系统的研制工作能如期完成，才有了"三步走"的第一步发射时间上的高度吻合。

"各位前辈，各位同事，对于这次发射，我们一定要树立信心！退一万步说，即时这次失败了，大不了我们从头再来！我们没有必要再给自己增加压力。这两年山川基地的收益不错，经过基地管理委员会的研究决定，我们将再向北斗导航工程注入数十亿资金！所以在以后的几年里，我们要做的，就是按第二步的计划设计制造多颗卫星，并生产出同等数量的火箭，然后把这些卫星送往预定的轨道上。区域性的卫星导航系统不是我们的终极目标，我们的目标是，中国的卫星导航系统一定要覆盖整个地球！"陆三水代表山川基地，再次给这项宏大的工程注入了新的动力。

这些年，山川基地凭借装备研发和制造优势，吸纳了大量的科研经费，致使不少科技企业无事可做，只好转型。而一些极为特殊的科技企业，因没法转型，就只能苦苦挣扎。当然，这是中国从计划经济走向市场经济必须经历的阵痛。

国家在当年还不富裕，投入这项工程的资金有限。航天部、中科院和山川基地作为建设这项工程的主角，山川基地从工程启动以来，就在不断注入资金，每次都是数以亿计；而中科院每年都靠国家拨给研究经费维系生存，所以明确表态只注入技术；航天部也在不断注入资金，但到现在已显得有些力不从心了。

尽管这第一步建设的是卫星导航实验系统，但使用的却是新型火箭，运用的是新的控制技术，所以在研发上投入的资金是巨大的。

"邓老，请你把北斗导航系统的建设规划向陆主任介绍一下！"辛海阔跟邓超然说话后，便微笑着看向陆三水，"这么多年，山川基地既参与卫星研发工作，又给整个工程注入了巨额资金，国家是不会忘记你们的。"

邓超然向辛海阔点了点头，之后便使用陆三水以山川基地名义送给他的投影仪，播放出了不知什么时候就做好的幻灯片。邓超然开始介绍起来："根据经费预算情况和目前我们已具备的技术条件，为了很好地建成卫星导航系统，避免这当中因盲目研究而造成经费浪费，经过航天工业部和中科院专家的论证，我们修订了工程建设规划。总的来说，这项系统工程分三步走，最终实现面向全球导航的功能……"

陆三水倒是很认真听着。这不是国家根据原有草案，在1994年立项时已明确的工程分三步走的规划吗？只不过，在时间上有了提前的变化而已。

"从我们现时的技术水平看，要实现这'三步走'规划，我认为卫星性能才是决定性的因素。"陆三水说，"谁都相信我们的火箭能把我们设计的卫星推到预定的轨道上。而卫星控制系统、计算机技术、芯片技术、人工智能技术、远程遥感技术和航天材料等等，这些都是要依托强大的技术力量支撑的。"

山川基地这些年与航天部的技术合作是很紧密的，彼此都了解对方的技术水平。

在邓超然介绍方案之前，陆三水就已表态还会给这项工程注入数十亿人民币，也没说过将来会回收这笔注资。可依然要他听介绍，这就说明是要山川基地在技术方面继续配合了。

"的确，我们现有的技术水平离要求的还有一定差距。然而这规划，却是根据我们和山川基地的技术发展而制定的。我们需要山川基地在计算机技术、航天材料、精良的机械制造，以及人工智能方面的支持……"辛海阔对陆三水说。

辛海阔说的这些方面，可都是山川基地最核心的领域。

陆三水的性格和脾性他倒是了解，但他是否同意，这个还真难说。

"您说的这些方面，都成不了问题。不管是航天部，还是山川基地，都属于国家的，不是哪个私人的。因此，我们双方的目标是一致的，这个共同的目标，就是让中国的国防力量无比强大！"

这帮老头子热烈的掌声响了起来，陆三水反倒不好意思了。

待掌声停息后，陆三水说："请介绍一下卫星跟运载火箭的情况吧！"

陆三水需要掌握要发射的卫星和使用火箭的性能参数，好与当时国家发射的其他卫星和所用火箭的性能参数作比较，这样才能评估国家的科技现状，对北斗卫星导航系统"三步走"的规划是否能够实现，有个基本的判断。

"这次发射的是北斗导航系统第一颗卫星，它担负着实验的使命，被命名为北斗一号。"邓超然又对着投影仪介绍道，"这颗卫星具有遥感功能，其遥感拍摄的图片，经过信号处理，能传到地面控制中心……原先我们使用的遥感系统，因存在分辨率不高的问题，担心其拍摄的图片清晰度不够，就换上了山川基地研发的遥控系统。另外，这颗卫星还有着定位功能。我们设计了在地面使用的同一信号源，所以能实现远程通信，加之它能遥感拍摄地域图片并传回地面控制中心，这就具有了通信定位功能。再就是，能为使用能够接收它发出信号装置的人定位和导航……"

遥感技术，是军用卫星的眼睛、耳朵和手臂。

中国1988年9月发射的具有划时代意义了第一颗气象卫星'风云一号'，能对海洋水色和温度进行遥感探测。

"山川基地用猎隼无人机作为平台，其遥感系统比风云一号上的还强大。我们把它作为首选，无疑是正确的。在遥控技术方面，希望山川基地能与航天部的其他项目合作。"邓超然同时还用目光与陆三水交流。

"这没有问题。不仅是我们两家可以合作，中科院等单位研发的项目，需要这方面技术的，山川基地同样可以合作。"陆三水很直率地说。

遥感技术，这是无法拒绝的技术。

尤其是军用卫星，只要它用上，在天空看敌方在地面上的情况，可谓一目了然。既然是这样，未来战争的模式就可能再次发生改变。

陆三水又补充道："许多项目我们都可以合作。不过，有的项目山川基地得作为主导方；至于做出成果对外公布，就无所谓谁主导了……"

陆三水看重的是技术开发的主导权，掌握在手中，相关的事宜就能控制，比如话语权、工期等等。

"至于所用的运载火箭，是长征三号改良的，为长征三号甲。"邓超然接着又对使用的火箭作介绍，"它的推力提高到某吨位，它既能把卫星送入低倾角的轨道，也能送到超同步转移轨道。就是说，长征三号甲的飞行速度更快，并拥有更大的推力和更强的运载能力……"

使用的火箭，是由著名空气动力学家、有"火箭王"之称的辛海阔教授亲自担纲设计。

以前的长征三号运载火箭，只能把某吨位以下的飞行器送入太空轨道。

这个北斗一号卫星是实验性质的，具有很多功能。在材料与制造工艺不很先进，甚至卫星技术也不够强的时候，要使卫星的功能更多，卫星就只能做得很大，重量也就增加了。这样一来，就对火箭的运载能力提出了更高的要求：载重和推力都得加大。

"发动机的情况怎样？"这是陆三水最为关心的方面。航天发动机尽管没有航空发动机的要求高，但在航天技术领域，它却有着举足轻重的地位。

"发动机不是问题。"邓超然介绍道，"在航空材料专家丰天翔十几年前研发出高温合金及铝合金材料之后，国产发动机性能差的问题就解决了。正因为有这样高质量的发动机，才有了长征三号甲火箭，它的燃烧率很高，质量更有保证。"

"这种发动机能否用到洲际战略导弹上呢？"陆三水看向辛海阔。

火箭跟导弹，原理上都差不多。唯有不同的是，导弹进入了外太空后还得返回大气层，对千里或万里之遥的敌方进行攻击。

"对于这个，断然否定或肯定都不是科学态度，还需要一定的数据积累，才能作出判断。"辛海阔向陆三水回应道，"你的想法我知道，的确导弹技术跟火箭技术原理相同，没什么大的区别。不过你想实现东风第三代洲际弹道导弹的梦想，目前的材料和技术条件是不能够支撑的；除非材料研发、设计和技术上有一个大的突破……"

东风-J01的设计射程需要达到18000公里！

"噢，这个'梦想'倒不是急着实现，我们有的是时间！"陆三水嘿嘿笑着回应辛海阔。

"与长征三号火箭相比，这个改进后的某型火箭，他的控制技术更加先进，在于组装有山川基地的全资企业'山川中芯'提供的芯片。"辛海阔也介绍起了长征三号KD型，"它能够在星箭分离之前对有效载荷进行调姿定向，并能提供卫星启旋的速率……"

辛海阔这一大段话，陆三水听得很认真，他心里作了概括：长征三号KD型的先进性之一，是控制技术，而先进的控制技术，在于置入了山川基地研发的控制芯片。

"再就是长征三号KD型的第三级燃料与长征三号不一样，使用的是液氢和液氧，组成的低温液体推进剂能量极高，效率自然更好。"辛海阔又补充道。

听完介绍后，陆三水决定在这边招待所住上一晚，明天跟航天部的人一起赶往西昌长风基地。

陆三水跟随辛海阔来到了他办公室。这办公室是航天部特地向他提供的。他年事已高，经常来航天部，但航天部考虑他一旦来了，总得有个休息的地方。

"小陆，目前导弹车载系统跟不上啊，导弹生产完成后，却没有重型汽车运载。"两人落座后，辛海阔一开口就说这事。

难道昨晚老师叫我来，就为了谈这事？陆三水立马想起了去年国庆大阅兵，东风-J8洲际导弹原计划亮展的，就是因为车载系统不够成熟，最终给搁置了。

"是吗？还有这样的事？"陆三水不想插手这个项目。

"你们不想介入？"辛海阔觉得陆三水回应显得敷衍，认为这不应该是他的风格。过去凡是出现难题，陆三水都会主动揽过去，他今天怎么了？他很希望陆三水领导的山川基地承揽这事。

这种重型卡车的技术程度很高，研制周期长，且作业量很大。

陆三水回应道："老师，不是我们想不想介入的问题，山川基地实在不能再承揽项目了。有两个方面的原因：一是山川基地每个职工的工作都已经很饱满，腾不出手来；再就是我们介入了这个项目，就意味着一些同行的厂子会因失去这个项目无事可做而被拆掉。这个'蛋糕'很大，涉及的技术和配件种类较多，可以养活好些厂子了。这十几来年，因为山川基地异军突起，使得不少同行的厂子接不到订单，有的破产倒闭，有的被别的行业兼并……"

辛海阔听陆三水这么说，便沉默了。

20世纪整个90年代，央企和科技企业进行重组、改制，"断奶"走向市场，这改革力度是巨大的。

不可否认，国家基础工业因企业改革得到了发展，好些科技企业改制后，促进了生产能力和生产质量的提高。

然而事物都有两重性。因众多科技企业改制或被兼并，在一定程度上造成了军工生产能力不足。

听陆三水说得十分在理，这事，辛海阔没有再去逼他。

气势壮观
QISHIZHUANGGUAN

因明晨一早要赶路，晚间辛海阔与陆三水都住在航天部招待所。

次日在去首都机场的路上，以及在候机室里，辛海阔都安排了人，把陆三水盯得很紧，让他没有一点机会打听航天部在中年技术骨干方面的消息。

山川基地一直以来都有导弹研发项目。辛海阔不得不提防自己这个"挖墙脚"成瘾却又令他得意的门生。

应该说山川基地拥有的技术，对于中国航天领域来说是个大好的事情，因这样的技术，在将来研制属性相近的导弹时，有些可以直接用上，但都在市场上参与竞争，弊端也是显而易见的。

国内当时在航天方面的人才培养有些跟不上，有工作经验的中年技术骨干更是不多，山川基地因此有些等不及了。

陆三水确实想通过辛海阔的下属了解一下航天那边有关专业人员的构成情况，却没有想到，乘航班到成都，再乘直升机到西昌长风基地，都有人在他的近前给予"关照"。

这样的做法实在令人不爽。

"你小子还知道是一家人？我可告诉你，我们航天这边的技术人员向来就紧张，一个萝卜还不止一个坑呢……"辛海阔对陆三水没有了好脸。

"老师，你误会太深，我怎么会挖您的人？"陆三水一脸无奈，"算了，这事等卫星发射后再说！"

"不挖人就好说！我也在想，你至于么？我们两个单位在技术上都没有相互保密过。"辛海阔听陆三水说没有挖人的意思，脸上就转阴为晴了。

"火箭的三个子级，正进行发射前的起竖对接，你不想去看看？"在长风基地招待所洗去旅尘后，辛海阔问道。

"去看啊！怎么不去？图纸上看，甚至是生产过程也都十分了解，到底跟在发射现场看没有一点可比性。"陆三水这话说得也是那么回事。

他之前无数次看过导弹或卫星发射直播及实况录像，都觉得那发射前的场面够壮观了，现在可是去发射场观看，对视觉和心灵又该有怎样的冲击呢？

这长征三号KD型火箭，总长度已经刷新了历史，卫星对接上后，再加上整流罩等，长度可是达到了56米。也就是说，整个长度竖起来，会有数十层楼房高。

搭积木般的一级一级往上组装，直到让亲临现场的人因气势的壮观而心灵被震撼，而人类的创造智慧此时也得到了最充分的体现。

这是不亲临现场的人，没法有的内心体验和感受。

"这高耸入云的星箭，是我们亲眼看见组装的，已被其壮观的气势所震撼。老师，您说当年S国那起飞推力达3000多吨的火箭，竖起来又该是怎样的壮观气势？"陆三水触景生情，想起了前S国再没有被谁超越过的巨型运载火箭"能源号"。

"能源号"火箭长度约60米，自重约2400吨，起飞推力3500吨，近地轨道运输能力为105吨，地球静止轨道运输能力为20吨。它至今仍保持运载能力最强的世界纪录，超过M国的土星五号运载火箭。

前S国凭借"能源号"运载火箭，首开先河，在外太空建造了"和平"号空间站。它在S国解体后归E国。它是人类首个可长期居住的空间研究中心。

"我们得承认，与前S国在航天领域的差距实在太大了。当然，即使是M国，集聚他们并加上整个西方的航天力量，也是无法比过前S国的。我们在航天方面起步较晚，但我们会进步和发展的，相信有一天，我们也会有自己的宇宙空间站。我算明白了，你当初为何说M国登陆月球，那是一个天大的笑话……"辛海阔深情地说道。之后，他双眸凝视深邃的天空，像是在诉说他内心的向往。

陆三水对M国人登陆月球有疑惑，他同意一些专家认为是造假这一并非毫无根据的观点。毕竟，这里面的技术实在太复杂了，仅某一方面弱了，都不可能实现。

"有一天，我们也会制造出'能源号'那样的火箭！"陆三水也是仰头看向天空。

从远处看去，它就像一根笔挺的雪白柱子立于巨大的发射架前面。星箭合为一体后，顶端的重量显然要大于底端的重量。陆三水没有去问如此设计会否导致头部因重力过大而引起失误。

其实，能够移到发射平台上的设计，至少各种理论的运用不会有任何问题。接下来的程序，便是根据设计进行多次总检查。这是技术专家们的事，谁也替代不了。

总检查，是不同分组的人员轮序从某一点开始检查，直到最后一个点，以避免因为某一点存在纰漏而导致发射失败。

一枚运载火箭的价值是数千万，一颗卫星的价值数以亿计。但往往更重要的是，中国输不起的时间。

再就是一旦发射失败，对于为之付出了巨大心血的全体研发人员的信心，是一种摧毁性的打击。

必须做到万无一失！

一飞冲天

YIFEICHONGTIAN

　　"下面，我们即将进行卫星与火箭的联合操作。操作人员注意了，必须全神贯注，绝不能有任何失误！"辛海阔亲自担任"北斗一号"第一颗卫星发射的总指挥。

　　卫星发射控制中心里，全部换上了山川基地全资企业"计算机翼龙公司"生产的最先进的"翼龙"计算机；有一台"翼龙"超级计算机当作服务器使用。

　　每台计算机，都有一个操作人员。

　　每个操作人员，都身穿白褂，头戴白帽，他们在进入控制中心前，就做了除尘和除静电处理。

　　代表山川基地观看发射实况的陆三水、丰天翔和上官江河，以及军方人员，则是穿着军装。他们进入控制中心前，同样做了除尘和除静电处理。

　　坐在控制中心的所有人，在发射命令没发出前，内心都是紧张的。没有人的心绪不受到控制中心静得出奇的氛围的影响。

　　操作人员的上身绷得笔直。他们紧盯着显示屏上不时变换的各种数据，这些数据反映着星箭和整个发射系统的实时状况。

　　陆三水一众人，自然也被这大厅里高度紧张的氛围所感染，能听见自己的心跳。

"各位请注意！即刻检查一下各系统的运行情况！"辛海阔发出了口令。

在有关操作人员的联合操作下，无线电信号远程控制系统有了相应的动作，各系统的运行状态通过火箭和卫星内部的检测系统反馈到了各台计算机，在显示屏上显示出——

外测安全系统、控制系统、遥测系统、动力系统、箭星分离系统等，都处在正常运行状态。

"辛老，燃料加注是否可以进了？"有人问道。

辛海阔只是向这人摆手，又指令再检查一下各系统的运行情况。在各系统运行正常再次得到确认后，他再次指示技术专家们对发射装置的外露衔接部位做一次总体检查。

接着辛海阔又亲自询问担负气象监测的部门，确认在预定的发射时间内天气无异常后，便发出了加注燃料的口令。

燃料加注管道设置在发射塔里，加注受控制系统控制。"注意观察燃料加注情况，确保不出任何问题！"辛海阔叮嘱道。

中国，今天已有着巨大的外汇储备，所以不可能像前S国那样，几乎可以把国家某一年的所有收入都投入一个发射项目中去。

即使是十分成熟的发射技术，之前也有过若干次成功发射的经历，也不意味着以后每一次发射都将获得成功。因为任何一个细小的环节出问题，譬如一颗小小的螺丝钉没拧到应有的位置上，都有可能造成发射失败。

它已被铭记于一代又一代中国航天工作者的心中。

陆三水对这些细致入微的工作，尤其是必经的反复检查的程序，倒是非常理解。他当年在山川基地提出、至今仍在实行的"质量控制体系"，与之有异曲同工之妙。

发射航天飞行器可不是别的什么，没有谁敢拍胸脯保证每一次发射都能获得成功。只有发射程序结束，飞行器进入了预定轨道且开始工作，才能算发射成功了。

长征三号KD型运载火箭，原本就是一个民用型号，它运载的却是北斗卫星导航系统的第一颗卫星，如发射一旦失败，其后果有多严重，上至国家高层，下至航天系统的每个人都是清楚的。当然，长征三号KD型运载火箭的性能怎样，也反映了某类导弹技术是否成熟。

　　燃料加注到位是需要时间的，所有人就只能待在发射控制中心大厅里。他们除了关注燃料加注的进展情况，还得监视火箭和卫星所有系统的状况，以确保在故障出现后第一时间进行排除。

　　直到午夜22：10，控制中心的红色警示灯才鸣声并闪烁起来，提醒燃料加注已到位结束。

　　"发射现场立即清场！"辛海阔向发射现场发出口令。

　　很快所有不相干的设备和所有人员都撤出了发射现场。

　　在发射之前，还会做一次检查。这并不因为有了前几次检查就显得有些多余。

　　因加注了燃料，不能再进入到火箭内部做检查，只能通过各系统运行来进行。

　　检查工作仍在持续，发射控制中心的所有人，他们的内心又收紧了。

　　其实每一次航天飞行器的发射，越是接近发射时间，坐在发射控制中心大厅的人，就是越紧张。这是人在某些时刻的心理定势，十分正常。

　　经过了约半小时，发射场地所有无关的器物已被清理干净，人员也全部离场。

　　北斗卫星导航系统的第一颗卫星进入了发射状态。

　　再过十几分钟的时间，长征三号KD型运载火箭的发动机就将启动。

　　陆三水平生第一次进入这种场所，将直面揪心的场面，此时他听到了自己心脏搏动的声音。

　　这颗卫星在外太空运行后，他领导的山川基地正在研发的好些项目，就能够得到验证，就能更好地发展下去。

　　他希望这十几分钟很快过去，否则心脏受不了。

　　突然，辛海阔的声音从扩音器里传出："发射进入十分钟倒计时！再次检查各个系统，立即开启各监测站雷达……"

这时，陆三水才发现背上的汗水已把衬衣打湿。

这可是深秋时节，不到半个月就立冬了。

在各系统监视人员逐一报告系统运行状态正常后，陆三水内心的紧张才趋于缓解。

这时，发射场在控制中心的大屏幕上出现了。

因为运载火箭在发射前都是高度保密的，所以屏幕上显示的是发射架把火箭和卫星包裹着的画面。

"五分钟，发射塔打开！"辛海阔发出口令。

庞大的发射塔在液压系统的推动下缓缓打开，显现出笔直竖立的白色涂装的星箭，它被摆杆固定着。

"一分钟，摆杆打开！"辛海阔发出口令

固定火箭的摆杆像一把巨大的钳子，张开的动作是向左右两侧转动。

"三十秒！"

"三十秒！"

"10、9、8、7、6、5、4、3、2、1，点火！"辛海阔发出口令。

在发射控制中心，操作点火系统的技术人员摁下了远程点火按钮。

此时，屏幕右上角显示出实时时间和地点：2000年10月31日0时02分，长风基地——航天基地

两秒钟后，屏幕中的发射场画面仍没有变化。

发射控制中心里的所有人，都感觉心已提到嗓子眼。

大约又过了3秒钟，火箭底部的发动机才猛烈地喷出耀眼的火焰，发射台底部四周升腾起映着火光的浓烟。

"轰——"

虽然发射场距发射控制中心有一大段距离，但仍然能听到火箭发动机喷出火焰那一瞬间发出的巨响。

火箭在烟雾仍在发射台四周弥漫、其尾端喷出的火焰由金黄变得有些青白时，开始缓慢升起，在时间的推移中，升速越来越快……

"10秒，火箭飞行正常！"

在控制中心所有人的心情仍然十分紧张的时候，在姿态控制系统的作

用下，火箭改变了飞行姿态。

"程序转弯！"

"山川光学雷达跟踪正常！遥测信号正常！"

……

约每隔10秒钟，监测人员就要报告一次火箭飞行情况。

坐在辛海阔旁边的陆三水，察觉到了他的身子在细微地颤抖，只见他双手交叉在一起，平常手背上纤细的青筋此时鼓胀得十分明显。

"逃逸塔分离！"此时，火箭已经飞行了110秒。

火箭在控制系统作用下作出的每一个动作，都意味着迈向成功又近了一步。

然而，离成功越是更近，控制中心的所有人更是感到揪心。

"第一级成功分离，第二级点火！"此时，火箭已飞行了160秒。

"火箭抛整流罩！"此时，火箭已飞出了大气层。

"陇南检测站发现目标！"

"山川光学雷达跟踪正常！遥测信号正常！火箭飞行正常！"

"太原监测站发现目标。红外雷达正常，遥测信号正常，飞行正常！"

"二级发动机熄火，三级发动机点火！"

"兰州监测站发现目标。山川红外雷达正常，遥测信号正常，飞行正常！"

"三级发动机关闭，星箭滑行段开始！"

"末端修正开始！"

"呼和浩特监测站发现目标。山川光学雷达跟踪正常，遥测信号正常，飞行正常！"

"末端修正结束！"

"老师，辛老！"陆三水把杯盖旋开，把茶杯递给了辛海阔。他想借此舒缓一下辛海阔太过紧张的心情，他毕竟已80多岁了。

"310秒，火箭飞行正常！"

"进入预定轨道，执行分离程序！"

爆炸螺栓启动，将卫星跟火箭的最后一级箭体分离开来。

"卫星展开！"

此时，卫星折叠的太阳能电池板逐渐展开。

"发现卫星信号！"

"啪啪啪……"整个控制中心，顿时掌声雷动，经久不息。

"老师，我们成功啦！"陆三水激动得与辛海阔拥抱，他感觉辛海阔的身子仍有轻微地颤抖。

接着，陆三水又上前两步，去拥抱邓超然："邓老，您的'双星定位系统'设想实现了！祝贺您！"

"倪老，祝贺您主导设计的这颗卫星，已在太空开始工作了！"陆三水又给了倪人杰一个拥抱。

"收到第一张遥感卫星图片！"

当大屏幕上出现卫星传回的第一张遥感图片时，掌声再一次回荡在整个大厅。

这些平时工作严谨的航天科技工作者，此时，他们流着欢欣的泪水与同事拥抱。

"图片的传回，说明通讯功能和遥测功能正常。"邓超然对辛海阔、倪人杰和陆三水说道。

"辛老、邓老、倪老，只要你们在，就没有不成功的导航系统！"陆三水又逐一给三位老人一个拥抱。

回到北京的第二天，陆三水就被零号首长召去谈了话。回来后，便有了压力，这压力把卫星上天还仅存的一点喜悦冲得荡然无存。

他拿起电话拨通了辛海阔的手机，对他说明天有事要谈，还是他自己来航天部，免得动了老师的腿脚。他正要放电话时又补充道："请老师通知下邓老和倪老到场！"陆三水怕自己打电话去，他们推说有事来不了，话就无法再说下去了。

次日，航天部辛海阔办公室。

"前几天在卫星上天后，我就跟三位前辈说过，'只要你们在，就没有不成功的导航系统'。这可不是我一时兴头上这样说。"

陆三水一开始就向辛海阔、邓超然、倪人杰这三个航天领域的大咖套近乎，三人就揣测着这小子下面要说什么了。

"北斗导航系统规划的第一步，我们才迈出前半步，我认为应该抓紧时间迈出后半步。"陆三水承前面的话说道，继而就转入了正题，"你们认为呢？第二颗卫星什么时候能够发射？"

陆三水认为，仅一颗卫星，怎么也不能覆盖国家辽阔的疆域，应尽快发射第二颗卫星，才能建立起一个区域卫星网络系统，才具有覆盖一个区域的导航功能。

"三个月内怎样？"辛海阔以征求意见的口吻说，"我们的火箭不存在问题，就看卫星能否跟上了？"

也的确如辛海阔所说，每次发射飞行器，都有备用火箭，怕的是发射前运载火箭冒出个突如其来的状况，导致不能发射。

"你们备有火箭，我们也备有卫星。辛老说三个月内发射，我没意见，就是一个月内发射，我们也没问题！"邓超然胸有成竹地说。

"那好，国防科工委将行使职责，出面协调，促成这事早日落到实处！"陆三水语气不高地说道。

几个中国顶级的火箭卫星大咖，顿时都愣了，他们平常小陆、小子地称他称习惯了，这会听他这么说话，才想起他做国防科工委副主任、主任都七八年了。当然，这些年他们谁也没觉得陆三水拿过主任的架子，说话做事都是很平易的。

中国航天系统自从建立以来，还没有过密集发射卫星的先例，尽管运载火箭和卫星现成的情况过去也有过。

倪人杰跟辛海阔和邓超然赞同尽快发射第二颗卫星的意见相左，但又不好直接反对他俩的赞同意见，便只好通过跟陆三水交流来表达对这事的看法："小陆主任，我认为短期内就发射第二颗卫星，太急了点。你就不考虑我们获得这颗卫星各系统的完整数据后，在分析的基础上，对下一颗卫星的设计做必要的修正后再进行吗？"

倪人杰觉得也很有必要提醒陆三水，说不定他压根就没有意识到这个问题。

"倪老，军队迫切需要建成覆盖全国的导航系统！关于这个，国家高层领导在六年前的'立项会'上就强调过。我们国家，我们军队等不起呀！"陆三水的语气有了一份坚定，"即使这样做可能使有些功能不尽如人意，也必须尽快发射！倪老啊，只有建成了区域卫星网络系统，才能发现究竟还存在哪些问题。我们现在建设的'双星定位系统'，本身就称为'北斗卫星导航试验系统'。为什么要加上'实验'二字，就是要通过试验来发现问题，然后去解决它。这样才能使将来的'北斗卫星导航系统'技术更精良，功能更强大……"

"小陆主任，你看这样，"邓超然说，"这事我们再商量一下，尽快给你答复？"

长征三号KD型火箭和北斗导航试验系统（北斗一号），作为国家的一项宏大工程，国家在资金上的投入巨大。但仍然不够。这不够的部分，航天部贴了小头，山川基地贴了大头。他们贴进了多少，陆三水当然是很清楚。

"落后就要挨打。"这就是真理。

在20世纪90年代，国家还贫弱、落后啊！不然哪会有"90年代中国的四大耻辱"——1993年的"银河号事件"、1994年的"黄海事件"、1996年的"台海危机"和1999年的"驻南联盟大使馆被炸"。

陆三水对这些耻辱念念不忘。所以他才把北斗导航试验系统，当成了山川基地的项目来做，不管是资金还是技术，山川基地都投入得特别多。而企业是追逐利润的，但这是个国家项目，你向谁去收回这笔巨大的投资？其实陆三水压根儿就没想过将来去收回这笔投资。难怪老爷子说他"有大局观念"。

"这样也好。"陆三水对三位大咖说，"你们的意见我是尊重的，因为它可以作为国家高层作出决策的重要依据。"

……

十天后，国防科工委根据辛海阔、邓超然和倪人杰提出的建议，形成了书面报告，报给了国家高层。其很快就作了批复，同意在2000年12月21日发射北斗导航试验系统第二颗卫星。

仅仅在北斗导航试验系统第一颗卫星发射成功后的第51天，该系统的第二颗卫星又在西昌长风基地发射成功了。

这两颗卫星建立起的区域卫星网络系统，覆盖了古老的中华大地，还覆盖了东南亚的部分地区。

2000年10月至12月，这个时间段，对于中国的国防来说具有里程碑意义和划时代意义。

从此，中国有了自主发展、独立运行的区域卫星网络系统。

这个被命名为"北斗卫星导航试验系统"的航天工程，凝聚着中国人的智慧和力量。它的建成并投入使用，意味着在中国的国土上，国民经济和科技发展还依靠M国的GPS系统的情况，从此一去不复返了。

一飞冲天

梦想继续

MENGXIANGJIXU

2004年，具有导航能力的北斗二号工程启动。自2007年发射第一颗中地球轨道卫星开始，到2012年正式为亚太大部分地区提供卫星导航服务，"试验"二字已被取消，标志着"北斗卫星导航系统"已经建成。这是北斗卫星导航系统的第二个里程碑。

这个里程碑树立后，陆三水离开了见证他成长的山川基地，也离开了他连续三届任职国防科工委主任的岗位。通常一个部级职务最多连任两届，所以他创造了任职方面的历史。这是才华和能力的使然。

而令他舍不得离去的地方却是山川基地。30年哪，那里有他成长的经历，也是他留下青春年华和奉献才华智慧的地方。当然，那里就是他的父辈用一生建立的基业，他有着一份难以割舍的炽热情感。

不可否认，是时势和山川基地的生态环境，造就了陆三水，使得他"天生我材必有用"。

40年的山川基地履历，足够陆三水在后半生回忆了；他若愿意的话，用文字固定下来让人翻阅，阅读者定会觉得精彩而富有传奇色彩。

人生原本就是一个舞台，纵横捭阖中，波澜壮阔里，几人能挥洒自如？陆三水却做到了。

陆三水离开了山川基地，但并没有离开科技事业。他的命运注定了他一生与科技事业的不了情。

他是去航天领域任职了，出任中国航天科技集团有限公司总经理。

此时，他的恩师辛海阔教授走了，他敬仰的元勋邓超然教授走了。元勋倪人杰教授也80有余。他的健在，令陆三水甚感欣慰，因为他是百万航天人能够对话的活着的航天精神。

陆三水接过老一辈航天人的旗帜，将带领北斗人继续行进在建设北斗卫星导航系统全球组网的路上。

2017年11月5日，在西昌长风基地，用长征三号KD型运载火箭，以"一箭双星"的方式，成功发射了北斗三号第一颗和第二颗卫星，开启了北斗卫星导航系统全球组网的新时代。

经过长达26年的艰辛建设，北斗卫星导航系统于2020年6月16日，以成功发射最后第55颗卫星为标志，全面建成。

从此，中国的北斗卫星导航系统为全球用户提供定位、导航和授时服务……

2020年7月31日上午10时30分，国家在北京举行了"北斗三号全球卫星导航系统建成暨开通仪式"。陆三水作为"北斗卫星导航系统建设有杰出贡献的专家和有功人员"，受邀参加了仪式活动，并受到了国家高层领导人的接见。

8月15日，根据工作安排，陆三水来到成都。他要视察在蓉的八个基层单位。除此之外，还打算回凤凰山山川基地总部作些停留。再就是受金沙区区长耿兴华的邀请，他将出席8月16日上午举行的"2020成都·金沙新经济论坛暨北斗＋大数据专题推介活动"。

此时，陆三水离开山川基地、离开成都已经8八年了。之后他每一次来到成都，都能感受到各方面的巨大变化，特别是交通像网络一般，串起了整座城市的每个角落。蜀龙大道、绕城高速、成绵高速、香城大道、大件路、北星大道，地铁1号、2号、3号线等，形成了成都交通"九横十七纵"的骨架路网，连接着蓉城的东南西北。

尤其是发端于20世纪末的北城改造，仅仅短暂的二十年光阴，便已旧貌换新颜，气象万千。

北城交通方面——

开通了两条BRT快速公交线路，解决北城居民出行的问题。

凤凰山高架三环路至金芙蓉大道段的开通试运行，根治了北城交通的拥堵问题，开辟了城北交通的新天地。

已运行的天府大道北延线，堪称世界上最长的城市主轴。它的南边可到眉山、仁寿，北边可达德阳，且把青白江国际物流园区、三星堆博物馆，以及美德澳等驻成都总领馆串联了起来。

地铁1号线、3号线和5号线贯通成都南北。

北城建设方面——

把有64年历史的火车北站，改造成了西南地区最大的城际快速铁路客运特等站。其占地面积达8万平方米，并有4条以上辐射全国且通达海外的国际级区域高速铁路。

金沙区投资巨额资金，建成了中国西部规模最大、辐射力最强、现代化水平最高的商品交易中心，以及商品集散中心和旅游购物中心。

西部北斗产业园和中铁轨道交通高科技产业园，在金沙区落户。已有两百多家相关企业在这两个产业园落户。

建成了首个国家级中医药健康文化旅游示范区。这是中医药知识经济圈、中医药文化与健康养生旅游基地；建成了环交大智慧城。茶花片区为智慧商务区，五块石片区为智慧商贸区，形成了蓉城"南有科学城，北有智慧城"的格局；建成了100亩开放式人北中央公园。雕塑、草坪、灌木、花卉、大树、水景观等设施，构成了宜人的公共空间……

金沙区建成了4个小游园、10个微绿地，让民众出门就能逛公园。可谓"300米见绿、500米见园"，处处呈现赏心悦目的生态画卷。

建成了40公里有轨电车。一路游玩欢乐谷、凤凰山、熊猫基地、植物园、天回古镇……这是一条极具特色的旅游线路。

北城文态——

发掘并建成了金沙遗址。金沙遗址是21世纪中国第一个最为重大的考古发现，是中国同时期出土金器、玉器最多的遗址之一，它展示了神秘的古蜀文化和独特的青铜文明。

打造了老成都街区。锦门文化旅游商业街、二台子历史文化商业街等一批特色文化街区的建成，塑造城北文化历史新名片，唤醒了老成都记忆。

拥有现代景观。成都北湖公园与"大熊猫"旅游度假区匹配的"现代景观"，即独具特色的"北湖印象"，取代了市民对北城破旧、低档的固有印象。

修复了九里堤遗址，修缮了有着川西第一禅林之称的昭觉寺佛等人文景物，打造出"东郊记忆"、大熊猫繁育研究基地、龙潭水乡和"成都339"等文化地标。

北城的生态——

凤凰山公园、凤凰山音乐公园、凤凰山体育公园、天府艺术公园、府河公园、府河摄影公园、新金牛公园、临水雅苑、九里堤片区公园、三河生态公园、南丰中央公园和成都植物园，空气清新，是北城人郊游的极好去处。

凤凰山、天回山、磨盘山，披上了数十平方公里的苍翠。东风渠、府河、沙河、海滨堰河、九道堰河、毗河、锦水河及其十二条支流，形成了二十多平方公里的水网。绿水青山拥着清新的北城。

3700亩北湖湿地、2462亩龙潭湿地、1080亩香城湿地，串起了上万亩环城生态区。北城，已成为成都最佳生态旅游目的地。

北城，成都的一颗明珠——

老成都的情愫，已潜藏在成都人的记忆深处，但他们不排斥新生事物。北城的产业发展如火如荼，才崭露头角，远不到终结的时候。

成都北城，地标建筑如孤峰突起。和信中心以200米的峰度，占据了北城的制高点，成为北城高速发展的象征。它是名副其实的商务高地，其专属的商业配套涵盖了银行、金融、餐饮、超市、娱乐、休闲等。

成都北城，集聚了一线品牌商业中心、甲级写字楼，以及菁英铂爵公馆等，其自成一体。这些北城高地的占据者，填补了市场空白，极大地满足了北城新贵圈的娱乐、购物和商务方面的需求。

212平方公里的北城，进入了蝶变后的全新时代。

　　今天的北城，无疑是宜商、宜居、宜人的聚落地。交通畅通、经济发达、科技兴旺、民生富足、生态秀美、文明映照，这些昔日的北城梦想，通过无数建设者年复一年地辛勤劳动，终于实现。

　　在北城建设实现其梦想的过程中，陆三水曾领导的山川基地为其研发了先进的超级计算机、先进的系统软件，并配置了先进的龙网络系统。这些计算机和系统软件运用于市政、金融、保险、医疗、教育、交通、电力、电讯和工商等系统，不仅极大地提高了北城有序运行的效率，也彰显成都科技兴城的风貌。从这个意义上说，山川基地兑现了当初对北城梦想作出的承诺，它无愧于作为北城的一分子。

　　但北城的梦想并没有因此而终止，它更恢宏的梦想已经上路，正迈向下一个里程碑。

　　而此时的陆三水已年逾花甲，仍继续在为科技事业忙碌着。

　　近看绿意葱茏，远眺高楼林立，陆三水对充满勃勃生机的北城，内心有着自己也曾是建设者的欣慰。

　　他对自己说，再忙上几年，就该退休了，退休后，就回到祖辈生活过的地方，回到根之所在的成都金沙……